FOLIO BIOGRAPHIES

collection dirigée par

GÉRARD DE CORTANZE

James Brown

par

Stéphane Koechlin

Gallimard

Crédits photographiques

1, 11 : Michael Ochs Archive/Getty Images. 2, 3, 4, 6 (Disques Vogue), 7, 8, 12, 13, 14, 15 : Coll. Gilles Pétard. 5 : Michael Ochs Archive/Corbis. 9 : Frank Driggs Collection/Getty Images. 10 : Tony Frank/Sygma/Corbis. 16 : Patrick Chapuis/Keystone/Eyedea. 17 : Araldo di Crollalanza/KPA/Gamma/Eyedea. 18 : Bettmann/Corbis.

Stéphane Koechlin, écrivain, chroniqueur musical, a publié deux biographies, *Brian Jones* (1998) et *Ben Harper* (2006), aux Éditions du Castor Astral. Il est également l'auteur de *John Lee Hooker* (2000) et *Le Blues* (2000) en Librio, *Bob Dylan*, *Épitaphes 11* (2004) aux Éditions Flammarion, et *Jazz Ladies, le roman d'un combat* (Hors Collection, 2006), une épopée des chanteuses de jazz. Il a aussi publié plusieurs récits, entre fiction et essai : *Contes du Mississippi* (Le Seuil, 2002), *Contes des années folles* (Le Seuil, 2004) et *Juré* (Flammarion, 2005), qui a reçu le prix Comte de Monte-Cristo.

À mes « funky divas » :

Ce livre est particulièrement dédié à Carine Chenaux,
flamme inépuisable qui depuis plusieurs années
soutient chaleureusement mon travail.

Un grand merci à deux brunes flamboyantes et éloquentes documentalistes
pour leur précieux concours, Isabelle Odiana et Madeleine Olive.

Grand remerciement à Chantal K,
qui relit mes livres patiemment depuis des années.

Et bien sûr à la rêveuse Christine,
présence cooool à mes côtés, idéale pour l'écriture.

Le petit danseur d'Augusta

Et le cri sensuel réveilla un amoureux du jazz fatigué de son époque

Jaaaaammmes Broooooown... Ce cri a réveillé bien des esprits lassés de leur époque. Parmi eux, Philippe Koechlin, mon père, répondit à l'appel, fatigué du free-jazz intello et politique auquel beaucoup ne comprenaient rien. Il préférait défendre le souvenir du jazz classique, célébrer Louis Armstrong, son musicien préféré, et Sidney Bechet, jusqu'à la douce et tragique Billie Holiday. Il aimait aussi Miles Davis, John Coltrane, des artistes plus mystiques et tortueux, Charlie Parker, encore plus délirant dans son be-bop fantasque. Au carrefour des années 1950 et 1960, le jazz laissait éclater ses formes, le vieux corps musical se dilatait sous l'effet d'une trop forte chaleur. Les jeunes générations ne souffraient plus les structures paralysantes, l'harmonie, le cadre défini dans lequel chaque musicien devait se couler. Au contraire, le révolutionnaire dynamiterait règles et mesures, jouerait en toute liberté, indifférent aux mélodies, aux tables, à la technique instrumentale, aux belles conventions qu'on enseignait sur les bancs de l'école. « La grille d'harmonies me fait penser aux barreaux d'une prison », écrivit le saxophoniste Jean-Louis Chautemps en 1963. Le free, ce jazz libre, chaotique, cubiste, naissait, permettant au moindre tâcheron de jouer. Prenez un instrument et allez-y ! Voilà une devise démocratique et bien dans l'air du temps ! Bannissez l'apprentissage réactionnaire et bourgeois ! La révolution gauchiste des années 1960 germait dans le désordre et engendra des musiciens respectables comme Ornette Coleman ou Albert Ayler, mais aussi beaucoup d'imposteurs qui, sous prétexte de secouer l'institution musicale, de piétiner les règles, masquaient en vérité leur incapacité à construire des lignes harmoniques, des mélodies, à produire autre chose que du bruit.

En 1965, mon père co-dirigeait la vénérable rédaction de *Jazz Hot*, revue prestigieuse créée par Charles Delaunay en 1935. Pendant trente ans, le magazine n'avait jamais dépassé les quelques milliers d'exemplaires et vivait grâce à l'opiniâtreté d'un public jazzophile fidèle au talent de rédacteurs comme Boris Vian. Les tentatives de Philippe pour désenclaver la publication et la rendre plus attractive avaient échoué. Il commençait à déchanter, lassé de travailler dans la confidentialité. Le jazz rêvait de prestige. Son humour initial avait fondu derrière un discours élitiste, cérébral. Où était passé le swing, littéralement « se balancer », cet élan musical que les grands anciens, Armstrong, Bechet, Count Basie, Duke Ellington, avaient su propager au-delà des océans ? Les tenants du free tympanisaient le swing primaire, réactionnaire, préféraient évoquer un balancement intérieur, plus complexe, revendiquer le chaos, la rupture. Mon père s'ennuyait à écouter ces manifestes. Il écrira plus tard dans son livre de souvenirs : « Très vite, aux États-Unis, les musiciens free veulent conjuguer révolution et musique, accompagner les émeutes raciales d'une insurrection musicale. Et puis, le jazz se tape la tête contre les murs à ne plus pouvoir surpasser Charlie Parker. Il faut casser le système. Ici et ailleurs, les adeptes de la "New Thing" refusent le monde blanc. Leur colère retentira comme un écho aux discours de Malcolm X, leurs cris seront ceux des Panthères noires. L'émotion portée à son comble comme dans les plus vieux blues, et il ne s'agit plus de plaire, de divertir, non, plutôt choquer, faire réagir[1]. »

Cette « New Thing » comme il l'appelait, ce jazz bizarre, lui déplaisait, non pas qu'il s'emportât contre l'insurrection ou fût indifférent aux basculements du monde, mais à ses yeux l'engagement éloignait le jazz du peuple. Grâce à la politique, les jeunes musiciens espéraient surpasser le génie de Charlie Parker, mais leur talent prêtait à discussion.

Je me suis souvent mis dans la tête de mon père, j'ai longtemps essayé de connaître ses sentiments profonds comme tout amateur de musique déçu par la mode. Philippe ne voulait pas cautionner le free ni végéter au milieu de révolutionnaires excités indifférents à la musique, mais ne refusait pas une évolution sans laquelle le jazz mourrait. Il ne savait pas vers quel horizon tourner sa mélomanie,

1. Les notes bibliographiques sont regroupées en fin de volume p. 377.

et cherchait une nouvelle cause à défendre. Peut-être nourrit-il un vague espoir lorsque le facteur déposa sur son bureau une place pour le concert, à l'Olympia, d'un « certain James Brown, chanteur noir de son état », surnommé le « nouveau Ray Charles »... Une telle référence ne pouvait que le séduire. Quelques années plus tôt, Ray Charles avait explosé en mêlant de manière iconoclaste blues, gospel et jazz. Grâce à des titres célèbres, « I Got A Woman » ou « What Did I Say », il avait réussi à toucher divers milieux sociaux, à réconcilier les chapelles musicales ennemies, des jazzeux purs et durs aux rockers patentés et aux amateurs de chanson. Philippe s'y rendit par curiosité (il avait confié à ma mère son intention de ne pas y rester toute la soirée), sans se douter que l'escale improvisée bouleverserait son existence. C'était un samedi de l'année 1966, le 14 mars. Brown offrait au public son deuxième grand concert français. Mon père n'oublierait jamais l'atmosphère, un mélange de ferveur païenne et d'exaltation amoureuse ; il observa les jeunes filles en émoi, plongées dans la transe et partagea, cette nuit-là, les belles passions qui avaient fui le monde du jazz prisonnier de son sépulcre. « Mister B. fit chavirer le public avec une musique qui est au jazz ce que Superman est à Flaubert[2] », écrirait-il plus tard. Ce sens de la formule, dont Philippe avait le secret, où l'on décèle à la fois l'admiration et un sentiment de pureté choquée, masque le violent enthousiasme qu'il éprouva en découvrant ce fantasque héros. Aucun des exégètes n'avait encore intégré dans son vocabulaire les mots *rhythm and blues* et *soul.*

James Brown jouait un jazz neuf, torride, sexuel ornementé par les déguisements, les danses, l'exceptionnelle élégance d'une armada aux souliers vernis. Ce fut une nuit merveilleuse et infinie, la plus splendide des soirées.

Les cloches de minuit avaient largement sonné quand mon père revint à la maison, les yeux emplis de fièvre. Il raconta à ma mère ce qu'il avait vu et rédigea un article dans *Jazz Hot* intitulé : « Ornette n'est pas tout le jazz. » Et dans lequel on peut notamment lire ceci : « Rock. Le mot sonnait mal il y a quelques années. Blousons noirs, chaînes de bicyclettes, honteuse caricature, dans une même haine se retrouvaient les Bourgeois et les amateurs de Miles Davis, alors que ceux-là mettaient ceux-ci dans le même sac à voyous. Et c'est bien de la musique de voyous qui l'autre nuit couvrait les cris aigus, maintenant indispensables, de quelques femelles exaspérées par l'appel de ce rythme découpé à la hache sur des harmonies en acier trempé. Pas de la dentelle. Mais du jazz, qu'on le veuille ou non. Du jazz qui swingue. Une forme horriblement vulgaire, mais horriblement vivante du jazz[3]. » Il y évoque aussi les costumes pailletés, les valets porteurs de capes colorées, et le « pauvre amateur de jazz, conditionné par les articles d'Hodeir, les beautés du bop, complexé dans son amour de cet art jamais vraiment reconnu », et ouvre ses yeux « comme des soucoupes ». À côté, son ami et collègue Kurt Mohr, grand défenseur du rhythm and blues et des musiques noires, ressentait un élan presque amoureux pour James Brown : « Nous nous sommes demandé avec Philippe Koechlin s'il fallait le considérer comme beau ou extrêmement laid : j'opte sans hésiter pour la première hypothèse. Il a l'allure d'un mauvais garçon et il incarne son personnage à la perfection : sa beauté n'est pas celle de la colombe, c'est celle d'une panthère[4]. »

Philippe rapporta l'éclat du concert à la rédaction de *Jazz Hot*, et leur proposa de publier un hors-série sur les nouvelles musiques noires, un numéro spécial capable de redonner du souffle à leur publication malmenée par les querelles des anciens et des modernes. Le hors-série s'intitulerait « Rock&Folk », titre assez vague qui désignait ces courants rafraîchissants et scandaleux venus d'Amérique, du rock noir au jeune folk de Bob Dylan. Paru pendant le mois d'août 1966, il vendit autant et peut-être davantage que la revue mère. Alors, mon père et ses collaborateurs décidèrent de renouveler, chaque mois, l'expérience. Une grande revue musicale venait de naître. *Rock&Folk* lancerait beaucoup de vocations journalistiques, y compris la mienne.

Chaque concert, à Paris, du maître noir constituerait désormais un événement. James Brown aimait l'Olympia et son patron. Bruno Coquatrix avait découvert le prodige à New York, à l'Apollo. Il n'oublierait jamais la panique des policiers munis de torches électriques, prêts à étouffer le moindre incident tant la foule, incontrôlable, vibrante, les effrayait. « Bruno, raconte Jean-Michel Boris, le directeur-adjoint, m'avait dit : "C'est absolument incroyable, il chauffe la salle au rouge vif." En fait le soir de la venue de James Brown, on n'en menait pas large. On ne savait pas trop comment ça allait tourner. Je me souviens : dès les premières chansons, je vois mes trois premiers rangs de fauteuils qui s'écroulent. Je me suis dit que la nuit allait être longue. Le lendemain, il y avait le spectacle de Gilbert Bécaud. Il fallait que tout soit réparé[5]. »

Un an plus tard, James Brown avait donc retrouvé l'Olympia. Nous n'imaginions pas alors les âpres combats que le chanteur avait dû mener depuis sa Géorgie natale pour paraître devant nous, dans cette jolie France printanière.

Pendant ce temps, *Jazz Hot* continuait à dériver. Le vieux Charles Delaunay intervenait trop souvent. Il n'avait plus confiance en son équipe et préférait confier certains grands articles à des équipes extérieures. Le brillant Michel Le Bris, plus tard emprisonné pour « rébellion », et bien des années après, propagandiste heureux et compréhensible du roman d'aventures (Falkner, Forrester, London...), entra à *Jazz Hot* et contribua à rendre vaporeux le discours musical, comme en témoigne ce parangon d'article de l'époque : « Le signe se donne comme la résultante d'un commerce entre signifiant et signifié. De ce signe, de la langue, le mythe va se nourrir. Son signifiant propre va s'y attacher, le "doubler". Un des termes du mythe sera donc bivalent ; à la fois signe du premier système, possédant un sens plein, mais aussi signifiant du mythe, imposant une forme vide. Et cet écart va permettre au mythe d'instaurer une duplicité du sens[6]. » Personne ne comprenait une telle prose amphigourique. James Brown, lui, n'avait cure du verbiage propre au free-jazz. Il agissait, parlait au cœur. Dès l'hiver 1967, la jeune revue *Rock&Folk*,

née de la découverte du grand chanteur soul, répandit son néo-romantisme, portée par une belle simplicité. Philippe et ses collaborateurs firent leurs adieux à *Jazz Hot* (nous pouvons entendre les cris des intellos du jazz) en offrant leur une à l'esprit frappeur. Si le titre : « James Brown : rock ou r'n'b ? », semblait manifester une ouverture, le débat importait peu. Superman volait haut et vite.

Je ne peux pas travailler pour lui

La forêt était belle, mystérieuse, pourvoyeuse de richesses, le seul trésor que les Noirs possédaient en ces années de crise. Ils allaient puiser au fond des arbres puissants de quoi survivre. Les pins répandaient leur fraîcheur, leur ombre magique au-dessus de la vallée. Personne ne connaissait l'histoire de cette forêt. La communauté grandissait dans ce coin perdu de Caroline, sans trop comprendre pourquoi Dieu les avait placés là, entre un ciel prodigue et une terre malade. Derrière les frondaisons aériennes, circulait la rivière Savannah qui avait vu, près de son rivage, George Washington se délasser puis, au siècle suivant, les armées du Sud et du Nord s'affronter. Elle formait la frontière bleue entre la souffrante Caroline et une Géorgie plus opulente. Les Noirs de la forêt rêvaient de franchir la ligne d'eau pour émigrer à Atlanta ou ailleurs, mais ils devaient se contenter de leur trou, des feuillages, de l'illusion, où seule la petite ville de Barnwell, riche en bars clandestins et prostituées, fournissait la distraction. Peut-être cette existence fantôme les sauvait-elle finalement. Ils avaient conscience d'échapper à la mort, au dépérissement. Rien n'était plus puissant qu'un mur végétal pour les protéger des tragédies de l'époque.

La Crise de 1929 n'en finissait pas d'étouffer le pays. Dans les grandes villes, de nombreux vagabonds se bousculaient devant les soupes populaires, sombraient dans la folie après avoir bu de l'alcool frelaté. La prohibition, votée en 1919, engraissait les contrebandiers, attisait la corruption dont la lèpre rongeait le pays, du Nord au Sud, tandis que les Américains honnêtes tentaient de vaincre la misère. Beaucoup ne croyaient pas aux vertus de Franklin Roosevelt. Les plus désespérés doutaient que son New Deal, sa « nouvelle donne », fît des miracles. Mais ces histoires étaient bien étrangères à la petite cabane en rondins, sans fenêtres, perdue au cœur de cette forêt carolinienne, où James Brown verrait le jour, le 3 mai 1933.

1933

FIN DE LA PROHIBITION — PREMIER NEW DEAL.

Le gouvernement au secours de l'économie.

Franklin Roosevelt tente d'augmenter le pouvoir d'achat des Américains pour sortir le pays de la crise. Il fait voter la loi sur la reconstruction industrielle.

Reconnaissance de l'URSS.

Les premiers instants flottent déjà dans une étrange irréalité, presque légendaire, si bien que les historiens démêleront avec peine les dates et les lieux, une confusion savamment entretenue par Brown lui-même. La revue *Penthouse*, en 1986, placera la naissance du musicien quelques années plus tôt, en 1928, au cœur du Tennessee. Ainsi vont les légendes, dans la musique noire, lorsque l'administration blanche se moquait bien de recenser une population qu'elle jugeait négligeable. James aurait même refusé de venir au monde, répandant la croyance d'une résurrection, comme l'attestent les premières lignes de son autobiographie : *The Godfather of Soul*[1]. Son père, Joe Brown, aurait appelé les tantes Estelle et Minnie, solides gaillardes ensorcelées, afin d'arracher aux songes le bébé mort-né. Leur souffle parvint à le ramener à la surface.

Joe respira. La chance l'aidait enfin. Car le monde n'avait pas affiché envers lui de tendres dispositions. Il avait ouvert les yeux le 29 mars 1911, sur une terre anonyme et reculée, après une aventure sans lendemain. Sa mère avait consumé une liaison rapide avec un inconnu, puis s'était envolée, estimant mériter un avenir meilleur, comme épouser un Blanc et s'installer à New York. Elle s'était bien gardée d'emmener son garçon Joe qu'une femme de Branwell recueillit, une certaine Mattie Brown dont le miraculé petit-fils James dira, sans fournir de précision, qu'elle suppléait les familles incapables d'élever leurs enfants par manque de moyens, maladies ou décès. Joe Gardner prit le nom de Brown — brun —, comme une volonté d'enfermer l'homme dans l'anonymat, le troupeau, la mort. Alors commencèrent pour le jeune paria une enfance tourmentée puis une adolescence chaotique. Joe se battit, arracha les mauvaises herbes, disputa le moindre pouce de terrain.

Il n'oublierait jamais sa rencontre avec Susie Behlings, à Bamberg (Caroline du Sud), dont la famille lui témoigna affection et froideur, partagée devant cet intrus sans passé au nom si commun. Violemment épris de la jeune femme, il l'enleva à sa famille dans une vieille Ford Model T, et les deux amoureux se cachèrent au cœur de la forêt, près de la rivière Savannah. Nous ne savons pas quelle part de légende et de réalité draine cette romance, mais elle appartient à l'épopée du musicien, mélange de fantasmes, de poésie et de réalité crue.

La splendide liaison ne dura pas. Susie déchanta vite après la naissance de James. Elle faisait des ménages, s'épuisait à ranger les maisons des Blancs et ne se voyait aucun avenir. De son côté, Joe accomplissait un effort aussi dur. Il se levait tôt, fouillait les entrailles du sol, les arbres dont il extrayait la térébenthine. Il plaçait une auge contre le tronc, à l'aide d'un couteau, recueillait le goudron, en remplissait des petites barriques, puis transportait son produit aux entreprises et le vendait en échange d'une somme modeste. Trop heureux d'obtenir un peu d'argent, il ne discutait jamais les tarifs.

James garderait en mémoire le labeur incessant de son père qui ne s'épargnait aucune fatigue pour nourrir sa famille. Le monde blanc vibrait à quelques mètres, derrière les feuillages, et les Noirs pouvaient apercevoir les maisons raffinées, entendre le ronronnement délicat du moteur des voitures, les cris d'enfants, la vie élégante et tranquille, mais ils n'auraient jamais osé s'en approcher. Cette vision, pourtant, les lancinait. Les pauvres colorés n'attendaient rien de l'avenir. James Brown aimera souvent rappeler son ascendance indienne, cherokee, seul motif de fierté. Issu d'une famille fantôme, il croyait posséder un sang barbare, noble, lointain. Peut-être était-il de la même lignée que Geronimo ? Les songes fantastiques l'animeraient, mais il serait bien le seul à cultiver le rêve pendant son enfance dénudée.

Sa famille se moquait bien de ces contes. Joe n'avait guère le loisir de réfléchir aux mythes américains et, chaque matin, Susie, le dos brisé, abhorrait davantage l'existence que son époux lui imposait. Elle finit par le quitter. James fêtait ses quatre ans. Il ne comprendrait pas les raisons de sa mère. Seul un rapide échange entre ses parents resterait gravé dans sa mémoire. Elle se dressait à l'entrée de la cabane, le corps droit, immobile, son sac de vêtements à la main. Peut-être n'avait-elle pas prévu que son mari rentrerait plus tôt ? Joe s'approcha d'elle et n'essaya pas de la retenir, sans doute par orgueil.

« Prends ton fils ! lança-t-il.

— Garde-le, Joe ! répondit-elle. Car je ne peux pas travailler pour lui. »

James ne la reverrait que vingt ans plus tard, dans cette salle de lumière où il serait intronisé, le magnifique Apollo.

Dans la profonde solitude

Nous ignorons presque tout de Joe Brown. Le chanteur lui-même et les autres biographes se sont montrés plutôt évasifs sur un géniteur souffrant enchaîné à sa pénitence. Nous lirons ici sa réalité de travailleur acharné avant qu'il s'évapore dans les profondeurs du temps. L'homme n'eut guère le loisir de penser aux échecs de sa vie. Il devait nourrir son fils, assurer sa subsistance. Il travailla dans une station-service, une scierie, de nombreux magasins, sur les routes. Si d'aventure il perdait un emploi, il convainquait une autre entreprise de l'engager, mettait beaucoup de détermination à vivre, déployait tant de souplesse qu'il pouvait assumer toutes les tâches. Parfois, l'éloignement de son travail l'obligeait à déménager. Il louait une autre masure de planches, sans eau ni électricité, et y emmenait James qui se morfondait en attendant son père. Les femmes du voisinage offraient faveurs et douceurs à Joe, élevaient son fils. Elles étaient amies ou amoureuses, venaient surveiller le gosse puis repartaient. Et James, aussi loin que remontent ses souvenirs, garderait la douleur de ce ciel trop haut, de cette nature si vaste et inconnue, dont il ne verrait jamais les limites. Quand Joe reviendrait-il ? Le temps s'écoulait au rythme de la lune, de la lumière, des saisons. La chaleur, les frimas le torturaient.

L'hiver, la brume effaçait la forêt, les arbres aussi fermés que des sanctuaires perdaient de leur frémissement, devenus durs et blancs comme de la pierre. Heureusement, ils fournissaient du bon bois à brûler que Joe enfournait dans le poêle, les nuits glacées. Les flammes transperçaient la profonde obscurité de la pièce. Le père brûlait des bougies, servait à son garçon la mixture qu'il avait préparée lui-même avec les moyens du bord, haricots, fruits, tout ce que la nature lui prodiguait. Puis, il s'endormait et repartait à l'aube. Chaque départ laissait peser un néant dans la cabane. Le jour blafard dévoilait une nature haute et sombre. Parfois, les branchages cessaient même de respirer. Le silence était encore plus pénible aux oreilles de James que le sifflement continu de la brise ou le tintinnabulement de la pluie contre le toit en tôle. Il essayait de percevoir un son, un cri d'oiseau, mais aucun mouvement n'échappait du linceul abyssal qui se fondait dans le firmament. James chantonnait, parlait seul, rêvait. Son père lui avait offert un petit harmonica, espérant occuper son garçon. Et il avait eu raison. Le gamin s'amusa beaucoup à triturer cet instrument, unique compagnon sonore qui n'était pas le vent hypnotisant, le bruissement des feuillages. Parfois, Joe se joignait à lui, jouait de vieux blues, qu'il avait entendus dans les campements d'ouvriers, de Blind Boy Fuller, ce musicien aveugle itinérant que plusieurs témoins avaient aperçu ici ou là sur le parvis d'une église ou dans un bouge. Personne n'oubliait cette peau déchirée, comme couturée, sous les lunettes noires. Blind Boy portait les blessures d'une enfance martyre depuis que sa marâtre lui avait lancé au visage un jet de vitriol et l'avait transformé en homme magnifique aux brisures éclatantes, marqué par le froid et la route. Fuller avait mendié au bord de la rue, jeté airs et mélodies aux passants, roucoulé sous le ciel étoilé, jusqu'à devenir un héros. Ses chansons — « Step It Up and Go », « Truckin' My Blues Away », « I Am a Rattlesnakin' Baby » — circulaient à travers la campagne, populaires, dans les coins reculés de Virginie ou des Appalaches. Joe les avait souvent entendues, puis fredonnées comme tant d'autres, sur les chantiers ou chez lui. James connaissait donc ces œuvres, mais ne se rappellera pas les avoir jouées. Il confessera plus tard sa détestation du blues qu'il jugeait sans doute trop pleurnichard et peu dynamique. Comment cet homme au sang chaud, endurci par l'isolement, aurait-il pu goûter les gémissements et les plaintes ? Une telle musique évoquerait toujours sa condition de Noir pauvre et le souvenir de ses terribles années de déréliction.

À défaut d'autres émotions, il accompagna son père à l'harmonica. Le temps s'écoulait plus vite, et la musique annonçait une bonne soirée, une nuit douce. Joe riait, préparait de nouveaux plats succulents comme toujours à base de fruits, invitait des amis. Puis, le matin, la cabane replongeait dans le silence.

James aurait tant aimé converser avec un frère ou une sœur, confier ses désirs à une âme jumelle. La nuit, il se réveillait en sursaut et, même si son père dormait à quelques mètres, il guettait l'ennemi, croyait apercevoir des ombres menaçantes, puis se rendait compte de l'illusion grotesque. Les flammes du poêle dessinaient sur les murs des personnages fantastiques, tordus. Peut-être ces journées éprouvantes le poussaient-elles vers une certaine folie ? C'est pendant ces espaces de solitude qu'il développa un imaginaire débridé, s'efforça de remplir le vide. Quand on n'a rien à faire, à l'aube de sa vie, le premier éveil au monde, à la culture reste la Bible, tradition obligée pour tout jeune enfant noir livré à lui-même. Il suffit de se baisser car le Livre saint traîne sur toutes les tables, des manoirs somptueux aux plus rustiques masures. Le garçon remarqua vite son premier héros, celui qui ne cesserait de l'accompagner pendant sa route, Moïse. On peut imaginer que ce grand mégalomane de James Brown établirait souvent un lien entre sa naissance dans une cabane perdue et la découverte du prophète sur le Nil au fond d'un panier d'osier. Et il définirait sûrement une destinée commune entre ce magicien rebelle et lui-même. Moïse avait défié l'Égypte sacrée, libéré le peuple juif du joug pharaonique. La mer Rouge s'était ouverte devant les fugitifs avant de se refermer sur les cavaliers de Ramsès II, comme une pierre tombale. Cette épopée répandait un souffle illustre, mythique. Lorsqu'il fut plus âgé, James s'amuserait à endosser l'armure du pèlerin, à délivrer les Noirs des Blancs, emmènerait lui aussi son peuple vers la Terre promise. Moïse chassa toutes ses peurs d'enfant, le protégea. Chacun de ses rêves s'appropriait une part de mythe et surtout l'arrachait à ce trou perdu dont personne ne le délivrerait. Que les journées semblaient infinies !

Moïse ne le protégeait cependant pas complètement, surtout le soir. Un enfant noir américain, à cette époque, rencontrait tout de suite les dévastations de la pauvreté. Un Joe ombrageux rentrait et James peinait à le reconnaître, préférant se tenir à l'écart, mais cette précaution ne suffisait pas toujours. Son père le débusquait et le tançait sévèrement sans que le gosse en comprît les raisons. Quand il cédait à la colère, sa voix tonnait entre les planches comme un orage. Le fils supporterait souvent la fureur de cet homme avec un mélange de crainte et de dégoût. Sans doute le respect primait-il ses autres sentiments confus. Car Joe paraissait mener la guerre aux Blancs, ne cessait de les moquer, d'exprimer sa rébellion face à la « race » dite supérieure, aux riches si près d'eux et pourtant inaccessibles. James le voyait comme une sorte de héros que nul pouvoir n'effrayait. Et Joe, sentant son admiration, renchérissait. À l'entendre, les Blancs ne résisteraient pas longtemps à la magie noire. Une telle assurance impressionnait James jusqu'au jour où il surprit Joe en compagnie de Blancs et découvrit, à la place du héros, un « nègre » obséquieux et soumis. Le respect qu'il lui avait témoigné disparut tout soudain. Cette vision d'enfant le poursuivrait toute son existence. Il savait, admirateur de Moïse, qu'il ne baisserait jamais les yeux devant un Blanc, et manifesterait assez de fierté pour s'élever à leur niveau. Il serait l'homme que son père n'avait pu vraiment être. Le pauvre Joe s'était montré incapable de courage et n'aurait jamais pu dire en face d'un Blanc ce qu'il pensait de lui. De temps en temps, James pardonnait les faiblesses à un père joueur, peut-être ivrogne, qui n'avait jamais dépassé le cours moyen à l'école et souffrait de son inculture. Dès son plus jeune âge, l'ouvrier avait travaillé et avait dû s'occuper de son fils. Ses activités l'avaient empêché d'améliorer son esprit. Il ne pestait jamais contre son infortune, tout occupé à démarcher les garages ou les entreprises agricoles.

Il luttait et sauvait ce qui pouvait l'être. Pourtant, un jour, il jugea sa tâche trop ardue. Il avait le sentiment d'échouer dans l'éducation de James. Il ne parvenait pas à enseigner au garçon ce monde qu'il avait déjà tant de difficultés à appréhender lui-même. L'école serait chaotique, inégale, et Joe ne se sentait pas capable de porter James. Il songea à Minnie. La tante avait sauvé le petit d'une mort précoce et pourrait sans doute assurer son éducation jusqu'à la majorité. La femme vivait de l'autre côté de la rivière Savannah, en Géorgie, à Augusta, cette ville radieuse à laquelle les plus pauvres prêtaient des vertus roboratives et merveilleuses. Là-bas, le fils Brown enterrerait sa solitude, profiterait du meilleur enseignement. Augusta traduisait bien tous les espoirs d'un père qui désirait s'effacer du monde.

25 juin 1937

Le boxeur noir Joe Louis remporte le titre des poids lourds.

Le champion a battu par K.-O. au huitième round le natif de Chicago, James Braddock surnommé le Prince charmant.

Chicago Defender

Bessie Smith, chanteuse de blues, tuée.

Memphis, 26 septembre. Le monde du spectacle pleure aujourd'hui la mort de Bessie Smith, à cinquante ans, « reine » des chanteuses de blues, qui a été tuée dans un accident d'automobile.

Down Beat

Bessie a-t-elle saigné jusqu'à la mort tandis qu'elle attendait le secours médical ?

Son producteur John Hammond lance la polémique. Une ambulance réservée aux Blancs aurait refusé de lui porter secours.

Joe Louis bat Max Schmeling.

Le 22 juin 1938, le boxeur noir défait au premier round le boxeur allemand aryen Max Schmeling, représentant de l'idéologie nazie qui pense que la « race blanche est supérieure ».

Dans le monde interdit

Après Moïse, ce sont les femmes qui se penchèrent sur son avenir. Elles le sauvèrent, mais il ne serait pas toujours leur ami. Une main délicate l'arracha donc à la forêt noire et profonde et l'emmena vers la lumière. Augusta exhibera un jour ses trois lauriers : les souvenirs de la guerre civile américaine, James Brown et le golf. De notre côté européen, les hautes et somptueuses dunes vertes, baignées de silence, et les joueurs en pantalons blancs ont fini par résumer la cité. L'embourgeoisement a étendu là-bas son drap propre jusqu'à pervertir l'enfant adopté du pays devenu aujourd'hui son épouvantail clinquant et grotesque alors qu'il en était jadis l'orphelin brutal.

Lorsque James débarqua en 1938, la ville portait bien mal son nom d'Augusta. Elle cachait le diable, des gangsters qui avaient pillé le pays pendant les années de prohibition, une police corrompue, des salles de jeux aux lumières crues, sous le ciel lourd, cet alcool brûlant dont le feu incendiait les crânes. L'utopie du XVIIIe siècle semblait morte. La Géorgie avait oublié sa belle histoire, le nom de son fondateur, James Oglethorpe (1696-1785), même si le bon général décorait de ses statues parcs et écoles... Pendant une grande partie de sa vie, cet homme avait servi la Couronne avec zèle et romantisme, sans renoncer aux grands principes. Il avait vu le jour à Londres à la fin d'un siècle, dans une famille plutôt aisée et militante. Aucun combat n'effrayait le jeune Oglethorpe qui ne mettrait pas longtemps avant de choisir une cause honorable. Un drame l'avait touché en 1729, quand son ami Robert Castell, surendetté, avait été jeté en prison. Le malheureux n'avait pas eu les moyens de s'offrir une cellule décente comme il était d'usage à l'époque si vous possédiez de la fortune. Les policiers l'avaient forcé à fréquenter un autre détenu atteint de variole. Contaminé, touché par le manque d'hygiène, Castell mourut assez vite, et ce décès décida Oglethorpe à imaginer une réforme des prisons anglaises. Combien de prisonniers croupissaient-ils après avoir commis des délits bénins ! L'endettement était-il une raison suffisante ? La torture, la corruption les attendaient. La situation ne pouvait plus durer. Il parvint à améliorer le système carcéral et gagna une notoriété dont il profita en ravissant un siège au Parlement. Mais cette existence ne le satisfaisait pas, et James aspirait à vivre des aventures dans cette lointaine Amérique abondante en terres fertiles et en or. Pourquoi ne pas y implanter des colonies ? Il se disait prêt à prendre la mer sous les ordres du roi George II, et à civiliser une région sauvage. Il convainquit Sa Majesté et embarqua un équipage au bout du monde. La Géorgie — nom emprunté au monarque anglais évidemment — naquit. James O., premier gouverneur, assura la défense du territoire contre les intrusions ennemies, les Espagnols toujours assoiffés de batailles, et les éternels Français. Il essaya plusieurs fois, sans succès, de prendre d'assaut la forteresse ibérique à St-Augustine, mais, après de longues années combattantes, des procès à répétition en Grande-Bretagne où il fut accusé de trahison, le héros parvint à repousser les forces hostiles, implanta sa colonie, la préserva des Indiens, des Espagnols et des alliances politiques. Il respecta les coutumes indiennes et instaura une économie.

Du nouveau pays, la rivière Savannah formerait la ligne de vie, son sang neuf. Sur une ligne de sable blanc, au bord de l'onde, en 1736, Oglethorpe posa quelques baraquements et créa une cité qu'il baptisa en hommage à la princesse Augusta, épouse de Frederick, le prince de Galles. La ville devait servir de poste avancé pour prévenir et repousser les assauts ennemis. Elle grandira vite, appréciée des édiles politiques. Cinquante ans plus tard, George Washington s'y promènera, contemplant les marais et les profondes forêts. En janvier 1794, Augusta eut « le privilège » de déplorer le premier US Marshall assassiné : Robert Forsythe, père de John, futur gouverneur de Géorgie, chutant sous les balles des frères Allen. Mais la justice ne put condamner les meurtriers.

L'histoire glissera à vive allure sur la place forte, théâtre des affrontements entre les armées du Nord et du Sud. La guerre civile américaine (1860-1865) meurtrit la localité, sauvée des incendies et de la vengeance, peut-être parce que les Nordistes la sentaient légèrement différente des autres villes du Sud. Augusta gagna de manière étrange une réputation progressiste. Les rumeurs disaient qu'après le conflit les esclaves affranchis y puisaient là une deuxième vie, à l'abri du danger. En 1867, l'église ouvrit la première école noire, The Augusta Baptist Institute, sous l'émule de William Jefferson White et d'un ancien esclave, Richard Coutler.

La cité vivait son épanouissement racial et économique, abreuvé par le magique bras d'eau. Magique et diabolique. Combien de fois l'eau s'y déversa, noyant ses rues ? Les habitants durent souvent la reconstruire.

Augusta, heureuse de sa bonne santé, ravit bientôt à sa rivale Memphis la place de première capitale du coton. Le monde américain chérissait la ville où verrait le jour Woodrow Wilson, futur président des États-Unis en 1913. Heureuse peut-être. Pourtant, les tragédies ne l'épargnèrent pas toujours. En 1916, un gigantesque incendie ravagea son cœur. Le feu prit dans les caves d'un tailleur après qu'un fer à repasser, laissé sans surveillance, eut brûlé des tissus. Le vent poussa les flammes et les propagea à tout l'immeuble, effaça une bonne partie de l'élégante architecture coloniale, des églises, temples, entrepôts jusqu'aux réserves de coton, butin de la fière travailleuse, parties en fumée. Trois mille habitants perdirent leur maison. À nouveau, ils reconstruisirent les demeures, rebâtirent la fière Augusta.

Puis, le soleil, les langueurs de la rivière Savannah amenèrent vacanciers, golfeurs, belles femmes, présidents, magnats... Le Sud consumait les étoiles.

À la fin des années 1930, un petit garçon observait la ville d'un autre œil, depuis le ghetto noir baptisé « Terry » où son père l'avait envoyé. Il avait découvert des rues en sable comme une illusion, terreaux, cabanes fragiles, une population mélangée de Chinois qui tenaient les magasins, de musulmans, de Noirs et, jailli de ce cœur populaire et bigarré, le Ku Klux Klan qui menait des parades auxquelles James, trop jeune, ne prêtait aucune attention. Les hommes en robe blanche se confondaient presque avec le paysage. Des années de conflits raciaux avaient régi les relations entre les êtres. Les gazettes vibraient encore des émeutes qui avaient ébranlé le ghetto d'Augusta quand des Blancs, voulant arrêter un Noir (chacun connaissait le sort réservé aux malheureux tombés entre les mains de la populace), s'étaient heurtés à la résistance du « criminel » et à sa fuite. La foule avait alors attaqué le quartier des « Nègres », provoquant une émeute. Trois hommes de couleur moururent. Les drames hantaient les mémoires : un Blanc avait trouvé amusant de souffler la fumée de sa cigarette dans la figure d'une femme noire. Son mari protesta, l'agresseur dégaina son arme et l'étendit raide mort. Il ne fut jamais arrêté. Un enfant avait la peau sombre ? Des Blancs lui ordonnaient de danser sous peine de le suspendre aux arbres majestueux du « Sud galant ».

Les politiciens racistes exploitaient la misère. Les esprits curieux, désireux de mieux comprendre la mentalité de cette population, s'en remettront à

Tobacco Road (*La Route au tabac*), livre émouvant que l'écrivain d'Atlanta Erskine Caldwell publia en 1932. De petits Blancs au ventre vide s'y bousculent aux portes des grandes villes avec l'espoir de manger à leur faim. D'autres refusent de lâcher leur terre au risque d'y mourir abandonnés de leur famille. Ils vivotent sans que le lecteur parvienne à différencier ces êtres humains de l'animal. La cité représente le salut et la foire aux vanités. « Vous autres, les richards d'Augusta, éructe l'un de ses personnages, vous saignez à blanc le pauvre monde. Vous ne travaillez pas et vous empochez tout l'argent que gagnent les fermiers[1]. »

James Brown n'avait probablement pas lu ce roman. Il se réjouissait de quitter la forêt, sa terre natale, et se moquait bien de ce qui lui arrivait, même si l'absence de sa mère, parfois, l'accablait.

Il se trouvait aux pieds d'Augusta la Grande qu'il surnommera « la cité du péché ». Tout musicien américain aime revendiquer son terreau d'origine : Elvis, c'est Memphis, Buddy Holly a éclairé l'obscure Lubbock (Texas), Bob Dylan a révélé Hibbing (Minnesota). James Brown portera les couleurs d'Augusta, où il commença par regarder en l'air. Là-haut, étincelaient les belles demeures blanches, disposées en grappes sur la colline. Elles touchaient presque le ciel, contemplaient la mer, l'infini, inaccessibles. Plus l'œil descendait, plus la beauté et la propreté s'effilochaient avant de disparaître sous la crasse, les ordures, les décharges, les masures en bois des petits Blancs appauvris, toutes brinquebalantes, comme renversées, jetées à flanc de colline par un vent mauvais. Quelques mètres plus bas, le ghetto noir Terry ressemblait à la gueule béante d'un ogre qui engloutissait les âmes sans espoir de sortie.

Privé de parents, le fils s'apprêtait à y pénétrer, conscient de ne jamais connaître la délivrance. Mais il refusait toute tristesse tandis que sa tante Minnie lui tenait la main, et l'avait emmené au 944 Twiggs Avenue. Une maison de deux étages s'élevait dans le si haut soleil et l'ombre des branchages. Le gosse avait froid et mal aux dents à cause de la mauvaise hygiène, là-bas, derrière les grands arbres de Caroline. Il n'avait jamais vu de foule ni entendu autant de bruit. La maîtresse des lieux, son autre tante, « Honey » Handsome Washington, apporta à son jeune invité de la nourriture, des soins, heureuse d'accueillir ce neveu qu'elle ne connaissait pas mais dont la tante Minnie lui avait dit le plus grand bien. James espérait vivre enfin une belle existence.

La maison semblait préserver le petit garçon du danger. Et pourtant, quelques intrusions le tirèrent de ses rêves. Les soldats investissaient le club avec leurs longs manteaux, renversaient les tables, vidaient la clientèle. « Honey » ne disait rien, assistait à la scène, imperturbable. Parfois elle les apaisait ou bien les suivait jusqu'au commissariat, mais les autorités la relâchaient le lendemain. Et ce manège recommençait le mois suivant. Il ne durait jamais bien longtemps. « Honey » et les forces de l'ordre s'adonnaient à un jeu sadique. James se demandait pourquoi sa tante était emmenée puis réapparaissait. Il découvrit son histoire et comprit la force de cette demeure. Le 994 Twiggs Avenue avait servi jadis de funérarium, les box avaient été transformés en chambres, nombreuses, alignées les unes à côté des autres comme des sanctuaires de plaisirs. Les belles-de-nuit s'y enfermaient en compagnie de « messieurs ». Les hommes repartaient le matin, comblés et repus, ou s'attardaient à aimer encore, jouer, boire. Handsome savait recevoir. Sa demeure brûlait à l'orée des arbres. On y entendait des rires et de la musique. Les grands soirs, joueurs, prostituées et vagabonds emplissaient le salon noyé de fumée. La foule s'agglutinait autour du bar. Les Noirs venaient goûter les étranges boissons que la douce « Honey » préparait et vendait. Elle avait acquis la fortune grâce au commerce de l'alcool sans jamais avoir été tourmentée par aucune autorité. Elle soudoyait la police, décourageait les inspecteurs zélés. Les nuits étaient belles. Les clients avaient l'impression de toucher à tous les plaisirs interdits. Et, au milieu, « Honey » régnait avec une bienveillance dont le quartier lui était redevable. Elle donnait à manger aux pauvres hères qui franchissaient le seuil, paysans jetés de leur terre venant d'arriver en ville, musiciens itinérants, voyageurs… Handsome accueillait les enfants perdus du voisinage, mères abandonnées, orphelins. Elle passerait à la postérité comme la sainte maudite à qui l'histoire réserverait une petite place chaleureuse dans l'enfance de James puis sa vie d'adulte. À la base des légendes américaines, la tenancière de bordel fait souvent office de seconde mère, d'initiatrice, mêlant l'interdit délicieux à l'éducation. Et il n'est pas inutile de rappeler combien une telle figure marquera l'œuvre future de James soumise aux battements de cœur, aux pulsions du sexe et à l'excitation du banditisme.

« Honey » sortait victuailles, boissons, et les distribuait avec un large sourire, se montrant tout aussi prodigue envers les policiers. Le lupanar irritait les inspecteurs qui profitaient cependant de sa présence. Handsome résistait, fière de son affaire. Le détective le plus ardu n'aurait jamais découvert la cachette de son alcool clandestin, enfoui sous le plancher. Elle utilisait même James, un esprit malin et agile, si petit et léger qu'il pouvait transporter des caisses en toute discrétion. James s'amusait à les acheminer, prenant cette activité pour un jeu innocent. Une autre « mission » lui paraissait aussi étrange : Handsome le priait de se placer au coin de la rue et de héler les messieurs pour les convaincre de goûter aux appas féminins qui brûlaient leur encens dans la maison. La journée, le gosse guettait les corps, apportait du sexe aux dames, touchait un pourboire puis reprenait son poste. Il imaginait les jeux de chair derrière les portes closes. Les lumières brillaient jusqu'au milieu de la nuit. En bas, le salon se remplissait. Une faune, sortie de la ville nocturne, se répandait autour des tables, jouait aux cartes, buvait.

James observait ces hommes durs. Les contrebandiers portaient des revolvers, des poignards et ne toléraient pas qu'un inconnu vînt gêner leur trafic. Âgé de huit ans, l'enfant suivait leur exemple, buvait au point de se saouler, travaillait, s'épuisait, fréquentait la faune avec crainte et respect et, au plus fort de ses terreurs, aimait la tante Handsome et son autorité, seule garante de la paix. Il s'énervait de voir qu'elle ne paraissait pas le tenir en haute estime ou du moins s'intéresser à lui, même si elle le nourrissait et le protégeait de la rue chaude. Honey était bien trop occupée à gérer son « commerce ». Elle le laissait à ses errances, comme d'autres bambins égarés à travers la maison. James se lia à Willie Green, le petit-fils de Honey, surnommé « Junior ». Il laissera sur cette rencontre de belles lignes sentimentales dans lesquelles il raconte combien ils étaient proches comme des frères, dormant parfois dans le même lit[2]. Cette amitié lui permit de combler son attente, de chasser ses peurs. Les deux garçons parcouraient les rues du ghetto. Ils décidèrent de cirer les chaussures des Blancs. James, sans le savoir, touchait le métier symbolique inhérent à la fraternité noire, par lequel tout homme en réussite mesure le parcours accompli. Et les voilà qui guettaient la clientèle. Puis, ils rentraient le soir, s'efforçaient d'apercevoir « Honey »... En vain.

James se réconfortait en pensant à elle, s'abandonnait aux bras de Minnie et de son père qui lui rendait visite. Joe continuait à mener son existence nomade le long des voies de chemin de fer, sur les chantiers de la région. Il participait à la construction des immeubles, conduisait des camions de légumes, cultivait le coton, prenait chaque emploi disponible et récoltait de maigres dollars. Il aimait bien montrer à son fils le fruit de son dur labeur. Un soir, il gara sa voiture devant la maison et déchargea un vieil orgue que le patron du magasin où il travaillait lui avait offert. C'était un magnifique instrument en bois aux touches brillantes, dont un pied s'était fendu. Joe saurait le réparer.

James se rappela l'harmonica. La musique le fascinait et pouvait lui permettre d'échapper à la violence. L'arrivée de l'orgue provoqua l'excitation chez les pensionnaires du bordel. Femmes et voyageurs éphémères se pressèrent autour, le touchant avec vénération. Ils riaient, inspectaient les recoins, effleuraient les touches. La légende veut que, le soir venu, au retour de son père, James avait déjà appris plusieurs chansons et les jouait sans commettre la moindre erreur. Le garçon fantomatique débarqué, pendant une nuit, s'était effacé derrière un enfant agile, adroit, au visage réjoui. Les clients semblaient le découvrir, l'apprécier, « Honey » elle-même, si lointaine, le trouva charmant et eut envie de l'embrasser. Le gamin déployait des dons insoupçonnés. Il ne ramperait pas toute son existence pour dissimuler de l'alcool et tromper les policiers, comprendrait vite l'intérêt du nouveau jeu, dégoûté par ce qu'il voyait et sentait, le crime, la violence, l'anonymat, la misère. James avait huit ans, et il devinait que l'instrument l'inviterait à un voyage fantastique.

Monsieur Tampa

7 décembre 1941, les Japonais ont attaqué Pearl Harbor à 7 h 55 AM.

Le raid surprise a coulé 8 grands cuirassés américains, détruit 159 avions, et tué 2 000 personnes.

LE PRÉSIDENT FRANKLIN ROOSEVELT DÉCLARE : « NOUS DEVONS FAIRE FACE À LA GRANDE TÂCHE QUI EST DEVANT NOUS EN ABANDONNANT IMMÉDIATEMENT ET POUR TOUJOURS L'ILLUSION QUE NOUS POURRIONS JAMAIS NOUS ISOLER À NOUVEAU DU RESTE DE L'HUMANITÉ. »

Depuis 1940 l'Europe avait éteint ses lumières. Les canons tonnaient de l'autre côté de l'Atlantique. Ces déflagrations n'atteignaient pas le ghetto noir d'Augusta ni le lupanar de la grande Handsome Washington. Pourtant, le pays entrait en guerre.

Avril 1942 – Le ministère de la Marine annonce que les appelés de couleur seront acceptés pour le service général dans des unités ségréguées, et seulement à bord de navires éloignés du feu.

On se doute bien que vue du ghetto, à cette époque, la guerre devait représenter un souci secondaire. S'habiller, se nourrir demeuraient l'urgence immédiate et, quand il manquait le nécessaire, les pauvres habitants tentaient de survivre. Le petit James Brown prit le chemin de l'école dans le froid hivernal, les pieds nus, la chemise flottante, presque déchirée. Il s'habillait de toile de sac, de matières tombées sous la main, traversait la société sans être vu pour ne pas subir la méchanceté des adultes et des Blancs. La Floyd School, réservée aux enfants noirs, lui permettrait de se cacher, de grandir dans l'ombre de la ville. La tante Minnie avait cherché une école dévolue aux peaux colorées, et avait éprouvé beaucoup de difficultés à débusquer le prude établissement auquel la ségrégation les condamnait. Elle avait fini par le trouver : des murs informes, crevassés, un bâtiment carré en bois aux fenêtres hautes. En 1940, Augusta possédait bien peu d'écoles noires. Les parents « africains-américains » se précipitaient donc sur la Floyd afin d'y inscrire leurs enfants. Des files s'allongeaient devant l'entrée ; les classes accueillaient près de quarante élèves, bruyants, indisciplinés. James espéra plonger dans le hourvari et l'anonymat. Sa discrétion le protégerait des tensions, de l'agitation, mais il ne préserva pas longtemps son invisibilité. Un professeur emmena James à l'écart, souleva ses nippes d'un air dégoûté, observa ses pieds nus. De pauvres sous-vêtements laissaient apparaître le corps tremblant du petit garçon racorni par le froid. L'homme ne pouvait l'autoriser à rejoindre ses camarades. « Mon garçon, dit-il, tu ferais mieux de rentrer chez toi. Tu ne peux assister aux cours, ainsi vêtu… » James rentra donc chez lui, la tête basse. Il garderait, pendant toute son existence, le souvenir de cette humiliation et se résolut à prendre sa revanche. Au lieu de regagner la maison de « Honey », il traîna dans la rue avec sa boîte de cirage. Non seulement ce travail ne lui rapportait guère, mais l'épuisait. Il rencontrait quelques mauvaises graines, et, avec eux, volait les étrangers égarés qui avaient le malheur de traverser le ghetto. Il parvint à acheter des vêtements, juste le nécessaire, et de retour à l'école, afin de conserver ses biens, dut se battre contre ses camarades prompts à le détrousser. Des bagarres éclataient. James, de petite taille, souffrait de ces rivalités enfantines. Les forts essayaient toujours de dominer les plus faibles. Mais le fils de Joe, le gamin combatif qui vivait dans l'étrange maison de Handsome Washington sur laquelle les belles langues colportaient des milliers de rumeurs, ne cédait à aucune intimidation. Son corps plutôt râblé et bas lui donnait cependant quelques atouts : l'agilité, l'explosivité. James — à la vérité — aurait pu devenir un splendide athlète. Il courait vite, savait éviter les coups, s'aperçut qu'il possédait la plus précieuse des richesses, le corps effectivement. Son adresse et sa forme compenseraient les misères de son enfance. Les cours normaux le fatiguaient et l'endormaient, et il s'éveillait dès que les professeurs emmenaient leurs élèves au stade ou ailleurs. L'air lui redonnait de l'énergie, alimentait ses désirs. Il courait plus vite que les autres, sautait haut, apprenait tout de suite les bons gestes. James ne perdait jamais de temps car il jouait sa survie, son intégration. Sa vivacité l'aidait à vaincre les obstacles. Il foulait un terrain de basket-ball, marquait de nombreux paniers, au base-ball, frappait les balles à toute force sans que son adversaire direct ne parvînt à le rattraper ou à le contrer. Il montrait aussi de bonnes dispositions à la boxe, ne craignait pas les mauvais coups. Sa dureté effrayait ses camarades. Ce garçon avait vécu dans une forêt lointaine et surmonté la solitude. Personne ne connaissait sa famille. Quelques élèves crurent apercevoir son père disparu. Joe avait rejoint la Navy, espérant peut-être vivre une existence plus favorable. Il ne s'agenouillerait plus devant la térébenthine et les Blancs tyranniques. Une photo a immortalisé son visage hautain coiffé d'une casquette maritime. Joe dresse la tête avec la satisfaction des ambitieux qui prennent leur revanche sur l'infortune. Nous nous reporterons encore une fois à ce qu'en dit James dans son autobiographie, où affleure ici et là une certaine amertume : « Ils l'ont ramassé dans les rues d'Augusta et le transformèrent en matelot de seconde classe[1]. » Il accrédite la thèse d'une fatalité sociale. Joe semblera toujours incapable de maîtriser son destin, contrairement à la communauté interlope de sa tante Honey. Choisir la voie parallèle, le danger, la romance, ou s'adapter au système blanc jusqu'à perdre son orgueil, telle semble être l'alternative offerte aux Noirs à la fin de la guerre. On s'amusait davantage dans les jupes de la taulière Honey que n'importe où ailleurs. Imaginez les militaires en permission qui se bousculent aux portes des bars, des bordels où ils dépensent leurs dollars, goûtent les plaisirs, peut-être ultimes, de la vie. Juste après Pearl Harbor, l'armée américaine avait achevé de construire, à Augusta, une garnison, Camp Ground. Les trains y déposaient les marins, puis les emportaient vers les grands navires et le Pacifique. Les soldats découvrirent la région (après l'armistice en 1945, un grand nombre reviendrait s'installer sur le bord de la rivière Savannah). La bourgade vibrait au rythme des mouvements de troupes. Les boutiques ambulantes germaient le long des chemins qu'empruntaient les combattants. James apportait sa boîte à cirage, déployait son matériel sous les sabots des cavaliers, hélait ces gens, recevait des offrandes et les partageait avec « Honey ». Mais cet argent ne suffisait pas toujours. Alors, il réfléchissait.

La guerre lui ouvrit des emplois jusque dans les champs de coton ou de canne à sucre. Il se levait tôt, passait de longues journées, le dos courbé sur les chaussures ou à l'école, mais se moquait bien de la fatigue. Le départ de Joe avait renforcé son isolement et sa détermination.

« Un jour le monde entendra parler de toi ! », disait « Honey » qui comptait les pièces d'argent. Cette phrase aurait des incidences importantes sur le destin du garçon. James se demandait pourquoi sa tante répétait une telle promesse. La prédiction le poussa à travailler davantage, y compris sa passion naissante : la musique. Chaque soir, il frappait l'orgue, chantait, empruntait les instruments des musiciens qui franchissaient le seuil. Parmi toutes ces nouvelles amitiés, l'une d'elles l'éblouirait particulièrement. James avait commencé à observer le va-et-vient d'un prince en toute élégance, dont la veste, bien coupée, le pantalon, sombre, épousaient un corps gracile et léger. Sa jeune figure ronde, imberbe, ses yeux éclatants et malins inspiraient la sympathie. Ses cheveux proches du roux le singularisaient. Nous ignorons quand s'est déroulée la rencontre. On imagine que l'inconnu nommé « Tampa Red » traversa le salon, encadré de plusieurs femmes aux toilettes brillantes. La petite bande portait les douceurs et les éclats fatigués d'une soirée bien arrosée. Les filles riaient, chuchotaient. Le visiteur s'assit, tandis qu'« Honey » lui apportait une collation, déployait à ses pieds tous les appâts possibles. James pensa que ce monsieur devait être important car jamais Handsome n'avait témoigné autant de prévenance à un client. Tampa était un compatriote, un Géorgien fier, toujours prêt à rendre service, à aider son prochain. Les musiciens évoquaient sa quiétude, sa gentillesse. À peine arrivés à Chicago, ils savaient où diriger leurs pas, vers le quartier résidentiel du « South Side ». « Mr Tampa » les attendait, sur le seuil de sa maison, le long de la 35e Rue. Sa gentilhommière dominait toute la rue, avec ses hautes fenêtres allongées, son balcon-terrasse, son porche somptueux.

Le producteur Lester Melrose * y séjournait, et avait proposé à Tampa d'accueillir les musiciens en transit. « En échange, je te règle le loyer », promit-il. Les artistes déposaient leurs guitares dans le vaste salon, jouaient jusqu'à l'aube, débouchaient des bouteilles, puis se couchaient. Les invités se

* Lester Melrose (1891-1968) sculpta le blues de l'entre-deux-guerres à Chicago, créa l'instrumentation type que l'on retrouvera dans beaucoup de groupes jusqu'au rock and roll, guitare, basse, batterie, piano, harmonica.

partageaient deux chambres. Dans ses *Mémoires*, le bassiste, futur producteur et grand compositeur Willie Dixon * [2] (1915-1992) a brossé une vibrante peinture du paradis : « C'était une maison de fous, remplie de vieux musiciens. Lester Melrose buvait tout le temps, et la femme de Tampa cuisinait du poulet. On s'éclatait. » Tampa apportait donc avec lui le bon temps. Il racontait ses voyages, sa vie d'artiste, et sa femme Frances écoutait, les bras croisés, s'enquérant du moral de ses invités.

Le joyeux compagnon avait vu le jour en 1903 à Smithville, une localité perdue au sud de l'État, sous le nom de Hudson Woodbridge. À la mort de ses parents, son grand frère Eddie et lui furent recueillis par leur grand-mère Whittaker qui les emmena chez elle, en Floride. Hudson adopta même le patronyme de la vieille dame et vécut pendant toute son enfance dans la région de Tampa, belle campagne fleurie baignée de soleil, devant la mer immobile. Il emprunta beaucoup à la douceur de vivre floridienne quand son grand frère guitariste venait le chercher et l'invitait à partager ses nuits musicales, à travers les clubs, les bouges, au fond des villes. Le jeune Hudson eut envie d'imiter son aîné et emprunta bien souvent sa guitare. Rues, bals, soirées composaient leur tribune. Un public populaire, vociférant, les applaudissait, massé le long des trottoirs jusque dans les noires tavernes, visages durs que le labeur des champs, la cueillette

* Willie Dixon est l'auteur de grands classiques du blues d'après guerre comme « Spoonful », « Back Door Man », « Little Red Rooster » repris par de nombreux groupes de rock.

des oranges et des légumes obscurcissaient, corps desséchés par la terre brûlante. Ils envahissaient les rues de Saratosa ou de Saint Petersburg. Hudson avait souvent vu ces hommes sur le bord des routes ou dans les vergers de Floride. Il ne souhaitait guère partager leur peine et préférait apprendre un instrument plutôt que de transpirer en pleine nature. Comment avec sa fine complexion aurait-il pu charger les cageots de fruits et tenir jusqu'au soir ? Et il s'initiait vite, empruntait son génie aux autres artistes itinérants, surtout à Piccolo Pete, professeur informel et aventurier. Hudson se montra doué, inventa même des ruses pour exploiter au mieux l'instrument, maîtrisant le style « slide », l'art de faire glisser des objets métalliques sur les cordes et obtenir des notes allongées, lyriques. À la fin du XIXe siècle, les guitaristes hawaïens avaient importé cette technique aux États-Unis. Ils glissaient des tubes de verre autour de leur doigt, semblaient tresser les cordes, lançant des éclats jusqu'à éblouir le public. Comme beaucoup de guitaristes blues, Hudson, que l'on surnommerait bientôt « Tampa Red », en référence à la région de son enfance et à la couleur de ses cheveux, avait cédé à la mode. Mais il se contentait de poser l'objet sur une corde puis l'autre, et créait des notes étranges. Son habileté lui valut bientôt le doux compliment de « *guitar wizard* » (magicien), mais elle ne le préserva pas des tourments. Les rues de Chicago au début des années 1930 étaient froides. Tampa jouait dehors et attirait la foule. Il avait rencontré un jeune pianiste, Georgia Tom Dorsey, un religieux fils de baptistes, élevé à l'église. Les deux hommes surnageaient dans le flot des migrants qui avaient envahi la « Windy City » après la Grande Crise. Ils enregistrèrent en 1928 un titre licencieux, « It's Tight Like That » (« C'est serré comme ça »), le seul moyen pour eux d'attirer les foules. Des milliers de copies s'écoulèrent. Cette manne scandaleuse gêna les convictions religieuses de Georgia Tom, bien qu'il s'efforçât de ne pas en tenir compte. De son côté, Tampa, sans le savoir, attaquait une longue carrière riche et vivante, pendant laquelle il graverait plus de deux cents faces, révolutionnerait le jeu, établissant un pont entre la country et le blues urbain. Dorsey quitta le duo, en 1932, lorsque sa femme mourut en mettant leur fils au monde. Le musicien demanda pardon au Seigneur et s'adonna à la musique religieuse. Tampa, seul, poursuivit sa route. Il fréquenta souvent les studios sans s'épargner des nuits blanches. Cet homme discret, élégant continua de publier des titres ambigus comme « Let Me Play with Your Poodle » (« Laisse-moi jouer avec ta chatte ») et de formidables blues mélancoliques comme « Anna Lou Blues », en 1940. Nous ne pouvons évaluer aujourd'hui la popularité de Tampa Red ni son influence sur le blues et la musique noire, tant son nom ne dit plus grand-chose à la jeune génération. Son chemin des étoiles s'achèverait à la mort de sa femme Frances, en 1954. Le musicien perdit sa grâce et ne la retrouva plus jusqu'à sa fin solitaire dans une maison de retraite de Chicago, en 1981. Il avait brûlé tout l'argent de son ancienne grandeur, et le reliquat fut juste assez suffisant pour financer ses obsèques.

Mais au début des années 1940, Tampa n'imaginait pas le déclin et encore moins la mort. Il irradiait pleinement, drainant derrière lui son lot de toilettes féminines énamourées qui faisait oublier son attachement charnel et mystique à l'épouse Frances. Il rendait visite à une fille dans la maison d'Honey, puis repartait le lendemain. Il avait le temps de divertir les autres clients et enfants du voisinage. James ne manquait jamais d'assister à ses démonstrations, surtout quand Tampa prenait une bouteille, cassait le goulot et frottait les cordes avec le verre. Puis, le *guitar wizard* chantait quelques vieux blues. Le garçon Brown songeait alors à son père Joe dont les comptines le poursuivaient encore. Mais ces mélodies constituaient sa seule réminiscence plaisante car les plaintes, même déversées par une bouche d'ange comme celle de Tampa, l'irritaient. L'enfant apprit malgré tout plusieurs plans à la guitare que le dandy génial consentit à lui montrer. Chaque musicien a ou aura un parrain. Le magique Tampa représentera toujours, dans la vie de Brown, le guide, l'initiateur, comme le fut l'itinérant troubadour Will Moore pour John Lee Hooker. Le reste découle naturellement. Chez notre James, la veine jaillira de la Twiggs Avenue et de ses trésors où se dissimulaient les héros noirs.

Une fois parti, Tampa avait laissé le garçon à ses rêves. Être musicien le séduisait. La liberté, l'amour, la grâce accompagnaient ce merveilleux métier. James touchait les beaux pianos, les guitares, puis s'endormait, bercé par des milliers de songes vite interrompus car le jour se levait... Et la course reprenait. Le dimanche, il guettait les paroissiens à l'église, le cirage à la main, passait un coup de brosse sur les chaussures des fidèles et s'enfuyait aussi vite avant que la police ne l'arrêtât. La semaine, il se rendait à l'école, entre ennui et plaisir, chantait pendant les heures de récréation, parvenait à attirer du monde autour de lui, surtout les jours de kermesse. Comme la plupart des musiciens noirs, James Brown n'échappera pas aux églises et aux premiers émois spirituels. Les nefs chaleureuses d'où jaillissaient les notes sacrées l'enveloppaient. C'était mystérieux. Il entendait du gospel, des pasteurs en transes et ressentait une joie partagée. À peine avait-il pénétré les lieux sacrés qu'il oubliait les tragédies et la souffrance. Tout brillait à l'intérieur, les cuivres, les bougies tremblantes, et de splendides instruments luisaient dans l'obscurité, à portée de main, sans gardien. Un univers entier lui était livré, amoureusement. Il avait remarqué ces magnifiques tambourins rapportés de quelque contrée lointaine, et l'orgue, miraculeux, dont les touches renvoyaient leurs éclats lugubres, en silence. Mais rien ne valait l'office et la folie des fidèles que le prêche emportait. L'homme d'église hurlait, sautait, s'agenouillait, frappait dans ses mains, et les fidèles suivaient le moindre de ses mouvements, tout aussi brûlés d'extase. James se rappellera ses souvenirs d'enfance quand, pour les besoins du film *Blues Brother*, il enfilera la robe rouge du prêcheur et s'amusera à déverser les incantations vocales. L'église inspirera sa manière de chanter, fortement. Au-delà de toute limite.

Révélation du spectacle

La guerre continuait au loin. Pour James, elle n'avait pour seule réalité que les files militaires qui débordaient du Camp Ground. Il découvrit aussi les prisonniers allemands, stationnés dans l'arsenal d'Augusta. De cette vision, date son premier et fort sentiment politique : « Je m'en souviens parce qu'ils étaient mieux traités que les Noirs. Bientôt, ils laissèrent les prisonniers allemands travailler à la ferme dans la région d'Augusta et de Caroline du Sud, et le gouvernement consentit à les payer 80 dollars par jour, c'est-à-dire plus que mon père n'avait jamais pu obtenir la plupart du temps[1]. » Fantasme ou réalité ? La communauté vivait dans la frustration, le mal-être. James colportait les accusations insistantes contre une Amérique plus respectueuse de ses ennemis que de ses enfants noirs. La guerre rapprocherait les couleurs, effacerait la ségrégation. Illusion encore. Le fils de Joe ne connaîtrait jamais la liberté, l'égalité. Hitler et sa politique raciste extrême représentaient une lèpre universelle. De toute façon, sa chute ne changerait rien. L'Amérique resterait gangrénée bien après lui.

Seuls les héros, encore une fois, pouvaient sauver les parias du rêve. En ces temps troubles, la boxe servait d'exutoire à une communauté toujours aussi battue, méprisée, qui guettait à travers les journaux une nouvelle idole de la même couleur.

1944

BEAU JACK, ÉLU « BOXEUR DE L'ANNÉE PAR *LE RING MAGAZINE*.

Que cet homme était beau, féroce, invulnérable ! La photo de son corps musculeux, ramassé s'étalait sur les revues. James, comme beaucoup d'enfants noirs, l'adorait. Il trouvera là sa deuxième grande figure après Moïse, et un autre destin presque semblable au sien.

Né en 1921, « Beau » avait été élevé par sa grand-mère à Augusta et s'était battu pour assurer son existence. Comme James, il avait ciré les chaussures dans la rue et s'amusait à défier ceux qui l'importunaient. Les riches Blancs finançaient des joutes au cours desquelles un boxeur noir affrontait une dizaine d'adversaires à la suite. Le vainqueur empochait une belle somme. « Beau » le gladiateur se distingua pendant ces homériques batailles royales. Il s'inscrivit à celles qu'organisa le précieux National Club Golf d'Augusta, où il exerçait son activité de cireur. Les golfeurs le remarquèrent et lui proposèrent le meilleur entraînement. Beau vainquit tous les obstacles.

James appréciait ce genre d'histoire. Le grand boxeur possédait la même carrure que lui et sa petite taille ne l'empêchait pas de vaincre. En 1944, il remporta le titre mondial poids légers. Oubliant les rigueurs de la guerre, les Noirs de Géorgie suivirent le match, l'oreille collée à la radio. La jeunesse des ghettos rêvait de monter sur le ring, d'y obtenir fortune et gloire.

Désireux de ressembler à Beau, James accomplissait des pas de danse avec ses poings, devant le miroir, tentait d'esquiver les coups, remportait la victoire comme un rêve. Mais Beau Jack et ses millions d'admirateurs ne possédaient pas ce que le jeune Brown avait reçu : une voix. C'était presque hériter d'un joli compte en banque, un remède contre la misère. Le surdoué utilisait son bien, chantait, comme il l'avait entendu à l'église. Pieds nus, dans la poussière, il chantait, dansait, même par les grands froids, au milieu des soldats en goguette qui l'acclamaient, hurlaient, alors que les pièces pleuvaient autour du garçon, nickels, quarters, etc. James recueillait parfois jusqu'à 15 dollars, puis repartait, l'esprit aux aguets. Il avait grand faim, fredonnait des airs, espérant ne plus entendre les gémissements de son estomac. Une obsession l'occupait : gagner de l'argent, trouver de quoi manger. James frappait aux portes, souvent chassé des maisons, mais il revenait, insistait avec, à chaque fois, une nouvelle idée. Il ratissait les feuilles à l'automne dans les cours, recueillait les bouteilles vides, vendait les capsules, livrait des blocs de glace en vacillant sous leur poids. Ses mains lui semblaient aussi dures que des pierres. Il poussait péniblement son haleine gelée et tentait de se protéger comme il pouvait du froid glacé. Heureusement, son ami William Glenn, le petit-fils de

« Handsome », lui tenait chaud pendant les tristes journées d'hiver et l'aidait à supporter bien des tâches pénibles comme rapporter à la maison « le chauffage ». Les deux garçons erraient, le long des voies ferrées, à la recherche du coke, ce charbon à moitié consumé qui pouvait brûler deux fois et fournir de l'énergie plus longtemps. James et William chantaient afin de se donner du courage, chargeaient le butin noir dans des caisses de fortune, et le rapportaient chez eux. Les adultes saisissaient l'or, remplissaient le poêle, et une délicieuse nuée chaleureuse enveloppait les chambres, le salon. Une nouvelle saison s'écoulait gagnée sur la misère.

Que pouvait-il espérer ? Son univers se réduisait à la maison de sa tante Honey sur la Twiggs Avenue. Il s'y sentait bien et, pourtant, devinait confusément qu'il devrait un jour abandonner son tendre refuge.

Il s'efforçait de chasser les mauvaises pensées, se raccrochait à la foi. Il aimait bien se rendre à l'église baptiste, surtout lorsque le prêcheur Daddy Grace officiait. Ces jours-là, Augusta revêtait ses habits de fête. Les fanfares tonnaient, les habitants descendaient dans la rue, les cheveux couverts de fleurs. Chacun emportait son instrument et rejoignait les défilés. Même les bateaux, sur la rivière Savannah, laissaient derrière eux des milliers de pétales qui flottaient, tournoyaient au doux balancement des vagues.

La communauté affluait vers l'église pour applaudir le prédicateur, un homme épais et grand, aux ongles vernis en rouge, bleu ou émeraude.

Daddy Grace, emmitouflé dans une large cape, dressait sur l'estrade son corps massif et impérial, sa belle et large figure encadrée de cheveux longs, juste agrémentée d'une fine moustache. Ses longues mains étincelaient de bijoux, jusqu'aux poignets sertis de tous côtés. Il se déplaçait avec un attelage digne des rois, chauffeur, gardes du corps, secrétaire, avocats. Les gosses du voisinage admiraient en lui le magicien.

James voyait pour la première fois une vedette de spectacle dont personne ne connaissait vraiment la date de naissance. 1881 ? 1884 ? Daddy avait grandi bien loin, dans la petite île du Cap-Vert au large de l'Afrique, sous le nom de Marceline Manuel DaGraca avant d'émigrer aux États-Unis au tout début du XXᵉ siècle. Ses parents espéraient conquérir le Massachusetts et croyaient au rêve américain. Le jeune Manuel occupa sa jeune vie à couper la canne à sucre, à vendre, au détour des chemins, des breuvages médicaux. Il déployait beaucoup d'éloquence pour attirer le public, capter l'attention. Puis, un soir, il entendit des voix qui l'invitèrent à bâtir sa propre église. Les Blancs possédaient leurs lieux de culte, mais les Noirs cherchaient encore des refuges où se réunir, défendre leurs intérêts.

La foi s'était emparée de lui. Investi d'une mission évangélique, Manuel, devenu Charles l'Américain, accomplit un voyage mystique en Égypte, sur la terre sacrée de Moïse.

Sitôt rentré, toujours guidé par ses voix, il s'installa à Brooklyn et y fonda, en 1925, la United House of Prayer. Il commença à s'enrichir et à provoquer la colère ou la moquerie de détracteurs hostiles au personnage qu'ils considéraient comme un charlatan. « Si vous péchez contre Dieu, Grace peut vous sauver, mais si vous commettez un péché contre Grace, Dieu ne peut rien faire pour vous. »

Les contempteurs reprochaient plutôt au religieux un péché d'orgueil. Le musicologue français Jacques Demêtre a touché de près cet orgueil lorsqu'il assista à une messe en l'honneur de Daddy Grace dans sa petite église de Harlem. Les incantations secouèrent son fameux récit, *Voyage au pays du blues* :

« Vous tous, pécheurs, écoutez l'enseignement de notre Daddy Grace. Il est la vérité et la lumière.

— Tu as raison, crie un fidèle.

— Oui, il est la justice, et il est le seul représentant de Dieu sur terre ; les autres sont des imposteurs.

— C'est vrai, s'exclame une vieille femme près de nous.

— Lui seul rétablira la paix parmi les hommes [2].

Le spectacle de ces hommes et femmes venus chercher un réconfort est poignant. Sur tous les visages se lisent une conviction et une foi qui forcent le respect ; isolés dans la société américaine, ces transplantés se raccrochent à ces paroles d'espoir. »

Daddy sera retrouvé mort en janvier 1960, dans l'hôtel qu'il avait acheté, un bel immeuble de quatre-vingt-cinq chambres, aux pièces peintes en rouge, bleu et blanc. L'intérieur ressemblait au palais d'un prince : vases Ming, sculptures, tableaux de maîtres, de somptueux tapis chinois décoraient les salons. Plus loin, une vaste salle de bal accueillait ces « messes érotiques » auxquelles la presse consacrait de passionnés articles. Au milieu, trônait un magnifique piano noir laqué « à 17 000 dollars ». Dehors, la calme surface azuréenne d'une piscine servait aux baptêmes. Ainsi disparut celui dont les observateurs estimaient la fortune à des millions de dollars mais qui en avait toujours nié l'existence et affirmé vivre des dons offerts à son église. Il avait connu la prison, la disgrâce, puis la renaissance, et l'Amérique enterrait un mythe.

À peine vingt ans plus tôt, le jeune James se moquait bien des fables. Il avait rencontré son premier héros vivant, à portée de main et de regard. Tampa Red l'avait marqué, mais ce guitariste jouait une musique, le blues, dont le jeune garçon ne partageait ni la sensibilité, ni les poses trop calmes. Bien au contraire, Daddy Grace et Father Divine, l'autre grande voix du spectacle religieux, épuisaient les possibilités infinies du spectacle et de la scène. La communauté vénérait Father qui avait utilisé la fortune de son mouvement, le Peace Mission Movement, à des fins sociales. Ce prêcheur avait fourni des emplois aux déshérités comme serviteurs ou domestiques, aidait Noirs, Blancs, croyants de diverses confessions et couleurs, défendait l'égalité entre les êtres. Quand la Seconde Guerre mondiale avait éclaté, beaucoup de fidèles avaient rejoint Father Divine, persuadés de trouver chez lui le meilleur mouvement pour combattre la folie nazie et repousser les démons néfastes de l'époque. Le religieux avait proclamé les États-Unis

« nouveau royaume de Dieu ». Mais ces qualités morales n'effaçaient pas l'éclat du rival Daddy Grace, l'homme-feu que son trône écarlate faisait paraître encore plus grand. Il accusait d'ailleurs Father d'« imposture » et de « mensonge ».

Sensible à sa flamboyance, James préférait Daddy, lequel avait toutes les apparences d'un Père Noël pour les enfants déshérités aspirant à la richesse. Il longeait cette piscine où le « Messie » immergeait les corps baptisés. Un cortège fantastique de jeunes dévots, enfants, vieux hommes, vagabonds, se prosternait à ses pieds, une foule hallucinée prête à boire l'eau sacrée du bassin. Les plus exaltés y plongeaient vases, verres, sceaux, afin de les remplir jusqu'à ras bord puis, rapportaient les récipients chez eux, croyant posséder un remède miraculeux contre les fièvres ou les maladies incurables. James se souviendrait lui aussi de la piscine sacrée, à Augusta, derrière la United House of Prayer, la pièce d'eau où il apprit à nager avec d'autres gosses du quartier. Chacun tendait un dollar au maître et gagnait le droit de se baigner. Daddy dirigeait une usine de consécration mystique. Venus de tous les coins du pays, les fidèles se présentaient à lui, plus nombreux chaque jour. Le prêcheur n'avait pas de temps à perdre si bien qu'un matin, dans la touffeur de Harlem, il baptiserait trois cents adeptes à la lance à eau. Ses extravagances ne laissaient pas d'irriter les observateurs hostiles à sa démence : « Savez-vous comment Dieu est venu aux États-Unis ? », demanda-t-il un jour à un journaliste interloqué. Devant le silence gêné de son interlocuteur, il lâcha : « Eh bien, il est venu avec moi ! »

Daddy avait étendu son ombre sur le jeune garçon. Il déposait sur le chemin amour, cris et colères, romances amoureuses, mariages révélés, femmes éplorées et malheureuses, sans que personne ne sût quelle vérité plus ou moins avouable dissimulait le roi.

Il incarnait la réussite, l'éclat, l'indépendance. Nul ennemi ne pouvait toucher le Noir ultime, aucune loi ni ségrégation ne l'atteignait. Son invulnérabilité fascinait la communauté. Combien de nuits James, qui révélerait souvent ses désirs secrets et les accomplirait même des décennies plus tard, ne s'était-il pas imaginé sur la chaire, tout en haut, encadré par femmes et valets ? Au petit matin, il revenait à la réalité. Les magnificences du Prophète s'étaient évanouies derrière les maisons brunes et sales du ghetto, la ségrégation étouffante. Loin de goûter la splendeur de Grace, le jeune homme affrontait les misères du quotidien. Handsome avait cédé à la pression policière. Le bordel de la Twiggs Avenue dut fermer ses portes. James et sa tante Minnie s'expatrièrent, à nouveau ballottés d'un trottoir à l'autre. La petite famille vivait grâce à l'argent que lui envoyait Joe depuis l'armée. James errait le long des rues, livré à lui-même. Son visage s'était durci au gré des vagabondages et, à l'école, le garçon noir aux poings de fer, capable de hurler des chansons sauvages, commençait à effrayer ses camarades. Des rumeurs couraient sur plusieurs vols qu'il aurait commis. Les filles colportaient bien d'autres contes à son sujet. Le « bandit » avait défloré de nombreuses jeunes élèves. James s'en moquait bien. Il aspirait à vivre pleinement, entraînant derrière lui plusieurs esprits rebelles. Il avait rencontré ce paysan, Henry Stallings. Venu de la profonde campagne géorgienne, ce beau dandy affichait une élégance crâne. S'il portait une salopette, il prenait grand soin d'en effacer les plis, les taches, et s'efforçait de garder ses chaussures bien cirées. Jamais un grain de poussière ne se collait à lui. James avait tout de suite remarqué chez Henry sa belle coiffure. Aussi lui demanda-t-il d'arranger la sienne. Les deux garçons soignaient leur image pour courtiser les filles et investir les lieux magiques. Leurs vagabondages s'achevaient toujours au pied du magnifique carré de pierre qu'ils semblaient voir comme un autel presque sacré, le Lenox Theatre. Tout à leurs rêves glorieux, ils demeuraient silencieux pendant quelques minutes puis cherchaient à en franchir les portes.

Nous avons peine, en regardant ce bloc vide sur une vieille photo, à concevoir ce que fut l'activité trépidante du théâtre. Et pourtant, le Lenox, créé en 1921, forma l'étoile du « Golden Blocks » (le quartier doré). Profitant de la prospérité, les hommes d'affaires noirs avaient installé un joli vivier économique autour de la 9e Rue : barbiers, boucheries, épiceries, restaurants, banques... La communauté s'épanouissait enfin loin de la ségrégation. Le nouveau théâtre devait faire jaillir la lumière et péricliter les scènes blanches d'Augusta où le public coloré n'était pas autorisé à entrer. D'ailleurs, les propriétaires avaient fièrement accroché cette pancarte : « Pour les Noirs seulement. Les Blancs n'y sont pas autorisés. » En 1929, la Grande Crise abîma le Golden Blocks. L'utopie avait vécu. Beaucoup de commerces fermèrent, le quartier se vida, seul le Lenox Theatre résista à la crise. Il avait changé de mains, livré au sémillant et populaire Earl Pinkerton qui maintiendrait vive la lueur pendant près de trente ans. C'était donc ce bloc insubmersible auquel James et son ami Henry Stallings venaient souvent rendre hommage. Carré, rustre, le théâtre trônait, au bord de la route, entre les poteaux télégraphiques et les arbres jaunis par le soleil du Sud.

Là-bas, James vit ses premiers films, écouta de la musique, vécut de belles rencontres amoureuses. Un soir, il apprit que la splendide enceinte réservait une nuit aux chanteurs amateurs et que les bonnes volontés étaient invitées à se présenter. Il entra après avoir décidé de chanter « So Long », un air de jazz populaire. Aucun entraînement ne l'avait préparé à la scène, mais il grimpa avec assurance, sans se soucier du public, indifférent aux respirations, aux frémissements des cœurs plongés dans la profonde obscurité. Une force le poussait vers les planches. Il se sentait excité, songeait à Tampa Red, à Daddy Grace, aux transes religieuses, persuadé de vivre un moment intense. Et il chanta seul, sans accompagnement, d'une voix si forte que le jury l'écouta sans ciller. Sa puissance vocale écrasa la dentelle des autres candidats dont la tranquillité, même empreinte de talent, n'avait pas vraiment plu aux organisateurs et James, à sa grande surprise, gagna le premier prix. Il put s'en vanter auprès des habitants, affirmer une vocation naissante. Sa voix de feu le sauverait du ghetto.

Dans le monde héroïque

En escaladant la scène, il avait pensé aux héros glorieux qui peuplaient ses rêves, cow-boys, cavaliers, et autres figures altières du mythe américain. Les noms enrichissent ici ou là son panthéon personnel, au gré des rencontres, marquant une volonté inconsciente d'intégrer le système. Ce qui étonne, c'est la couleur des mythes énumérés ci-dessous, des visages bien pâles (Brown ne faisait pas encore allégeance au pouvoir noir). La silhouette blanche et racée du grand acteur Tom Mix a ainsi bien souvent occupé ses chimères. Nous connaissons du comédien ce qu'en a dit sa biographie officielle. Le bretteur guerroya aux Philippines, en Chine contre les Boxers, avant de revenir au pays et de s'illustrer comme noble cavalier. Il fut champion de rodéo, cow-boy, shérif, pourchassa pillards et voleurs de trains jusqu'à la frontière du Nouveau-Mexique. Puis, le cinématographe l'engagea, et Tom commença à tourner de nombreux westerns prévisibles que le public acclamerait pendant les années de guerre (1913-1917). Il mourut en 1940 à l'âge de soixante ans. Le justicier traversait la prairie sur son cheval Tony, arrivait en ville et jetait les méchants en prison. Jamais une brume incertaine ne venait compliquer ces films au manichéisme éprouvé. Passionné, le petit James goûtait une vision simple du Bien et du Mal, aimait la loyauté presque lyrique du Far West où les réflexions cérébrales paraissaient inutiles. Les hommes agissaient, couraient, aimaient et ne souffraient pas l'échec. Les enfants s'identifiaient aux chevaliers de la Frontière.

Deux autres figures habiteront longtemps la mémoire du jeune James, l'acteur Johnny Mac Brown et Bob Steele. Le premier, ancien joueur de football, brillant sportif, comme James lui-même, déployait de formidables qualités athlétiques au cœur des plaines sauvages. Quel beau rêve ! Le garçon cherchait des héros qui lui ressemblaient. Steele l'intéressait davantage : malgré un corps peu avantageux (il rejoignait en cela Beau Jack), il parvenait à vaincre des adversaires plus costauds, et chacune de ses œuvres martelait sa volonté irréfragable. Il avait été boxeur (*The Fighting Champ*, 1932), entrepreneur de cirque (*The Gallant Fool*, 1933), avait endossé tant de figures héroïques et triomphé si souvent de ses handicaps ! Dans un monde dominé par les géants musclés, à l'heure où l'étoile de John Wayne se levait sur l'Ouest cinématographique, les combats de Bob Steele éclairaient les écrans du pays et, du fond de son ghetto, James essayait de suivre le modèle, comme lui de vaincre les puissants. Dans sa deuxième autobiographie officielle, traduite elle en français sous le titre de *I Feel Good, Mémoires d'une vie*[1], nous découvrons un « teigneux » déterminé. Faisant fi de sa petite taille, le gosse noiraud au corps râblé n'hésitait jamais à s'attaquer à des géants, frappait le premier, se jetait sur l'ennemi, l'enserrait dans sa tenaille, s'accrochait à lui comme une sangsue. Insensible aux coups, déterminé à broyer l'adversaire, il ne redoutait ni la blessure ni la mort. Les rues d'Augusta retentissaient de ses bagarres herculéennes au point que les autres garçons s'approchaient de lui avec prudence, craignant à tout moment le déclenchement de sa fureur, le dynamitage de ce concentré musculaire. Parfois, le rebelle perdait face à des ennemis plus nombreux. *The Godfather of Soul* * fournissait à ce sujet une image plus précise du danger auquel s'exposait l'imprudent. James y raconte comment trois hommes essayèrent de l'électrocuter. Pataugeant, les pieds dans l'eau, il creusait une rigole sur les berges d'une rivière, quand plusieurs Blancs installèrent un compresseur électrique d'air et ordonnèrent au gamin noir de l'allumer. Conscient du péril, James refusa, mais les autres insistèrent. Pouvait-il ignorer les commandements de Blancs ? Non ! Alors il toucha la poignée, sentit une herse traverser son corps, et s'effondra au bord de l'eau, comme foudroyé. Des voisins, alertés, le tirèrent hors de l'humidité et le ranimèrent. La victime se demanda souvent pourquoi le courant ne l'avait pas tué, prêt à y voir un signe. Une force irrésistible le transportait. Les mythes et charismatiques héros, qui agitaient son âme et lui permettaient de vaincre les tyrans, le ren-

* Titre, rappelons-le, de ses premiers *Mémoires* publiés en 1996.

daient éclatant. Attaquer James, c'était aussi affronter son vieux compagnon imaginaire, Hopalong Cassidy *, le noble justicier que le romancier Clarence Mulford avait inventé en 1907 dans une histoire à succès, *Bar 20.* Les enfants ne connnaissaient pas les livres, mais chérissaient les films adaptés de la série. Hopalong, « l'homme le plus rapide de la plaine », triomphait des méchants, soutenait ses amis, drainait autour de lui amour et fascinations. James admirait le fringant William Boyd dont la taille élancée, la fine chevelure blonde donnaient forme à la légende. Voulait-il lui ressembler ? Il refusait cette idée et, pourtant, à chaque fois un visage clair s'imposait encore à lui comme le super-héros de *comics*, Superman. Créée en 1933, dotée d'une force surhumaine, la figure bleue volait d'immeuble en immeuble, soulevait des voitures, sillonnait l'espace, la nuit, puis abandonnait son costume merveilleux pour revêtir le complet-veston du timide journaliste Clark Kent énamouré de la douce Loïs Lane qui, tout à sa dévotion de Superman, le méprisait. Clark se gardait bien de lui avouer la vérité, ses pouvoirs extraterrestres et sa naissance sur la lointaine planète Krypton. Les mensonges cimentaient le roman. James rêva souvent de survoler le ghetto, de disparaître en laissant une traînée d'étoiles. Comment utiliserait-il ses pouvoirs surnaturels ? Il n'en savait rien, imaginant des ouvertures infinies.

* Ce héros, très populaire aux États-Unis, n'a jamais trouvé son public en France. Robert Laffont, qui commença à publier la série de Mulford, dut arrêter faute de lecteurs.

Pendant ces années de jeunesse, James Brown a beaucoup rêvé, bâti sa confiance en un monde héroïque auquel son œuvre future conférerait plus tard une vie étincelante. Il s'efforcerait de fuir une réalité trop pénible mais, s'il connaissait les moyens de la duper, chaque création artistique lui inspirait de violents prurits. James cherchait, dévorait *comics* et films, admirait tout faiseur de miracles. Ses quêtes le ramenaient aux portes du vieux Lenox Theatre, arène de son premier exploit, qui, le dimanche, trépidait sous la foule colorée des enfants et des mères de famille. La foire aux héros pouvait commencer. La lumière s'éteignait, le rideau glissait. James grimpait sur un fauteuil et plongeait dans l'écran. C'est entre ces murs vétustes qu'un bon génie apparut, un ludion joyeux et sautillant, un musicien magnifique nommé Louis Jordan. L'artiste virevoltait avec son saxophone, le long du grand orchestre, lançait son étrange musique tissée de blues, de boogie-woogie, de jazz. Louis avait tourné à vive allure de nombreux films musicaux, météores joyeux en noir et blanc, qu'emportait une incroyable et légère brise. Quand le Lenox Theatre diffusait ces œuvres, les Noirs d'Augusta — ouvriers agricoles, joueurs, domestiques, jeunes — envahissaient les rangées, se disputaient les places, et la belle foule riait, dansait, claquait des mains. Chaque séance ressemblait à de formidables communions joyeuses. Les femmes offraient leurs faveurs à un Dieu comblé. Sur la route depuis les somptueuses années 1920, Louis Jordan, petite tête ronde à la fine moustache et aux yeux tristes, qui se métamorphosait en bouille ravie, dansait dans son complet blanc chic, sourire aux lèvres, le pouce levé en signe de joie intense. Première étoile noire que chaque garçon voulait admirer, imiter, suivre, il apportait le plaisir, exorcisait les frustrations.

Après Moïse, Beau Jack, Daddy Grace, un nouveau destin seigneurial, à mi-chemin de l'onirisme et de la réalité, s'agitait sous ses yeux. Né en 1908, à Brinkley (Arkansas), Jordan avait fréquenté la meilleure école de spectacle, les légendaires Rabbit Foot Minstrels emmenés par la grande Ma Rainey. Du Sud au Nord, la troupe présentait jongleurs, acrobates, dresseurs de serpents, chanteurs de blues... En partant, Louis embarquerait toutes les influences que la caravane avait moulées, ce mélange de théâtre, de vaudeville noir, de blues (boogie), de senteurs country. La nature profonde coulerait en lui son arc-en-ciel. Le jeune Louis observait les goûts, s'imprégnait des fragrances, prêt à suivre les cuivres brillants des fanfares qui enchantaient la campagne avec leurs costumes de gala. Le décorum, toujours le décorum.

L'amoureux de l'esthétique apprit la clarinette puis adopta le saxo alto, prévoyant peut-être que cet instrument deviendrait, en 1945, le moteur puissant du rhythm and blues. Il se maria, sans succès, incapable de refréner une terrible bougeotte qui le jetterait, toute sa vie, le long des routes. En 1932, il épousa en secondes noces une danseuse et s'installa à Philadelphie où il rejoignit l'orchestre de Charles Gaines. Une bonne carte : la formation bénéficiait d'une telle aura que Louis Armstrong, Bessie Smith et Cab Calloway l'engagèrent. Louis ne resta pas longtemps confiné au second rôle. Il brûlait, flamboyait, alignait les prouesses saxophonistes, toujours aussi joyeux, infatigable, faisant le bonheur des belles soirées de Harlem et des théâtres américains. Nous étions en pleines années 1930, et Louis entra dans l'orchestre de Chick Webb où figurait une future grande, Ella Fitzgerald. Mais le diable de Jordan éclipsa la vedette. « Ella avait un problème, raconta un musicien, sur scène, elle n'avait pas beaucoup de personnalité. Elle n'arrivait pas à faire un numéro comme Louis Jordan… Lui, personne ne pouvait le suivre. » Son talent énervait Chick Webb. Louis, arrogant, dit un jour : « Si tu n'aimes pas ce que je fais, vire-moi ! » Webb le prit au mot.

Louis faisait litière des jalousies. Le swing l'enveloppait, le frelon glissait devant les étincelants rideaux blancs, sur des parquets cirés, au milieu des costumes en satin et des cuivres ensoleillés. Il chantait « Choo Choo Boogie », « Early in the Mornin' »… Lorsqu'il attaquait « Caledonia », son morceau fétiche, le public se levait et un gigantesque grondement ébranlait le plancher des théâtres. Une clameur populaire montait alors de la terre, emplissait l'espace. Noirs, Blancs applaudissaient le lutin, oubliaient leurs différences, la haine, les injustices, se fondaient dans les yeux rieurs du roi Louis. Le voltigeur continua à chauffer les salles, à la tête de sa petite machine, le Tympany Five qu'un patron de boîte, impressionné, recruta. La foule se précipitait chaque soir. Et les producteurs — en particulier J. Mayo Williams — se ruèrent sur le trésor. On considère aujourd'hui à tort Jordan comme un simple amuseur, un témoin heureux d'une époque sombre. Il est plus que cela. Arrivé à un moment où les big-bands traditionnels commençaient à perdre de leur rutilance, il reste un maillon essentiel de la grande musique noire.

Devant l'écran magique, James rêvait de rejoindre Louis Jordan, de se mêler à la ronde, et il se mettait lui aussi à danser. Désormais, il ne s'arrêterait plus.

Le plus beau des groupes fantômes

La vie en ce temps-là était bien tourmentée. Nous pouvons comprendre une grande partie de ce que fut James Brown, de son talent et de sa folie, en plongeant le nez dans le maelström méphitique du ghetto. Pour survivre, il fallait être acrobate, habile, truqueur, opiniâtre, posséder une mentalité de roi et de bouffon. Quand il apercevait un chapiteau, James se précipitait. De la nourriture pouvait tomber autour de lui, les dollars dévoiler un peu de leurs couleurs, aucun bienfait ne remplaçait cependant les visions presque fantastiques des tentes et des oriflammes dans le ciel. Chariots et camions dissimulaient les animaux. James franchissait les herbes hautes et courait sur le terrain vague afin de proposer ses services en échange de quelques nickels. Les forains acceptaient les gosses du voisinage et leur confiaient des tâches variées. Le fils de Joe portait des planches, balayait la poussière sur la piste, puis, émerveillé, assistait aux spectacles, avant de participer, tard dans la nuit, au démontage du chapiteau. Les soirées étaient douces. Le temps semblait suspendu aux acrobates du ciel.

À peine revenu à la maison, James guettait d'autres troupes itinérantes. Les Rabbit Foot Minstrels avaient déposé bien des étoiles pendant les années 1920, dans le sillage des chanteuses Ma Rainey, Bessie Smith et du saxophoniste alto Louis Jordan. C'était l'heure des extravagances, paillettes, boas, colliers en or... Puis, la Grande Crise avait ruiné cette mode et poussé à la faillite les comédies ambulantes. Seules quelques-unes avaient survécu. Depuis 1904, Silas Green sillonnait les plaines de Géorgie. Dirigé par Chas Collier avec sa belle Cookie Howard et ses comiques, le convoi répandait une part d'éternité. Les chariots s'immobilisaient au bout des rues, en fin d'après-midi. Des amples bâches, jaillissaient clowns, jongleurs, montreurs de serpents. Un bateleur apostrophait les habitants qui cédaient à l'attrait du merveilleux attelage. James suivait la foule, lâchait ses dix cents et s'asseyait. Le parfait ordonnancement des numéros l'envoûtait. Chaque artiste connaissait son rôle et l'exécutait sans le moindre frémissement. De l'église aux caravanes, le garçon découvrait le spectacle, la confiance en soi. Il grandissait entre réalité dure et rêve glorieux. Mais au milieu des années 1940, quelle fortune finirait-il par trouver ?

12 avril 1945

Décès du président Roosevelt — Élection de Harry Truman.

Né en 1884 dans le Missouri, le vice-président de Franklin Roosevelt arrive à la plus haute fonction sans expérience.

30 AVRIL 1945

SUICIDE D'HITLER. LES ARMÉES SOVIÉTIQUES INVESTISSENT BERLIN.

Des soldats de Staline brandissent le drapeau rouge sur le Reichstag. Les armées de Patton ne sont pas loin.

LA GUERRE CONTRE LE JAPON CONTINUE.

La guerre s'achevait. James Brown savait que son père Joe rentrerait bientôt.

6 AOÛT 1945

LES ÉTATS-UNIS LANCENT UNE BOMBE ATOMIQUE SUR HIROSHIMA.

9 AOÛT

UNE SECONDE BOMBE ATOMIQUE FRAPPE NAGASAKI.

Peu de citoyens s'émurent de la pluie noire et des radiations dont les effets ravagèrent plusieurs générations de Japonais, ni de l'angoisse qui en résulterait. James ne donnerait pas raison à son pays, bien au contraire. La haine le meurtrissait trop. « Je réalisai qu'une bombe de cette nature ne serait jamais lancée sur des Blancs[1] », écrirait-il.

Le monde ouvrait l'ère nucléaire et la guerre froide, mais la société ne pensait qu'à fêter le retour des militaires. Camp Ground, à Augusta, bruissait de joie, de cris, de rires. Les soldats dansaient au son du jazz jusqu'en Europe. Les bases navales invitaient des musiciens et prolongeaient la fête tard dans la nuit. À San Francisco, le pianiste Amos Milburn avait lancé son boogie et des morceaux comme « Bad Bad Whiskey », « Good Good Whiskey », « Milk and Water », le célèbre « Chicken Shack Boogie ». Le visage ébloui par un large sourire, il bondissait sur ses touches, libérait les danseurs. Sur chaque rive, la radio répandait la lumière, les cuivres, Duke Ellington, Count Basie, Louis Armstrong. James se délectait de cette musique. Les grands orchestres lui permettaient d'oublier une Libération qui ne chasserait pas l'amertume chez les Noirs. La situation ne changerait guère. Les écoles réservées aux élèves de couleur étaient toujours aussi encombrées et mal desservies. La municipalité se moquait bien de les financer. Et les meurtres impunis de Noirs continuaient à ensanglanter le Sud.

Les parias de la « nouvelle » société ne pouvaient compter que sur eux-mêmes pour échapper à la misère et à la mort. James réunit deux camarades d'école et leur proposa de fonder un groupe musical baptisé The Cremona Trio. L'histoire a oublié les noms des deux autres garçons et leur musique. Mais les vieux témoins se rappellent le gosse noir et volubile, à la tête de sa petite formation. Il chantait ce qu'il trouvait ou entendait à la radio, des airs lancés par une nouvelle figure, Wynonie Harris. Arrêtons-nous sur cet artiste noir à la fine moustache d'époque, si content de sa bonne fortune, arrogant, mais aujourd'hui plutôt oublié. L'épopée de James Brown est aussi la mise en abyme des autres destins sacrifiés : elle raconte la sélection du temps, le triage des innombrables figures musicales entre le passé amnésique et l'avenir. Wynonie disait avoir été choisi par le Doigt sacré. Il possédait une expression à la fois dure et malicieuse, incarnait un mélange de charme hollywoodien et de profondeur sauvage, buvait, courait les filles. Les femmes aimaient ses yeux, sa bouche gourmande mais sentaient le danger. Wynonie avait beaucoup déçu ses parents, des baptistes qui, dès sa naissance, avaient songé pour lui à un métier convenable : médecin. Après des études brillantes, il envoya tout le monde au diable. Un jour, il s'endormit et, à travers la fenêtre, depuis les arbres sombres, entendit une voix lancinante. Un fantôme l'appelait. Ni plus ni moins. *Consacre-toi à la musique !* Harris, comme envoûté, devint un joyeux danseur, entraîna les belles au Jim Bell de Harlem et dans toutes les salles du coin. Costume blanc parmi les ombres, le dandy jaillissait ici ou là au détour d'un carnaval, d'une scène de vaudeville, voyageait du Nord au Sud. Il abandonna le geste pour la parole et se mit à chanter. À la fin des années 1930, il traînait souvent à Kansas City, ville musicale. Il y avait de quoi boire, faire l'amour, perdre de l'argent mais aussi en gagner. Les saloons libéraient notes de bastringue, ivrognes, relents de sueur et de marijuana, hétaïres au grand cœur. Au Sunset, trônait le *blues shouter* Big Joe et sa voix de tonnerre. Quand il ne chantait pas, il regagnait son bar, servait à boire, jonglait avec les verres et hurlait son blues. À côté, le pianiste de boogie Pete Johnson lançait vers la foule un beau rideau de notes rapides. Wynonie observait tout cela, émerveillé, plein de cette assurance que lui apportait le soutien de Dieu. Le parfum blues imprégnait l'air et Wynonie, connu bientôt comme un honnête chanteur, attendait son tour. Mais, en 1944, le cinéma recruta surtout l'agile danseur (*Hit Parade*). Peu importe : il s'obstina et navigua entre les orchestres, semant quelques hits (« Who Threw the Whiskey in the Well ? » avec Luckie Millinder and His Orchestra) puis décida d'enregistrer ses propres disques au risque de surprendre l'industrie musicale par sa manière totalement obscène de jouer le blues. Certains n'appréciaient pas non plus sa misogynie que son divorce avec Olive Goodlow déclencha. « C'est de la comédie, disait-il dans un grand éclat de rire provocateur. Je joue un rôle. »

Il ne ressentait aucune joie. La presse ne parlait pas de lui. Âgé de trente-deux ans, Wynonie faisait simplement partie des brillants chanteurs noirs dont regorgeaient les salles de bars. Il vagabondait le long de cette frontière fragile entre les égouts et les étoiles, indifférent aux admirateurs autour de lui. Parmi eux, un très bon pianiste de rhythm and blues, Roy Brown, l'approcha dans les coulisses après un concert. « Vous êtes Wynonie Harris ? J'ai écrit un morceau pour vous. Il s'appelle "Good Rockin' Tonight". Vous avez un grand talent et vous le chanterez mieux que moi. » Wynonie, le visage transpirant, sourit, gonflé d'orgueil, mais cela ne l'empêcha pas de toiser le malheureux Brown qui, pris de frénésie, avait écrit son morceau sur un emballage en pensant à son idole. Roy demeurait pour Harris un illustre inconnu. Quelle plaisanterie ! Wynonie repoussa l'offre d'un air dédaigneux. Dépité, Roy décida alors de le chanter lui-même, et obtint un succès d'estime dans le Sud. « Tu te souviens de cette chanson que t'as refusée ? Roy Brown l'a gravée et les gens ont eu l'air de l'apprécier ! » Cette phrase, Harris l'entendrait souvent. Il se croyait plus haut qu'il ne l'était réellement, aveuglé par sa mégalomanie. Seul Brown avait deviné vraiment toute sa potentialité et, encore une fois, cet imbécile de Harris, trop centré sur son nombril, s'était trompé. Pendant que le « Good Rockin' Tonight » résonnait un peu partout, Wynonie avait échoué dans un hôtel miteux de Harlem, au fond d'une ruelle poisseuse. Il profitait de sa petite gloire pour inviter des femmes, parfois des prostituées, et se livrait à des partouzes. Il croyait s'amuser mais tentait plus sûrement de soulager son profond désespoir. Il hurlait son dégoût. « Si j'étais blanc, je serais un dieu ! Pourquoi, mon Dieu, suis-je noir ? »

Un soir, quelqu'un frappa à la porte. Wynonie, groggy, pas encore dessoûlé, avait copulé toute la journée et laissait trois créatures nues dans son lit. Il se leva, ouvrit et aperçut deux hommes dont l'un courtaud, rondouillard, très vulgaire, mâchonnait un gros cigare et n'arrêtait pas de grogner. « … Monsieur Harris ? Mon nom est Sid Nathan. » Le visiteur détailla le chanteur qui n'avait même pas pris la peine de s'habiller. Son sexe pendait flasque entre ses jambes et lui-même semblait complètement ailleurs. Sid soupira. Pourquoi devait-il faire des grâces à cet ivrogne stupide, ce crétin ? À l'intérieur, c'était un désordre indescriptible : un lit défait, des draps crasseux, des vêtements pêle-mêle… Les trois femmes nues regardaient d'un air hébété les deux hommes qui venaient d'entrer.

Nathan, ancien vendeur de disques à Cincinnati, avait fondé le label King en 1943, spécialisé dans le folk et le hillbilly. Il recherchait la musique dite

« ethnique » et souhaitait embaucher Wynonie Harris. Il considérait l'homme comme un taré alcoolique mais, très avisé, lui accordait un grand talent.

« Je viens vous proposer ce titre que, je crois, vous avez déjà refusé, "Good Rockin' Tonight". C'est une chance unique.

— Qu'est-ce que c'est que ce pauvre type ? » interrompit l'une des filles.

Soudain, Harris, qui avait juste enfilé un caleçon douteux, prit la fille par le bras, la jeta sur le palier et claqua violemment la porte derrière elle.

La discussion dura une bonne partie de la nuit. L'esprit de Harris s'absentait et jaillissait, du sommeil à la lucidité. Quelquefois, il protestait. « J'veux pas chanter c'te merde... » Finalement, Nathan et son associé le convainquirent et quittèrent l'hôtel à six heures du matin, épuisés. Mais Harris, décidément incorrigible, ne croyait pas à l'avenir d'un morceau qu'il enregistra avec les moyens du bord, en deux temps et trois mouvements.

En février 1948, une chanson secoua l'Amérique, crachée par le juke-box et les stations de radio. Le mot rock, encore peu usité, ne désignait pas les nouveaux sons (encore rhythm and blues) qui déferlaient sur le pays. Wynonie balançait le « Good Rockin' Tonight », son rythme boogie et son dynamisme communicatif. Nouvelle étoile du label King, il porta le morceau avec effervescence, créant un hymne dionysiaque à la danse et au corps, une cavalcade effrénée vers le soleil couchant, là où les bustes se frôlent en une gestuelle païenne et amoureuse. De l'Atlantique au Pacifique, impulsé par ses riffs de saxos et son piano rougeoyant, le bon rock de la nuit incendia les consciences, une influence d'abord sémantique : de nombreuses pièces contenant le mot « rock » fleurirent joliment (« Rockin's Boogie » de Joe Luther ou « Rock the Joint » de Jimmy Preston). Cependant, par sa négritude, le chanteur ne pouvait échapper à l'idée obscène qu'on se faisait de la musique noire et de l'expression « rock », attachée à la sexualité diabolique et non synonyme de bon temps. Les radios le boudèrent. Le colonel Parker, bientôt célèbre, avait dit : « Je pense que les jeunes Blancs veulent entendre du rock and roll à condition que le chanteur soit lui-même blanc. » Roy Brown avait rencontré l'homme providentiel qui cheminait avec un artiste de La Nouvelle-Orléans, guitariste et chef d'orchestre, Edgar Blanchard, aujourd'hui décédé. Ce dernier musicien adorait boire. À peine arrivé quelque part, il cherchait de l'alcool. Il n'oublierait jamais son escale à Tupelo (Mississippi), là où il devait donner un concert en l'honneur du shérif. La prohibition avait fait son œuvre. Impossible de dénicher une bonne bouteille ! Edgar, furieux, protesta. Plein de gens étranges gravitaient autour du groupe. Parmi eux, un métis insistait pour chanter. Edgar Blanchard éclata de rire et refusa. « C'est moi qui dirige, dit-il. T'es trop jeune. Et j'veux de vrais musiciens. » Le jeune gars repartit, dépité. Quelques heures plus tard, au moment où les musiciens s'apprêtaient à monter sur scène, il apparut dans les coulisses et, de sa besace, sortit du bon whisky. Blanchard sauta et vint à sa rencontre.

« Où est-ce que t'as trouvé ça ?

— C'est de la contrebande, chuchota le jeune à l'oreille du maître musicien.

— Comment t'appelles-tu ?

— Elvis... Presley... »

Le groupe investit la scène. Roy Brown joua assez longtemps puis regagna la maison du shérif afin de se changer. Il y demeura une ou deux heures, tranquille, et, lorsqu'il revint en fin d'après-midi, Elvis avait grimpé sur la scène et chantait. Ainsi Edgar Blanchard le remerciait-il de son geste. Roy, pourtant amusé, ne prêta aucune attention à cette nouvelle voix et, plus tard, apprit qu'Elvis avait interprété l'une de ses chansons à la manière hillbilly, sans obtenir de succès. Il ne possédait pas encore la couronne.

La notoriété de Wynonie Harris finit cependant par s'accroître. Et les vieux démons rattrapèrent le premier et orgueilleux rock and roller, animé par un sentiment de vengeance envers l'Amérique blanche ségrégationniste qui avait brisé sa carrière. Le dandy se vantait d'être le chanteur le mieux payé (malheureusement, il lança la déclaration provocante pendant son déclin). Il s'était acheté deux Cadillac avec chauffeurs (une mode à l'époque), exaltait le désir des femmes sans se soucier de leur couleur.

C'était du moins ce que ce mythomane prétendait. À Dallas, il débarqua sur une scène prestigieuse que faisaient reluire, ce soir-là, des artistes de renom, Joe Louis, Ruth Brown et Lester Young, et commença à gémir son « Wynonie's Blues ». Il remarqua, assise en bas à droite, dans la partie réservée aux Blancs, une « poupée » qui, observant chacun de ses mouvements, sauta, hurla, comme si elle était un prêcheur et consacrait sa passion à l'Église. Elle poussa même la frénésie jusqu'à attendre l'idole dans sa loge, et se précipita sur le bon Harris, en sueur, tout juste descendu de son blues lyrique. « Monsieur, lui dit-elle, votre manière de chanter m'a remplie de frissons. Je suis sténo, j'ai vingt-deux ans et je suis célibataire. Pouvez-vous venir chez moi plus tard dans la nuit et chanter pour moi ? »

La grâce lâcherait bientôt Wynonie. Pouvait-il d'ailleurs la conserver, après mille violences ? Il avait frappé un type une fois parce qu'il draguait sa fiancée. Honneur absolu d'un côté et railleries de l'autre. Le chanteur fréquentait des prostituées qu'il maltraitait, comme prisonnier d'une malédiction à laquelle tant de musiciens noirs se condamneraient.

« Tu vois ces cinq belles filles dans l'hôtel là-bas ? »

Son amie acquiesça, tout sourires. Mais le rocker des danses nocturnes poursuivit sur un ton aigre :

« Ne leur parle pas. Elles sont trop respectables pour toi ! »

La chute fut irrémédiable. Au début des années 1960, Harris acheta un bar et le perdit. Il essaya de revenir au sein du Motown Orchestra mais ne parvint pas à tirer une note correcte. L'homme de spectacle, fini, promenait sa tristesse un peu partout. Il rendit le dernier soupir à Los Angeles le 14 juin 1969, à cinquante-quatre ans.

James Brown ignorait tout de cette histoire. La voix brûlée et forte de Wynonie l'émoustillait, contrastait avec celle, plus suave, de l'homonyme Charles Brown, pianiste et chanteur, qui influencerait plus tard Ray Charles. James aimait ces deux artistes, embrassait les diverses tonalités du chant, portait en lui l'arc-en-ciel des maîtres noirs, très populaires à l'antenne. Il menait son orchestre avec énergie, ramassait des instruments, du matériel, obtenait des engagements. Il avait certes besoin d'argent, mais tenait le moyen d'échapper à sa condition. L'école ne lui servait à rien et, pourtant, James, grâce à son groupe, récoltait des fonds pour permettre à la Floyd School de subsister et de fournir à la communauté noire l'instruction dont elle manquait si souvent. Les directeurs pouvaient acheter des livres, et subvenir à bien d'autres besoins. Vérité ? Mensonge ? Manière d'affirmer très tôt son orientation politique ? Personne ne peut fournir de précisions à ce sujet tant James a arrangé sa propre légende sans que personne ne la conteste.

Alors, le garçon chantait, dansait, peu désireux, selon son témoignage, de devenir musicien professionnel car il déployait plus de talent au base-ball ou à la boxe. Il participait souvent à des mini-championnats dans les rues d'Augusta, affrontait les autres enfants du quartier. Sa force musculaire, sa résistance avaient raison des adversaires qui repartaient la figure en sang. Le jeune public encourageait, hurlait de chaque côté du trottoir défoncé, s'exaltait à chaque coup envoyé et reçu.

James songeait à Joe Louis et, surtout, à Beau Jack. Nul ne sait exactement combien d'ennemis il vainquit. Seuls les murs lézardés et les chaudes nuits de la vieille Augusta ont gardé le souvenir de ses exploits.

On disait que Beau Jack, après le coucher du soleil, y avait aussi laissé l'empreinte de ses poings. Les batailles royales de la nuit sculptaient les vrais héros. Chaque participant affrontait cinq ou six boxeurs, une main attachée. James triomphait souvent et remettait en jeu ses titres informels. Il haïssait la défaite plus que tout. Puis, le jour, il rejoignait son Cremona Trio, et dirigeait sans états d'âme les deux autres membres. Il avait commencé à écrire des airs, jetant sur le papier des mots désordonnés. C'est de cette époque que date la composition de sa première chanson, « Going Back to Rome » ; il jugeait la sonorité intéressante sans imaginer, toujours mû par cet incroyable esprit des grandeurs, que l'allusion à Rome, cité de Géorgie, où il ne s'était jamais rendu, « serait prophétique ». Coups d'éclat de sportif et de musicien furent cependant impuissants à dissiper la violence autour de lui, les bagarres, l'âpreté de la rue. Des besoins vitaux le projetaient irrésistiblement contre les êtres humains. James avait toujours faim. Il ne parvenait pas à bien se vêtir, à se protéger des terribles hivers géorgiens, continuait à naviguer du côté obscur, loin de la lumière, s'éloignait de l'éducation et de la fortune, jusqu'à perdre toute consistance. Pour devenir visible, il devait passer par la chute, une chute définitive et brutale.

Le grand Byrd

Avant de graver son nom sur le fronton du Capitole, James Brown s'attacha d'abord à survivre. Les statisticiens décompteront un jour les musiciens voleurs (Bob Dylan en fait partie) qui ont commencé leur parcours par l'escamotage. À Augusta, les rues contenaient leurs parts de trésor, ces voitures éblouissantes au soleil, tentations idéales offertes aux gosses désœuvrés et affamés. James Brown et ses compagnons d'infortune crochetaient les capots, dépouillaient les moteurs, arrachaient les enjoliveurs et emportaient les précieux chargements qu'ils revendaient à des acheteurs du ghetto. L'argent récolté permettait aux garçons de s'offrir pantalons, chemises et vestes... Les voleurs juvéniles investissaient aussi les épiceries, pillaient les étalages et s'enfuyaient, poursuivis par les hurlements du commerçant. La rue servait de royaume à des orphelins expulsés de l'éden — écoles, emplois — parce que leurs habits portaient la misère. Aucun d'eux ne se débarrasserait jamais de son fardeau. James espérait aller plus loin que ses malheureux congénères. L'adolescent de quatorze ans nourrissait une passion, la musique, et possédait un groupe, le Cremonia Trio. Il présentait des mini-spectacles devant les professeurs et les élèves. Il précédait souvent sur scène Bill Johnson and the Four Steps of Rhythm, l'une de ces joyeuses formations de cuivres dont le pays regorgeait en ces années d'armistice. Le jeune chanteur irradiait, heureux, puis, descendu de l'estrade, redevenait un gamin noir mal nourri, un exclu en quête de respect, même dans sa famille.

Son père le déçut. Revenu de la guerre, Joe ne se soucia guère de lui, tout occupé à survivre lui-même. Il buvait, jouait. James préférait l'éviter et trouvait du réconfort auprès des autres enfants livrés à leur déréliction. Peu de témoignages relatent cette jeunesse, celle des années 1946-1947, excepté James Brown lui-même dans son livre de souvenirs, *The Godfather of Soul*. Il y évoque les gangs d'Augusta, prenant bien soin de préciser que leur violence n'atteignait pas le niveau auquel la plupart se hisseraient bien des années après. James, hors-la-loi, raconte ses baignades dans le canal où il plongeait souvent pour échapper à la police. De nombreux récits bercent notre souvenir, alimentent la légende du musicien. Ils auraient pu le mener à la démence, comme dans le film de Mervyn LeRoy, *Je suis un évadé* (1932), qui évoque l'engrenage infernal du taulard.

Un événement le transforma en évadé éternel. James et un complice voulurent dérober une batterie de voiture, mais ne réussirent pas à sectionner les câbles assez vite. Affairés sur le moteur, ils n'aperçurent pas les uniformes et furent arrêtés. La justice jugeait une nouvelle fois le récidiviste James Brown, âgé de quinze ans, dont le visage, marqué par la vie au grand air et la tension, trahissait les sentiments à vif et l'incurable rébellion. Las de la violence à Augusta et de l'impunité des gangs, les policiers envoyèrent le petit dur à la prison de Richmond au milieu des criminels aguerris.

James accéda à une autre dimension, dans une zone où les nuits se révéleraient profondes et le ciel bien haut. Pendant ces longs mois, il ne reçut aucune visite, ni de ses tantes, Minnie et « Handsome », choquées de le voir emmuré, ni de Joe, certainement hostile à la fréquentation des prisons. « Il n'y a rien que je puisse faire », avait-il fait savoir à son fils. Handsome avait sombré depuis la fermeture du bordel, confrontée elle aussi à de graves ennuis judiciaires.

James devait pour la première fois, alors âgé de seize ans, interrompre le mouvement incessant de ses jeunes années. Il avait cru pouvoir se mettre hors de portée, mais avait chuté, lourdement condamné en cette année 1949, au titre de la récidive, à huit et seize ans de prison puis envoyé au Georgia Training Juvenile Institute, à Rome, la cité voisine d'Augusta. Sa cellule n'offrait guère d'espace. Autour de lui, rôdaient tueurs et voleurs, des meurtriers les plus dangereux aux délinquants ordinaires.

Il aurait le temps de réfléchir à son avenir et de méditer sur ces années plutôt sombres. Sa peine lui paraissait infinie. Il avait tout intérêt à garder sa sérénité, à supporter les provocations que ne manqueraient pas de lui infliger les gardiens blancs, et peut-être obtiendrait-il une libération pour bonne conduite. L'inactivité le rendait fou.

Heureusement, la musique et le sport l'aidèrent à supporter l'enfermement. L'Institut avait prévu d'occuper ces jeunes fauves, de les lâcher en plein air afin qu'aucun d'eux ne tournât sa frustration contre les geôliers. Le sport forme la jeunesse, c'est bien connu. James rejoignit l'équipe de base-ball de la prison et entretint des échanges passionnés avec ses coreligionnaires hors la loi. Beaucoup écoutaient ce gosse noir venu du ghetto violent. Le garçon, doué, prononçait des panégyriques enflammés sur ses idoles. « Vous aimez Ty Cobb ? » À ce nom étrange, quelques visages souriaient. Les héros autorisaient les enfants perdus à croire en leur propre destin.

Les biographies annexes s'entrecroisent tout au long du chemin de Brown comme des phares à suivre, selon la fantaisie bien naturelle des lectures et contes. Ici donc jaillit le brave Tyrus Raymond Cobb, roi du base-ball, bon Géorgien, blanc mais universel, qui illumina la jeunesse noire depuis le jour où il lança sa première balle en août 1905 avec les Tigers de Detroit. Ce grand joueur, débauché par la « Motor City », honorait la fière Augusta. James ignorait les histoires que l'on racontait sur sa violence supposée. D'ailleurs, la sauvagerie de Cobb ne le gênait guère. L'athlète possédait un tempérament féroce, disait-on. Il menaçait ses adversaires de la batte ou de ses poings, menait une vie sentimentale tempétueuse, avait divorcé trois fois. Sa brutalité l'entraîna souvent dans les cours de justice. On l'accusait d'avoir frappé un fan, de s'être comporté comme un vandale dans un hôtel. Ses apparitions provoquaient émeutes, bagarres et scandales.

La communauté noire vantait sa réussite financière. Tyrus avait gagné des millions de dollars grâce à des placements astucieux chez Coca-Cola et Chevrolet. Il côtoyait les seigneurs, jouait au golf avec les présidents. Pourtant, lorsque les fastes passèrent et que la vieillesse commença à dessécher son corps rugueux, l'athlète légendaire goûta à la solitude.

Comme Tyrus, James appréhendait le vide, espérait échapper à cet abîme dans une équipe sportive ou un groupe musical. Il aspirait à l'épopée collective, à condition d'en prendre le commandement. Chaque fois qu'un cénacle se constituait, le gamin du « Terry » le dominait par sa volonté, son énergie, ses idées. Le départ de son autre vie aurait donc lieu entre les barreaux, au milieu de nulle part : il serait alors aussi célèbre et admiré que les héros de son enfance.

À Rome, il forma un cercle de gospel avec un camarade de cellule, Johnny Terry, un garçon assez calme et tranquille, dont la fréquentation était recherchée. Ce jeune homme possédait une belle voix, des manières civilisées, généreuses, il se sentit flatté de l'intérêt que lui porta James et ne le quitta plus. Trois autres détenus intégrèrent le projet. Un quartet était né. Tous les dimanches, le mini-orchestre jouait aux offices, préparait des spectacles. James continua, même après son transfert à l'Institut de Toccoa, une petite cité à la frontière de la Géorgie. Des baraquements aux planches pourries accueillirent les jeunes marginaux qui dormaient sur des matelas poussiéreux. Il faisait chaud. Des barbelés les séparaient de la nature dont les terrains brunâtres s'étalaient à l'infini. « Toccoa était excitant, écrit James, parce que nous passions notre temps à trouver de vieilles grenades enterrées dans le champ d'entraînement[1]. » Ces souvenirs, œuvres d'un beau fantasme, expriment davantage un besoin de violence. Plus authentique était la recherche désespérée de la musique chez James Brown, contraint d'oublier son premier groupe, The Cremonia Trio. Son arrestation avait évidemment brisé net la trajectoire harmonieuse des trois adolescents. La prison l'éloignait de ses rêves. Le jeune bandit voulait s'entraîner, jouer, réclamait à tout instant des instruments, ne cessait de chanter, si bien que les autres détenus le surnommaient « boîte à musique ». Parfois, le directeur, Mr Matthews, acceptait de lui confier un piano, l'espace d'une soirée. Après tout, la musique apaisait les révoltés d'Augusta. De son côté, en chantant du gospel, James espérait toujours s'attirer la sympathie du haut commandement. Les juges pardonneraient plus facilement leurs crimes aux « pensionnaires » qui s'adonnaient au chant liturgique. James adressa même une lettre aux responsables du centre, et leur assura qu'il progressait vite dans le gospel et que, à sa sortie, il ne volerait plus et rentrerait dans les rangs. Tout étrange qu'elle semblait être, la requête n'avait aucune chance d'aboutir, et d'ailleurs, Mr Matthews ne lui répondit pas tout de suite. James attendit, puis la vie se poursuivit. Parfois, les autorités accordaient à l'équipe de base-ball le droit de sortir pour participer à des compétitions extérieures. Un match, organisé entre une équipe civile, constituée de jeunes nés à Toccoa, et les prisonniers de l'Institut bouleverseraient son destin. Au cours d'une passe de jeu, James, lancé, la tête en avant, percuta un corps et se retrouva par terre, le ciel renversé, le sang au visage. Le combattant, face à lui, se releva assez vite. Il jouait deuxième base et possédait une complexion robuste. Les deux sportifs se saluèrent malgré la rencontre physique, sans se douter que leur choc cimenterait une amitié durable. L'adversaire se nommait Bobby Byrd, un adolescent noir au visage doux qui vivait près de l'Institut avec sa famille. James comprit vite d'où son bel ennemi était issu. Sa course élégante, ses vêtements plutôt raffinés désignaient un milieu social plus favorable que le sien. Le garçon avait presque le même âge. Né en Caroline du Sud le 15 août 1934, il chantait, jouait du piano, paraissait détenir un beau savoir musical. Leurs premiers échanges témoignèrent de passions communes. Ils évoquèrent une chanson des Dominoes, un groupe de Los Angeles, intitulée « Sixty Minutes Man », au fort parfum érotique : « Quinze minutes de baisers, quinze minutes de caresses, quinze minutes de câlins, et quinze minutes de feu d'artifice. » Depuis janvier 1951, cette œuvre, écrite par un ancien militaire, Billy Ward, secouait l'air, faisait vibrer la jeunesse, titillait le désir et les jambes. Byrd et James s'amusaient des performances sexuelles du personnage, plaisantaient ce vantard « Monsieur soixante minutes » que les femmes suppliaient : « Please, don't stop. » « Sixty Minutes Man » et sa prétention machiste avaient remporté un joli succès jusqu'à ravir le dix-septième rang du palmarès pop. Une telle ascension montrait combien le rhythm and blues pouvait échapper à sa réserve naturelle, sortir des frontières auxquelles sa naissance noire l'avait circonscrit. Et elle avait alimenté les premiers échanges, les premiers rires entre les deux futurs musiciens.

James avait découvert presque un frère et formulé assez vite une requête auprès de Bobby. Il lui avait confié sa lassitude de l'Institut, de l'enfermement, son attente aussi, presque désespérée, après avoir écrit cette lettre au directeur où il demandait sa libération et invoquait sa rédemption certaine grâce à la musique. Mais les jours défilaient et le silence lui pesait. Les autorités ne semblaient pas disposées à satisfaire son désir. Comme les gosses du voisinage de Toccoa, Bobby revenait souvent près des baraquements, se pendait presque aux barbelés, et discutait longuement. Le temps s'arrêtait sous le soleil.

« Bobby, pourrais-tu parler, défendre ma cause en haut lieu ? », demanda James, conscient que la respectabilité de la famille Byrd faciliterait un éventuel élargissement. Bobby et les siens assureraient à James un emploi quelque part dans la ville de Toccoa, garantiraient à l'ancien voyou du ghetto d'Augusta une réinsertion définitive. James ne pouvait espérer meilleure tutelle. Et il eut raison car l'amitié de Byrd convainquit Mr Mattews d'accepter enfin la requête. James se consacrerait au gospel, à la musique sacrée, et il travaillerait dans l'entreprise Lawson's Motor Company. Ces éléments tangibles le préserveraient de toute récidive. Et puis, James s'établirait à Toccoa, loin du ghetto « Terry ». La cité, située dans le nord-est de la Géorgie, représentait la meilleure garantie. Étrangers aux conflits raciaux, les habitants priaient, vivaient d'air pur, s'occupaient de pêcher le poisson dans la rivière Savannah qui irriguait la campagne environnante, au pied des montagnes Appalaches. Aucun trouble ne traversait les rues sereines.

Toccoa deviendrait le premier havre serein dans la vie chahutée du mauvais garçon.

Un alcool fort au milieu du sirop

Le 14 juin 1952, James Brown fut relâché. Il avait dix-neuf ans. Bobby vint le chercher et l'emmena au sein de sa famille, à Toccoa. La loi interdisait à James de retourner à Augusta. L'ancien détenu se laissa guider vers un nouveau foyer où il rencontra la sœur de son ami, Sarah, une jolie fille artiste, heureux de savourer enfin une ambiance chaleureuse comme il n'en avait jamais connu même chez sa tante Handsome. La mère de Bobby, employée d'un médecin blanc respecté et fortuné, répandait autour d'elle une aura que toute la ville lui enviait. Elle avait aussi prodigué une bonne éducation à ses enfants, Sarah et Bobby. Les deux jeunes gens se gardaient bien de traîner dans les sentines de Toccoa dont ils semblaient connaître tous les recoins, même les plus dangereux. Mais l'une comme l'autre affichaient une vraie indépendance. Les voisins aimaient retrouver Bobby sur le seuil des théâtres où il vendait les tickets. Chacun lui adressait un petit signe puis pénétrait à l'intérieur de la salle.

Une autre activité de la bonne famille augmentait le respect que la société éprouvait à son égard : l'église. Les Byrd se rendaient au culte tous les dimanches, participaient avec ferveur à la vie paroissiale, éduquaient leurs enfants dans les préceptes chrétiens. Ils affirmaient une culture, une tranquillité auxquelles le bouillonnant James était sensible. Bobby, même enfermé dans les écoles pour Noirs, avait gravi les marches jusqu'aux études supérieures. Il avait fréquenté une école intelligente à Greensboro (Caroline du Nord) où, plus tard, les frères Parker, Maceo et Melvin, se distingueraient. Il pratiquait les sports, le basket-ball, comme tout élève bien mis, et, depuis l'âge de neuf ans, vouait un amour immodéré au piano, capable de jouer un morceau après l'avoir entendu. Il avait rassemblé autour de lui un cercle d'admirateurs dont faisait partie son professeur. Bobby écoutait beaucoup de musique, se gavait de rhythm and blues. Les vagues cuivrées, les peaux de bronze déferlaient sur la jeunesse noire. La musique des Drifters charmait l'air, emmenée par Clyde McPhatters. Parmi les sons nouveaux, plusieurs groupes vocaux harmoniques — Orioles, Robins, Dominoes — éclataient. Les classiques de Louis Jordan, « Caldonia », « Choo Choo Ch'Boogie », « Let the Good Time Roll », affleuraient encore les lèvres. La carrière du ludion déclinait au moment de l'avènement du rock and roll qu'il avait contribué à enfanter. Derrière ce grand artiste, se cachait le producteur Milt Gabler. Cet homme-là avait toujours trôné à l'avant-garde musicale. Au sein du label Commodore, il avait orienté les destinées des Louis Armstrong, Billie Holiday, du pianiste de boogie Meade Lux Lewis, avant de rejoindre Decca en 1941. Il ne cessait de mener un travail infatigable avec Armstrong ou les Ink Spots. Cette drôle et ancienne formation de doo-wop, fondée pendant les années 1930, avait posé les charpentes fantomatiques du rock and roll (trente ans plus tôt, elle délivrait une version blanche du vaudeville nègre). « Les champions du monde du quartet vocal ! », s'exclamait la communauté noire qui les admirait comme elle révérait Joe Louis, le champion du monde de boxe des poids lourds. Parmi les laudateurs des Ink Spots, le grand Jerry Butler, créateur du groupe Impressions en 1958 aux côtés de Curtis Mayfield, rêverait souvent de chanter comme eux. Il s'ébaudissait de leur nom, de la voix du ténor, exaltait, sur leurs disques, le phrasé de la basse, la beauté des harmonies et le jeu de guitare.

En 1952, les Ink Spots n'existaient plus mais leur voix sentimentale avait déjà tracé des routes multiples qu'emprunteraient brillamment les Platters (« The Great Pretenders » et le must des surprises-parties, « Only You ») et autres lyriques formations vocales comme les Clovers, pionniers du style dès 1946 et interprètes d'un grand classique, « One Mint Julep » (1952) que reprendrait plus tard Ray Charles. Bientôt, pendant toute la décennie 1950, ces jolis groupes aux noms d'oiseaux battraient des ailes. Les Ravens (Corbeaux) avaient ouvert la volière dès 1946 et, quelques années plus tard, lanceraient leurs « Rock Me all Night Long » et « Count Every Star » qui populariseraient le « doo-wop », précédant les Orioles et leurs fluides harmonies.

Quand James Brown sortit de prison, les chœurs dominaient le paysage. Son nouvel ami Bobby Byrd vantait la spécificité des groupes noirs de doo-wop. Parmi les ensembles, les Moonglows (Lune brillante), originaires de Cleveland, auraient bientôt sa préférence. Ils occupaient les ondes depuis le doux mois d'août 1952. Le disc-jockey Alan Freed portait leurs notes avec enthousiasme comme s'il avait découvert un trésor longtemps caché. La voix de Bobby Lester formait un confortable gant de velours, un écrin délicieux. Tout était raffiné chez lui, des arrangements aux paroles. L'animateur Freed avait même créé un label au nom sympathique — Champagne — pour accueillir ces musiciens, et les invitait à enchanter les « danse parties » qu'il organisait dans les grandes villes. Puis, les Moonglows furent rejoints par les Flamingoes (Flamants roses). Avec leur chant religieux et noir, Zeke et Jake Carey faisaient briller eux aussi leurs jolies pépites. En 1953, les Noirs seraient nombreux à s'enlacer en écoutant « Golden Teardrops ». Ces larmes d'or inspireraient bien d'autres formations, des Four Tops aux Temptations, jusqu'aux mythiques « 5 » Royales. Originaire de Brooklyn, emmené par le guitariste Lowman Pauling et le chanteur John Tanner, le quintet couronné plaça deux bombes, cette année-là, « Baby Don't Do It » et « Help Me Somebody » que l'Amérique noire rebelle acclama, heureuse d'entendre une formation plus crue, plus sombre. L'ensemble évitait le sirop dont les groupes de doo-wop se gavaient, choisissait une voie médiane à mi-chemin du gospel et du blues. Une telle orientation attirait les faveurs des ghettos et des quartiers chauds de New York et d'Atlanta. Comme beaucoup de ses frères, James Brown les appréciait plus que tout autre orchestre (sans oublier les Dominoes), allant parfois jusqu'à les imiter. C'est d'ailleurs avec une certaine appréhension qu'il vit les Royales quitter le label Apollo pour la compagnie King de Syd Nathan, à Cincinnati, où œuvraient la vedette Bill Doggett et les Midnighters (ces derniers artistes s'étaient appelés au début « Royals », mais avaient dû changer de nom sous la menace d'un procès).

Les saisons filaient, et la manne semblait inépuisable. En 1954, The Penguins grimpèrent au sommet des charts grâce à leur tube, « Earth Angel », mais durent affronter la concurrence du groupe blanc Crews-Cut dont la virginité plaisait davantage à la bonne société. C'était le lot des formations noires.

Mais la vraie parole rock and roll noire, chaude, sudorifique, devait venir d'un homme à la tête de chat. Son nom sonnait comme un jeu, un défi ludique à la pesanteur du blues, bien dans le prolongement de Jordan malgré sa différence. Le 12 décembre 1949, au studio de Cosimo Matassa, Antoine Domino enregistra sa première flèche, « The Fat Man », blues d'un swing rare et aux miaulements éclatants. Il s'installa dans une chambre, face à un magnétophone rudimentaire et une petite poignée de microphones usés que les producteurs s'efforcèrent de placer au meilleur endroit, c'est-à-dire entre la basse et la batterie. Les cuivres et le piano du maître durent vivre par leur seule puissance. Un million d'exemplaires s'écoula. Né le

26 février 1928 à La Nouvelle-Orléans, « Fats » Domino le félin devint en peu de temps l'un des plus lucratifs vendeurs de disques des années 1950. Son piano roulait, tanguait derrière une voix paresseuse qui tombait juste et sentait bon le limon mississippien. Il avait un jeu hypnotique, plein de doigté et de douceur. Sans jamais forcer.

Bobby Byrd découvrait chaque jour de nouvelles voix. La jeunesse s'éclatait, et mettait la gloire à portée de rêve. Échappée de ses landaus, la nouvelle génération triomphait. Bobby aimait son époque passionnante où primaient joie et plaisir. Les filles pleuraient, s'agitaient, inspiraient de splendides vocations.

La réussite exigerait cependant une vigilance de tous les instants. Byrd cherchait les stations radios noires, fouillait les disquaires en quête d'émotions, échangeait des renseignements avec les autres étudiants du campus de Greensboro. N'importe qui pouvait traîner là-bas et voir son destin bouleversé. Un musicien y intégrait les orchestres assez facilement, et d'ailleurs Bobby ne se privait pas de solliciter les groupes de passage, de les accompagner un temps, glanant, les samedis soir, quelques dollars avant de reprendre les cours. C'était la fête jusqu'à l'aube, le défi aux interdits, au puritanisme. Un reste de prohibition gangrenait Toccoa. Dans une ville religieuse où les spiritueux étaient mal vus, souvent interdits, les créateurs rusaient pour boire de l'alcool, gagnaient les villages voisins afin de connaître l'ivresse délicieuse. Parfois, ils en restaient à l'ivresse, souvent, ils devenaient artistes. Bobby faisait le trafic de breuvages clandestins, comme jadis au temps de Chicago. Le danger existait, mais le jeune homme n'en avait cure, oscillant du sacré au péché. Il se rappelait les bonnes œuvres de sa mère au sein du Baptist Young's People Union. Malgré leur dévotion, ni sa sœur Sarah ni lui ne tenaient à entrer dans les ordres ou à devenir hors-la-loi, chacun rêvait de se glisser dans l'interstice, chanteurs.

En écoutant James Brown, Bobby Byrd avait été tout de suite fasciné. Ce garçon-là n'avait peur de rien. Son comportement menaçait à tout moment de franchir les limites, mais cette attitude au bord du ravin remplissait les conditions pour sortir n'importe quel projet du bon sentiment, et aucun censeur ne parviendrait à attaquer le musicien.

L'ancien prisonnier employait ses journées à réparer les voitures dans le garage Lawson Motors, s'acquittait de ses devoirs envers Mr Matthews, n'oubliant pas qu'il devait son élargissement à un travail guère passionnant et à la promesse de jouer du gospel. Alors, il s'acharnait au labeur sans compter les heures afin d'effacer de son présent Augusta et son père, souvenirs à la fois nostalgiques et douloureux. Il ne voulait plus songer à ce passé, mais ne se voyait aucun avenir. À la moindre occasion, il suivait Bobby et sa famille, heureux de fuir un patron encore une fois injuste et raciste.

Bobby comprenait qu'il avait découvert, derrière ces barbelés, un vrai talent, dont la force réduisait leur propre habileté à presque rien, mais lui permettait de deviner, confusément, la route à emprunter. Le pianiste accueillait avec plaisir James. Il voyait bien que son ami s'intéressait davantage à sa sœur Sarah, préférait même accompagner la jeune fille à l'office du dimanche pour chanter avec elle au sein de l'ensemble Gospel Starlighters. James se sentait en sécurité à l'église. Il n'oubliait pas sa probation et l'obligation de sainteté qui en résultait. Conflits amoureux, jalousies, malentendus risquaient de le priver à nouveau de liberté. Et les provocations des Blancs le visaient continuellement. James reçut parfois des raclées sans pouvoir répondre, réservant ses reparties aux pugilats qu'il continuait de mener sur les rings de quartier ou en pleine rue. Il pénétrait à l'intérieur des salles de gym et montrait ce dont il était capable. Il n'avait pas renoncé à son ambition de combattant aux gants de cuir, persuadé de pouvoir tenir son rang et de faire fortune comme Joe Louis autrefois ou Beau Jack. Il croyait encore davantage à la boxe qu'à la musique. Mais chaque nouvel affrontement affaiblissait un peu plus son moral, son physique. Il en sortait cassé. Les adversaires étaient trop forts, trop grands. Le poing dur d'un gaucher brisa son rêve, et le blessa pour longtemps.

Atteint, James retourna au garage où il subissait les humiliations quotidiennes de son employeur comme s'il devait payer éternellement sa faute de jeunesse, vivre avec l'idée fixe de la prison, envieux des bijoux inaccessibles placés là, devant ses yeux, les belles Ford, alignées en épi sous le ciel dont l'exclu ne pouvait disposer puisque sa condamnation — et il en mesurait les conséquences — lui avait retiré tous les droits dévolus au citoyen jusqu'à la possibilité de conduire. Cette interdiction le plongeait dans une grande détresse.

Les automobiles le fascinaient depuis sa plus tendre enfance. Nous pouvons dater de cette époque sa première confrontation physique avec son ange noir, son dragon terrible, la vitesse, la machine. Il admirait les voitures, les touchait comme des objets magiques. Elles représenteraient toujours à ses yeux l'affranchissement, les plaisirs auxquels il n'avait pas eu droit, l'envie délicieuse de rompre le cycle infernal des interdits en tutoyant le vent. Pourquoi admirer ces merveilles et ne pas pouvoir en profiter ? Saisi d'une envie soudaine, il prit, un jour, le volant d'une Ford et s'amusa à rouler au hasard, juste pour éprouver le plaisir de la liberté, longea les murs de son ancienne prison avec la morgue de celui qui affirme sa réussite devant ses anciens camarades d'infortune, mais, grisé, trop sûr de sa force, il manqua un virage, et perdit le contrôle. La voiture fut endommagée. L'employeur, furieux, le licencia sur-le-champ. Le sale gosse retournerait en prison pour les neuf années qu'il lui restait encore à purger. La prison ou la corde étaient tout ce que pouvait espérer un « nègre » dans l'Amérique d'Eisenhower.

Premières étincelles

James Brown dut encore une fois son salut à l'intervention de la respectable famille Byrd. Ses protecteurs lui obtinrent un nouvel emploi dans une petite usine qui fabriquait du plastique afin d'apaiser le courroux des autorités et de donner à Mr Matthews de nouvelles garanties. Espérant s'amender, le condamné fréquentait l'église. Comment prouver sa bonne foi et éviter une nouvelle disgrâce ? Il chantait du gospel avec entrain, cherchait la bonne compagnie, la trouva en la personne de cette jeune fille, appartenant à la congrégation baptiste, Velma Warren. Elle fréquentait souvent les ensembles sacrés, et James décida d'y apporter sa fougue. Il n'avait pas recherché cette rencontre. Velma s'était imposée à lui après un concert. Elle s'éprit du formidable chanteur que la Grâce paraissait transfigurer. Elle l'aimait. Aussi décida-t-il de l'épouser très vite, le 19 juin 1953, bien décidé à s'assurer un équilibre salvateur. Un an plus tôt, il avait recouvré la liberté, et ne pouvait ignorer la force du symbole. Il se rappelait encore ses doutes, ses angoisses, la peur de l'avenir. Le mariage consacrerait sa réussite et lui permettrait d'acquérir l'impossible, un toit, un foyer, quelque chose de solide à quoi se raccrocher sitôt revenu de ses voyages. Pourtant, une sorte de mal continuait de le secouer violemment. Incapable de renoncer aux plaisirs, il n'avait pas cessé les flirts avec Sarah. De toute façon, Velma n'en saurait rien. Elle ne participerait pas à cette existence nomade.

Sa vie tonnerait loin du foyer. S'il jouait encore des matches de base-ball, la musique représentait alors une meilleure occasion de se distinguer. James y épanchait ses indomptables frustrations. Bobby l'avait vu, entendu, et, il en était persuadé, tous deux domineraient un jour la musique, mais ce serait une longue marche faite d'espoirs déçus, de groupes-étoile, de joies et de trahisons.

Comme souvent, le mouvement partit de Bobby qui monta un groupe de gospel. Trois chanteurs y officiaient : Sylvester Keels, Fred Pullman et Doyle Oglesby. Nafloyd Scott jouait de la guitare. La jeune sœur Sarah formula le souhait de participer au projet. Elle s'y montra à son avantage au risque de surprendre la pieuse communauté. Bobby tentait de mener son affaire sur un champ miné. Il s'efforçait de ne pas déplaire aux religieux, voulait séduire un public, jouer de la musique sans nuire aux convenances. La voie paraissait étroite. Le gospel l'emprisonnait dans une sainte affectation si bien que l'orchestre vacillait. Des départs avaient eu lieu. L'orchestre et ses membres croyants attendaient qu'un rebelle sans peur leur flanquât un bon coup de pied aux fesses.

Et la voix providentielle était tombée au milieu

d'eux comme un météore. Chaque soir, profitant des heures libres pour exprimer sa passion, le rugueux Brown rejoignait ce que les habitants de Toccoa appelaient « le groupe de Bobby Byrd ». La mort du brillant Troy Collins, dans un accident de voiture, avait laissé une place vacante.

James adorait se produire et attirait un public de plus en plus large. La jeunesse de Toccoa ignorait tout de cette flamboyance qui consistait à gigoter, danser, bouger son corps, ses jambes comme si un feu de Bengale brasillait à l'intérieur et dévorait son être entier.

Les rumeurs sur le garçon et sa vie chaotique commencèrent à courir les rues de la cité. James, marié, s'intéressait toujours à Sarah, la sœur de Bobby, et aux femmes. Il ne pouvait renoncer aux bienfaits que lui prodiguait son nouveau métier de chanteur. Il usait et abusait du charme au risque de mécontenter beaucoup de fiancés éconduits qui ne semblaient pas disposés à laisser un voyou ravir leur bien. Des bagarres éclataient. Les garçons le haïssaient, l'étroite communauté de Toccoa s'était liguée contre lui. James, surpris, en conçut une vive méfiance. Il s'aperçut que le récit de ses conquêtes faisait le tour de la ville et que personne ne voulait lui pardonner un succès normal. Une femme était séduite, il la prenait. Pourquoi son petit ami et des proches qu'il n'avait jamais vus protestaient-ils ? C'était comme en musique : les meilleurs l'emportaient. Le « groupe de Bobby Byrd » allait bientôt devenir une formidable affaire, pourvu que James continuât son effort. Car le moindre écart risquait toujours de le renvoyer en prison.

Il travaillait dur, rejoignait Bobby chez lui et répétait avec cette rage qui transfigure les parias. De manière inconsciente, il imprimait sa marque face aux chanteurs Sylvester, Fred et Doyle, dépassés et contraints de s'effacer à leur grand mécontentement.

Un témoin de l'époque aurait pu raconter comment un homme noir au chant rauque et brutal comme on n'en avait jamais tellement vu jusqu'alors débarquait et emportait tout sur son passage. James contribuait à durcir la sonorité du groupe, à la tirer vers un rhythm and blues plus sauvage, au grand dam de Bobby, gêné de s'éloigner du gospel. Le doux leader préférait jouer loin de Toccoa et de sa famille, pour éviter de profaner ses principes éducatifs et solliciter en permanence le pardon auprès de l'Église. Un vent puissant l'emportait. C'était à la fois plaisant et inquiétant. Pourtant, James n'avait renoncé ni au gospel ni à la foi. Bien des musiciens noirs ont dû affronter ce dilemme : se faire plaisir dans la musique sexy ou garder la voie divine. Une guerre intérieure violente secouait son être, surtout quand il reprenait le morceau emblématique « One Mint Julep » ou quelque rock, crachant sa haine. Le voisinage s'en souviendrait longtemps. Car les répétitions se prolongeaient tard au domicile de Bobby et, comme James le reconnaîtra plus tard, les jeunes musiciens voyaient bien l'affliction qu'éprouvait la famille de leur hôte, les grand-mère et mère de Bobby, furieuses d'entendre une musique dont elles maudissaient le geste blasphématoire.

La question religieuse de l'un et les manières

plutôt satrapiques de l'autre furent à l'origine des premiers désaccords entre les deux amis. James exprima son souhait de ne plus jouer dans le « groupe de Bobby Byrd », et il proposa un nom de scène neutre qui rappelât les groupes vocaux noirs. Bobby accepta et choisit The Avons, dont le nom ne signifiait rien de particulier.

Le projet aurait pu les emmener jusqu'à l'Éden. Sans doute ont-ils toujours gardé tous deux, chaleureusement, ce souvenir des temps initiaux, lorsque l'on découvre la musique en société et le voyage ? Ils vécurent le bonheur des bacchanales, des parties de campagne sans enjeux particuliers. Bobby, le mutique et brillant pianiste, James, le volcan, étaient invités à jouer aux fêtes d'une nuit. À peine si l'anniversaire d'un adolescent blanc vint froisser le bel élan de leurs débuts. Le buffet étalait son abondance. Le jardin fleurait le jasmin. James aurait pu se sentir joyeux, libre enfin de ses angoisses. Bobby et lui se rappelèrent que les convives dansèrent, applaudirent, s'amusèrent. L'ancien pensionnaire de l'Institut poussait sa voix dionysiaque, et les enfants avaient l'air d'apprécier une musique sculptée dans le ghetto, le Tartare de la mythologie noire. D'ailleurs, les artistes s'étaient liés d'amitié avec les Blancs. Peut-être voulaient-ils croire à la fin de la ségrégation, à une nouvelle Amérique, et nourrissaient-ils leur musique de cet espoir-là. Puis, l'un des jeunes les invita à partager leur barbecue. Bobby Byrd le racontera plus tard. Le père de famille laissa éclater son courroux devant son fils. « Je te l'interdis. Donne à manger à ces nègres, paie-les et renvoie-les dans leur ghetto de nègres. »

Le pianiste comprenait à quel niveau de lutte la musique le menait, à condition de garder son brandon fou près de lui, et cela d'autant plus que d'aucuns en exigeaient le sacrifice. Combien de soi-disant amis prétendirent que James nuisait à l'équilibre du groupe, à sa santé morale, mais Bobby répliquait avec beaucoup de passion : « Vous verrez, il est fantastique. » Il s'irritait pourtant de la détermination de James, trop enclin à imposer la compétition entre eux. L'ancien détenu semblait jouer sa vie quand il chantait et dansait. Sa passion débordait largement du simple cadre musical, une passion attisée par la colère et la frustration.

James avait raison. Les sentiments extrêmes servaient de moteur si bien que The Avons commencèrent à drainer curieux et producteurs plus ou moins douteux. Parmi ce cortège, figurait un entrepreneur noir, né à Toccoa en 1912, un héros de l'armée qui avait combattu les Allemands en Normandie. Barry Trimier — ainsi se nommait-il — avait repéré la boule d'énergie pendant une soirée musicale arrosée, comme un scientifique guettant les effets chimiques des corps : d'un côté, l'eau plutôt sereine de Bobby Byrd, de l'autre, ce courant électrique, l'ancien boxeur agité par quelque fureur noire, James Brown… Dans toute aventure, doit se cacher une bonne histoire, et Barry avait de quoi alimenter sa publicité. Il connaissait les rumeurs sur James, la prison, les femmes, son trouble passé, finalement adapté à l'œuvre en cours. Il prendrait en main la force et la fragilité, une formation guerrière aux habitudes fugitives, et qui changeait de nom au gré des fantaisies et de son incertitude. Aucune appellation ne semblait plaire à James, Bobby ou aux autres. Quand Trimier leur proposait un engagement, c'est à peine s'il demandait comment les garçons comptaient se baptiser le soir même. Les artistes arrivaient sous le nom de Rhythm Masters, puis le lendemain choisissaient celui de Gospel Starlighters, ce dernier patronyme leur faisant cependant obligation de ne pas trop trahir la musique sacrée. Mais Brown s'acharnait à piétiner les valeurs. Il aspirait à servir les « 5 » Royals, Spaniels, Orioles, ce jeune rock and roll, et adorait toujours l'acide Wynonie Harris qu'il aurait aimé imiter. Chaque soirée entraînait de longues polémiques, des heures d'échanges contradictoires, de désirs forts et conflictuels. Un membre du groupe avait entendu à la radio un morceau de Clyde McPhatters et voulait le reprendre, un autre souhaitait jouer plus de blues et chantait le « Reconsider Baby » de Lowell Fulson. Même B.B. King et son ambiance veloutée attisaient les rêves du groupe de Toccoa. The Avons naviguaient dans une eau connue, avec les moyens dont leur jeune personnel disposait.

The Avons, ou donc le nom choisi du moment, enchantaient les bals et les parties de campagne, grâce à une sélection savamment choisie, jusqu'aux ballades sensuelles très en vogue, futurs classiques de la soul comme « Prisoner of Love * » et « White

* Perry Como avait chanté au début des années 1930 « ce prisonnier de l'amour » avec un beau succès.

Cliffs of Dover ». Oui, le bateau partait, et il ne fallait pas le rater. La petite affaire de Bobby grandirait un jour. James n'en doutait pas. Combien de fois les deux amis se réunirent-ils le soir, chez Bobby, et bâtirent de merveilleux plans sur la comète. Ils s'imaginaient riches et donnaient alors une grande part de cette fortune à leur famille ; selon James, ces rêves partagés les rapprochèrent beaucoup au point qu'ils se sentirent presque « des frères ».

Le nom devait cependant être changé, transformé en une image plus glorieuse, symbolique. Bobby et James pensèrent naturellement aux métaphores du feu, toujours porteuses, sans doute aussi parce qu'un groupe local se nommait The Torches. Voilà une vision qu'ils auraient bien aimé emprunter. Mais elle occupait déjà l'imaginaire d'un autre. De quoi est composée une torche ? De flammes. The Flames, « pleines de feu et de romance », comme l'écrirait James, c'était chacun d'eux, l'emblème de leur puissante ambition qui aspergerait d'essence le doux sirop du doo-wop.

The Famous Flames

Toujours en liberté conditionnelle, le maudit chanteur noir n'avait pas le droit de se déplacer impunément d'un bout à l'autre du pays ni de traîner aux heures diaboliques de la nuit. Et pourtant, The Flames le jetaient dans les zones interdites, jusqu'à l'aube. Barry Trimier avait envoyé le groupe en Caroline du Sud, en Géorgie, là où dominaient la ségrégation, la séparation des Blancs et des Noirs, le tabou. Un ancien détenu noir ne pouvait profaner les « valeurs » de l'Amérique, s'y distinguer, sortir de son ombre, être ce que le romancier Ralph Ellison appellerait *L'Homme invisible*. Or, la musique des Flames débordait comme un torrent de lave. Nul incident ne vint cependant interrompre leur voyage. Personne ne reconnut, derrière le hurleur ensorcelé, l'ancien gamin de la maison de correction.

La renommée de James attirait la foule des clubs autant que son chant brutal. Le mauvais garçon se détachait de cette galerie particulièrement embouteillée où triomphaient ses héros, le chanteur de « Work With Me Annie » (1954), Hank Ballard et ses Midnighters, les Clovers et leur désormais fameux « One Mint Julep ». Ces groupes traversaient souvent Toccoa, alimentant l'imaginaire de la communauté noire. De nombreux ensembles comme The Flames s'appropriaient leurs chansons, même si James déployait une vibration bien plus intense, acide que ses rivaux. Il se sentait proche de Hank Ballard, mais aussi de son presque homonyme Roy Brown, l'autre chanteur de rhythm and blues qui mêlait à ses rageuses flambées des teintes gospel et dont on disait qu'il avait inauguré le rock and roll grâce au dansant « Good Rockin' Tonight ». Mais James possédait une qualité supplémentaire : la scène. Les patrons de clubs s'en souviendraient longtemps. Cette force porterait The Flames bien au-delà du cercle de feu, de la ségrégation, de la province. C'est pourtant à l'intérieur de ce nœud géorgien qu'ils accomplirent leur premier fait d'armes, au Bill's Rendezvous Club de Toccoa, une voûte étouffante et obscure, l'un de ces endroits perdus où la musique frappe les murs et laisse éclater son énergie. Il faisait chaud pendant l'été 1955.

28 AOÛT 1955

UN ENFANT NOIR TUÉ DANS LE MISSISSIPPI.

La chaleur accablait les esprits ce 24 août quand le gamin noir, âgé de 14 ans, faraud, est entré dans une épicerie et a salué la commerçante blanche en disant : « Bye bye baby ». Emmett Till a parié avec ses amis qu'il oserait apostropher la propriétaire blanche. Originaire de Chicago, il passait ses vacances dans le Mississippi, se vantait de fréquenter une jeune Blanche et prétendait ne craindre aucun tabou. Mais la jeune épicière, outragée qu'un « nègre » ose lui manquer de respect, se plaint à son mari. Quelques jours après, le 27, plusieurs hommes se rendent au domicile d'Emmett et l'emmènent. Le corps du jeune Noir, mutilé, défiguré, sera retrouvé flottant à la surface du Mississippi, enchaîné au ventilateur d'une égreneuse à coton. Il a été tué d'une balle dans la tête.

Placardée sur le mur du Rendezvous, l'affiche annonçait Little Richard et ses Upsetters, chanteur virevoltant, célébrité locale. Sa musique différait de Hank Ballard, du twist, du doo-wop, des élégants groupes noirs qui avaient jusqu'à présent décoré le paysage sonore de James. Le musicien-star venait de quitter son emploi de plongeur à la gare routière de Macon. Le petit roi martelait son piano, balançait un rhythm and blues furieux, avec son air de marquis noir, le visage lumineux et tendu de plaisir. Une fine moustache de bretteur dessinait ses lèvres, au-dessus de dents outrageusement blanches. Ses yeux, maquillés, sa coiffure à la Pompadour le faisaient ressembler à une petite tour sautillante, comme celles que l'on trouve sur les jeux d'échecs. Richard secouait la musique noire. Il improvisait un fabuleux morceau « Tutti Frutti », hoquetait une série d'onomatopées, « Awop-Bop-a-Loo-Mop-Alop-Bam-Boum », qui le rendrait célèbre l'année suivante.

James n'appréciait plus trop cette musique appelée rock and roll, tout en reconnaissant son formidable pouvoir d'attraction. Le public était souvent blanc, assez éloigné de son monde soul. Il observa le spectacle, intrigué, intéressé, désirant même rejoindre le démon sur scène. Il jugeait d'ailleurs curieux les mouvements de Little Richard dont le corps dansait, sans qu'aucune de ses mains ne quittât les touches du piano, reliées à elles par une chaîne invisible. Comment conciliait-il l'obligation de jouer et l'envie de s'agiter ? Lui aurait déjà tout envoyé promener pour se mouvoir en pleine liberté, tandis que le petit roi chevauchait presque son instrument laqué. James n'éprouvait aucune inquiétude à admirer Richard qui ne savait pas vraiment danser et se limitait à des gesticulations nerveuses. Connaissait-il, par exemple, la « Camel Walk », la marche du chameau, et son mouvement tranquillement sensuel ? Les nouvelles et remuantes générations déchaînaient les rythmes, mais semblaient incapables de produire de jolis mouvements sur scène.

Né Richard Penniman en 1932, non loin de Toccoa, à Macon, dans cette Géorgie décidément fertile en artistes, Little Richard avait juste un an de plus que James et faisait rouler les notes à la manière d'un Fats Domino. Fils de prêcheur, il avait commencé à chanter lui aussi du gospel à l'église avant de quitter le domicile familial pour des raisons inexpliquées. Les rumeurs évoquaient son homosexualité. Il avait parcouru le pays dans des *minstrels* *, déguisé en femme, s'était mis au service d'un prophète des chemins, le Doctor Nobilio, un étrange personnage coiffé d'un turban, emmitouflé sous une ample cape rouge. Puis, un charlatan, « Dr Hudson », l'avait engagé. Il vendait, au bord des routes, de l'huile de serpent tandis que Richard chantait le « Caldonia »

* Spectacles de musiciens blancs déguisés en Noirs.

de Louis Jordan. Sa rencontre avec l'imprésario Clint Brantley l'avait sauvé de la dérive, d'une tragédie peut-être.

C'est donc ce beau tragédien que les jeunes musiciens découvrirent durant l'été 1955. Le Bill's Rendezvous Club sonna l'entracte. Richard descendit de la scène et se fondit dans ce public bouillant. James et Bobby Byrd, presque sans se concerter, s'encouragèrent du regard, s'approchèrent de l'estrade et sautèrent dessus, à la grande surprise de l'audience et du gros Luke Gonders, le chef d'orchestre, tour manager et pianiste de Little Richard. Et les deux profanateurs chantèrent leur rhythm and blues gorgé de cris, d'imprécations, de désirs, et le public demeura au sommet de l'exaltation où l'avait emmené Richard. Il faisait noir et chaud, la masse sombre humaine exhalait une lourde chaleur. Little Richard s'était d'abord précipité au pied de la scène, furieux, avant d'apprécier la performance. Rarement il avait vu musiciens plus torrides, surtout ce chanteur râblé et remuant, puissamment sexy, James Brown. Il ne l'oublierait pas. Richard ne prononça aucune parole ce soir-là, mais son lieutenant, Luke, appela le manager du petit roi, Clint Brantley, et l'avertit qu'un groupe formidable, installé à Toccoa, l'avait ébloui au Bill's Rendezvous.

Les portes s'ouvraient. Clint avait besoin d'un bon groupe pour son club, The Two Spots, à Macon, et The Flames, si les observateurs disaient juste, enchanteraient les soirées géorgiennes. Le manager les programmerait même sur quelques dates, mais ne pourrait leur consacrer davantage de temps parce que Little Richard remplissait ses journées et ses nuits. Et puis, James Brown suscitait la crainte auprès de Byrd, de Clint, de ses entourages éphémères et permanents. Sa violence, ses manières, son passé judiciaire le transformaient en bâton de dynamite. Velma lui avait donné deux enfants, Teddy et Terry, mais ni l'une ni les autres ne le retenaient à Toccoa et n'apaisaient sa fureur. Byrd préférait d'ailleurs que son ami s'installât à Macon et dépendît de Clint. Car le manager deviendrait alors responsable de la liberté sous caution. Bobby craignait que les policiers ne mettent sa mère en prison pour avoir plaidé en faveur du garçon. L'éloigner assurerait à tout le monde une meilleure sécurité.

The Flames débarquèrent ainsi à Macon, située à trois cents kilomètres de Toccoa, une cité plus grande aussi. Les musiciens trouveraient ce qu'ils cherchaient : un peu d'anonymat. Comme cadeau de bienvenue, selon le témoignage de Byrd, Clint Brantley offrit à James l'objet de ses péchés, une Buick 55 rutilante. Ses amis auraient aimé dissuader le manager de fournir au chanteur des Flames une nouvelle occasion de déraper, mais aucun n'osa intervenir. Et James ne résista pas au plaisir d'exhiber sa merveille à Toccoa, devant la famille. Il n'arriva pas à destination, s'arrêta à Madison, après avoir embouti le tracteur d'un vieil homme blanc. Mais au lieu de dire : « Excusez-moi pour avoir bousillé votre tracteur », James frappa l'homme parce que sa voiture était abîmée. Et cela à Madison, en Géorgie, en 1955 ! James fut emprisonné mais relâché quelques jours plus tard grâce à l'intervention de Clint qui, apparemment, promit plusieurs concerts à Madison contre la liberté du musicien.

James s'efforçait de garder sa ligne, sans commettre d'erreurs. Brantley lui prodiguait ses conseils, témoignait au groupe une vive affection. Il leur conseilla même d'améliorer le nom des Flames, une appellation un peu courte à laquelle il aurait été bon d'ajouter un adjectif claquant fort. Pourquoi pas Famous ? The Famous Flames. Cela sonnait bien. Restait à devenir fameux ! Leur formation n'y parviendrait pas si elle se contentait de reprendre des standards. James, assisté de Johnny Terry, son ancien camarade de cellule, mettait la dernière main à une chanson intitulée « Please Please Please », dont les mots à l'agencement répétitif, mécanique étaient inspirés du « Baby Please Don't Go », vieux blues de Big Joe Williams que les Orioles avaient repris à leur manière en 1952, c'est-à-dire fortement teinté de gospel. James s'adonnait joyeusement aux supplications, aux plaintes, en les sublimant par l'ivresse de son chant. Sa force saisissait le cœur. The Flames auraient cependant pu rester clandestines car elles ne disposaient d'aucun studio et n'avaient pas signé de contrat. Elles profitèrent de quelques occasions sauvages et enregistrèrent la chanson à la station de Macon, WIBB, en novembre 1955. Trois membres du groupe participaient à la séance : le guitariste Nafloyd, le pianiste Bobby Byrd et le chanteur James Brown. Le disc-jockey Hamp Swain ne cachait pas son contentement. Il connaissait bien Clint Brantley et le Two-Spots, et avait découvert The Famous Flames au cours d'une soirée épique.

27 SEPTEMBRE 1955

ACQUITTEMENT DES MEURTRIERS D'EMMETT TILL.

Quand la mère d'Emmett, à Chicago, a appris le meurtre de son fils Emmett Till, elle a rapatrié le corps et exposé le visage martyrisé de son fils afin de montrer au monde quel sort les racistes du Sud réservent aux Noirs. Une vive émotion a parcouru le pays et entraîné un procès, le 19 septembre. Les Blancs, en particulier les jurés, se sont avoués surpris de voir un tel remue-ménage pour un « nègre » tué. Les meurtriers, le mari de l'épicière et son frère, ont été acquittés. Mais cette affaire laissera des traces. Beaucoup de Noirs ont peur désormais, conscients qu'ils risquent d'être tués à cause de la simple couleur de leur peau.

L'expression « épique » convient bien au roman que nos artistes, à la fois entachés par les diableries et enveloppés de restes liturgiques, écrivaient. Le club ne désemplissait pas. James Brown racontait des histoires de démons, faisait croire aux musiciens qu'il avait vendu son âme à Satan à la manière du bluesman Robert Johnson et prétendait même mener un groupe qui serait bientôt le plus grand groupe du monde [1]. James disait travailler dur, imitant les vantardises continuelles de Little Richard sur son dur labeur. D'ailleurs, il essayait chaque soir de dépasser le petit roi, de montrer plus d'énergie comme un brasero ambulant. Cette concurrence s'expliquait par la situation particulière des artistes de Toccoa. Quand Little Richard, indisposé, annulait une date, Brantley demandait aux Flames de remplacer la star. L'offre ne présentait pas que des avantages, surtout lorsque le public scandait le nom du vibrant petit pianiste. James Brown, à l'avant, et Bobby Byrd, en retrait derrière son clavier, devaient retourner l'émotion en leur faveur. Le public avait l'air d'apprécier la personnalité de James, et le groupe entier saurait en tirer profit, même si l'ex-taulard s'emparait du commandement. Mais les membres des Famous Flames auraient bien le loisir de le contrôler une fois qu'ils auraient signé un contrat.

1er DÉCEMBRE 1955

ROSA PARKS REFUSE DE CÉDER SA PLACE.

Elle était fatiguée ? « Non, si j'étais lasse, a-t-elle déclaré, c'était seulement de me soumettre. » Ce jour-là, le 1er décembre 1955, Rosa Parks, une jeune couturière noire de Montgomery qui revenait de son travail, a refusé de céder sa place à un Blanc comme le lui demandait le conducteur. Appréhendée, menacée de prison, elle a reçu le soutien de la NAACP (*National Association for the Advancement of Coloured People*), et de plusieurs avocats blancs engagés contre la ségrégation. L'arrestation de Rosa a incité un jeune leader, Martin Luther King, à appeler au boycott des autobus de Montgomery. Depuis, la ville est le théâtre de scènes surréalistes : des bus vides sillonnent les rues tandis que les trottoirs sont envahis par des centaines de marcheurs noirs qui se rendent à leur bureau. Cette offensive de la communauté « africaine américaine » affaiblit la compagnie et secoue les autorités, bien décidées à vaincre la rébellion.

La délivrance arriverait bientôt. Brantley avait adressé la maquette de « Please Please Please » à plusieurs maisons de disques bien installées : Don Robey, le fondateur du label Peacock, domicilié à Houston (Texas), se montra vivement intéressé. Ce personnage agressif et violent, surnommé le « Black Cesar », qui portait au doigt un gros diamant et fumait le cigare, s'était battu à coups de poing avec Little Richard. Le grand espoir de la musique noire avait signé en 1953 un contrat chez Peacock, et il avait enregistré quatre chansons puis quelques autres en compagnie de Johnny Otis. Mais, très vite, Don en avait eu assez de l'insolence de Richard, de sa causticité et de son aptitude à la débauche. Le pianiste-chanteur fréquentait les sentines de Houston où sa sexualité douteuse suscitait les plus fantastiques rumeurs. Il faisait d'amples libations jusqu'aux aurores, puis, le lendemain, rejetait toutes les sollicitations, les conseils et les reproches, disait ce qu'il pensait, parfois assez durement. Un jour, Don s'énerva et le frappa : « J'ai gardé longtemps une hernie à la suite de ses coups, se plaindrait Richard. Il battait tout le monde, à l'exception de Big Mama Thornton. Il avait peur d'elle. Elle était bâtie comme un gros taureau[2]. » Grande voix du label Peacock, Big Mama, la puissante « blueshouter » des années 1950, interprète du classique « Hound Dog » (avant Presley), saphique, rageuse, à la carrure de déménageur, léguerait à Don de beaux succès. Richard aurait dû lui aussi enrichir le prestigieux catalogue, mais il en fut chassé avant même de pouvoir prouver sa rentabilité ! Don regretta son coup de sang. Arrivés fort à propos, The Famous Flames répareraient sa faute. Malheureusement, les négociations achoppèrent sur des questions d'argent, et Clint Brantley renonça. Il préféra s'adresser aux mythiques entrepreneurs d'origine hongroise, Chess, à Chicago, spécialisés dans le blues et qui publiaient les disques du grand Muddy Waters et de tout le blues électrique de l'après-guerre.

Du plaisir à l'Enfer

Cincinnati ne souriait pas, enfoncée dans le ventre mou de l'Amérique, bien éloignée de ces villes plus lyriques dont le pays était fier : La Nouvelle-Orléans, Memphis, San Francisco, New York… Syd Nathan y avait cependant vu le jour, le 27 avril 1904. Fils d'un père juif qui faisait commerce de pierres précieuses, il avait grandi à la peine : malingre, frappé d'asthme, le gamin voyait mal, perdu entre ses rêves, la batterie qu'il avait apprise à cinq ans, et un quotidien sinistre. Il luttait contre les douleurs et dut très tôt assumer son mal-être — une certaine marginalité — jusqu'à abandonner l'école tôt (à l'âge de treize ans). Décidé à réussir par ses propres moyens, il travailla dans une boutique de prêteur sur gages, fut serveur, vendit radios, réfrigérateurs, meubles anciens, lança plusieurs affaires, mais aucune ne lui apporta la fortune. Après avoir beaucoup voyagé en Floride, dans le Sud, en quête de chance, Syd regagna sa ville natale, Cincinnati, plein de lassitude. La guerre approchait, le monde changeait. Il fêterait bientôt ses quarante ans et n'avait toujours pas accompli son ambition : devenir riche. Il eut alors une idée. Pourquoi n'achèterait-il pas les disques aux distributeurs à moitié prix, ne récupérerait-il pas les stocks des juke-boxes pour les revendre plus cher ?... Le reste appartient à la légende. Avec un capital de trois dollars, Syd loua un local commercial, dans le quartier noir de la ville. Quelques mois plus tard, il avait joliment achalandé sa boutique, proposait plusieurs milliers de disques à une clientèle chaque jour plus nombreuse. Il songea alors qu'il pourrait vendre son propre matériel, et enregistrer lui-même des musiciens de passage. C'est ainsi qu'en 1943 la compagnie King Records vit le jour. La période ne semblait pas vraiment favorable au développement d'une entreprise surtout aussi modeste. Guerre, pénurie, violents conflits syndicalistes minaient le milieu musical. James Petrillo, patron de la puissante fédération des Musiciens, nouait des rapports difficiles avec les grandes compagnies, les obligeant à payer aux artistes des royalties élevées. Une telle exigence accablait les producteurs, et surtout les labels indépendants, incapables de suivre la surenchère. Au moment de fonder King, Syd Nathan voulut d'abord échapper à la mainmise syndicale, chercha des musiciens de country semi-professionnels qu'il destinait à la population blanche pauvre du « Deep South ». Les principales majors ignoraient ce marché, et l'aventurier exploiterait le formidable vivier. En quête de travail, des centaines de familles remontaient chaque jour vers le nord et les grandes métropoles industrielles, sans que personne ne se souciât vraiment de ces migrants. Syd Nathan espérait toucher leurs cœurs. Il avait la chance de vivre à Cincinnati, une ville dynamique située à la frontière du Sud et du Nord, sur le passage des émigrants. D'ailleurs, son petit commerce commençait à prendre une certaine importance si bien qu'il emménagea au 1540 Brewer Street, dans un ancien entrepôt de glace. Il lâcha la vente de disques et, encouragé par la demande, se consacra à l'enregistrement. Il devrait vaincre une concurrence sévère : cinq cents labels indépendants occupaient le territoire, comme le recensa le *Billboard*. Beaucoup ne tiendraient pas la distance. Seuls résisteraient les malins capables de trouver les passages secrets.

Syd fut l'un de ces chercheurs futés aptes à trouver les passages secrets. Il repéra les beaux artistes qui brillaient dans les Appalaches et les villes frontières. Dès 1948, il publia « I Love You, Yes I Do » de Benjamin « Bull Moose » Jackson, son premier succès, avec cinq cent mille exemplaires écoulés. Il avait tenu sa promesse. Les Blancs de la campagne répondaient au hillbilly authentique.

Il découvrit un formidable pianiste de western, Moon Mullican, né aux confins de la campagne texane. Joueur, flambeur, l'artiste jouait du blues, des spirituals et quelques vieux folklores irlandais. Syd lui proposa de rejoindre sa compagnie King Records, et Mullican grava plusieurs classiques populaires, de « Cherokee's Boogie » (1950) à « Pipeliner's Blues » (1952) sur les travailleurs du pétrole, devenu assez célèbre pour mériter de tourner avec le grand Hank Williams et d'intégrer le prestigieux Festival Grand Ole Opry, à Nashville. Nathan réussit à placer dans le panthéon deux autres figures illustres, les Delmore Brothers. En 1933, les puristes de la country jugeaient que ce duo ne méritait pas un tel honneur parce qu'il « imitait les Noirs ». Originaires d'Alabama, Alton et Rabon Delmore chantaient pourtant les vieux airs de la montagne, yodelaient, créaient une musique festive et religieuse dont l'influence n'aurait peut-être pas dépassé les États du Sud si le bon Nathan n'était pas intervenu. Quand il les engagea en 1945, Syd conserva les deux guitares acoustiques, mais y ajouta un harmonica blues, et assura le succès des deux frères.

Le courant de sympathie qui entourait King convainquit Nathan d'ouvrir un label à destination du public noir, nommé Queen, où il publia blues et gospel. Si le projet ne dura que deux années, Syd continua de promouvoir la musique dite « ethnique » et souvent avec bonheur, accompagnant la révolution musicale. Personne n'oublierait le formidable tube de 1948, « Good Rockin' Tonight », ni son interprète, le sulfureux Wynonie Harris. Ce nom n'était pas étranger à James Brown. Combien de fois le chanteur des Famous Flames avait-il imité le rocker noir ? Un artiste qui entrait dans l'écurie King rejoignait du même coup le légendaire Wynonie. Ainsi, chaque nouvelle recrue se faufilait parmi de nombreux musiciens populaires, orgueil de Syd Nathan *.

Malgré ses douleurs persistantes, le patron commandait son affaire sans faiblesse. Il se rendait

* On pourrait citer aussi Cowboy Copas qui mourrait dans un accident d'avion en 1963.

souvent chez l'ophtalmologiste, tant il souffrait, devant soigner plusieurs cataractes et subir de lourdes opérations, mais il ne s'éloigna jamais durablement de sa passion. Syd avait même aménagé les étages de l'immeuble afin de surveiller chaque étape, depuis le studio jusqu'à la conception finale : au premier, le pressage; au deuxième, les stocks; au troisième, une imprimerie qui permettait de concevoir sur place les pochettes. Sitôt l'enregistrement accompli, Nathan adressait le disque aux distributeurs et aux radios. Il pouvait ainsi évaluer immédiatement leurs réactions. Une mauvaise note étouffait la chrysalide. Le patron, souhaitant ne perdre ni son temps ni de l'argent, limitait le risque et la navigation aussi aléatoire que dangereuse à laquelle un album était condamné. Il apportait un soin particulier à la qualité sonore et aux designs de l'œuvre, puis engageait les meilleurs hommes.

C'est ainsi qu'en 1950 Nathan recruta le producteur Ralph Bass. Cet homme à l'air sévère, né dans le Bronx, à New York, s'était constitué, depuis le milieu des années 1940, un joli palmarès. Il avait travaillé pour le label Black&White et Capitol, supervisé l'œuvre du prestigieux artiste de jazz-blues T-Bone Walker (pionnier de la guitare électrique) dont le style velouté, porté par une certaine langueur et des cuivres moelleux, faisait merveille, de « T-Bone Shuffle » à la ballade céleste « Call It Stormy Monday Blues ». Amoureux des cuivres et des histoires, toujours prêt à tenter l'aventure, Ralph Bass avait participé à l'émergence du rhythm and blues. Il avait attiré sur lui une bonne lumière grâce au vaudeville kitsch du big-band de Jack McVee, en 1947, avant d'apporter au label Savoy, à l'aube des années 1950, le blues rural de Brownie McGhee et le rhythm and blues de Johnny Otis. Il voyageait en permanence à travers les styles noirs, loin des barrières et cercles restreints. Lorsque Ralph rejoignit King Records, Nathan lui promit une entière liberté, et le nomma à la tête de Federal, comme producteur exclusif. Bass était bien décidé à utiliser tout l'espace offert à son gigantesque appétit.

Sa faim fut assez vite largement assouvie lorsqu'une bande incroyable atterrit sur son bureau : The Famous Flames et leur morceau « Please Please Please ». Le mélange de vestiges doo-wop, de chœurs à la Platters, et d'hystérie lascive, répétitive, annonçait une révolution dans la musique noire. La douce orchestration et la voix acide du chanteur formaient une noce détonante, la rencontre du gospel, des transes religieuses et de quelque chose de plus sombre, encore difficile à définir. Ralph prépara un contrat et se lança aussitôt à leur recherche. Il devait agir vite. Il apprit que Leonard Chess avait reçu la démo et, intéressé, avait quitté son bureau de Chicago. Personne ne l'avait revu. Ralph observa le ciel. La neige tournoyait de manière hypnotique et lente. « Par cette nuit, les avions ne pourront pas décoller, songea-t-il. Mais en voiture, j'ai une chance. » Il pensa à son rival, peut-être bloqué à l'aéroport. C'est du moins ce qu'il espérait.

Il partit pour la Géorgie, emportant un contrat et deux cents dollars. De toute sa carrière, il n'avait jamais pris autant de risques, mais il désirait tant ce groupe qu'il était prêt à braver tous les dangers. La glace obscurcissait son pare-brise. La voiture glissait à travers la nuit profonde. Sur les monticules noirs, s'étendaient des draps immaculés. Le voyage lui parut durer une éternité tandis qu'il s'accrochait au volant, fixait les routes fantômes dont la réalité se dérobait à son regard comme les éclats d'un kaléidoscope. Il craignait la fatigue, dut lutter contre le sommeil. Il ne sut jamais combien d'heures il roula, aussi longtemps que la nuit opaque dans laquelle le faisceau fragile de ses phares creusait une trouée minuscule, lointaine. Il manqua plusieurs fois de s'assoupir, s'arrêta, repartit... Au petit matin, la pluie chassa enfin la neige. Le paysage vide et pur s'était rempli de maisons délabrées, d'arbres dégouttant d'eau, de fils électriques... Il avait l'impression d'être tombé au fond d'une décharge. Le Sud sauvage lui ouvrait sa zone de turbulences, comme si une guerre avait déchiré son cœur. Ralph, épuisé, perclus de douleurs, poursuivit son chemin chaotique vers l'adresse que la radio de Macon lui avait indiquée, bien au-delà de la frontière blanche. Une voie ferrée plongeait dans l'obscurité, jusqu'aux tréfonds du quartier noir, parmi les maisons crevassées, les bouges sales, les terrains vagues. Le producteur avait peur, satisfait cependant de connaître l'environnement où la formation avait sculpté sa musique. Après avoir longuement erré, traversé puits, impasses, crevasses, Ralph frappa à la porte d'un bar, et aperçut celui qui devait être le manager, Clint Brantley. Les deux hommes paraphèrent le contrat, et l'envoyé de King lâcha ses deux cents dollars.

Le soir même, Clint emmena Ralph aux environs de Milledgeville, une cité proche de Macon, non loin de la rivière Oceana. Le club se nommait Sawyer's Lake. Les orages qui, depuis le Nord, traversaient le pays inondaient les campagnes et les routes. Les chemins s'étaient couverts de glace. Le bruit du tonnerre aurait pu étouffer la musique des Famous Flames entre les quatre murs humides, au fond de la nuit argentée. Mais leur cri brûlait plus intensément que la foule excitée et les tremblements du ciel. Ralph, trempé, en manque de sommeil, frôlait les visages noirs, les regards curieux qui s'étonnaient de voir ce Blanc à l'allure de professeur. Il s'assit, observa les six hommes aux vestes sombres, suivit, fasciné, le chanteur, James Brown, à la voix braisée, et dont les pas souples et énergiques semblaient hypnotiser le public. L'homme rampait, miaulait, criait. Bass reçut la musique en pleine figure, le chant noir et guttural, un son de saxophone orgasmique. Le producteur n'oublierait jamais ses premières impressions ni cette nuit, heureux et soulagé. Il avait dû chercher le feu sacré, si loin, jusqu'aux portes de l'Enfer.

De l'Enfer au plaisir

L'orage se calmait. James, Bobby et The Flames attendirent pendant plusieurs jours, comme s'ils avaient vécu un étrange rêve. Le Blanc jailli de la tempête, dans le bar, avait disparu ! Les jours suivants, aucun responsable de King Records ne les appela. Les musiciens se demandèrent si leur engouement était réel ou illusoire. Ils n'avaient jamais entendu parler du patron Syd Nathan, et apprirent même que l'entrepreneur avait surtout publié des artistes country. Pourquoi, diable, engagerait-il des musiciens noirs, soul ?

James ignorait que, revenu de l'Enfer, Ralph Bass avait dû affronter une autre Géhenne, la colère de Syd Nathan. « J'ai écouté la bande, hurla le patron au téléphone. C'est la pire merde que j'aie jamais reçue. Tout ce que le chanteur sait faire, c'est chanter un seul mot. On dirait qu'il bégaie. T'es viré. Jamais cette formation simpliste ne vendra un album. » Pourtant, Ralph parvint à le convaincre de lui laisser une chance, et invita The Famous Flames à se rendre à Cincinnati. James rencontra enfin Syd Nathan qu'il décrirait comme un

« petit César, gras, fumant un gros cigare [1] » et dont tout le monde avait peur. Le rondouillard au visage mangé par de grosses lunettes fulminait contre ses collaborateurs, reprochant à Ralph Bass de ne pas l'informer plus souvent de ses découvertes. L'employé avait abusé de sa liberté, et le « petit César » regrettait sa mansuétude.

Il avait cependant cédé, incapable d'empêcher l'œuvre, promise au catalogue Federal que dirigeait Ralph, de s'accomplir. Mais son dégoût d'une chanson, signée en pleine tempête et arrivée jusqu'à sa tête migraineuse, s'exprima tout au long du chemin. Pendant l'enregistrement de « Please Please Please », le 4 février 1956, Syd Nathan ne cessa d'invectiver les chanteurs des Famous, Sylvester Keels et Nashpendle Knox, le guitariste Nafloyd Scott et son frère Baroy à la basse, blâma Ralph Bass, dénigra le texte qu'il jugeait stupide. Ce James Brown, songeait-il, « n'est bon qu'à hurler ». Et il licencia Ralph pour de bon. Le producteur ne doutait pas que son patron avait agi de manière irréfléchie. Il avait résisté et Nathan l'en respecterait davantage. Congédié, il hésita à publier la bande, mais, cédant à un ultime acte d'orgueil, fit paraître le single « Please Please Please » le 3 mars 1956, sous le nom de « James Brown and the Famous Flames ». Bobby Byrd, Sylvester et les autres musiciens en conçurent une grande colère au début contre James, puis contre Bass, King Records, enfin contre le monde entier, voulant même saborder la formation, la dissoudre ! Que s'était-il passé ? Byrd ne comprenait pas. Il avait aidé, sauvé James, et son ami lui volait le groupe, accaparait la lumière. Bobby avait si souvent envisagé la victoire finale de son ami qu'il semblait même, depuis quelques mois, s'y résoudre, admiratif des qualités de Brown et de sa volonté irréfragable. Leur association les mènerait à la fortune. James avait composé « Please Please Please », une première tentative qui pouvait porter le groupe vers la gloire ou le détruire. Les lauriers paraissaient maintenant plus tangibles que les couronnes d'épines, mais ils illuminaient surtout James. Bobby, au début, ne souffrit pas cette trahison. Puis, le réalisme l'emporta. Comment pouvait-il résister ? The Famous Flames incendiaient les nuits géorgiennes. Les jeunes Noirs dansaient, hurlaient, s'évanouissaient presque à chaque saut du grand chanteur. Les musiciens voyaient James Brown grandir, et ils grandissaient avec lui. Bobby, Sylvester et les autres avaient donc tout intérêt à étouffer leur rancœur, même s'ils pressentaient un autre danger, plus grave : que leur feu follet béni abandonnât le groupe ! Qu'il cédât aux tentations !

Car les débuts s'annonçaient houleux, la concurrence, rude. Lorsqu'ils exploitèrent « Please Please Please », James Brown et The Famous Flames, tombés au cœur d'une année extrêmement fertile, virent tout le chemin qu'il leur restait à parcourir.

Dans ce champ joyeusement arrosé, fleurissaient les Coasters. Ces rivaux imposaient leur ironie délicieuse, triomphaient, prêts à proroger un règne impressionnant. Ils bénéficiaient d'une organisation rigoureuse. Le prestigieux chef d'orchestre Johnny Otis avait rassemblé autour de lui des chanteurs proches du doo-wop, le ténor Carl Gardner et le baryton Bobby Nunn, l'ossature des Coasters. Puis, il avait présenté au jeune groupe ceux qui lui fournissaient les munitions, les Juifs new-yorkais Jerry Leiber et Mike Stoller, deux compositeurs aux magnifiques flambées comme « Hound Dog » pour la chanteuse de blues Big Mama Thornton. Personne n'oublierait la violence ironique de « Riot in Cell Block n° 9 », premier éclat des Coasters sur la révolte d'une prison. Le duo Leiber / Stoller se définissait par la pertinence sociale de ses chansons, l'humour noir qu'il instillait dans des paroles souvent à double sens. Et les Coasters transformaient ce qu'ils touchaient en or : « Down in Mexico » (1956), plus tard, « Searchin' » (1957) et tant d'autres.

L'époque était généreuse. Le plus beau fleuron s'incarnait en la personne de « Little » Willie John, l'auteur heureux de « Fever » cette année-là, surnommé ainsi en raison de sa taille. Ce chanteur, né William Edgard John, avait vu le jour le 15 novembre 1937 sur la terre sanglante du pauvre Arkansas, mais pousserait plus au nord, à Detroit, à l'ombre de son père, employé des usines Dodge. Si l'on passe un peu de temps auprès de lui, c'est qu'il a déposé une profonde empreinte dans la mémoire et le génie musical de James Brown. Dès l'âge de douze ans, « Little » écuma le circuit gospel de la « Motor City », soutenu par sa sœur aînée, la fidèle Mable (qui deviendrait plus tard une « Raylette »). Tous deux formèrent un duo de gospel, les United Five, et apparurent souvent sur les affiches des spectacles de musique populaire de Detroit. Mable tentait de contenir la fougue de son frère parfois inconscient. Le « petit » sautait partout, claquait son argent, sortait tard, buvait. Un autre chanteur rencontré en chemin, bientôt vénéré, Sam Cooke, essayait de le protéger, en bon croyant. Les deux garçons se lièrent d'amitié, heureux de fréquenter le circuit gospel, de voyager ensemble, de partager les bons plats des chrétiennes. Mais ils ne possédaient aucun trait commun. Sam affichait une réserve permanente, une tranquillité contagieuse, une foi qui le préservait des folies malgré une tendance à aimer les jolies femmes. En face, John aurait mérité le surnom de « Monsieur Catastrophe ». Les ennuis l'attiraient : bagarres, boissons, jeux... Il était incapable d'étouffer ses colères, sa rage, une révolte permanente ancrée au fond de lui et prête à hurler. « Quand John éclatait, Sam venait le voir, mais ne disait jamais un mot de trop, rappellerait sa sœur Mable à l'écrivain Peter Guralnick, sa présence seule l'apaisait. Ils se respectaient beaucoup l'un l'autre[2]. » Pendant les voyages, « Little » flambait tout son argent au casino, sans pouvoir s'arrêter. Le défi consistait à le maintenir éloigné du diable en prolongeant les concerts jusqu'à l'aube et le départ en bus.

Le talent de John semblait le prémunir contre sa nature diabolique. Il se distingua jusqu'à pénétrer le sanctuaire divin, l'orchestre de Count Basie au début des années 1950, et, en 1951, capta l'attention d'un « talent scout » doué, Johnny Otis, tandis qu'il virevoltait sur la scène du Paradise Theater. Le chasseur de têtes le présenta à Syd Nathan. Dans ses mémoires, James Brown ne cache pas son admiration pour cet artiste dont le caractère ébranla même le sauvage et dur Syd Nathan.

Le garçon paraissait béni des dieux. Le jour même de son audition, il enregistra « All Around the World » et séduisit tout de suite le public. Puis, il plaça un autre titre, « Need Your Love So Bad », au sommet des charts, et, la même année, sortit « Fever ». Le patron de King n'avait jamais observé une telle fulgurance, et peut-être pensait-il déjà qu'il ne verrait plus un semblable phénomène. La voix acide, profonde de John plaisait, envoûtait, entrait dans la peau comme une flèche. Ses syncopes primaires, sa touche religieuse et bluesy portaient leurs beautés au cœur de ceux qui l'écoutaient et ne s'évanouissaient pas aussi facilement. Elles flottaient pendant six mois, à mi-chemin du rhythm and blues et de la soul.

La modernité de John et sa flamboyance toute rock and roll brisaient les lignes trop élégantes du doo-wop. James n'en revenait pas de voir un musicien à l'envergure enfantine qui jouait comme un adulte. Il confiera au critique Gerri Hirshey aimer la manière dont « Little » pleurait l'absence avec une grande profondeur, là où lui hurlait ses sentiments. Le prodige de l'Arkansas savait refréner son chant.

En 1956-1957, peu d'artistes possédaient l'aura de « Little » Willie John. Seul un autre « poucet » lui disputait la gloire : Little Richard, le marquis sautillant, criait son « Tutti Frutti », puis « Long Tall Sally », ses galopades filaient à vive allure et entraînaient la jeunesse. Mais les triomphes paraissaient bien fragiles en ces années-là. D'autres toupies folles vinrent se mêler à la bagarre, le « Blue Suede Shoes » de Carl Perkins et le suave « Blueberry Hill » de Fats Domino, sans omettre le talent que la presse et le public baptiseraient bientôt le « King », Elvis Presley, interprète de météores flambants, « Hound Dog », « Don't Be Cruel », « Heartbreak Hotel »... Métis, ce chanteur aux déhanchements « obscènes » crachait les notes avec urgence, comme s'il mettait sa vie en jeu. Il menait la nouvelle musique appelée rock and roll, rencontre du blues noir et de la country blanche. La vague, assez haute, chassait le déclinant doo-wop, même si les Platters, appartenant à la confrérie des élégantes formations à costumes, occupèrent, avec leur chanson « The Great Pretender », la première place du classement du *Billboard*. Au mitan des années 1950, les artificiers tiraient dans toutes les directions, la musique noire vibrait sous le sentiment et la joie. Parti du blues, l'artiste de Saint Louis Chuck Berry chantait « Maybelle », des histoires d'adolescentes, inventait le riff de guitare qui construirait le rock pendant longtemps. Le disc-jockey Alan Freed, « l'ami des Noirs », comme le surnommaient ses détracteurs, diffusait le rock and roll, et le rhythm and blues noir dont les embrasements pénétraient toutes les couches de la société. Les Américains s'efforçaient d'oublier la guerre froide, le danger nucléaire et le souvenir du maccarthysme — le maudit sénateur, qui avait pourchassé les communistes de manière obsessionnelle, avait été renversé deux ans plus tôt. Ils dansaient, vivaient la nuit, dépensaient leur argent, s'aimaient sur l'exultant « Mary Ann » de Ray

Charles. Quel formidable artiste que ce musicien aveugle à la voix chaude, entouré de cuivres éclatants ! En 1956, âgé de vingt-six ans, il pouvait déjà se prévaloir d'une œuvre très riche. Sa première et grande réussite, « I Got a Woman » (1954), ne cessait de tourmenter les dévots car le musicien avait osé mêler blues profane et gospel sacré. La chanson condamnait Ray à l'opprobre éternel. Les bien-pensants abhorraient son humour acide, sa force et, plus encore, sa popularité.

Ray Charles semblait inaccessible. Tant de jeunes et brillants musiciens obtenaient une fortune rapide. Comment le groupe de Toccoa pouvait-il se frayer un passage à travers une forêt aussi étincelante ? Même dans leur propre compagnie, King Records, Syd Nathan paraissait les mettre au défi de rivaliser avec sa meilleure vente, Bill Doggett. Né en 1916 à Philadelphie, plus âgé et venu de loin, le champion des surprises-parties s'était fait connaître comme le dernier arrangeur jazz pour Lionel Hampton, Count Basie et le chanteur de rhythm and blues Johnny Otis, avant d'enchanter la jeunesse américaine. Il avait introduit l'orgue dans le rock and roll et savait mieux que personne faire vivre l'instrument, exploiter son coffre. Le public ignorait quelle postérité aurait l'œuvre du turbulent chef d'orchestre, mais s'en moquait bien, abandonnant leur corps à l'entraînant « Honky Tonk », vainqueur du palmarès au *Billboard*. Mais ses morceaux offraient du bon temps.

James Brown et The Famous Flames n'égaleraient pas tout de suite l'incroyable Bill Doggett malgré l'ascension intéressante de « Please Please

Please ». Plusieurs États — Mississippi, Floride, Alabama — l'apprécièrent plus que la Géorgie. La chanson circula entre les sentiers du Vieux Sud, sans fulgurance au début, puis les ventes augmentèrent, juste assez pour rendre la sérénité à Syd Nathan. Elle attirait l'attention, alimentait les conversations à cause de son étrangeté, de son côté répétitif. Certains y décelaient la découverte d'une superbe formation, d'autres prédisaient que ces flammes feraient « long feu ». Les critiques avaient surtout remarqué le chanteur baptisé James « butane » Brown. Un « Little Richard qui aurait chanté avec les Drifters », écrivit l'un d'eux. Plusieurs journalistes repérèrent les influences des explosifs Wynonie Harris et Roy Brown, et des formations doo-wop comme les « 5 » Royales ou Dominoes.

Le 21 avril 1956, « Please Please Please » se glissa à la sixième place du classement du *Billboard* « rhythm and blues ». Pendant près de six mois, elle flotterait brillamment à la surface musicale, séduirait un million d'acheteurs. Jamais, à l'avenir, elle ne quitterait le catalogue de King. Nathan s'était trompé et le reconnut en réengageant Ralph Bass.

James avait pris le commandement des Famous Flames, reléguant les autres musiciens au second plan. Il se moquait bien de ce que Bobby et les autres pensaient, souhaitant être le meilleur. De toute façon, seule la scène, endroit privilégié où il maîtrisait son destin, lui apportait la satisfaction. Le leader devait se montrer égoïste, sauvage, afin de vaincre les résistances. Mais la maison King se désintéressait du groupe incapable d'exploiter davantage le succès de « Please Please Please ». Syd Nathan ne croyait pas à l'avenir des Famous Flames et refusait de les aider. Ses doutes condamnaient les musiciens à promouvoir eux-mêmes le titre à travers le pays, à donner de nombreux concerts. Le patron se défiait de James et de sa violence, préférait le voir sur un registre doo-wop assez doux. « Please Please Please » lui avait inspiré trop de frayeur, et le public, songeait-il, ne pouvait recevoir davantage de colère. Brown serait mieux inspiré de suivre les « 5 » Royales ou les Dominoes. Son morceau « No, No, No », gravé quelques semaines après, s'en approcha. Mais le succès ne fut pas au rendez-vous. Les polémiques affaiblirent la créativité de James écartelé entre plusieurs désirs. Les Famous Flames croyaient beaucoup en leur « Just Won't Do Right » (octobre), mais la chanson connut elle aussi un échec relatif malgré le pouvoir que Brown lui prêtait (il l'enregistrerait plus de cinq fois en studio dans sa carrière, bien résolu à la faire connaître). Le mélange des genres entre gospel, doo-wop et rhythm and blues, le poids du conventionnel ôtaient à ces œuvres toute chance de réussite.

14 NOVEMBRE 1956

LA COUR SUPRÊME DÉCRÈTE INCONSTITUTIONNELLE LA SÉGRÉGATION DANS LES BUS.

Le boycott des autobus de Montgomery à la suite de l'affaire Rosa Parks (qui a refusé de céder sa place à un Blanc) dure depuis trois cent quatre-vingt et un jours. Les arrestations, les intimidations du Ku Klux Klan n'ont pas entamé la détermination de la communauté noire.

Le 13 novembre, près d'un an après, la Cour suprême a décrété inconstitutionnelle la ségrégation dans les bus.

Vingt-deux titres furent gravés pendant la période 1956-1957 dans les studios King de Cincinnati. The Famous Flames, dont les auditeurs appréciaient le costume blanc, la férocité suave, avaient perdu leur motivation. Les accompagnateurs commençaient à changer. Les batteurs Edison Gore et Reginald Hall, les bassistes Clarence Mack et Edwyn Conley, les guitaristes Eddie Freeman et John Faire participaient aux séances. Nafloyd Scott avait disparu, lassé de l'ambiance, peut-être aussi poussé vers la sortie. Sylvester Keels se montrait plus discret. Bobby Byrd et Fats Gonder, le manager de Little Richard, jouaient du piano. Au mois d'avril 1957, la formation originale des Famous Flames n'existait plus. De nombreuses déceptions couvaient entre les musiciens et James Brown. Les premiers reprochaient au second sa mégalomanie, son individualisme et réclamaient le versement des royalties. Au début de l'aventure, les membres du groupe avaient décidé de partager les revenus à parts égales comme auteurs. Chaque musicien devait composer un nombre identique de chansons. James et Johnny Terry avaient signé « Please Please Please », tandis que Byrd, Sylvester Keels et Nafloyd s'étaient occupés de la face B. Si d'aventure, expliquerait Bobby, l'un des titres remportait plus de succès que les autres, les auteurs chanceux ne pouvaient empocher la totalité des revenus et devaient, selon le pacte initial, les diviser en cinq. Lorsque « Please Please Please » gagna l'or, James Brown retira le nom des trois autres associés et garda tout pour lui ! Il avait consenti à laisser une avance à Bobby, l'enjoignant à ne pas s'inquiéter car l'autre face, affirmait-il, vendrait autant. Bien sûr, ces explications ne convainquirent pas les autres musiciens fâchés et résolus à lâcher leur chef de file.

Ses collaborateurs grognaient, impuissants à se faire entendre dans le brouhaha que la foule excitée répandait autour du chanteur. L'ancien détenu de Toccoa mesurait son impact, à chaque concert. Ses disques ne se vendaient pas aussi bien qu'il l'aurait souhaité, mais ses spectacles attiraient beaucoup de monde. Indifférent aux humeurs des uns et des autres, il se produisait en compagnie de Fat Gonder et de musiciens disponibles, jouait du Nord au Sud, donna même un concert à Augusta après avoir demandé la permission au *district attorney*. Sa liberté conditionnelle lui interdisait le territoire de son enfance, à moins d'un prétexte exceptionnel. Il le trouva, mais ne put séjourner « à domicile » plus de vingt-quatre heures. Les policiers l'escortèrent. Force était de constater que, dans la ville de son adolescence, il était toujours considéré comme un criminel.

Le « criminel » se contentait souvent de dates modestes, irrité des obstacles géographiques et judiciaires, jusqu'au jour où le hasard l'extirpa de sa relative quarantaine grâce à un artiste qui voulait devenir un saint, Little Richard. En octobre 1957, un appel divin ordonna au petit marquis noir de mettre fin à sa vie débauchée.

L'eau était noire, profonde. Les lueurs du pont étincelaient au loin. Il faisait doux. Un homme en vêtement sombre descendit les marches vers l'onde léthéenne puis s'assit. Il écarta sa longue veste et jeta un paquet à la mer. Le colis parut s'engloutir dans les flots ténébreux, s'ouvrit, forma une corolle à la surface et libéra des milliers de petites étincelles d'argent. Des émeraudes, des améthystes sertirent l'eau avant que l'abîme, lentement, comme au ralenti, ne les engloutît. Puis, il n'y eut plus rien, que le silence et l'obscurité. On entendait juste le ressac humide contre le ponton.

« Plus jamais, dit l'homme, comme un vœu. Plus jamais je ne chanterai la musique du diable. »

Puis, il regarda le ciel et lança une sorte de prière.

« Mon Dieu, je t'ai offert mes bijoux ! »

Richard s'était dépouillé de ses apprêts et redevenait ce qu'il avait toujours été... un prophète, un ermite confit en dévotion. Son voyage en terre australe, non loin du désert, l'avait révélé à lui-même. L'argent, la gloire lui semblaient loin désormais. À l'autre bout du monde, il s'était vu nu, damné, torturé par Dieu, son avion avait brûlé et le feu de l'Enfer illuminait le firmament. Non, il devait abandonner le rock and roll, se marier, prêcher la bonne parole. La seule musique dont il se ferait l'interprète serait le gospel. La décision de Richard inaugurait toute une série de renoncements, mais aussi de ravissements, d'extases et de sacrifices. Le rock allumait ses bûchers magnifiques et tragiques. L'heure était venue de solder les comptes.

L’essai de la dernière chance

Bobby Byrd, resté un temps auprès de James Brown, s’éloigna. Fataliste, il lutta contre un terrible sentiment d’amertume, souffrant de voir que son ami d’enfance n’avait pas besoin de ses talents de compositeur, rudoyait ses collaborateurs sans tenir compte de leur niveau. Il retourna à Toccoa et fonda un groupe que personne ne lui volerait cette fois, les Drops of Joy. Il ne tenait plus à entendre parler de son ami, tout comme les anciens partenaires, Sylvester, Nafloyd, eux aussi démissionnaires et déçus, voire en colère. James n’accorda d’ailleurs aucune importance à ces défections, mais il regretta Byrd et le rappela assez vite. Son ami possédait un talent vif, multiple, le sens de la formule. Avec un peu de forfanterie, James ne croyait pas que son ancien partenaire survivrait aux Famous Flames et pourrait longtemps mener ses projets solitaires. En vérité, Bobby sembla content d’entendre James au téléphone. Depuis son retour à Toccoa, il n’avait pas produit grand-chose et commençait à se morfondre. La fin des Famous Flames le hantait, et il regrettait les dernières années, le bon temps. Il ne ressentait plus aucune amertume, enviait même le dynamisme de James, sa foi aussi dont la force le soutenait. Quand James lui avait dit : « J'ai besoin de toi », il avait répondu favorablement, et s'était promis de l'aider à affronter les difficultés.

L'auteur de « Please Please Please » avait perdu son groupe et devait secouer l'inertie de Nathan, gagner sa confiance, ce qui n'était pas simple. Syd lui avait interdit l'accès au studio, ne croyant pas James capable de vendre des albums. Cependant, aucun obstacle, si important fût-il, n'effrayait le chanteur. James travaillerait d'abord son terrain de prédilection, la scène, montrerait combien il demeurait un phénomène unique, et convaincrait le patron de lui décerner la couronne de King, sans condition. La défection de Little Richard tomba à point nommé.

Quand le marquis se retira en déposant vêtements, gloire, musiciens, les Upsetters, et ses choristes nommées Dominions, James pensa récupérer la manne tombée de ce renoncement. Il ne comprenait pas la décision de Richard, mais pouvait peut-être emporter la malle aux trésors. Le manager du rocker noir, Robert « Bumps » Blackwell, partagea son idée. Il songeait que Brown pourrait honorer les dates auxquelles Richard avait renoncé par dévotion. James prendrait les Upsetters et les Dominions, ramasserait plusieurs musiciens du marquis, de très bons joueurs comme le saxophoniste et pianiste Wilbert « Lee Diamond » Smith, et effectuerait une belle tournée, jusqu'en Floride. Le public n'eut pas à se plaindre du changement. Chacun de ses concerts, dans des clubs plutôt confidentiels, connut un vrai succès public dû à l'incroyable précision de leurs mouvements. L'ordre s'était abattu sur l'orchestre. Le *hardest working man* soignait ses apparitions, arrangeait sa coiffure, ses vêtements, son élégance, surveillait même les propos tenus sur lui. Une promotion de l'époque disait : « James Brown, un jeune homme farouche venu du Sud à la recherche du succès et d'un coiffeur sérieux. » Il en conviendrait lui-même : « J'avais tellement de mèches dans les cheveux, que les gens avaient le mal de mer[1]. » Il essayait d'imposer une rigueur, souhaitant exploiter davantage certaines idées. Il se rappelait Billy Ward qui avait, en 1943, dirigé un orchestre militaire et gardé de cette expérience un sens strict de la discipline, dont il appliquait les principes à son groupe, les Dominoes. L'ancien soldat surveillait l'accoutrement de ses musiciens et leur infligeait des amendes si un mauvais pli dérangeait l'harmonie de l'ensemble. À chaque spectacle, il passait en revue « le paquetage ». James admirait Billy, concevant lui-même depuis toujours une fascination pour l'armée. Il revoyait, avec son regard d'enfant, les soldats à Augusta, le long des rues, si bien vêtus : chaussures brillantes, guêtres éclatantes, vestes superbement repassées... Le jeune gosse noir avait chanté, dansé pour eux, et s'était senti bien souvent sale face à des vainqueurs propres et droits qui ne laissaient aucune place au hasard. Pourquoi n'appliquerait-il pas cette organisation rigoureuse à la musique ?

James pensait tenir la solution. Little Richard et Billy Ward lui avaient montré que seul un labeur éprouvant permettait de survivre. James fournirait au spectacle l'énergie et la rectitude qu'il n'avait pas le courage d'offrir à sa famille, installée à Toccoa. Velma et ses enfants, Terry et Larry, se languissaient de lui. James revenait rarement au foyer. Il avait rencontré une autre femme, à Macon, une nommée Dessie. Velma, en épouse patiente, assumait cependant toujours l'éducation de ses enfants et l'infidélité de l'époux qui batifolait avec sa maîtresse dans une autre maison. James raconterait de manière froide la fin de son amour et de son utopie. Musique, travail et plaisir immédiat primaient tout devoir, le poussaient à sacrifier sa tranquillité. Pourtant, le paradis lui paraissait inaccessible. Sa réussite sur scène rendait encore plus douloureux les échecs de ses enregistrements, « You're Mine », « That Dood It », « Baby Cries Over the Ocean » (1957), « Begging Begging » et « That's When I Lost My Heart » (1958).

Son cœur, il l'avait bien perdu, et ce qui le rendait encore plus amer, c'est de voir avec quelles aisance et réussite de merveilleux artistes ouvraient le leur. Parmi eux, une belle voix susurrait des mots d'amour à Dieu et suscitait mille regrets chez James. Fils de pasteur, Sam Cooke, né à Clarksdale (Mississippi), en 1931, était extraordinairement lumineux, le visage nimbé de dévotion. Tout, chez lui, semblait bien proportionné comme ces portraits sur les médailles d'autrefois. Des traits fins, des yeux rieurs, une bouche délicate évoquaient l'enfant de chœur. Il avait pris la direction du grand groupe de gospel vocal Soul Stirrers (créé en 1934) et connu très tôt les faveurs du public qui se précipitait pour voir et entendre le prodige à la voix claire. « Bumps » Blackwell — encore lui — voulut l'essayer dans le rhythm and blues, persuadé que le garçon magnétiserait le pays, mais son sacrilège passage à la musique du diable provoqua bousculades et mouvements de haine. Publiés en 1957, ses « Loveable », et surtout « You Send Me » (qui délogea le « Jailhouse Rock » d'Elvis Presley du premier rang pop), le révélèrent à la multitude et suscitèrent une formidable violence. « Qu'on sorte ce vil chanteur de blues ! » Combien de fois, le public l'invectiva-t-il ? Combien de fois le pauvre Sam termina-t-il ses concerts en larmes ?... Le jeune homme doré accompagnerait la révolution de Ray Charles — le mélange explosif de blues et de gospel — avec peut-être plus de tourment et de pleurs car, à l'inverse du Genius aveugle, le Mississippien représentait un solide espoir pour la musique religieuse. Les ouailles ne toléraient pas que leur champion devînt un chanteur international de variétés. Son expérience dominait les discussions.

Sam Cooke dérangeait, Ray Charles cheminait loin, et, pendant ce temps, James n'avançait plus. Syd Nathan lui refusait le droit d'enregistrer. Le succès de « Please Please Please » ressemblait à une heureuse coïncidence, celle qu'un musicien ne rencontre qu'une fois dans sa vie.

King Records se fermait à ses désirs, mais James ne souhaitait pas renoncer. Il pouvait toujours compter sur les soutiens de Ralph Bass, réintégré, et de Clint Brantley. Il savait que ses derniers morceaux, gravés en studio, péchaient par manque de foi, conventions, éparpillements. Syd Nathan l'avait poussé à adopter un style qui ne lui convenait pas, et ensuite l'accusait de ne pas faire assez d'audience.

James obtiendrait bientôt un immense succès. Il le clamait. Mais n'avait-il pas trop souvent assuré Nathan, en vain, de sa bonne fortune ? Ne souhaitant pas offrir une occasion à « Little Cesar » de l'expulser encore une fois, il décida de payer lui-même l'enregistrement et la distribution de son disque. Le patron, si économe de ses deniers, apprécierait le marché, et le congédierait définitivement si le musicien venait à faire naufrage une fois de plus. James avait composé un morceau au titre ironique, « Try Me », une supplique adressée à Syd. Il s'était inspiré des Impressions, et de leur chanson « For Your Precious Love », et avait aussi beaucoup écouté Dee Clark et Raindrops, souhaitant se ménager une place entre les deux. Évidemment, Nathan refusa de s'engager pour un nouvel essai qu'il jugea médiocre, comme les autres.

L'échec ne le découragea pas. Accompagné de plusieurs musiciens, James grava une démo. Mécontent de ses groupes, il aurait bien aimé récupérer les anciens Famous Flames, Sylvester, Nafloyd, et les autres. Il les regrettait et n'avait jamais retrouvé pareille cohésion. Le chanteur leur adressa une demande, mais les anciens collaborateurs firent savoir à Brantley qu'ils ne travailleraient plus jamais avec James Brown.

Malgré ce refus, le musicien s'obstina, versa une avance à Syd, et investit le studio le 18 septembre 1958 pour y enregistrer « Try Me ». La chanson s'enveloppe de toutes les beautés spécifiques au doo-wop, au gospel, portée par une mélodie simple, répétitive, fondée sur les deux mots-titre que le chanteur reprend comme un gémissement, parmi les chœurs aériens. Un motif joué au saxophone circule au milieu de l'univers dépouillé, joliment plaintif. James y montre une qualité dont les autres chanteurs (Clyde McPhatter, Hank Ballard...) sont dépourvus : l'intensité dramatique avec laquelle l'artiste des Famous Flames pousse ses supplications. Une colère affleure dans son chant et le rend inquiétant.

Le disque sortit le mois suivant et trouva un large public, comme James l'avait espéré. La lente virulence de « Try Me » plaça le morceau à la première place du hit-parade, dans la catégorie rhythm and blues.

Le paria récupéra son étoile au sein de King, et sauva sa carrière. De toute façon, il ne s'illusionnait guère. Il avait la liberté de choisir ses musiciens, d'enregistrer de nouvelles pièces, mais Syd Nathan se détournerait de lui au premier échec. James cherchait un allié dans la place pour surveiller ses propres entreprises et la conception de ses disques souvent laissés à l'appréciation de personnel incompétent ou indifférent. Il convainquit « Little Cesar » de garder Bobby Byrd, une bonne recrue dont le travail consisterait à réceptionner les démos, à les classer, à réécrire les chansons aussi. La compagnie avait mis à sa disposition un petit bureau. Le pianiste était fier de cette position qui lui rapportait de l'argent et le maintenait en activité. Il travaillait les chansons, en changeait parfois le titre, les couplets, le pont, améliorait les paroles. Il remodela un morceau intitulé « The Sweetest

Letter ». Les auteurs, un jeune duo soul, Sam and Dave, envoyaient leurs œuvres aux plus importantes maisons de disques, espérant obtenir des réponses favorables. Et cette lettre avait plu à Syd Nathan, persuadé que, sur les lèvres de Little Willie John, il attirerait les foules. Bobby s'appliquait, tandis que James se félicitait de compter, au sein de King, une présence amicale.

Le chanteur ne cessait d'encourager Bobby, lui parlait des temps difficiles, du travail herculéen à accomplir car les groupes concurrents inventaient de nouvelles danses, des mises en scène révolutionnaires, composaient des chansons efficaces. Les « 5 » Royales, les Dominoes, les Vibrations, Little Willie John ne s'épargnaient aucun effort pour accomplir leur dessein. Hank Ballard et les Midnighters, étoiles de King, suscitaient à nouveau les tendresses de Nathan depuis que leur 45 tours, « Teardrops on Your Letter », avait interrompu une série d'échecs. Et il valait mieux ne pas songer à la jeunesse qui poussait derrière.

Ballotté par ces courants violents, James avait cependant réussi à demeurer vivant. « Try Me » se promenait sur les ondes. Le morceau avait même dépassé les strictes frontières géorgiennes, et autorisait son auteur à imaginer des voyages lointains et un destin — pourquoi pas — national. Mais il ignorait comment exploiter un tel succès, vers quelle âme providentielle se tourner. Personne ne l'aiderait. Il était seul pour décider de son avenir. Hank Ballard, l'autre miraculé, lui conseilla d'appeler Ben Bart, un professionnel expérimenté qui avait fondé Universal Attractions Booking Agency.

L'homme, plutôt bien en chair, à la chevelure grise et à la barbe sympathique, possédait la plus merveilleuse carte de visite : il avait travaillé pour le prince des pianistes de Kansas City, Jay McShann, un groupe de doo-wop, The Ravens, le big-band de Jimmy Lunceford et tant d'autres figures illustres... Son chef-d'œuvre s'était incarné en la jolie personne de Dinah Washington, la « Queen of the Blues », l'une des plus somptueuses voix noires des années 1950. Ben avait posé sur la tête de la reine sa couronne. Il rappelait souvent le concert de Dinah dans le prestigieux royaume de l'Apollo, en 1955, et ne se privait pas de s'en attribuer toute la gloire.

Il avait contribué à l'enrichir et, pour le remercier, se plaignait-il, Dinah l'avait congédié parce que, d'après sa voyante, Ben la volait, et sa Majesté avait cru ces allégations. Le manager ne digérait toujours pas l'injustice dont il se disait victime, ajoutant que le président de Mercury ne l'avait guère soutenu. Depuis, Bart espérait prendre sa revanche, et l'incroyable James Brown lui offrait une nouvelle chance. Le moite « Try Me » l'impressionnait. Ben avait rarement entendu pareil feu, plus forte émotion. Quand le chanteur l'appela, il n'hésita pas, conscient qu'une amitié solide naîtrait entre eux et qu'ils accompliraient ensemble de nombreux exploits. L'artiste, pensait Bart, élargirait bientôt son pouvoir au-delà des frontières sudistes, s'affranchirait des clubs et autres cabarets. Après tant d'années, Ben avait soigné ses relations avec les disc-jockeys, les radios des grandes métropoles. Le manager connaissait bien la méthode. Pour maintenir « Try Me » au sommet de la pyramide, il appliquerait la pratique répandue des pots-de-vin, même si le magnifique et âpre gospel n'avait guère besoin d'un appui aussi douteux.

Enfin, Ben cherchait à engager un nouveau groupe. Les chanteurs se contentaient des petites mains que les théâtres et les clubs mettaient à leur disposition. Ils arrivaient, accompagnés de leur chef d'orchestre ou de leur arrangeur qui était lui-même souvent musicien. « Il faudra des bons, répétait Bart à James. Car la prochaine étape, c'est l'Apollo ! »

Le musicien dionysiaque

Une vie à l'Apollo

« Par le chant et la danse, l'homme appartient à une communauté supérieure. Il a désappris de marcher et de parler et, dansant, il est sur le point de s'envoler dans les airs. Ses gestes disent son ensorcellement. » Ainsi Nietzsche traçait-il le portrait de James Brown, un demi-siècle avant sa naissance, dans son livre *La Naissance de la tragédie*[1], paru en 1871. L'homme n'était plus artiste mais devenait œuvre d'art. « Ce qui se révèle ici dans le tressaillement de l'ivresse, c'est... la puissance artiste de la nature tout entière[2]. » Le philosophe y oppose le créateur apollinien au dionysiaque. Le premier consacré à l'imaginaire, au rêve, s'efforce de lutter contre la démesure, l'inconnu et le monstre, pour créer quelque chose de plus logique, de serein ; le second est un torrent ivre incontrôlable, brut. Le duo, vieux comme le théâtre, oppose ordre et désordre nécessaire à toute tragédie, la belle apparence à la force. Il n'est nul besoin d'être devin pour comprendre de quel côté James Brown penchait, évidemment davantage vers le culte de Dionysos, dont il était, sans le savoir, profondément habité au point de marquer les consciences. *Ses gestes disent son ensorcellement.* Quelque chose vibrait en lui, très puissant, le souffle de Dieu.

Si Dionysos avait son temple, l'auteur de « Please Please Please » investirait le sien, appelé, ironie de l'histoire, Apollo (Apollon). James Brown comptait se servir autant de la grande scène noire que la merveilleuse salle utiliserait son talent pour redorer un prestige terni. Il connaissait ce bon échange de procédés entre le lieu et l'artiste, observant, sous le soleil diffus, la façade brunâtre posée au cœur de Harlem, comme un bûcher éteint qui attendait une allumette. Les murs semblaient porter encore sur eux toutes les pluies du siècle, la poussière des âges. Le sanctuaire si souvent célébré paraissait même bien petit, coincé au bord de la rue. Mais il fallait attendre la nuit pour voir le bloc grandir, prendre une forme resplendissante sous ses éclairages pourprés.

Créé en 1913, sur la 125e Rue, l'Apollo, baptisé Hurtig&Seamon's Music Hall, avait d'abord accueilli des spectacles burlesques destinés aux Blancs, majoritaires dans le quartier. Le mot « burlesque » revêtait un sens différent pendant les années 1920 aux États-Unis, bien éloigné de notre acception française. Il désignait un music-hall licencieux et, à ce titre, ne résista pas au vent de moralité qui continua de souffler sur le pays même après la fin de la Prohibition. Dès 1927, le théâtre changea plusieurs fois de propriétaire. Billy Minksy en fut l'acquéreur provisoire. Le nouveau maire de New York, Fiorello La Guardia, déclara la guerre au « burlesque » auquel il reprochait son « obscénité ». La campagne hostile provoqua une vraie érosion du public si bien que l'Apollo déposa le bilan. Sidney Cohen le racheta, résolu à enterrer le burlesque et à transformer le joyau en salle musicale, ouverte aux orchestres de jazz. Le concert inaugural eut lieu le 26 janvier 1934. Une marée noire l'entourait. La population avait changé. Les « visages pâles » avaient disparu, cédant la place à l'Afrique, aux danses noires, au blues... Depuis quelques années, la « Harlem Renaissance » emportait cafés, rues, music-halls... Les frères de couleur, sortis des voyages éprouvants qui les avaient menés du vieux Sud à l'océan Atlantique, croyaient en leur avenir, s'amusaient, malgré la forte criminalité. Ils buvaient, jouaient, aimaient, mouraient et se pressaient aux portes de l'Apollo pour écouter le vaudeville noir, les orchestres de jazz, les sensuelles ladies du gospel. Les beaux artistes arpentaient majestueusement l'étroite scène en bois chargée d'histoire, sur laquelle grimpaient aussi des inconnus bien décidés à grandir. Car Sidney Cohen eut la bonne idée de créer chaque mercredi une « nuit amateur » afin que s'y révélât un futur talent ignoré du public. Brecher et Schiffmann, qui prirent la tête de l'Apollo en 1935, développèrent le projet. Le succès dépasserait leurs espérances. Sous la belle lumière, les trois grandes, Billie Holiday, Ella Fitzgerald, Sarah Vaughan, victorieuses du premier prix (25 dollars et la promesse d'un engagement), exhibèrent, pour la première fois, leur profil. La magnifique triade connut là-bas l'enchantement éternel.

La peur puis l'enthousiasme saisissaient les

artistes néophytes ou confirmés. Beaucoup gardèrent de leur nuit à l'Apollo un souvenir inoubliable. Si Ray Charles sembla toujours plus ému de ses passages au Carnegie Hall (peut-être rêvait-il d'échapper aux sanctuaires noirs), bien des privilégiés ont atteint, dans le chaudron d'Harlem, une autre dimension. La grande Billie Holiday dira dans son recueil *Lady Sings the Blues*[3] : « C'était quelque chose en ce temps-là... Quand ce fut à moi de passer en scène, j'avais été aux toilettes à peu près dix-huit fois. » Elle portait une petite robe de satin blanc « bon marché » et ses genoux tremblaient. Puis, le miracle survint. « Rien n'est comparable au public de l'Apollo. Ç'avait beau être le matin, ils étaient en pleine forme. Ils ne me demandèrent pas quel était mon style, qui j'étais, comment j'avais évolué, d'où je venais, qui m'avait influencée, et tout ça. Ils m'applaudissaient follement et me rappelaient sans fin. Je pus faire à l'Apollo une deuxième semaine : une chose qui n'arrivait pas souvent, je peux vous le dire. Et ce n'est pas du bidon[4]. »

Le public, allumette prête à incendier le bûcher, formait le secret du miracle. « Un putain de *gig*, écrirait Miles Davis dans ses Mémoires à propos de son concert en 1952. L'endroit était bourré de nègres qui adoraient — je dis adoraient — ce qu'on faisait. Je me souviens de m'être particulièrement dépassé ce soir-là, pour la première fois depuis longtemps, parce que le public était génial. On était là, bien coiffés. J'avais sorti mon costume du clou... Je m'étais fait faire ma coupe — ma coiffure — chez Rodgers, sur Broadway. J'étais impec, je jouais comme un fou, j'étais bien payé, qu'est-ce qu'un nègre pouvait bien vouloir d'autre[5] ? »

L'audience effrayait les cœurs vulnérables. Sifflements, hurlements de meute poussaient vers l'abîme l'artiste incertain ou trop impressionné. Le balcon, tout en haut, était baptisé « perchoir de buses » parce que la masse noire, vibrante, semblait contenir des rapaces qui se jetaient sur les ossements.

Une tension étrange sourdait même de la rue. En 1959, les badauds occupaient le bitume, juste devant l'entrée principale, et les loges, du côté de la 126e Rue. Les groupes de Noirs joyeux et remuants, agenouillés, faisaient rouler les dés sur le trottoir, quelques-uns dansaient, échangeaient des plaisanteries. D'autres promeneurs, debout, assistaient aux jeux et regardaient ceux qui pénétraient dans l'Apollo, guettant une vedette.

Quand ils en franchirent le seuil pour la première fois, Ray Charles et James Brown s'étonnèrent de la foule, aussi nombreuse dans la salle qu'en coulisse. Le moindre technicien, heureux de montrer à ses proches où il travaillait, distribuait des dizaines d'invitations ! Une multitude se propageait jusqu'aux loges où régnait une vive agitation. Familles, petites amies, cousins discutaient, riaient, tandis que les musiciens essayaient de gagner la scène, longeaient les murs à la peinture délavée, empruntaient des escaliers branlants.

The Dells, The Dominoes, emmenés par le chanteur Clyde McPhatter, y avaient offert de belles soirées. James Brown s'apprêtait à vivre son baptême lui aussi parce que Little Willie John avait proposé

The Famous Flames en première partie. Un mot de Little pouvait transformer le destin. Les promoteurs ne lui refusaient rien, mais ce privilège ne rendait pas John plus serein, bien au contraire. Il promenait autour de lui son regard lumineux et inquiet, racontait qu'il espérait acheter une maison spacieuse à sa mère, et, plein d'espoir, manifestait sa joie pendant quelques minutes. Puis, une déception survenait — il en voulait aux Blancs, au système, à l'industrie musicale — et une ombre voilait son visage. Il buvait, cédait à la violence, avant de chasser les nuages noirs en aidant ses protégés. Il se réjouissait de pousser, dans l'Apollo, un ami dont il admirait le talent.

Excité, impatient, James Brown le remercia. Little Willie n'aurait pas à le regretter. Le chanteur d'Augusta avait remanié encore une fois The Famous Flames et s'efforçait d'appliquer une discipline stricte tant les dangers — drogues, boissons — menaçaient son groupe naissant. Il se rappelait trop son enfance et les terribles ravages qu'il avait vus à l'époque et depuis son accession au milieu musical. Des bagarres terribles à coups de poing l'opposaient à son chanteur lunaire et costaud, J.W. Archer (jeune et boxeur, James avait l'habitude d'affronter des adversaires plus forts). L'autre l'invectivait et lui lançait tout ce qu'il trouvait à portée de sa main. James avait compris quelle force il devait déployer pour commander une bande rebelle, sujette aux mille tentations. Ben Bart l'avait conforté dans son rôle de chef : James Brown and the Flamous Flames. Mais certains n'acceptaient pas la discipline et claquaient la porte. La tournée qui devait mener à l'Apollo avait failli s'interrompre plusieurs fois. James avait menacé de virer les mauvaises têtes ou de partir lui-même, mais s'y refusait car ces diables de musiciens lui plaisaient, et il préférait se battre avec eux plutôt que de les abandonner. L'avenir ensoleillé calmait cependant les humeurs maussades. La formation, en plein essor, laisserait en rade ses membres asociaux. Après « Think » et un autre single, « Thank You So Bad », qui avait atteint le top 20 des charts, James avait bâti une nouvelle brigade dévouée à son projet : J.-C. Davis (saxophone), Bobby Roach (guitare), Bernard Odum (basse), Roscoe Patrick (trompette), Albert Corley (saxophone), et Nat Kendrick (batterie). Le fidèle Johnny Terry avait conservé sa place au sein de l'équipe. Bobby Byrd était revenu, prêt à offrir aux Flamous Flames un nouveau souffle.

Souhaitant encore renforcer le groupe, James jeta son dévolu sur un certain Baby Lord Stallworth, un gosse des rues à peine âgé de douze ans, qui cirait leurs chaussures, cherchait de quoi manger, et qui sera par la suite un formidable danseur. Il demanda à la mère l'autorisation d'engager son enfant, lui promettant de s'en occuper comme d'un fils, celle-ci accepta, et Baby Lord Stallworth put intégrer le groupe.

L'orchestre se tenait donc prêt. Il enregistra « Good Good Loving », et, le 24 avril 1959, participa au premier concert à l'Apollo. James, toujours aussi fier, écrira que Little Willie John, d'abord fraternel, le craignait, et ne souhaitait pas jouer trop près du brasier. The Famous Flames se présentèrent en bon ordre comme un chandelier étincelant qui prendrait feu sans rompre l'agencement presque militaire de ses tiges en argent. Cette première grande scène fut pour les musiciens un moment inoubliable, sous un plafond étouffant, où les musiques se succédaient avec des allures de marche joyeuse. Devant une audience excitée, le chanteur sauta, dansa, s'agenouilla, bondit au milieu du public. Jamais les spectateurs, présents ce soir-là, n'avaient vu un artiste remuer avec une telle rapidité. James dépasserait les concurrents s'il proposait sur scène quelque chose de plus spectaculaire. Derrière, Ben Bart œuvrait à la haute ambition, arrangeant une structure rigoureuse autour du chanteur. L'Apollo déposa en lui une véritable force, si bien que James rêvait d'y retourner très vite. Il assista ensuite au spectacle de son « frère » Little Willie John et vibra à sa fameuse reprise de « Fever ». Mais il avait le sentiment d'être le meilleur.

À partir de l'étoile de Harlem, le travail, la vie de scène, le voyage sculpteraient sa gloire. Il reprit le chemin, découvrit son grand pays dont il n'avait jamais pensé un jour respirer les milliers de parfums. Le Sud avait façonné son univers depuis toujours, et là, comme un astronaute sur une planète étrangère, il explorait d'autres régions, les fleuves, les campagnes, les villages, les cités industrielles, Washington, Baltimore, New York... Chaque matin, il réunissait ses lieutenants comme un chef de guerre, dépliait une carte du pays et décidait du plan de campagne. Il pointait les villes riches, capables d'accueillir son spectacle et de faire vivre sa musique. L'Est représentait pour lui et son armée une bonne manne, un « grenier à blé ». Et l'audience grandissait, alertée par le bouche-à-oreille et la publicité efficace de Bart.

Au cours de la tournée, entre deux concerts, il s'arrêta à New York, un doux mois de juin 1959, et réserva un studio. Il voulait graver une chanson qu'il avait composée sur la route. Les musiciens devaient réagir vite à l'improvisation, accepter de ne pas se reposer pour modeler la matière sonore, enrichir le répertoire. Puis, le convoi des Famous Flames repartit et, à Cincinnati, le groupe grava « I Want You So Bad ». The Famous Flames continuèrent le trajet jusqu'à la prochaine destination. Les musiciens s'entassaient dans le bus, si joyeux que James redoutait la déconcentration, un certain laisser-aller, craignait la dispersion au moment de poser les bagages à l'hôtel, et leur interdisait de manquer les répétitions. Il se souciait d'arriver à l'heure, exigence compliquée par des accompagnateurs dont le comportement, souvent enfantin, menaçait l'ordre. Ben et James gagnaient la confiance des promoteurs, leur soutiraient des dollars en promettant un spectacle incroyable, et ne pouvaient donc se permettre de tout gâcher à cause d'un élément distrait ou irresponsable. James décida d'instaurer un système d'amendes pour tout retardataire qui traînait en route, oubliait de se présenter, sanglé dans son uniforme propre et repassé, les chaussures impeccablement cirées. Celui qui arrivait soûl recevait une amande salée ou, pire, une lettre de licenciement. James imposait l'ordre sans condition, seul moyen de préserver la cohésion et l'harmonie du groupe. Il appliquait enfin ses propres désirs militaires, imiterait, comme il l'avait souvent laissé entendre, l'organisation de Billy Ward et de ses Dominoes, les jeunes soldats d'Augusta à l'image victorieuse. D'après Bobby Byrd, Johnny Terry aurait soufflé l'idée à James. Pourquoi n'infligerait-on pas des sanctions pécuniaires aux têtes indisciplinées ? Cette pratique, répandue chez plusieurs formations de doo-wop, avait prouvé son efficacité. Elle calmait les anciens et servait d'avertissement aux nouveaux membres, prévenus, dès leur arrivée, qu'ils n'avaient pas intérêt à céder aux mauvaises tentations. Les rares opposants reprochèrent bientôt à James de prendre plaisir à distribuer des amendes pour des peccadilles. Mais Brown avait le soutien de Ben Bart et aucune contestation ne serait légitime tant que The Famous Flames signeraient des engagements et intéresseraient les promoteurs. Certaines revendications revenaient de façon récurrente aux oreilles des deux responsables. Les musiciens s'étonnaient d'être obligés de porter l'uniforme jusque dans le bus, pendant les longs voyages et sous la chaleur. James se moquait bien de leur malaise. Il s'était acheté une Cadillac où le rejoignaient Bart et Terry, son vieux complice, tandis que le reste du groupe continuait à utiliser le bus. Le patron se montrait inflexible à leur égard, mais en même temps s'octroyait des largesses jugées absurdes. James prétendra qu'il avait besoin de repos — car la réussite du spectacle dépendait de sa bonne forme —, que de toute façon, belle limousine ou pas, il appliquait à lui-même les règles drastiques, s'infligeait des amendes, et mettait l'argent récolté dans un pot commun afin de financer les fêtes.

Sa propre défense ne l'empêchait pas d'écouter les plaintes. Les musiciens obtinrent la permission de desserrer la cravate lors des déplacements, mais dès qu'ils descendaient et se présentaient à la réception d'un hôtel, James contraignait l'orchestre à resserrer toutes les cravates et à boutonner tous les costumes, probablement pour susciter l'éblouissement et le respect chez leurs hôtes.

Une autre règle tacite — peut-être la plus difficile à respecter — survenait le soir même, sur scène. L'accompagnateur devait oublier les commandements du dehors, laisser la folie l'envahir et répondre aux acrobaties du maître dont les exigences augmentaient de jour en jour. Chacune de ses excentricités, devant un public exalté, presque en transe, l'obligeait à inventer d'autres prouesses toujours plus surprenantes au point qu'il songeait à en écrire la mise en scène, tandis que les cuivres et les chœurs étaient invités à tenter d'égaler le maître.

Cette surenchère dans l'excellence était encouragée par la stratégie de Bart. Le manager programmait des concerts dans les mêmes villes afin d'habituer le public (mais du même coup, il fallait également le surprendre). Le 11 décembre 1959, The Famous Flames retournèrent ainsi à l'Apollo, devenu le jardin familier de James qui s'y sentait à l'aise. Il partagea l'affiche avec les Drifters et Little Willie John. James éprouvait une certaine amertume à l'idée de ne pas vendre beaucoup de disques, et reportait sa frustration sur son domaine de prédilection, le spectacle vivant. C'était étrange. Sans doute la chaleur humaine le sublimait-il davantage que l'atmosphère confinée du studio ? Quand il escaladait les planches, il devenait léger, aérien, imaginait des danses, une discipline qu'il pratiquait depuis de nombreuses années, avec des dons ensorcelants, nietzschéens. Aucun membre des Drifters ou des Variations ne dansait aussi bien que lui. James étincelait dans le *mashed potatoes*. Son corps demeurait droit, ses jambes bougeaient en petits pas saccadés, comme s'il écrasait des pommes de terre. Il remuait sans tordre l'assiette, avançait sur un tapis roulant imaginaire…

Dans ce parcours répétitif et l'insistance à parcourir les même villes, New York et Harlem brillaient d'un feu particulier. Le danseur connaissait bien le pouvoir de la métropole, son aimantation, mais il avait aussi appris depuis peu que sa mère, Susie, y résidait. Aussi lui rendit-il visite. James a confié à son biographe Bruce Tucker qu'il souhaitait pardonner à sa génitrice sa disparition soudaine. Il paraissait même un peu embarrassé de la revoir, comme si elle avait été une étrangère : « Mais je savais que ce n'était pas de sa faute. C'était une affaire entre elle et mon père, et je me tenais à l'écart[6]. » Il réussit à ressusciter la relation mère-fils, se garda bien de raconter qu'il avait été condamné puis emprisonné, afin de ne pas la blesser. « Elle est ma mère quand même. » Il savait qu'elle avait dû supporter un mari joueur, violent, alcoolique, peut-être infidèle, incapable de gagner beaucoup d'argent. Et Joe ne s'était-il pas à son tour débarrassé de son fils en le confiant à la tante

Minnie parce qu'il ne pouvait maintenir une vie de famille ? James voulait se réconcilier avec eux, il en avait besoin, et l'Apollo était un moyen de se rapprocher de celle qui lui avait donné la vie avant de s'enfuir. Ces retrouvailles l'aideraient dans son parcours tendu et difficile. Susie et Joe assisteraient bientôt à son triomphe imminent, verraient que l'ancien délinquant des rues avait bien l'intention de venger son enfance misérable, qu'il ne reculerait devant aucun sacrifice, aucune discipline ni rigueur, même si un dur commandement soulevait la colère de ses musiciens et pouvait briser des foyers.

Il n'arrêtait jamais trop longtemps. Entre deux escales, James reprenait le cours de son œuvre. À la moindre occasion, à Miami, New York ou ailleurs, il emmenait l'orchestre en studio et gravait un titre que The Famous Flames avaient répété sur scène, corrigé, travaillé. Brown avait considérablement, en de fines retouches, peaufiné l'ouvrage, laissant malgré tout le soufre traverser le morceau. Les séances duraient en moyenne trente ou quarante minutes, James s'efforçait de ne pas les prolonger plus longtemps, espérant conserver une certaine spontanéité.

Il enregistra « I'll Go Crazy » (qui nécessita huit prises tant James détestait ses premières fois), « Know It's True » (1960). Ces titres rencontrèrent un accueil assez favorable, et James, comme un pèlerin, repartit afin de faire connaître ces morceaux au public. The Famous Flames jouaient tous les soirs, contraints à l'excellence sous peine d'encourir les foudres du patron et de perdre leur cachet. James, lui, se battait avec les escrocs en tout genre, à coups de menaces, récupérait l'argent qui manquait, négociait durement. Il n'acceptait pas le moindre cent dissipé ou volé. Sa famille avait éprouvé trop de difficultés à gagner sa vie. Comment aurait-il gaspillé son œuvre, ignoré les indélicatesses des promoteurs ? La seule solution consistait à grandir pour échapper aux magouilleurs, aux petites combines. James ressassait la même obsession : seul le travail absolu lui permettrait de se placer à l'abri des dangers, raciaux ou autres. Personne ne le piétinerait plus, il en fit le serment. Alors, il continuait à chercher, à torturer les sons sans imaginer un seul instant révolutionner quoi que ce soit, étudiait la bonne formule capable d'attirer une audience et de le protéger. « I'll Go Crazy » progressa, mais se vendit moins que « Please Please Please ». James n'était pas satisfait. Il voulait frapper davantage les esprits.

Peut-être cette chanson que les « 5 » Royales avaient enregistrée en 1957, « Think », l'aiderait-elle ? Elle avait été écrite par le guitariste et arrangeur Lowman Pauling. James s'était lié avec Pauling mais aimait bien le chanteur Johnny Tanner. Les « 5 » Royales lui plaisaient depuis longtemps. Il appréciait leurs paroles ambiguës, leur musique énergique impeccablement exécutée. Le jeu de Lowman possédait une touche percutante que peu de musiciens partageaient à l'époque (il influencerait les artistes pop des années 1960 comme Steve Cropper et Eric Clapton), et, avec un énorme panache, ses compositions bravaient tous les dangers. James connaissait cependant leurs limites : les « 5 » Royales pouvaient chanter tous les chefs-d'œuvre de la terre, ils restaient prisonniers d'un style aux frontières culturelles bien définies, le rhythm and blues, musique joyeuse, dansante, musclée, mais à laquelle il manquait une pincée de grâce, une silhouette. Le leader des Famous Flames pensait apporter une touche plus trouble. Sur la chanson « Think », James avait tout de suite relevé la superbe contradiction, le sacrifice de l'âme et du corps, le gospel et la folie, le sacré et la belle charge émotionnelle, érotique. Il y ajouterait le jazz, musique dont son inconscient résonnait depuis l'enfance, sans prévoir que cet ingrédient, choisi presque de manière instinctive, distinguerait « Think » de l'original et de la production courante. Les prestigieux « 5 » Royales, consacrés à l'Apollo Theatre, le magnifique bijou de Harlem, verraient ainsi leur répertoire pillé. De nombreux groupes emprunteurs réussiraient mieux qu'eux et accéderaient à la postérité. Plus tard, les Shirelles et les Mamas and Papas reprendraient un autre classique des « 5 » Royales, « Dedicated To the One I Love », faisant oublier les auteurs originaux. James espérait que la splendeur des Pauling et du chanteur Johnny Tanner lui porterait chance, et il eut raison. Par une curieuse ironie, les « 5 » Royales avaient de leur côté repris « Please Please Please », sans obtenir le même succès que son créateur. James avait appelé son ami Bobby Byrd et, en sa compagnie, attaqua « Think ». Les cuivres insistants, rapides, la voix toujours aussi brûlante de James, ce motif autour duquel il tourne, tourne, sans rompre ni baisser de régime, suivant une progression intraitable, propulsèrent la version jusqu'au sommet en 1960. Elle a poussé encore aujourd'hui l'original dans les limbes, et sa vivacité a franchi les âges. James Brown n'était ni timide ni sentimental. Sa force venait de son énergie désespérée à enfoncer l'adversaire, à le jeter dans les cordes. Il boxait les notes avec rage.

Et des adversaires, « l'orphelin » d'Augusta en trouvait toujours, au fond de l'air musical ou dans le studio voisin. La face B proposait « You've Got the Power » et un duo entre James et Beatrice Ford, une jeune chanteuse que le chef des Famous Flames avait rencontrée au cours d'un spectacle. Il l'appréciait, lui conta même fleurette, sans se douter — du moins le prétendra-t-il — qu'elle était la femme de Joe Tex, un chanteur de rhythm and blues, le jumeau de James et son rival potentiel. Dotés d'une semblable texture vocale, les deux artistes avaient commencé leur carrière en même temps avant de se croiser chez King. James avait pris de l'avance sur Tex, furieux, dont l'activité scénique consistait souvent à parodier ses contemporains. Joe ne se privait pas, d'ailleurs, de ridiculiser les spectacles de son concurrent, espérant divertir la multitude. James s'efforçait de ne pas y prêter attention, mais sa romance avec Bea avait rallumé l'aigreur du mari trompé et pourtant divorcé depuis 1959. La jeune femme finit par s'éloigner de James et n'enregistra plus avec lui, mais Joe continua de nourrir une solide rancœur à l'égard de son contemporain. L'inimitié entre les deux artistes culminerait en 1961 quand James reprit une chanson de Joe Tex, « Baby, You're Right », et connut une vente énorme, bien meilleure que celle de Tex lui-même. L'infortuné jugea injuste la réussite de l'odieux et égocentrique Brown aux manières si déplaisantes. Hors de la scène, le leader des Famous Flames se moquait bien de sa réputation, indifférent aux critiques.

Les témoins ont rapporté ses coups de sang dans les restaurants parce qu'il n'était pas servi assez vite, les bagarres avec ses musiciens. Il disait toujours : « Vous savez qui je suis ? » James se croyait déjà aux portes de la Maison-Blanche. Ben Bart regrettait les dérives, tentait de maîtriser la dynamite, évitait qu'elle ne lui explosât à la figure.

Les deux hommes trouvaient toujours des terrains d'entente. Ben exploitait au maximum le potentiel de l'artiste et savait comment apaiser le chanteur, lui parler, car James respectait le manager et le considérait presque comme son père. L'ancien protecteur de Dinah Washington n'hésitait jamais à aborder l'épineuse question financière. Quand le stratège voulut placer deux batteries, deux bassistes, deux claviers afin d'assurer la continuité du spectacle, l'artiste jugea l'idée brillante, malgré son coût. Seul Ben put le convaincre d'accroître les dépenses alors que les membres de l'orchestre se plaignaient de leurs cachets, réclamaient des augmentations, sans être entendus. Bobby Byrd se demandait pourquoi un groupe comme les Drifters, moins vendeur, touchait un meilleur salaire. D'autres formations, légères sur scène, entassaient davantage de dollars, mais aucune ne pouvait se prévaloir des formidables qualités que The Famous Flames ou le James Brown Orchestra (selon l'appellation) manifestaient. « Je danse, je suis un merveilleux danseur », répétait le chef, mécontent lui aussi des primes que les promoteurs versaient à la Revue. Comment pouvait-il satisfaire ses hommes ? Et les concurrents ? Dansaient-ils aussi bien ? Innovaient-ils ? James méritait au moins de recevoir une rétribution égale à son labeur, à son imagination. Le maître intégrait de nouveaux pas qu'il avait repérés dans la rue, s'amusait avec le twist. En éveil permanent, il faisait fructifier au maximum sa fertile période. Pendant les années 1960 et 1961, ses pièces s'illustrèrent dans les palmarès rhythm and blues et pop : « This Old Heart » et « Wonder When You're Coming Home » (20e sur la liste rhythm and blues et 79e sur celle du pop), « The Bells », une reprise des Dominoes, et « And I Do Just What I Want » (seulement classé 68e en pop), la ballade « Bewildered » que le pianiste Amos Milburn avait rendue célèbre, et « If You Want Me » (8e en rhythm and blues, et 40e en pop)... À force de travail, les caisses finirent par se remplir. Le public grossissait, répondait à la voix gutturale de James qui, même dans les ballades, mettait une grande intensité dramatique. Une fois monté sur scène, le musicien excitait l'audience, infligeait à son corps des contorsions souples, glissait sur les jambes, toujours droit, pendant que les cuivres tonitruaient juste au-dessus de lui.

Beaucoup auraient pu se rappeler les propos de Ralph Bass, son découvreur au moment où James avait publié son vibrant « Try Me » : « Nous étions en 1958 et 1959, et la soul était en train d'apparaître. Nous appelions ses albums *Sueur froide*, *Âme crue* et *Dynamite pure*. Et bien sûr il était tout cela. Il ne chantait pas ni jouait de la musique. Il transmettait la sensation, une pure sensation[7] ».

La sensation émanait de la scène, lorsque James y apparaissait habillé de rouge, de bleu, d'étoffes scintillantes, composait des numéros de danse, improvisait même ceux qu'il avait ébauchés en coulisses, puis revenait dans sa loge, soigné par son coiffeur, son valet. Il commençait à disposer de finances pour se vêtir le plus élégamment possible et engager des hommes à son service. Il savourait sa revanche, lui, le gosse des rues que le professeur avait renvoyé un jour à cause de « vêtements insuffisants ». Sa Revue avait augmenté. Elle comprenait une dizaine de pièces, les cuivres J.-C. Davis (saxo) et Roscoe Patrick (trompette), le guitariste Les Buie qui succédait à Bobby Roach, le bassiste Hubert Perry (au lieu de Bernard Odum), le batteur Nat Kendrick, et, en alternance, les claviers Bobby Byrd et Fats Gonder. Le trompettiste Teddy Washington s'ajoutait à l'armada comme renfort supplémentaire. James avait même prévu deux autres batteurs — Clayton Fillyau et Obie Williams — en plus de Nat Kendrick. Et tout ce joli monde devait marcher à la baguette...

James cherchait un bon directeur musical, mais les candidats hésitaient à accepter, craignant les coups de sang de Brown. D'ailleurs, les titulaires du poste valsaient un peu trop souvent. Le saxophoniste J.-C. Davis, le maître à jouer, sans doute épuisé, ou confiant dans ses propres moyens, préféra rejoindre l'orchestre de la chanteuse de blues

Etta James. Saint-Clair Pinckney, un ancien compagnon d'école, assura la succession.

Les astres semblaient suivre une orbe perpétuelle autour du maître. Des choristes intégrèrent la Revue. Il y tenait particulièrement, et les baptisa « Brownies ». Ray Charles n'avait-il pas ses Raylettes ? James appela une voix du groupe féminin Chantrels, la magnifique Yvonne Fair *. Il succomba à ses délices alors que le souvenir de Bea Ford s'éloignait. Yvonne lui donna une fille qu'il ne reconnut pas.

Yvonne étincelait et, avec elle, l'armada paraissait, dans toutes ses lignes, comme une équipe de football, parfaitement équilibrée, de la défense à l'attaque. James désirait enfoncer les barrières, dépasser les frontières raciales, atteindre l'universel. Peut-être y réussirait-il avec le formidable « Night Train », enregistré en 1961, sorti un an après ? Cette parution tombait bien au seuil d'un été étouffant. Si les groupes doo-wop et les anciennes élégances s'évanouissaient, d'autres champions arrivaient. James avait tout à craindre des deux nouvelles maisons noires, Tamla Motown, au nord, et Stax, au sud. La première proposait des groupes sophistiqués et chics. Mary Wells et sa chanson « The One Who Really Loves You » (8e du Hot 100e au printemps 1962), les *Miracles* de Smokey Robinson, fiers des succès de « Money (That's What I Want) » en 1960 et de « Shop Around », avaient contribué à lancer l'empire de Detroit. Les féminines Marvelettes avaient publié l'excellent

* Elle décédera malheureusement en 1994, à 51 ans, sans avoir pu offrir le meilleur d'elle-même.

« Please Mr Postman » (repris plus tard par les Beatles) le 11 décembre 1961 et offert à Tamla son premier numéro 1 dans la catégorie pop. Face à elle, la compagnie rivale Stax, installée à Memphis, dispensait une sonorité âpre. James ne put ignorer, pendant le mois d'août 1962, l'incroyable impact de l'instrumental « Green Onions » de Booker T. and the MG's, un météore purement rythmique. Une batterie de fer brutalisait les sens pendant plus de deux minutes, l'orgue Hammond lançait ses volutes rondes, chaudes et puissantes, fidèle à la tradition religieuse des églises noires, tout en sacrifiant à un certain paganisme, puis, tel un courant alternatif, une guitare rèche brisait les lignes, comme des accès de fièvre. Cette musique empruntait beaucoup au jazz et au gospel. L'organiste Jimmy Smith avait déjà popularisé l'orgue dans le jazz, mais ne l'utilisait pas de manière aussi brute. Booker T, un pilier des studios Stax, avait créé cet ensemble (MG pour Memphis Group) quelques mois plus tôt. Le guitariste blanc Steve Cropper l'avait rejoint, auréolé d'un grand prestige pour avoir participé à l'enregistrement du magnifique instrumental « Last Night » (1961) au sein des Mar-Keys. Cette ultime transe nocturne, vendue à des millions d'exemplaires, avait propulsé l'entreprise Stax — qui se nommait alors Satellite — et ouvert une nouvelle voie : motifs répétés à l'orgue, guitare crasseuse, cuivres aux phrases courtes et incendiaires, tension qui augmente... Lâché moins d'un an après, « Green Onions » formerait la suite logique, composé par moitié des mêmes musiciens, Cropper et le bassiste Lewis Steinberg. Le batteur

Al Jackson, assassiné des années plus tard en 1975, complétait l'orchestre. Sans chanteur, les MG's marquaient une étape importante dans la musique populaire américaine. Cette flamme, plantée au cœur du Sud, éclairerait les artistes de l'époque. Les deux bombes, « Last Night » et « Green Onions » (classé 1er du palmarès rhythm and blues), collaient aux danses du moment comme le twist, excitaient les sens, parades invincibles dont James partageait les folles incantations.

Pourtant, ces émergences — Tamla et Stax — menaçaient King. Par son style, Brown se rapprochait davantage de la deuxième. Il pilotait son vibrant « Night Train » à tombeau ouvert, où commençait à se dessiner le son à venir. Le titre procède par vagues sonores brutes, gorgées de cuivres, comme le bruit que provoquent les ballasts. La machine fonçait dans une nuit moite, grasse, tandis que le chanteur égrenait les étapes de sa marche, Memphis, New York City, Washington DC... Le convoi brûlant sculptait un nouveau style, la première peau de James tombait, laissant place à une autre. « Night Train » accomplit un certain voyage temporel : pendant le trajet, l'artiste saute du doo-wop évanescent aux décennies futures. Avec le train de nuit, une urgence traversait l'œuvre du jeune musicien affamé de travail. Mais la presse ne semblait pas s'en apercevoir. Elle vantait le bon fabricant de disques efficaces, le fantastique artiste de scène auquel de nombreux admirateurs rendaient grâces, massés au pied de l'autel. Ces hommages le rassuraient-ils ? Aucun éloge ne calmait son avidité.

James s'épuisait à écrire, répétait, travaillait la danse, importante pour lui s'il désirait vaincre la concurrence. N'était-il pas le meilleur ? Seul Jackie Wilson le démon, l'ange des mauvais quartiers à la voix pure, béni des dieux et auteur de chansons populaires, « Reet Petite » (1957), « Lonely Teardrops » (1958), « Doggin Around » (1960), l'inquiétait. Comme James, Wilson hantait les divers paysages, soul, rhythm and blues et gospel.

L'ange l'avait dépassé tandis que Ray Charles accédait à la postérité. Malgré ses efforts, James courait encore après eux. Il cherchait des soutiens et trouva un duo formidable. Parmi le public, Bobby Byrd reconnut le pianiste et guitariste Ike Turner, l'un des pionniers du rock and roll, dont l'enregistrement de « Rocket 88 », en 1951, était considéré comme l'acte fondateur de la nouvelle musique. À ses côtés, déambulait sa belle femme Tina, une chanteuse percutante que le public avait découverte sur « A Fool In Love » (1960) et « I Idolize You » (1961). Une amitié naissait. Tina dégageait une puissance que James avait reconnue, distinguant d'autres points communs avec le duo. Ike avait engagé des choristes appelées Ikettes en référence aux Raylettes de Ray Charles, et aux Brownies. Byrd savait que le bon Ike se promenait, un carnet à la main, fasciné par les spectacles de « Mr Dynamite », et désireux d'en emprunter le florilège. Les regards échangés entre les deux énergies du rhythm and blues, la tigresse Tina et « butane » Brown, allumèrent des incendies sur une scène de Los Angeles, le Five Four Ballroom, lorsque Tina rejoignit James, et commença à frapper le piano, à danser et à chanter. James s'employa à la surpasser. Il refusait de céder à une femme, même consumée de feu. Une aussi belle rivalité ébranla la musique, à la grande surprise d'Ike lui-même, bien décidé à pousser son épouse à aller le plus loin possible tout en la gardant sous clef. James aurait bien aimé inviter le couple à partager ses voyages, mais le projet ne put s'accomplir.

Grâce aux idées, aux collaborations sauvages, les concerts des Famous Flames alimentaient les conversations et permettaient à James de maintenir sa carrière. Les patrons de salle commencèrent à revoir leurs tarifs, les propositions affluaient. La *Motortown Revue* pria même James Brown de participer à sa tournée, événement rare pour un artiste étranger au label. Les voix d'or avaient enfin l'occasion de montrer leur supériorité. Au lieu de se combattre, elles y vécurent amitiés et rivalités de bon aloi. Espérant se distinguer, James avait acheté une Cadillac rouge, et un jeune espoir de la soul, le prince Marvin Gaye, s'empressa de l'imiter. Les talents foisonnaient. Une formation féminine étincelait, les Supremes, si élégantes et raffinées dans leurs robes blanches, avec la douce et timide Diana Ross. Non loin, autres étoiles du label, les Temptations déployaient leurs fastes, jusqu'à cet enfant surdoué, à peine âgé de douze ans, Little Stevie, qui deviendra par la suite Little Stevie Wonder. C'était la belle vie, l'âge d'or, et les vocalistes divins en profitaient. De la Louisiane au Maryland, durant l'été 1962, la caravane magique opposa la musique âpre de James aux volutes suaves de Motown. Le trouble-fête, invité à célébrer les élégances de l'âme, fit bouillonner le sang du public.

Il mesurait l'énormité de son pouvoir, sa capacité à remuer les cœurs, mais, en même temps, ressentait beaucoup de frustration en pensant à son talent gâché. Ses disques aux ventes inégales dissipaient en chemin la moitié de sa magie. James regrettait que sa puissance scénique s'adressât à une minorité de spectateurs, les privilégiés assis dans le cercle étroit de la salle. Des millions d'oreilles n'en sauraient jamais rien. Chacun de ses gémissements ou cris s'évanouissait, fondu au-delà du souvenir. L'auteur de « Please Please Please » réfléchissait au meilleur moyen de vaincre les voix noires de Detroit et d'atteindre enfin la fortune. Pourquoi n'immortaliserait-il pas son énergie, ne la transmettrait-il pas au monde entier ? Un disque « live » affermirait sa position. Brown songea tout de suite à la perle de Harlem, l'Apollo, et proposa l'affaire à Nathan : enregistrer un album avec les chansons qui s'enchaînent, dans les conditions du direct ?

Le patron de King, comme à son habitude, soupira. L'idée lui parut insensée. Son artiste désirait abandonner les 45 tours, pourtant lucratifs, au profit d'un disque entier, conceptuel, le 78 tours. James aimait citer en exemple les deux superbes albums live que Ray avait enregistrés, intitulés « At Newport » (1958) et « In Person » (1959). Mais cela valait-il la peine de risquer une fortune ? Syd pensait que les Famous Flames ne vendraient pas un disque. Il dirigeait une entreprise indépendante, fragile, et l'incontrôlable James Brown le poussait à grever son budget.

Mr Dynamite décida, encore une fois, de financer lui-même son projet. Il répéterait l'expérience de « Try Me » qui n'avait pas suffi à restaurer une relation de confiance entre son patron et lui. Il rassembla 5 700 dollars, loua l'Apollo, certain de prendre à nouveau des risques importants. Il avait depuis longtemps bousculé les habitudes de la vénérable salle, réclamant même un pourcentage sur les recettes. Toute réussite avait un prix, encore plus considérable si le bénéficiaire avait vu le jour dans une cabane sans eau ni électricité. Qu'avait-il à perdre ?... Pour quelques soirs d'octobre 1962, du vendredi 19 au jeudi 25, il devint donc le propriétaire du lieu prestigieux, sans s'inquiéter des pertes auxquelles un échec l'exposait. Le chanteur appliqua au personnel de l'Apollo une stricte discipline, contraignant les placeurs à endosser le smoking, décorant à sa convenance le sanctuaire. Un concert de James ne devait ressembler à aucun autre.

Le musicien s'agitait, remuait. Il avait la sensation de jouer sa carrière, vivait reclus, tout à son spectacle, entendant cependant les nouvelles alarmantes qui arrivaient de Cuba et du conflit qui opposait l'île aux États-Unis. Il jouerait peut-être son dernier concert avant l'apocalypse nucléaire. L'angoisse, l'urgence le pressaient...

22 OCTOBRE 1962

GRAVE CRISE ENTRE LES ÉTATS-UNIS ET L'URSS.

Il y a plusieurs jours, un U2 a repéré la construction de missiles à l'ouest de La Havane. Les États-Unis en alerte. Au cours d'une allocution télévisée, le président des États-Unis, John Kennedy, vient de dévoiler que l'URSS a installé des missiles à

Cuba. Il somme le président Khrouchtchev de retirer les fusées qu'il a installées à Cuba, en direction des États-Unis.

Les Américains évoquent l'éventualité du blocus de Cuba. Fidel paiera cher ses amitiés moscovites.

Il faisait froid sur New York. Le public, transi mais heureux, s'engouffra dans le trou étouffant de l'Apollo. En première partie, jouaient les Valentinos protégés par un grand nom de la soul reconnaissable ce soir-là : Sam Cooke. Ce dernier nourrissait une affection profonde pour le guitariste Bobby Womack et l'avait convaincu de fonder un ensemble, mais, faute de temps, en surveillait les membres de loin, se contentant de fournir aux jeunes musiciens certains conseils, leur envoyant même de l'argent (avec les 3 000 dollars de Sam, les apprentis s'offrirent une voiture), et se gardant bien de réprimander d'éventuels manquements à la discipline. Il s'était réjoui d'apprendre que les Valentinos précédaient James Brown, conscient que le chanteur des Famous Flames représentait une terrible épreuve pour tout artiste néophyte, et qu'un dur traitement renforcerait les novices. Il avait raison. Bobby Womack garda de Brown le souvenir d'un dictateur. Quelques mois plus tôt, les Valentinos avaient placé leur premier titre au sommet des charts, mais le roi de l'Apollo n'y prêta aucune attention, les harcela sans cesse, voulut pousser les jeunes gars à la perfection. Pendant ses discours, il brandissait une baguette de batterie, donnait des coups à ceux qui ne semblaient pas l'écouter, reprochant à tous de ne rien savoir, d'avoir encore tout à apprendre, comment danser, comment saluer, comment se comporter en scène[8]. Durant la semaine, planqué en coulisses, il observait la prestation des Valentinos, et, dès que Bobby Womack et les musiciens revenaient, James se jetait sur eux et critiquait tout, de la musique jusqu'à l'apparence. Il leur reprochait leurs cheveux trop longs et leur laisser-aller, bien éloignés de son idéal « militaire ».

Puis, il montait à son tour sur scène et éclaboussait la chaude nuit de l'Apollo. Bobby Womack et ses musiciens purent jauger sa brillance. L'« enfoiré » de James Brown n'avait pas usurpé sa renommée. L'orchestre était placé selon une harmonie précise : les cuivres étincelaient sur des marches — les trompettistes Louis Hamblin qui, à trente-deux ans, était le directeur musical, Mack Johnson et Teddy Washington — les saxophonistes Al « Brisco » Clark, Clifford « Ace King » MacMillan et St Clair Pinckney — le tromboniste Dicky Wells — le guitariste Les Buie — les deux batteurs Clayton Fillyau et Sam Latham — et les Brownies, en tenue sexy le long de la scène : Helen, Riley, Rusty Williams, Pat Perkins...

Tandis que l'orchestre jouait l'instrumental, une voix pénétrait la musique. Le pianiste Fats Gonder annonçait le spectacle avec des mots grandiloquents, pompeux mais efficaces, inaugurant un style qui ferait plus tard école : « Voici, Ladies and Gentlemen, l'heure de la star. Êtes-vous prêts ?... C'est un grand plaisir de vous présenter l'artiste nationalement et internationalement connu sous le nom du *plus dur bosseur du show-business.* » James se rappelait les slogans et formules choc de

Little Richard. Le petit marquis prétendait être lui aussi un énorme travailleur. Fats citait les morceaux que l'orchestre s'apprêtait à jouer, tel le sommaire d'un livre : « "I'll Go Crazy" (*éclat de cuivres*), "You've Got The Power"... (*éclat de cuivres*), "Think" (*éclat de cuivres*), "If You Want Me" (*éclat de cuivres*), "I Don't Mind"... (*éclat de cuivres*), "Bewildered"... (*éclat de cuivres*), "Lost Someone" qui a vendu un million... (*éclat de cuivres*), et la dernière parution, "Night Train"... (*éclat de cuivres*)... Voici Mr Dynamite, Mr Please Please Me... »

Et James apparaissait, le corps nerveux jusqu'à la rupture. En sueur, le visage tendu, aussi souple qu'une liane, il ne voyait pas les murs cramoisi sombre, les lauriers qui pendaient aux balcons supérieurs comme autant de récompenses célestes offertes aux dieux grecs. Le public hurlait, les bras tendus vers l'idole, loin du froid automnal. La musique traversait le corps de James, glissait le long de ses mouvements sensuels et rapides, tandis que la foule hurlait. Le public ne se demandait pas si une chanson était bien servie ou non, il n'apercevait que le danseur à la voix écorchée sur son tapis volant de cuivres. Le bondissant gladiateur tyrannisait la scène, dominait la musique, obsédait les regards anonymes au-dessous de lui, noyés par la nuit, bercés d'extase. Et l'orchestre, soumis à la terreur du despote, avançait comme une machine de guerre, selon un rituel, une cérémonie sacrée. De « Think » au fiévreux « Night Train », James explosait en déhanchements sauvages, magnifique d'éclat et de force, tout en muscles et en grâce au plus haut du *mashed potatoes*. Il pouvait prolonger un morceau jusqu'à l'éternité, sans se soucier du temps, il sautait, accomplissait des pirouettes, s'éloignait du micro, lançait un ultime cri, une dernière plainte, se transformait en statue, mesurant l'effet de son pouvoir sur le public, puis revenait, jetait des phrases hypnotiques... Une vieille femme, sans doute âgée de soixante-dix ans (c'est ce qu'il raconta), hurlait devant lui, l'insultait. Il se sentait béni par Dieu, investi d'un pouvoir et concluait sur son morceau fondateur « Please Please Please », dont il prolongerait indéfiniment le plaisir, laissant aux cuivres le soin de l'apothéose. Des aides l'entouraient, déposaient sur ses épaules une cape. James tremblait, se voûtait comme un boxeur groggy, prêt à disparaître, tandis que les cuivres de nouveau expurgeaient leurs râles mourants. La foule, surexcitée, hurlait, rappelait le maître, l'encourageait à renaître. Et James ressuscitait malgré un épuisement non feint. Il avait tout livré, tout donné, tout offert, jusqu'à son avant-dernier souffle.

25 OCTOBRE 1962
L'URSS FAIT MARCHE ARRIÈRE.
Kennedy a décrété le blocus naval de Cuba. Les navires soviétiques, en route pour l'île crocodile, ont dû faire demi-tour. Devant la tournure des événements, Khrouchtchev a dû reculer et s'est engagé à démanteler les installations cubaines après avoir demandé à Kennedy l'engagement par écrit de ne pas envahir Cuba. Le président américain sort renforcé de la crise.

Pendant ces soirées d'octobre, James Brown fut le roi de Harlem. Il redonna à la salle son prestige, arrachant de ses entrailles le « son supernaturel » dont parlait Nietszche dans *La Naissance de la tragédie*. Et l'Apollo lui rendit la légende. *Live at the Apollo* serait « le plus grand album live de tous les temps ».

Attendrir les étoiles ou faire danser les ours

Syd Nathan apprécia le travail et souhaita sortir le disque sans perdre trop de temps. Il confia la pochette au peintre Dan Quest qui plongea l'image dans un bain solaire de couleurs humides, presque brumeuses. Le néon fantasmé clignote en vermeil : James Brown en personne ! Comme un être désincarné. Puis, sur le côté, une phrase ajoute : « Voté numéro un ! Star rhythm and blues, en 1962. » Un florilège de disc-jockeys aurait élu le maître, raconte un texte sur le dos de la couverture, sans préciser lesquels. Voici l'œuvre d'un homme heureux, joyeux, désireux de crier son allégresse à laquelle répondent des hurlements féminins. Presque un siècle avant le live à l'Apollo, Flaubert l'avait écrit dans son chef-d'œuvre, *Madame Bovary* (1856) : « La parole humaine est comme un chaudron fêlé où nous battons des mélodies à faire danser les ours quand on voudrait attendrir les étoiles. » James l'avait senti depuis longtemps. Il avait attendri les étoiles en chantant « Try Me », romantisme louable proche de ses contemporains, mais le rythme collait davantage à ce temps de la consommation et de l'urgence.

Pourtant, il tenait encore à mêler les deux tendances, les deux sentiments, et décida d'enregistrer à New York, le 17 décembre 1962, plusieurs ballades nappées de cordes qui entoureraient de crème « Prisoner of Love ». Sa voix rugissante se mariait avec les douceurs des violons, comme deux matières qui faisaient naître des étincelles au contact l'une de l'autre, comme le frottement du sexe masculin contre le corps féminin. La chanson mélangeait qualité et séduction commerciale, arrivée juste en même temps qu'un autre joyau, « These Arms of Mine », d'un inconnu, un certain Otis Redding. Les deux œuvres pouvaient abattre la cloison entre Blancs et Noirs, et leurs auteurs, issus du troublant Sud, espérer contrer les musiciens ou chanteurs en vogue, les Beach Boys (« Surfin USA »), les Beatles (« I Saw Her Standing There »), tous deux chez Capitol et EMI, ou même Elvis Presley.

Le compatriote Otis, un géant de presque dix années plus jeune que James (né en 1941), s'attachait à attendrir les étoiles. Fils de militaire, lui aussi élevé à Macon, il avait fait une apparition presque anonyme dans les studios Stax, à Memphis. Il accompagnait Johnny Jenkins et son orchestre Pinetoppers, conduisait la voiture, préparait le matériel, ressemblait à une sorte de valet, et chantait. Ce jour-là, Johnny acheva son œuvre plus tôt que prévu, laissant à disposition trente minutes disponibles. Otis saisit l'occasion et demanda aux responsables la permission de pousser quelques notes. L'un d'eux, Steve Cropper, avait tout de suite remarqué le garçon qui était resté assis pendant toute la séance, en éveil, passionné. Il accepta de lui donner sa chance, et le jeune ouvrier géorgien interpréta l'une de ses compositions, « These Arms of Mine » (décembre 1962). Bien plus inspiré que Jenkins, il convainquit Steve d'enregistrer la chanson qui se vendit à huit cent mille exemplaires. Dès lors, le noble Redding tracerait un beau sillon au sein du spectacle. Sa voix flottait parmi les ghettos noirs, les banlieues du vieux Sud. La puissance de Stax, au début de la décennie, demeurait limitée, mais le talent d'Otis, loin de toucher le grand public, commençait à fleurir du Mississippi à la rivière Savannah, et obligeait les autres artistes noirs à travailler davantage.

James Brown aimerait beaucoup Otis. Il n'avait cependant rien à craindre du poète de Macon, confiant dans sa capacité à faire danser les ours, à porter sa parole de « chaudron fêlé » alors que le jeune Redding s'obstinait à répandre des couleurs plus sentimentales. En janvier 1963, le boxeur reprit de l'avance sur Otis grâce à la publication du très attendu *Live at the Apollo*. Soixante-six mille exemplaires s'écoulèrent en moins de douze jours. Beaucoup d'auditeurs imaginèrent les danses de James Brown, sa beauté animale. Porté par la volonté du seul musicien, sans publicités tapageuses ni émissions populaires, le disque atteignit la deuxième place pop du *Billboard*, juste derrière — ironie — le suave Andy Williams et ses « Days of Wine and Rose ». Mais James avait choisi une orientation plus moderne, se mettait à flamber au cœur de la communauté noire comme un brasier perpétuellement allumé. James fonçait à vive allure car il ne disposait d'aucun réseau, lancé dans un combat solitaire pour occuper le trône de meilleur chanteur noir.

La compétition devenait âpre. Les autres vocalistes ne souhaitaient pas renoncer aux honneurs. La tension s'exacerba quand Otis et le vieux rival Joe Tex furent programmés le même soir que le maître. Les deux musiciens tentèrent de trouver une parade aux prouesses de Mr Dynamite. Le premier songea à arriver sur scène au bout d'un câble, le second pensait s'y rendre à cheval, mais ils renoncèrent. De son côté, le Godfather ne céda pas, dépêcha un manager pour contraindre Otis à raccourcir son spectacle, menaça le chanteur de briser sa carrière s'il n'obtempérait pas. Ce soir-là, Otis remua la foule, l'éleva si haut qu'il échappa à l'emprise du despote.

L'écrivain Peter Guralnick, dans son livre *Sweet Soul Music*, raconte l'irrésistible engagement de Brown au début de sa carrière. L'artiste se jetait à genoux sur le sol en béton, de manière si brutale qu'il déchirait son pantalon. « Ses genoux n'étaient que de gros durillons[1]. » Le Travailleur se serait jeté vivant dans un feu si un tel exploit lui avait permis de semer ses rivaux. Il avait pris une grande avance et tenait à la conserver. Heureusement, la réussite du *Live* combla ses espérances et celles de Syd Nathan. Les disc-jockeys le passèrent beaucoup sur les ondes. Ils aimaient la manière dont James étirait jusqu'à dix minutes son chant, « Lost Someone », y décelant le beau secret de la musique de l'artiste, cette capacité à bouger les thèmes, à les transformer sur scène au gré de sa fantaisie artistique telle une odyssée toujours mourante, où le plaisir n'était jamais épuisé. Les animateurs profitaient même de la pause dans la chanson entre les deux faces pour diffuser des publicités puis reprenaient ensuite.

James, heureux du succès, ne se satisfaisait pas des lauriers au-dessus de sa tête, persuadé que le halo magique se dissiperait un jour. Il ne cessait de contre-attaquer, d'entreprendre Syd Nathan pour obtenir des avantages et avancer ses pions à l'intérieur de la société. Il voulait produire des spectacles, dominer la chaîne entière, peu enclin à supporter longtemps les caprices des autres, et désirait gérer lui-même ses finances. Personne ne le volerait. Ses sujets respecteraient le petit « nègre » dévêtu qui avait occupé son enfance à voler. Mr Dynamite devait exploiter chaque petite victoire afin de remporter la bataille définitive. Pouvait-il, toute son existence, accomplir des acrobaties sur scène ? Bobby Byrd sentait parfois que James s'interrogeait sur son avenir et songeait à diversifier ses activités.

À peine avait-il formulé ce désir que James décida de créer son propre label, « Try Me » distribué par la société King. Ce laboratoire lui servirait à lancer une famille musicale. Le grand chanteur soul partirait à la recherche de musiciens, deviendrait leur mécène, s'accorderait une belle liberté comme il n'en avait pas souvent connu. Et il ne mit pas longtemps à ramener dans ses filets un premier butin. Le groupe pêché se nommait The

Poets, une formation funky. James Brown vit l'occasion de se dépenser loin de toute pression. Pendant les séances, il se plut à les accompagner à l'orgue, réveillant un souvenir de jeunesse lorsque son père — l'éternel absent — lui avait offert un piano. Il ne cacha pas son bonheur. Le label assouvissait sa vive curiosité pour les musiciens et les femmes, l'art et la sensualité, deux formes souvent liées chez lui. Dès qu'il repérait une jolie créature, James ne pouvait s'empêcher de la prendre. « Try Me » s'honora d'une superbe voix noire. La conquête se nommait Tammi Montgomery, une enfant que James avait découverte à l'Uptown Theatre de Philadelphie. Née en 1945, fille d'un coiffeur Thomas Montgomery et de Jennie, poétesse et actrice, elle brûlait sa grâce juvénile sur les planches comme si elle n'avait guère de temps devant elle. La jeune étoile interpréta « I Cried », que Bobby Byrd et James avaient composé. Le premier tenait le clavier derrière elle, sans quitter des yeux la plus jolie fille du monde selon lui. Ni Bobby ni le Maître ne s'épuisaient en longs palabres, Tammi comprenait tout naturellement, chantait en une ou deux prises, économisant les heures précieuses du studio. Devant de telles aptitudes, James Brown proposa à Tammi de l'emmener en voyage, rassura sa mère, assurant qu'il la confierait à sa collaboratrice de confiance, Gertrude Saunders, une groupie, et son ancienne maîtresse. La chaperonne faisait office de logisticienne, vérifiait l'intendance, la bonne tenue de l'orchestre, son ordre immuable, passait dans la rangée, fixait les vêtements suspendus à l'arrière du bus, ceux de « Monsieur Brown », auxquels elle prêtait la plus grande attention. James et son intendante s'engagèrent à prendre soin de Tammi. Gertrude la protégea, tandis que l'adolescente appelait tous les jours sa famille et décrivait les palaces où elle se prélassait, entourée de fleurs. James Brown dépensait une fortune pour elle. Il adorait cette jeune fille à la fois forte et douce, lui offrait crèmes, laques, manucures, coiffeur. Chaque matin, un serviteur déposait à sa porte parfums et bijoux. Et l'argent coulait à flots. Tammi se perdait dans les plus grands magasins où elle achetait des vêtements à sa mère Jennie. Mais ce traitement royal n'empêcha pas ses proches d'exprimer leur inquiétude. James avait l'habitude de s'endormir sur le lit de sa protégée, et Jennie s'en inquiétait. Aucun spectacle, si magnifique fût-il, comme la soirée à l'Apollo, en mai 1963, ne pouvait chasser ses appréhensions. Tammi, craignant au début la rudesse du public de Harlem, avait réussi à se projeter sous la lumière, à éclipser presque James Brown qui n'en prit guère ombrage. Bobby Byrd voyait en elle bien plus qu'une choriste, et les sollicitations commençaient à affluer. Bob Hope proposa à la jeune femme de participer à des spectacles donnés aux premières troupes américaines du Vietnam dans l'euphorie de la victoire inéluctable — mais le Godfather la verrouillait grâce à un contrat bien rédigé. Tammi le rendait fou, il l'admira quand elle enregistra le magnifique « I Cried ». Son interprétation inspira au chanteur des Flames une chanson (plus tard, « It's a Man's Man's Man's World ») qu'il répéta puis abandonna, espérant la reprendre ultérieurement. La voix de Tammi et sa grâce l'envoûtaient tant que James céda et entama avec elle une liaison amoureuse, sans permettre à la romance d'éclore complètement. La liberté relative qu'il offrait dans la musique n'existait plus sous son propre toit. Tammi exprima vite sa lassitude. Selon sa sœur Ludie Montgomery, James la frappait, première pièce à charge parmi de nombreux actes d'accusations, dont les rapports jalonneraient sa vie amoureuse : « Ma mère et moi, nous étions en train d'empaqueter les affaires de Tammie, quand ma mère découvrit une robe bleue de soie, orientale, appelée, je crois, “kimono” et que James lui avait achetée. Cette robe avait une signification particulière. Elle était couverte de sang. Nous apprenions qu'elle avait subi des mauvais traitements plus importants et que le tragique incident mettait en jeu un parapluie[2]. »

Tammi, déçue, le quitta, évitant à James un danger plus grand encore puisqu'elle était mineure. Elle formerait dans le ciel musical une trace légère et fragile, une évanescence de l'amour laissée sur quelques écrins de cire, aux côtés du pur Marvin Gaye. « Your Precioux Love », « If I Could Build My Whole World Around You » furent les délicats succès de leur duo, en 1967, l'année même où Tammi apprit qu'elle avait une tumeur au cerveau qui l'emporterait trois ans plus tard.

James ne semblait pas touché par ces ruptures, concentré sur sa carrière et l'avenir. Et, de toute façon, les femmes venaient à lui, réveillant sa violence, ses frustrations. La fidèle Dessie l'attendait. Il n'espérait rien d'elle, sinon le repos quand il lui rendait visite. Mais parfois, la récréation espérée se transformait en bagarre. James la cognait souvent parce qu'elle dépensait son argent, jouait et perdait, et il la jugeait irresponsable.

29 AOÛT 1963

J'AI FAIT UN RÊVE. — DISCOURS DE MARTIN LUTHER KING LE 28 AOÛT 1963.

Il faisait chaud, ce 28 août, quand le pasteur Martin Luther King fit un rêve. Des milliers de personnes avaient afflué à Washington pour l'écouter. « Je fais un rêve qu'un jour, mes quatre enfants vivront dans un pays où ils seront jugés selon leur personnalité et non la couleur de leur peau. »

Il projetait alors sa violence dans le travail, à la tête de sa famille. Tammi s'était envolée, une autre jeune femme, Anna King, l'avait remplacée. Et les projets ne manquaient pas. James invita son groupe préféré, les « 5 » Royales, auteur de « Think », à enrichir le catalogue de « Try Me ». Le chanteur d'Augusta partageait sa passion, discutait avec ses amis, collaborateurs, choristes de leurs propres créations, s'efforçait de monter une école de rhythm and blues qui porterait sa griffe à travers le pays. Il en était fier. De pareils encouragements donnés aux accompagnateurs pouvaient les décider à tenter leur chance en solo. Résolu à renouveler ses musiciens de manière régulière, James acceptait les risques de leur indépendance. C'était la meilleure manière de ne pas s'endormir. Chaque succès rejaillirait sur lui. Une telle politique provoquait une vraie rupture avec les entrepreneurs classiques trop timorés. Le Maître considérait depuis plusieurs années que Syd Nathan, par souci d'économie, ne distribuait pas ses œuvres comme elles auraient dû l'être, ce qui était préjudiciable au rendement et à la puissance créatrice de ses auteurs. James avait l'ambition d'envahir l'univers pourvu que sa formidable extase sur scène brisât les chaînes dans lesquelles le maintenait la couardise de Nathan. Il détectait lui-même ses erreurs. Son nouveau disque, *Live at the Royal*, enregistré à Baltimore, visait à rééditer la performance du *Live at the Apollo*, mais sombra, et cela d'autant plus qu'au même moment la maison de disques Atlantic sortait un *live* à l'Apollo où figuraient des grands noms, Otis Redding, King Curtis, The Coasters... Le Godfather devait innover. Il comptait sur les idées de Ben Bart pour produire une musique encore plus corrosive alors que des nouvelles alarmantes l'arrachaient tous les jours à son monde musical, et lui faisaient prendre conscience des dangers.

16 SEPTEMBRE 1963

EXPLOSION DANS UNE ÉGLISE NOIRE : QUATRE FILLETTES TUÉES.

Le 15 septembre, une charge de dynamite a dévasté l'église baptiste, sur la 16e Rue, à Birmingham (Alabama). Quatre fillettes noires — Carole Robertson, Cynthia Wesley, Denis McNair et Addie Mae Collins — ont été tuées. Cet attentat probablement perpétré par le Ku Klux Klan provoque une vive émotion à travers le pays.

Dans son livre de souvenirs, *Coming of Age in Mississippi*[3], la militante Anne Moody s'en prendrait à Martin Luther King, « l'homme qui avait fait un rêve ». Fallait-il continuer à rêver ? « Aussi longtemps que je vivrai, écrivit-elle, plus jamais je ne serai battue par un homme blanc... La non-violence est finie. »

James ne rêvait pas lui non plus. En tournée, il accordait beaucoup d'attention aux endroits où il allait et se gardait bien de descendre dans des hôtels qui pratiquaient la ségrégation. Il refusait d'endurer les humiliations du système comme l'avait supporté la grande Billie Holiday autrefois. Le roi qu'il voulait être n'aurait su tolérer le joug du Blanc. La petite ville de Toccoa avait représenté une enclave tolérante au cœur d'un vieux Sud raciste. Le chanteur des Famous Flames évitait encore la politique, sans doute parce qu'il avait fort à faire pour lancer sa carrière, échapper au souvenir de son enfance difficile. Mais le sujet commençait à le miner.

23 NOVEMBRE 1963

LE PRÉSIDENT KENNEDY ASSASSINÉ.

Le convoi présidentiel avait emprunté la grande avenue de Dallas. Il faisait beau ce 22 novembre. Le Président s'est affaissé, puis sa tête a volé en éclats comme un fruit. John Kennedy est mort. Assassiné. Le vice-président Lyndon Johnson a tout de suite assuré l'intérim. Les associations espèrent qu'il votera la loi sur les droits civiques (le bannissement de la ségrégation) mise en chantier par Kennedy.

Le président martyr avait entrepris d'étouffer les vieilles idées. Et sa mort remettait en cause les timides acquis en faveur des Noirs. Elle atteindrait James, décidé à se montrer plus fort que l'ennemi.

Comment démolir la ségrégation, se mettre hors de portée du pouvoir des Blancs ? En bâtissant un empire noir puissant et hors de portée. À la fin de l'année 1963, James et Ben Bart avaient créé Fair Deal Productions, et commencé à se libérer de King Records. Le Travailleur s'apprêtait à bâtir ce qu'il espérait être un empire. La liberté arrivait. Bientôt, l'auteur de « Please Please Please » choisirait lui-même sa matière sonore, déciderait de la stratégie à adopter pour défendre ses œuvres. Ben le soutenait, sans rien cacher des obstacles que leur projet rencontrerait. Combien de fois celui que James tenait pour une sorte de père avait-il averti le chanteur des Flames qu'il n'abattrait pas aussi facilement le mur racial, que le marché blanc ne s'ouvrirait pas comme une fleur, que cet objectif réclamerait des années de labeur et de nuits trop brèves ? Mais James y croyait.

Tout à son désir de conquête, il appela le label Mercury, proposa un album à destination de leur filiale Smash. Bien sûr, Syd Nathan, furieux, engagea des poursuites contre Brown. Les relations entre les deux personnalités drainaient des relents d'aigreur, de rancœur. Le musicien ne céda pas, et continua à travailler dur, au mépris des humeurs de son ancien patron et des menaces judiciaires.

Désireux de se protéger, James promut ses amitiés, permit à Bobby Byrd de sortir deux titres, « I Found Out » et « I Am Just a Nobody ». Anna King publia, sur Smash, « If Somebody Told You », mais ne parvint guère à voler plus haut, et, au printemps 1964, essaya de se relancer grâce à un duo avec Bobby, « Baby, Baby, Baby ». Les studios n'arrêtaient pas de tourner, mais le Parrain peinait à construire son empire. Il surveillait tous les fronts.

Sa guerre avec King l'épuisait, le détournait de son travail. Persuadé de gêner son ancien poulain, Syd Nathan décida de rééditer « Please Please Please ». Pour résister à ces coups vicieux, James chercha un succès facile et publia sur Smash une version de « Caldonia », la chanson créée par son idole Louis Jordan. Mais ces parenthèses ne le satisfaisaient pas car elles le ralentissaient. Mr Dynamite réfléchissait, explorait des sonorités, se livrait à une créativité débridée, le meilleur moyen d'atteindre la délivrance. Smash symboliserait son nouveau départ, avant que la justice ne tranche en faveur de Syd.

Les inspirations le traversaient. Innover, innover… Ses difficultés avaient décuplé sa volonté. Devenir le pouls de la communauté, capable d'accompagner les rêves de Martin Luther King. De manière instinctive, James chargea Bobby de réunir des musiciens, une belle section de cuivres, et leur promit un morceau diabolique, « Out of Sight », ce « hors de vue » symbolique de son ambition. James suivait une idée originale, désireux de poser de nouvelles bases, peut-être révolutionnaires. Le morceau allait projeter Brown et la musique noire aux portes d'un nouveau monde. Le rythme prendrait une place prépondérante. Batterie et basse (Bernard Odum devenait une pièce importante) formaient la charpente du morceau, et la voix du chanteur épousait, par ses cris et gémissements, une pulsion tribale. La flambée se consumait sur des phrases de guitare saccadées, nerveuses, où les saxophones hurlaient en hypnose, comme une double répétition. La présence sur l'autre face de l'oublié « Maybe the Last Time » sonnait comme un adieu à un style perdu.

Le single, classé 24 du palmarès pop, avait éclaté les Famous Flames qui n'existaient pratiquement plus. Une congrégation de musiciens doués, versatiles remplaçait désormais l'ensemble stable. Le chef d'orchestre Nat Jones dirigeait les cuivres, à la batterie, les observateurs remarquaient la fougue juvénile du batteur Melvin Parker. James l'avait repéré l'année précédente sur une scène locale. Le garçon étudiait alors l'histoire et l'économie à l'Université de Caroline, et jouait surtout les week-ends. Le chanteur demanda à l'adolescent de le rejoindre, mais, trop jeune, Melvin dut solliciter la permission de son père qui lui avait déconseillé de quitter l'école. Le jeune homme avait donc repoussé l'offre à contrecœur. Un an après, il se jugeait cependant suffisamment prêt pour tenter l'aventure Brown, sans menacer son avenir. Il n'imaginait pas prolonger son expérience au-delà d'une saison (c'est peut-être ce qu'il avait assuré à son père), et comptait bien reprendre les cours. Et un jour, il espérait créer son propre orchestre avec son frère Maceo.

Comme tout semblait possible, le jeune garçon ne cessait de parler à James de son frère Maceo, un brillant saxophoniste selon lui. Le Godfather répliqua un jour :

« Mes ténors sont complets !

— Oui, mais Maceo joue de l'alto et du baryton, monsieur Brown.

— Alors, présente-le-moi ! »

James, l'« US Idole des amoureux frénétiques »,

comme l'appela le *Melody Maker*, ignorait quel horizon il ouvrait, mais se ménageait un endroit divin où il pourrait bouger, tuer la ségrégation, danser le *mashed potatoes*, imiter les pas agiles du boxeur sur le ring. En un mot, faire danser les ours.

Chute et mort

L'homme n'avait pas voulu bouger sa chaise. « Little » Willie John s'en était ému. Il avait affaire à un raciste, à un partisan de la ségrégation. Martin Luther King avait-il servi à quelque chose ?... Willie n'y croyait pas, fatigué lui-même de la vie. Pendant des années, il avait dépensé de l'argent, roulé dans de belles limousines, séduit les femmes. Et puis, le succès l'avait abandonné au début de la décennie. Même son plus grand triomphe, « Fever », était habillé par une autre voix, celle de la blanche Peggy Lee qui avait enregistré sa version deux ans après la sienne. Et le public n'entendait plus que sa couleur. Comment l'aurait-il supporté ? Ce pays abhorrait les nègres. Redescendu sur terre, Willie John comprenait qu'il devrait à nouveau se battre, défendre sa vie et son honneur.

Il avait déjà accumulé plusieurs heures de prison pour vols, escroqueries, bagarres. Sa petite taille le complexait. Il voulait toujours s'imposer grâce à ses poings et finissait derrière les barreaux, mais les pénitences ne lui apportaient aucune sagesse. À peine sorti, il se battait à nouveau, recommençait à jouer, à flamber, suppliait son vieil ami Sam Cooke de lui prêter 5 000 dollars, inventait des raisons, prétendit un jour qu'il n'avait pas les moyens de financer l'enterrement de sa mère. La roulette et les cartes le dépouillaient et le brisaient.

Personne n'osait le contredire. « Little », l'ancien gamin prodige, ne supportait pas l'autorité, encore moins le racisme. L'auteur de « Fever » songeait qu'il aurait peut-être dû tout lâcher. Il redoutait le péril de la route. Quelques semaines plus tôt, le bus de James Brown avait d'ailleurs versé dans un ravin, sans qu'aucun des musiciens ne fût blessé. Le chanteur des Flames ne voyageait pas avec son orchestre. Il conduisait sa propre voiture. N'importe quel piège pouvait survenir : violence, racisme, chocs, arrestations arbitraires ou justifiées. À Boston, la police avait appréhendé Ray Charles pour possession d'héroïne. L'Amérique puritaine ne pardonnait rien aux grands artistes noirs dont la liberté était jugée blasphématoire.

Ce jour-là, Willie John se trouvait donc à Seattle, dans un club, épuisé. Il célébrait pourtant ses fiançailles et avait convié ses amis à partager ce doux moment. Le volcan semblait sous contrôle ou pour le moins éteint. Mais quand un homme refusa de céder son siège à un invité de Willie John, le chanteur, furieux, se jeta sur lui, sortit un poignard et lui enfonça dans le ventre. La police arrêta le meurtrier au moment même où James Brown attendait sa venue à l'Apollo, espérant rallumer les souvenirs d'un passé proche. La nouvelle heurta terriblement Mr Dynamite. Willie lui avait souvent témoigné de l'affection, réjoui de voir que James Brown réussissait et contrôlait sa carrière. Le danseur n'imaginait pas une seconde Willie John en prison. Autant le tuer tout de suite ! Mais personne ne pouvait le sauver de son crime.

Une chaise resta vide, ce soir-là, à l'Apollo. James fit circuler une pétition afin de libérer Willie John, sans espoir, refusant d'admettre la gravité de son geste. Il se rappelait leurs bons moments partagés sur ces planches, leur douce rivalité, songeait combien il était heureux d'être en vie, libre, de chanter pour des centaines de frères. Dehors, la foule des manteaux et des chapeaux étendait son ample tache noire sur la neige. Hommes, femmes, enfants attendaient le précieux ticket qui leur permettrait de pénétrer dans le sanctuaire chaleureux et d'écouter la musique jusqu'au bout de la nuit. À peine entrés, ils buvaient un café chaud, observaient la petite scène et s'éveillaient aux brames des cuivres dorés.

Après la chute de son ami Little Willie, James Brown se sentit pourtant bien seul. Il devait poursuivre, affronter l'époque dangereuse et changeante, la concurrence, repousser le spectre de la chute.

Cette forme hideuse l'agressait, tout autour, incarnée par la vague des groupes anglais que le Soul Brother voyait déferler depuis son fortin assiégé de l'Apollo. Les jeunes voyous portaient avec eux la suie de Manchester ou de Liverpool, le martèlement des forges et des usines, secouaient la jeunesse avec leurs déhanchements maladroits. Les Beatles avaient traversé les cités américaines, les Rolling Stones arrivaient, produisant un rhythm and blues blanc assez tonique. Le chanteur, Mick Jagger, virevoltait, exhalait un charisme auquel l'Angleterre succombait. C'était étrange. La confrontation entre les champions de l'Amérique noire, malgré des rangs décimés, et leurs exégètes britanniques était imminente. James Brown accepta de les rencontrer les 28 et 29 octobre 1964 en Californie, à Santa Monica, lors d'un spectacle télévisé, « The TAMI Show ». Il n'avait jamais vu les Rolling Stones et se demandait bien quelle performance ces garçons pouvaient accomplir. Nous imaginons sans mal d'ailleurs la colère du Godfather en découvrant que son nom avait été inscrit en caractères bien inférieurs à ceux des Rolling Stones. En face, les Anglais éprouvaient eux aussi une certaine appréhension. « Nous étions terrifiés à l'idée d'apparaître sur la même affiche que James Brown », se rappellerait le bassiste Bill Wyman. « Il avait dit à tout le monde que, à peine monté sur scène, il ferait en sorte que les Rolling Stones regrettent pour toujours d'avoir mis les pieds aux États-Unis. Nous étions tous assis dans la loge. Marvin Gaye et Chuck Berry sont venus nous voir. Marvin Gaye a dit : "Vous êtes nerveux ?" Nous avons répondu : "Pétrifiés." Il était sympa, et il a dit : "Hey, sortez de là et faites de votre mieux ! Personne ne veut savoir si vous êtes meilleurs que l'autre. Le public veut juste savoir que vous êtes en état de marche[1]." » D'après Byrd, Mick Jagger avait eu la mauvaise idée d'observer James Brown et avait été impressionné par son énergie et ses acrobaties. Plus agile qu'aucun Anglais blanc ne le serait jamais, le Godfather gémissait, hurlait, dansait autour de son tabouret, jouait avec le micro, sautait... Les Rolling Stones savaient qu'ils ne parviendraient jamais à le surpasser sur scène ni ailleurs. Ils avaient beaucoup à apprendre. Dans les coulisses, défilaient gardes du corps, laquais, maîtresses, et les verres de champagne se mêlaient aux dizaines de chaussures. Pourtant, Mick Jagger s'amusait à l'imiter sans y réussir.

James avait montré aux insulaires sa puissance, imposé sa discipline et sa rigueur, qualités dont manquaient ses brillants collègues. À tout moment, une nouvelle menace survenait et lui interdisait de ralentir son effort. Le danger tomba encore une fois des étoiles, de son proche voisinage. Le grand Otis Redding roucoulait ses magiques « Pain in My Heart » et « Security », imposait une autre manière de chanter, une diction claire, précise, différente de celle que James ou Willie John avaient popularisée. Le géant s'élevait. Il avait presque rejoint son idole, Sam Cooke : l'ancien prince des Soul Stirrers chantait « A Change Is Gonna Come », peut-être son plus beau morceau. Il avait offert, l'année précédente, dans le select club Copa de New York un concert brillant qui l'avait hissé à l'apogée de la scène américaine. Otis Redding s'en inspirait. Cooke naviguait entre les quartiers noirs, pauvres, et les thébaïdes huppées, le milieu jet-set et la romance noire d'un Martin Luther King.

Seulement, pour survivre, dans le bouillonnement de la ségrégation finissante, un artiste noir devait encore être prudent, une règle que Sam et Otis oublieraient trop souvent. Le premier paierait au prix fort son péché et les femmes. Personne ne sut ce qui s'était réellement passé en ce mois de décembre 1964. Son épouse légitime, Barbara, l'attendit longtemps à la maison, presque toute la nuit. Mais Sam Cooke ne rentra pas. Au même moment, il avait embarqué une jolie Eurasienne de vingt-deux ans, Lisa Boyer, une entraîneuse et apprentie chanteuse. Il avait légèrement bu et, excité, dépensait beaucoup d'argent, s'offrant ce qu'il désirait avec ses 3 000 dollars en poche. Il passait du bon temps en compagnie de l'autre grand chanteur soul, Solomon Burke. Il s'énamoura de l'inconnue au point d'oublier sa vie de famille, proposa de la ramener chez elle. Lisa accepta. Sam la fit monter dans sa Ferrari rouge (que Dennis Wilson, des Beach Boys, rachèterait plus tard) puis changea de direction. Il roulait vite, exalté. Lisa le supplia de reprendre le chemin de son domicile, mais il ne l'écouta pas, et la conduisit en dehors de la ville, à Santa Monica. Elle protesta et n'osa plus rien dire, persuadée (c'est ce qu'elle dirait au policier plus tard) qu'il l'avait enlevée.

Sam arriva dans le motel Hacienda. Les lumières scintillaient au fond de la nuit, parmi les clubs à néons, les échoppes d'alcool et, au loin, le bruit des avions qui transperçaient le ciel noir. La fascination de l'interdit, du plaisir coupable le guidait.

La jeune femme lui céda, inquiète cependant de sa vitalité, de son empressement à l'embrasser comme si leur avenir en dépendait. Au moment de les inscrire, l'hôtelière, une forte matrone à la peau sombre, ne parut pas le reconnaître, n'ayant pas fréquenté Times Square quelques mois tôt et ses hauts murs que décorait le portrait de Sam.

D'un air indifférent, elle nota le patronyme des « mariés », « Mr et Mrs Cooke », incapable d'imaginer, en ces temps puritains, un adultère coupable.

Il était deux heures trente. Le chanteur monta dans la chambre. Éperdu d'amour et de désir, il se jeta sur Lisa et essaya de la déshabiller. Elle s'éloigna, voulut s'enfermer dans la salle de bains, mais la serrure cassée l'empêcha de se protéger. Elle se retourna et aperçut Sam, nu, étourdi d'alcool. Peut-être l'attention de l'artiste s'égara-t-elle car Sam perdit de vue la jeune fille qui s'enfuit, emportant avec elle ses vêtements et les 3 000 dollars.

Il pesta et, se couvrant d'une serviette, se rendit à la réception pour demander à la taulière, Bertha Lee Franklin, si elle avait vu « Mrs Cook ». La forte matrone vit arriver un Noir fou, à moitié dévêtu. Le monstre frappa la vitre de sa loge comme un dément, les yeux noyés d'alcool. Effrayée, elle le pria de se calmer et de partir. Il s'approcha, la secoua par les épaules. « Où est-elle ? Tu sais qui je suis ? » Il voulait prononcer son nom prestigieux, le répéta dans la confusion. Elle se débattit, échappa à son étreinte, fila au fond sa loge, prit un revolver et tira trois fois sur lui. L'une des balles lui toucha les poumons. « Mais tu… tu m'as tiré dessus ? », s'étonna-t-il avant de s'effondrer tout en continuant à avancer vers elle. Bertha saisit un bâton et le frappa à la tête. Sam Cooke ne bougeait plus. Il était mort.

Barbara reçut un coup de téléphone tard dans la nuit et apprit la triste nouvelle. Le meurtre du chanteur ébranla le monde de la soul, de Bobby Womack, dont les larmes coulèrent pendant des semaines, à James Brown qui avait vu Willie partir vers la prison et accompagnait Sam au cimetière. Une foule dense assista à l'enterrement le 17 décembre 1964, et de nombreuses personnalités américaines s'y rendirent, plus étincelantes les unes que les autres : les chanteurs soul Smokey Robinson, Mary Wilson, Mavis Staple défilèrent devant le corps. Le grand boxeur champion du monde des lourds cette année-là (en février), Mohammed Ali, prononça un discours vibrant et offensif : « Si Sam avait été un chanteur blanc, s'il avait été une personnalité comme Elvis Presley ou les Beatles, le FBI continuerait en ce moment son enquête et quelqu'un serait en prison. » Les Soul Stirrers chantèrent le classique « For Your Precious Love ». « Dans une atmosphère d'émotion intense, Lou Rawls, Bobby Blue Bland et Arthur Lee Simpkins ont chanté alors que dans le public les femmes s'évanouissaient », écrivit le magazine *Ebony*. « L'artiste de gospel Bessie Griffin devait chanter, mais, bouleversée, dut céder la place au chanteur de blues Ray Charles. Il s'avança pour interpréter "Angels Keep Watching Over me". »

Il pleuvait ce jour-là. Des longues Cadillac, qui se miraient dans les flaques, sortaient des princesses en fourrure avec leurs cavaliers couverts de soie. Le monde de la soul atteignait son état de grâce en consumant ses illustres martyrs.

Solomon Burke, le chanteur d'opéra soul éléphantesque tant admiré aujourd'hui sur son trône géant (il ne peut même plus se déplacer seul), avait tout compris. La société qu'il avait fondée en 1960 prospérait. C'était une entreprise de pompes funèbres.

Arrivée des hommes de fer

James Brown porterait longtemps le deuil. Little Willie John vivait emmuré, et Sam ne chanterait plus. Les deux artistes l'avaient poussé à travailler, à rester éveillé, l'encourageaient à se battre, car seul le travail délivrait l'homme noir de la violence, des tracas, le préservait d'une fin précoce. James était vivant, mais peu certain de durer. Après « Out of Sight », l'imbroglio juridique avec Syd Nathan et les jugements qui en sortirent interdirent au chanteur d'interpréter des morceaux vocaux et le condamnèrent à ne produire que des instrumentaux. Pendant près d'un an, cet ordre empêcha sa progression. Les ennuis l'accablaient, pesaient sur une œuvre hantée par les fantômes et les chutes, dont les thèmes célébraient force et labeur, et prônaient le superman invulnérable.

Ses difficultés poussèrent James Brown à travailler davantage. Il se consolait entre les bras de Betty Newsome. Cette comédienne traverserait son existence, mais graverait son nom dans l'éternité. Un jour qu'ils roulaient en Caroline du Nord, la jeune femme contemplait le paysage et avait commencé à célébrer l'homme bâtisseur. « Tu te rends compte ? lui dit-elle. Ces ponts, ces maisons... Ce que l'homme a fait ! » Chaque main d'ouvrier fabriquait des miracles, transformait l'univers. Cette réflexion amusa James qui écrivit un texte sur les conseils de Betty. Le bâtisseur, le John Henry * herculéen rassurait le chanteur combattant.

Mais où l'enregistrerait-il ? Négocierait-il avec Syd Nathan ? Le patron de King se montrait toujours réticent. L'un comme l'autre ne cédaient jamais, et leurs discussions promettaient d'être orageuses. James suspendit alors le travail sur le futur « Man's Man's World ». Comme toujours, pendant les époques difficiles, il se raccrocha à la scène, plongea dans la surexcitation des concerts, enivré de biens et de caprices, remplissant ainsi un certain vide. Il comprit combien Little Willie John et Sam Cooke lui manquaient et, pourtant, il œuvrait à les remplacer, n'hésitant pas à se parer de draperies royales. Une publicité, parue cette année-là, vantait les extravagances du chanteur : « Dans un mois normal, il distribuera 5 000 photos avec son autographe, 1 000 paires de manchettes, portera 120 chemises fraîchement lavées, et plus de 80 paires de chaussures, il changera son costume de scène 150 fois, il tiendra sur scène 80 heures — chantant, dansant, et jouant aussi 960 chansons sur un ou plus de huit instruments. » Sur une photo publicitaire, il étreignait une colonne romaine. James savait exploiter les médias. Chez lui, la vie débordait. Ni la mort ni Syd Nathan ne

* Héros folklorique américain du XIXe siècle, modèle du grand travailleur.

parviendraient à l'atteindre, à le briser. Le *hardest working man* avait poussé le spectacle vivant à un haut degré de compétition, défiait ses rivaux de le surpasser, donnait l'image du vainqueur, dissimulant au plus profond de lui son inquiétude. Aussi transforma-t-il en triomphe la sombre année 1964, dévastée par les deuils et les ruptures. La revue *Music Business* élit James Brown « artiste de l'année rhythm and blues », lauriers qu'auraient pu gagner Little Willie John et Sam Cooke si la prudence les avait guidés.

Prudent, James l'était. Et les drames, dont il avait été le témoin, l'incitaient à contrôler son propre diable intérieur sous peine d'être lui aussi emporté irrémédiablement. Il ne tenait pas à disparaître, travaillait jusqu'à l'épuisement et attendait de ses collaborateurs la même abnégation.

Dans ses crises d'angoisse, il bâtissait des plans fabuleux, se montrait odieux, virait, réengageait, tergiversait, changeait à nouveau son orchestre. Le saxophoniste Maceo avait écouté son frère Melvin et accepté de rencontrer James Brown. Il avait hésité, peut-être par timidité, avant de se résoudre à tenter l'aventure. L'aîné des Parker se morfondait à la North Carolina University de Greensboro et souhaitait mener la belle vie. Mais comment ? Depuis son enfance, il répétait, apprenait la technique, s'estimait capable de jouer dans un orchestre. Né en 1943 à Kinston (Caroline du Nord), Maceo avait grandi au sein d'une famille de musiciens. Son père jouait du piano et de la batterie, sa pieuse mère chantait à l'église, et un oncle avait fondé un groupe, Bobby Butler and the

Mighty Blue Notes, premier terrain d'expérience pour les neveux surdoués, Maceo, Melvin le batteur, et Kellis, le tromboniste. Maceo revendiquait une certaine expérience que James préférait ignorer. Les étudiants éternels irritaient le Godfather, et, d'ailleurs, le jeu du garçon ne l'impressionna guère, au début tout au moins. Le Maître préférait son frère Melvin, mais consentit malgré tout à lui laisser une chance. Il voulait des guerriers capables de regarder tous dans la même direction, vers la musique noire poétique, parlée, hurlée, bien différente de ce que l'on entendait à l'époque, les sirènes Supremes, chez Tamla Motown, ou le jeune folkeux blanc Bob Dylan. James s'immergeait dans le chaudron noir, le lyrisme révolutionnaire chanté, cette fureur que les années 1960 exaltaient sans très bien savoir où les entraînerait chaque nouvelle expérience. L'année précédente, en 1963, l'écrivain afro LeRoi Jones, connu plus tard sous le nom politique d'Amiri Baraka, avait publié son légendaire ouvrage, *Le Peuple du blues*, dont nous mesurons mieux aujourd'hui l'influence sur la société américaine. La thèse développée était bien séduisante : quand le Noir a débarqué dans le Nouveau Monde, chaînes aux pieds, les bons chrétiens l'ont vu comme un simple objet dépourvu d'âme, un démon juste bon à recevoir les coups de fouet et à servir. L'esclave s'est donc efforcé de prouver aux Blancs qu'il possédait bien une âme et choisit une mélopée blues, émotive. Les propriétaires manifestèrent leur surprise. L'ambiance rêche, peu sophistiquée du chant noir contrastait avec les élégances symphoniques auxquelles les Blancs nantis étaient habitués. « Ces nègres peuvent-ils mener à terme des harmonies plus compliquées ? », notaient les planteurs. La porte s'ouvrait et la nouvelle expression renforcerait, cimenterait la résistance des opprimés. *Le Peuple du blues*, premier livre écrit par un sociologue et poète noir sur le jazz, raconte l'histoire des musiques afro-américaines et, à la fin, évoque ce mot qui traversera le pays, à la fois étoilé et maudit, proche en même temps du firmament et du caniveau, *funk* : « Même l'adjectif *funky* qui jusque-là, pour la plupart des Noirs, voulait dire simplement puant (et s'employait d'habitude dans un contexte sexuel) sert à désigner une musique expressive, ce qui implique que même la vieille idée préconçue de l'Amérique blanche selon laquelle le Noir a une odeur particulière peut être retournée contre cette Amérique. Car à présent, cette odeur réelle ou non devient un des traits de la "négritude". Et dans les années 1950, la "négritude" était devenue pour beaucoup de Noirs (et de Blancs) la seule force que gardait la culture américaine[1]. »

Le mot funk désignait le terroir comme dans la chanson dont LeRoi Jones publierait un extrait : « *I need a funky black woman to satisfy my soul* » (« j'ai besoin d'une femme noire à l'odeur de terroir pour satisfaire mon âme »). Depuis « Please Please Please » jusqu'à « Out of Sight », James Brown incarnait la puanteur authentique de la « négritude ». LeRoi Jones appela Brown le « premier poète noir américain » parce qu'il disposait de la force libératrice dont sa musique véhiculait la flambée, au moment où la ségrégation recevait le coup de grâce.

21 FÉVRIER 1965
MALCOLM X ASSASSINÉ.
Malcolm X a été assassiné par balles à l'Audubon Ballroom de Harlem. Ce nouveau drame fait suite à la mort, le 18 février, d'un militant près de Selma (Alabama) où le révérend Martin Luther King, venu plaider en faveur de l'inscription des Noirs sur les listes électorales, a été emprisonné. Le Pasteur avait reçu le soutien de Malcolm X qui avait menacé de recourir à la violence si les exigences de King n'étaient pas satisfaites. Le pays ne semble pas s'acheminer vers le bannissement de la ségrégation pourtant voté le 2 juillet dernier. Dans le même temps, le président Lyndon Johnson accroît les troupes de Gi au Vietnam. La guerre est devenue totale à la grande déception des militants des droits civiques.

James Brown apprit la triste nouvelle, mais il se concentrait de nouveau sur la musique, bien décidé à l'utiliser pour planter une banderille dans le cœur blanc et mettre en échec les assassins de Malcolm X. Sans le savoir, il s'apprêtait à constituer ce qui donnerait une réalité à l'expression « *funk* » de LeRoi Jones et un imaginaire à la révolte noire.

Il avait réuni, en ce mois d'hiver, son groupe, dans la petite ville de Charlotte, en Caroline du Nord. Melvin Parker (batterie), son frère Maceo (saxophone) et Jimmy Nolen (le guitariste), en remplacement du titulaire Les Buie qui souhaitait partir, formaient la nouvelle ossature. James Brown ne regrettait pas l'engagement de Maceo, aimait son style agressif et percutant. St Clair Pinckney, touché par un deuil familial, s'était retiré, permettant l'éclosion du nouveau venu. Ainsi allait la vie de l'orchestre, entre flux et reflux. Mr Dynamite adorait aussi Jimmy Nolen. Révélé au sein de l'orchestre de Johnny Otis, le formidable guitariste avait sculpté le son du légendaire classique « Willie and the Hand Jive » (1958), introduit dans la guitare une touche brillante et saccadée que personne ne pouvait encore définir, le *hand jive*. Cette expression désignait une danse étrange effectuée avec les mains, et non dénuée de connotations sexuelles.

En quête de reconnaissance, Jimmy avait quitté Otis afin d'exploiter son originalité, publié plusieurs disques solo, dans l'indifférence générale, bientôt à nouveau condamné à fréquenter les rôles qu'il avait toujours occupés, à l'ombre des grands de ce monde, BB King, Lowell Fulson, T-Bone Walker… De splendides guitaristes. Mais Jimmy nourrissait une autre ambition. Bien des années s'étaient écoulées depuis « Willie and the Hand Jive », et le beau joueur attendait une nouvelle chance. James Brown lui adressa une proposition inespérée. Jimmy ne remercierait jamais assez la Providence de l'avoir introduit auprès du *hardest working man*. Brutalement projeté dans l'univers de James, sans la moindre préparation ni audition, il se souviendrait longtemps de sa première nuit aux côtés du gymnaste sautillant, tandis qu'il reprenait « Try Me », « Please Please Please »… Le Maître jugea ses prestations suffisamment bonnes pour l'emmener en studio et l'intégrer au groupe alors que la Revue était en train de changer d'orientation.

James souhaitait enregistrer un titre après onze mois de silence. Il avait enfin trouvé un arrangement avec Syd Nathan et pensait publier un disque chez King ; griffonnant des lignes sur une feuille, il mimait les rythmes de « Papa's Got a Brand New Bag[2] ». Il avait déjà improvisé une ébauche de la chanson sur scène, et inventé un texte qui ne racontait rien, si ce n'était une explosion physique. Souvent, les morceaux de Brown commençaient ainsi, au début des concerts, ou pendant la balance. Les musiciens se chauffaient, testant rythmes et phrases musicales. Puis, James arrivait après avoir entendu une sonorité plaisante et demandait qu'on rejoue la séquence. Combien de succès n'étaient-il pas nés de ces réglages d'avant séance ?

« Viens ici, sœur… Papa est dans le swing […]
Il danse le jerk…
Il fait la mouche […]
Il danse le *monkey*, le *mashed potatoes* * […] »

Les paroles, réduites à leur plus simple expression, bougeaient, s'entrechoquaient, épousaient la cadence, propulsée par le saxophone de Maceo. Pour ses premiers pas en studio aux côtés de James, Jimmy introduisit son incroyable sonorité de guitare écorchée, brûlante, fit danser les morceaux, emmena la musique vers le funk libéré que Brown inventait sans en avoir conscience. Le chef d'orchestre Johnny Otis reconnaîtrait plus tard en Nolen le véritable inventeur de la guitare funk,

* *« Come here sister... Papa's in the swing [...]
He's doing the jerk...
He's doing the fly
He's doing the monkey, the mashed potatoes [...] »*

dont l'influence sur la musique américaine serait considérable. Le magicien empruntait beaucoup à Bo Diddley, le futur shérif du Nouveau-Mexique, l'homme aux guitares triangulaires, l'inventeur du « son jungle », cette façon rageuse de brutaliser les cordes, proche des rythmes tribaux.

Sur le titre, la batterie du frère de Parker, Melvin, agissait comme une machine tandis que les basses de Sam Thomas bourdonnaient, réveillant le monstre.

Aucun texte n'était jamais écrit, comme Jimmy le révélerait dans une interview donnée à *Guitar Player* et publiée quelques mois après sa mort d'une attaque cardiaque, le 18 décembre 1983, à quarante-neuf ans seulement : « Il avait tout dans la tête. Parfois, on restait la moitié de la nuit sur un morceau jusqu'à obtenir le bon sentiment. » Maceo fut surpris aussi par la manière dont le Maître travaillait. James cachait jalousement ses secrets, venait, donnait les parties à jouer à ses musiciens séparément, gardait l'ensemble pour lui, et le labeur se prolongeait, presque dans l'infini.

« Papa's Got a Brand New Bag », publié chez King, atteignit le premier rang du classement rhythm and blues et le 8ᵉ dans le classement pop. Chaque parution provoquait énervements et frustrations. Beaucoup de critiques ont vu dans ce « New Bag » le symbole d'une ère nouvelle, à la fois sociale, musicale et politique. La ségrégation n'en finissait pas de mourir, le Mouvement des droits civiques soufflait à l'intérieur du pays. Brown et ses musiciens communiquaient leur joie, lançaient le mot *new* avec délectation. Même s'il se montrait encore timide sur l'engagement, trop pris par son art et sa carrière, James ne pouvait ignorer le recul du racisme ni effacer sa triste enfance. Le séisme de « Papa's » secouait le plancher des salles, comme un hurlement capable de brûler les tripes et le cœur. Il annonça le vrai grand départ de James vers des horizons nouveaux et lui ouvrit le chemin de la télévision.

L'ascension s'accompagnait cependant d'obligations lourdes. Plus l'orchestre s'approchait du sommet, plus ses membres devaient supporter un labeur harassant. Le chanteur possédait maintenant sa garde de fer, Jimmy Nolen, Melvin et Maceo Parker devenu un pilier de l'orchestre car James appréciait sa capacité au travail. Nolen, pourtant, s'agaçait. Il ne pouvait jouer avec d'autres musiciens, tant James Brown exigeait de ses pions la plus grande disponibilité et un effort de tous les instants. Et pour quelle postérité ? Brown n'avait pas vraiment mis Jimmy Nolen en valeur sur la pochette de l'album *New Bag*. Son nom fut même carrément absent, comme ceux des autres musiciens. Et aucune récrimination ni aucun regimbement n'étaient admis. Personne ne se reposait. La route défilait, vaste et sans fin, et, quand elle s'achevait, les studios absorbaient leur ultime énergie. Parfois, deux ou trois joueurs extérieurs s'invitaient, mais le Maître tenait à conserver l'orchestre de tournée au grand complet et faisait litière des fatigues éventuelles. Le monde s'étendait à leurs pieds, jusqu'en Europe.

Le monde du mâle

« Le public n'avait jamais vu un Noir sur scène dans un spectacle aussi dynamique et professionnel », dira James Brown. Les Blancs moquaient le gymnaste noir en collant moulant, capable d'accomplir des pas de danse féminine, le chanteur androgyne qui « tortillait du cul » et ressemblait à une étoile de Las Vegas. La rumeur prétendit que James envisageait même de changer de sexe pour épouser Bobby Byrd. C'est ce que notre héros rapportera dans ses Mémoires. Des admirateurs tentaient de toucher son entrejambe afin de vérifier sa virilité.

L'artiste exprimerait souvent une étrange sensation. Pendant qu'il dansait avec grâce, la Revue jetait une impression de dynamisme, de folie maîtrisée, comme peu de témoins en avaient observé jusqu'alors. Ce dynamisme répondait aux pulsations désordonnées des ghettos, à l'immense cœur battant de la marée noire, dont les envies, écrasées par la canicule estivale, se faisaient, chaque soir, plus pressantes. Et James Brown portait avec panache ce soleil étouffant dans les entrailles du monde visible, les Blancs.

16 AOÛT 1965
ÉMEUTES DE WATTS.
La Cocotte-minute a donc explosé le 11 août 1965. Il faisait chaud. Les milliers de Noirs, entassés dans le quartier de Watts (Washington), manquaient d'eau et souffraient sous la touffeur. Les murs de leurs taudis paraissaient étroits, sombres. C'était comme une mare de pétrole qui attendait une allumette. Et elle est venue en la personne d'un conducteur ivre arrêté par la police. La foule est sortie des murs, de l'ombre. Elle a attaqué la police, obligeant les hommes de loi à demander des renforts. Et une ruée de pilleurs, de corps fous, déchaînés a dévasté magasins, voitures, et semé le feu. Il faisait chaud à Watts. La garde nationale est intervenue. Bilan : trente-quatre morts.

Les neuf cuivres de la Revue Brown répandaient l'écho de la révolte. Les hommes de fer portaient la fierté noire : le bassiste Bernard Odum, le batteur Melvin Parker, son frère Maceo et le guitariste Jimmy Nolen roulaient à vive allure entre les bornes étroites que le Maître avait installées devant eux. Ils essayaient d'éviter la dysharmonie, et les amendes menaçantes. Autour, les recrues allaient et venaient au sein de la Revue, avec brillance. Pendant une escale, James reçut une cassette. Une chanteuse de Houston (Texas), Myra Barnes, appelée « Vicki Anderson », proposait ses services. La jeune femme avait déjà sorti un disque, mais cherchait à développer sa carrière, et avait prié son manager de joindre le chanteur extraordinaire, propriétaire d'un beau gynécée musical. James fut tout de suite séduit, mais ne sut pas tout d'abord à quel poste affecter la novice talentueuse. La chance l'aida lorsque la brillante Anna King décida de partir. Brown convoqua donc Vicki à une audition, à Miami. Il avait une chanson prête pour elle, « Baby, I Love You », sur des paroles de Bobby Byrd. Elle enrichirait le catalogue des éditions Smash pendant le turbulent été 1965. James n'avait pas traîné. Cette femme, qu'il avait surnommée « chant d'oiseau », l'envoûtait. Il assurait qu'elle chantait mieux qu'Aretha Franklin et Barbra Streisand[1] !

Il verrait toujours le bref règne de Vicki, entre 1965 et 1968, comme la plus florissante période de la Revue, du moins dans le domaine du chant. Pourtant, ces honneurs et hommages rapportés presque trente ans après ont couvé bien des larmes et des souffrances. La poigne métallique de James accablait les musiciens contraints d'arriver à l'heure, d'obéir, de tout nettoyer derrière eux. Le chanteur réprimandait ceux qui laissaient traîner des affaires dans le bus, ordonnait même au chauffeur de les jeter à la poubelle. L'exigence virait à la névrose.

Vicki, future mère de la chanteuse Carleen Anderson, ne pouvait supporter une discipline parfois aveugle et absurde. Elle eut la chance de rencontrer Bobby Byrd et de s'en éprendre (ils se marièrent quelques mois plus tard). L'amour la protégerait et assurerait sa permanence au sein de ce vertigineux mouvement astral. Combien de volatiles traversèrent la Revue tels des enchantements, de Deirdre, bientôt seconde épouse de

James, jusqu'à l'amusante et enveloppée Elsie Mae. Leur corps exaltait les sens. Elles formaient les *funky divas*, nées à la musique sous l'égide du Maître, dont elles diraient plus tard qu'il leur avait tout appris, avant de consentir à exprimer une lassitude. « J'étais sur les albums, mais il fallait vraiment assister aux shows pour constater ma présence », se plaignait Vicki.

Pendant son temps de présence, elle assisterait cependant à la révolution et accéderait au panthéon. Presque dans la foulée, de « Papa's », Brown sortit une nouvelle bombe, « I Got You (I Feel Good) » en novembre 1965, sur le label King (1er titre du classement rythm and blues et 3e du classement pop). Vicki voyait bien qu'elle avait investi un cyclone, étonnée aussi des étranges relations du Godfather et de Syd Nathan. Revenu aux affaires entre deux fatigues, le patron de King n'avait pas aimé « Papa's Got a Brand New Bag », comme d'habitude, même s'il reconnaissait la force de l'œuvre. Ces succès l'irritaient. Quelque chose de nouveau sonnait aux oreilles du pays, qu'on appellerait le funk. L'expression révolutionnaire collait aux folies du temps, tandis que l'incendie des ghettos s'était propagé pendant l'année 1966, jusqu'à allumer un deuxième été sanglant. Les flammes embrumaient les toits des grandes villes, Chicago, Cleveland, San Francisco... Les foules hurlaient, défilaient... Et James Brown accompagnait ces cris de révolte. Il avait complété sa véritable armada avec d'autres soldats venus du ciel ou de la terre brûlée, le trompettiste Waymond Reed, le saxophoniste Pee Wee Ellis, le batteur Clyde

1

1. James Brown et son manager Ben Bart devant son avion.

2

3

4

5

2. James Brown vers 1962.
3. Wynonie Harris en 1948.
4. Les Five Royales vers 1954.
5. James Brown et les Famous Flames à l'Apollo Theater, 1964.
6. Le deuxième disque de James Brown en France, vers 1962.
7. Publicité parue dans le magazine *Cash Box* en octobre 1967.

6

«Au fond, j'ai toujours été un jazzman, quand je ne travaille pas, je n'écoute jamais de rock.»

7

« La soul, c'est le destin qui a frappé à ma porte.
C'était et c'est toujours la seule chance de m'en sortir.
La soul, c'est la vérité. C'est la réalité, c'est la survie. »

9

10

11

8. Little Richard and his Royal Company vers 1963.
9. Little Willie John en studio, 1956.
10. Otis Redding en 1962.
11. Sam Cooke.

12

13

14

12. James Brown et Vicki Anderson en 1968.
13. Marva Whitney vers 1969.
14. Tammy Terrell en 1965.
15. Anna King, le disc jokey Rick Shaw et Bobby Byrd à Miami en 1964.
16. James Brown et Madeleine en tournée à Paris en 1986.

15

16

17

18

17. James Brown en 1992.
18. Avec le vice-président Hubert H. Humphrey à Los Angeles en juillet 1968.

Stubblefield qui introduisait un beat inventé à La Nouvelle-Orléans. Gloire à eux, car un musicien, si doué fût-il, n'élisait pas facilement domicile au sein de la Revue. L'autre maître des rythmes, John Starks, un ancien de Bobby Bland en 1959, avait compris la manière dont James Brown agissait. Jouer ne suffisait pas. Un accompagnateur devait percevoir les sentiments, presque imperceptibles, des individus, leurs états d'âme, devancer les désirs, anticiper les faiblesses et servir le mentor. « Jabo », comme on l'appelait, jugeait normal d'exécuter fidèlement la partie demandée. James le payeur exigeait en retour une parfaite obéissance. L'employé rusé pouvait même approcher l'étroite intimité du Roi, prétendre à une faveur. John avait trouvé un chemin. Il parlait affaires avec le patron.

Chaque nouveau musicien de fer entrait dans une sphère disciplinaire et surréelle. « Comment sont tes parents ? demandait James. As-tu une bonne famille ? As-tu été élevé dans la crainte de Dieu ? » La plupart répondaient, puis, acceptés, s'accrochaient à leur rêve, s'avouant heureux de contribuer à l'aventure.

L'homme qui réunissait le plus de dons sentimentaux, psychologiques et musicaux se nommait Pee Wee Ellis. Né en Floride, un jour de 1941, le géant avait voyagé, hurlé sa musique partout, à Miami, le long des carnavals, à travers clubs et pique-niques. Il avait joué avec le bassiste de Miles Davis, Ron Carter, et avait eu pour professeur le grand Sonny Rollins. Énorme personnalité sanguine, oppressante, porté par son solide caractère et un diabolique charisme, il baignait dans un joli bain jazzy, savait ce qu'il voulait et cherchait toujours quelque chose d'original. Lorsque Pee Wee rejoignit James Brown à l'invitation de Waymond, il espéra bien s'y distinguer et se rendit aussitôt à Washington DC pour assister à un spectacle de la Revue, au Theatre Howard, où il demeura presque une semaine en coulisses fasciné devant une telle énergie, exalté, au point même de vouloir grimper sur les planches et intégrer la sarabande. Il décida d'accepter l'offre et de livrer les meilleures années de sa jeunesse à cette musique calcinée.

Il fit ainsi une irruption remarquée au sein de l'orchestre. Pee Wee ne retenait ni ses humeurs ni ses paroles. Peu de nouveaux venus se sentiraient aussi à l'aise que lui. Quelques musiciens prirent son attitude pour de l'arrogance et s'étonnèrent de sa liberté. James Brown ne disait rien, manifestait même une certaine satisfaction. Les conseils de Pee Wee permettaient aux autres membres d'améliorer leur son. Le saxophoniste avait apporté à l'ensemble une touche singulière et son enthousiasme, qualités qui lui permirent très vite de convoiter la place enviée de directeur musical alors tenue par Nat Jones. Mais Pee Wee consentit à se mettre d'abord à son service.

Il écrivait les arrangements et Nat dirigeait. La Revue pouvait s'envoler dans le monde, guidée par ses soldats flamboyants au parfait équilibre, et à l'unisson dans « Ain't That a Groove », paru durant l'hiver 1966. Le morceau, « Part One and Two », couvrait les faces A et B. Les guitares stridulentes, les incendies cuivrés approchaient l'absolu noir brut auquel l'orchestre aspirait. La route s'ouvrait, jusqu'en Europe. Le petit chanteur d'Augusta allait désormais, grâce à son travail, traverser l'Atlantique.

L'avion l'emmena. Quelques années plus tôt, il avait quitté la Géorgie afin de porter sa musique au quatre coins de la nation et, cette fois, il lâchait le sol américain, espérant trouver là-bas un monde plus généreux, plus tolérant. L'émission anglaise « Ready Steady Go » l'invita parmi la noblesse de la pop britannique, Animals, Kinks, Rolling Stones. Il joua au Palladium et reçut des Britanniques offrandes et clameurs.

Le Godfather s'arrêta en France, pendant le mois de mars, où Philippe Koechlin, comme beaucoup d'Européens enthousiastes, le découvrit. Un grand nombre de privilégiés ne s'en remirent pas. La nouvelle musique les emporta, irrémédiablement, inspira ces images que le critique amoureux Kurt Mohr allait transmettre, décrivant la manière dont Maceo embrassait et balançait son saxo comme « il aurait tenu une fille[2] ». Le fabuleux bras droit n'était pas encore devenu l'affreux VRP du funk au sourire carnassier. Pendant les années 1960, il jouait juste et sensiblement. La jeunesse, la fougue transperçaient les corps noirs pleins de scintillements et de chaleur. On bougeait, on sautait, on soufflait fort, derrière le feu de la Revue. C'étaient les belles années.

Puis, le danseur rentra. Son pays finissait toujours par le rappeler malgré la relation d'amour-haine qu'il entretenait avec lui. Il aimait la Géorgie, l'Apollo, Harlem, tout ce brasier noir dans lequel il se régénérait, rechargeait son énergie. Il commençait à naviguer là-haut, fier de son pouvoir sur la vieille Europe et l'Amérique raciste, mais se serait bien gardé de trancher la main qui le retenait à son terreau, de tout sacrifier au luxe blanc. D'ailleurs, les Blancs le savaient bien qui n'hésitaient pas à s'aventurer au cœur de Harlem pour voir James Brown. L'animateur Ed Sullivan s'y rendit à son tour, étonné, saisi, comprenant que le chanteur bondissant fascinerait les caméras de son « Ed Sullivan Show ». En accédant à l'émission la plus populaire, où brillaient les grandes stars de la musique rock, l'enfant noir d'Augusta goûterait enfin ce luxe dont nous parlions, pendant une douce journée d'avril 1966. Les familles américaines découvrirent le gymnaste noir et ses formidables pas de danse, le *mashed potatoes*, le *cameo walk* et le *new breed boogaloo*. À chaque fois, ses pieds glissaient, effleuraient le sol comme s'il marchait sur un nuage, sans toucher terre. « Please Please Please », et surtout « Papa's Got a Brand New Bag » déversaient leur fusion sensuelle. Ed Sullivan avait eu raison. Il observa avec délices les dégâts. Les Supremes et la suave Diana Ross ne purent égaler un démon qui possédait en son sein la vraie suprême, Vicki Anderson. Une énorme vague avait balayé le studio. James voyait son orchestre grossir comme une mer démontée. Vingt pièces soufflantes, brûlantes. Et les femmes en rut, étreintes de désir. James pensait toujours à elles.

Revenu de l'émission, de ses voyages, sans songer un seul instant à se reposer, il termina sa grande chanson sur le travail, l'œuvre, l'effort, « It's a

Man's Man's Man's World », et s'avoua heureux du résultat. James Brown avait composé la musique, rédigé une partie des paroles, et crédité son amie Betty Newsome. Depuis trois ans, il y réfléchissait. Tammi Terrel habitait encore son souvenir avec son splendide « I Cried ». Son chant parfait l'avait détourné de son projet trop semblable, et pourtant, la chanson du Mâle avait survécu.

Cette ode à l'intelligence virile, proche du sermon, se nourrissait de Bible et de foi. Mais Betty avait jugé nécessaire de préciser que sans la femme, l'homme ne « serait rien ».

« C'est un monde d'homme
Mais il ne serait rien, rien
Sans une femme ou une fille[3] *. »

Les deux dernières lignes assez politiquement correctes, sculptées en plein feu du féminisme, ont souvent pris une résonance curieuse à chaque dérapage violent de James contre ses compagnes. Elles contiennent leur part d'ambiguïté. La fille en question laisse entendre un éventuel repos sexuel entre deux constructions, et le titre, inspiré d'une comédie américaine, *It's A Mad Mad Mad World* (1963), redonne au mâle ses prérogatives. Il suscitera bien des années plus tard le commentaire amusé de la belle chanteuse soul anglaise Amy Winehouse : « "It's a Man's Man's Man's World" m'a donné de super-grosses couilles. »

James enregistra la chanson en avril 1966 à New York. La voix de James, son sentiment appuyé, la

* *« This is a man's, a man's, a man's world.*
But it wouldn't be nothing,
nothing without a woman or a girl. »

lenteur suggestive du morceau permirent au Bâtisseur d'occuper la première place du classement rhythm and blues et la huitième de la pop. Les succès de James le protégeaient des rivaux, notament du fantasque Otis Redding, qui vivait sa pleine efflorescence avec « Fa-Fa-Fa-Fa-Fa (Sad Song) », et surtout « Try a Little Tenderness », réponse magnifique parue en novembre. James et lui se connaissaient bien. Leurs origines géographiques les rapprochaient. Souvent, ils évoquaient ensemble leur pays natal et l'envie d'y retourner, nourrissaient des projets fabuleux, puis se quittaient, satisfaits d'avoir échangé quelques idées et laissé parler leur nostalgie.

La soul traversait une période bénie. Bien sûr, Brown n'appartenait pas tout à fait à la confrérie. Il se piquait d'inventer une autre musique, plus rugueuse et instinctive, même si « Man's Man's Man World » le ramenait sur le territoire spirituel. Le grand Otis offrit même à James un cadeau en reprenant « Papa's Got a Brand New Bag » au Whiskey A Gogo, le 8 avril 1966 *.

Ces constructeurs que James et Otis célébraient représentaient le nouvel homme noir, amoureux, fort, capable de changer l'univers. Partout, dans le pays, des héros se levaient comme ceux que Brown avait connus enfant.

HISTOIRE DE JAMES MEREDITH.

Les milices du Sud ont interdit l'entrée de l'Université à l'étudiant noir James Meredith. Le président a dû envoyer l'armée

* Il gravera sa version studio deux ans plus tard.

afin de l'escorter jusqu'à la salle de cours. Le garçon a réussi à intégrer la prestigieuse vieille institution, mais ce brillant sujet ne s'est pas arrêté à une simple victoire. Depuis, il essaie d'inciter les Noirs à s'inscrire sur les listes électorales. Au cours d'un marathon appelé « la marche Meredith contre la peur » — il s'est coiffé d'un casque colonial et a brandi une canne africaine —, comme un pèlerin, il a parcouru la campagne, mais un inconnu lui a tiré plusieurs balles dans le dos. Il a survécu, mais sa mésaventure a provoqué une indignation nationale...

James Brown partagea l'émotion nationale devant un acte aussi lâche et chercha à aider le jeune homme. Cette tentative de meurtre avait propulsé brutalement le chanteur dans un monde injuste. Il ne l'avait jamais ignoré, mais il avait réussi à s'arranger avec lui grâce à ses succès. Devait-il malgré tout continuer à jouer, chanter, sans y impliquer son corps et sa parole ? Il revenait au brasier noir, au terreau. Le monde lui était insupportable, et qu'il fût parvenu à l'apprivoiser ne changeait rien à l'affaire. Des émeutes éclataient un peu partout, le pays dérivait du Nord au Sud, agité par ses pulsions raciales. Le problème débordait des frontières du Sud.

James rendit donc visite à James Meredith, parla longuement avec lui, l'assurant de son soutien.

Il choisit ses dates et ses lieux en fonction des différentes protestations et de leur parcours. Il plongea dans une mêlée bouillante, divisée entre violents et pacifistes. À la douceur de Martin Luther King, s'opposait la virulence de Stokely Carmichael, le leader flamboyant des Black Panthers, celui qui lança le slogan « *Black Power* », enflammant du même coup les ghettos. Né à Trinidad, en 1941, ce fils de charpentier mourrait en 1998 à Conakry (Guinée), terre de ses ancêtres, à l'âge de cinquante-sept ans. Le pasteur Jesse Jackson prononcerait un éloge passionné du héros « américano-africain ». Mais James se sentirait toujours plus proche de King, car il refusait de cautionner le meurtre. En réponse, Stokely affirma combien les positions pacifistes du chanteur, très écouté de la jeunesse, étaient dangereuses pour son mouvement. Cette popularité accordait à James une grande responsabilité, un devoir moral, et l'exposait à tous les dangers. L'auteur de « Please Please Please » mesurait bien son pouvoir, mais ne tenait pas à le gaspiller. Au lieu de brandir le poing, il souhaitait mettre au service de ses frères ce qu'il avait appris de la nation. Que pouvait-il espérer de mieux, dix ans après ses débuts ? Il avait obtenu fortune et reconnaissance, chassé le souvenir de la cabane au fond de la forêt, le bordel de sa tante et, pourtant, une rancœur l'agitait. Il n'avait pas oublié ses humiliations scolaires. Aucune réussite, si grande fût-elle, ne pouvait effacer l'ignorance ni compenser le manque d'instruction. James avait surmonté la barrière, sans toutefois remplir ce vide qui grondait au fond de lui, surtout au moment de rencontrer les édiles politiques. Il songeait alors aux malheureux des ghettos privés de leur droit le plus élémentaire en raison de la couleur de leur peau noire. Les injustices alimentaient leur violence. Pour devenir le bâtisseur de « Man's Man's Man's World », il fallait de l'instruction. Un bon citoyen ne devait jamais abandonner ses études.

Aussi accomplit-il en écrivant « Don't Be a Drop-Out » son premier acte politique.

« Il se présente à un travail
Et Mr Man dit :
Sans éducation
C'est comme si vous étiez mort[4]*. »

La chanson, enregistrée en Caroline du Nord (à Charlotte), toucha tant le public que James décida de l'envoyer au vice-président Hubert Humphrey. Le bon démocrate gravitait dans le corridor politique depuis les années 1950 sans avoir jamais occupé le Fauteuil suprême. Il avait traversé l'après-guerre au Sénat avant de devenir la solide doublure de Lyndon Johnson, en 1964. John Kennedy avait trouvé la mort, l'année précédente, et une nouvelle ère avait paru s'ouvrir. Humphrey séduisait la population, sans doute plus accessible, caché dans l'ombre de la Maison-Blanche et de Lyndon qui, s'il avait paraphé la fin de la ségrégation, avait aussi commis l'erreur impardonnable d'envoyer plus de GI au Vietnam. Humphrey n'avait pas encore les mains souillées. Il s'était engagé en faveur de l'éducation. « Restez à l'école ! clamait-il, Ne soyez pas un *drop-out* ! », c'est-à-dire « un élève en rupture ». Il écrirait des lettres afin de mettre en garde ceux qui seraient tentés d'abandonner. « Une telle décision vous mènera à la frustration et à la déception. Les machines remplaceront de plus en plus la main-d'œuvre non qua-

* *« Said he went for a job*
And Mr. Man said
Without an education
You might as well be dead. »

lifiée », répétait-il. La communauté appréciait un tel discours.

Suivant l'exemple du politicien, les musiciens de Stax — Otis Redding, Eddie Floyd, Booker T, Steve Cropper — envisageaient de se mobiliser (un disque paraîtrait d'ailleurs en 1967). Ray Charles écrira même : « J'avais foi en lui. Humphrey était du bon côté — le côté des Noirs — depuis le début. Il était sincère, direct et correct. Et c'est beaucoup pour quelqu'un de son métier. Quand il est mort, nous avons perdu un véritable ami [5]. » La disparition de Humphrey, en 1978, provoqua une émotion qu'on a peine à imaginer aujourd'hui, surtout pour un politicien de l'appareil. Son corps fut exposé dans la Rotonde, à Washington, et le florilège du monde politique assista à ses funérailles. Le président Jimmy Carter prononça l'éloge funèbre : « À chaque époque, la nation est bénie par des hommes et femmes qui portent la marque de la grandeur, qui nous aident à avoir une meilleure vision de ce que nous pouvons devenir. Hubert Humphrey était un tel homme. » James Brown dira lui aussi qu'il avait rencontré un « homme bien, proche du peuple ».

Il se rendit alors dans les écoles, expliqua aux élèves son sentiment, les avertit du danger qui les guettait si d'aventure l'envie leur prenait de déserter le collège, consentit à donner de l'argent. Les journalistes le suivirent même au cœur du ghetto de Watts dont les incendies, allumés l'été précédent, fumaient encore. Quelle portée avaient ces messages éducatifs alors que les affrontements ne paraissaient pas vouloir diminuer ? Accusé d'aviver les tensions, Stokely Carmichael fut appréhendé en septembre 1966. James sentait qu'il avait son rôle à jouer parmi les édiles. Les démocrates raisonnaient en Blancs et Martin Luther King n'appartenait pas à la rue. Plus réel, le chanteur des Famous Flames avait grandi à l'air libre, sans protection. Ce passé difficile, estimait-il, l'avantageait, comme il l'expliquait à Hubert Humphrey au téléphone. Le vice-président l'écoutait. Une amitié avait commencé à les rapprocher.

James l'avait rencontré en octobre à la Maison-Blanche. Pour la première fois, il franchissait les portes suprêmes, songea certainement de nouveau à son enfance misérable et au mépris dont il avait été l'objet. Naître dans une cabane sans eau ni électricité et, quelques années plus tard, investir le sanctuaire, le siège du pouvoir ! Jamais le père Joe n'aurait pu imaginer un tel destin pour son fils, ni les clients de la tante Handsome. Le vice-président le félicita. James ignorait alors quelle sorte d'obstacles il devrait affronter, surtout lors des grandes émissions de télévision. Invité une nouvelle fois à participer à l'« Ed Sullivan Show », il ne put y interpréter « Don't Be a Drop-Out », mais évoqua la campagne en faveur de l'école, sous une photo de Hubert Humphrey. Le chanteur devait se méfier car les politiciens commençaient à le courtiser. Il fut ainsi surpris de voir le gouverneur républicain Nelson Rockefeller et le sénateur Jason Javitz grimper sur la scène de l'Apollo en novembre 1966 et lui serrer la main. James n'était pas dupe. D'ailleurs, il se moquait bien des couleurs politiques, se souciant avant tout de délivrer son message, et peu lui importaient les destinataires. Il semblait alors plus grand que jamais, adulé, comme une idole, à la voix portante. Le lyrisme et l'électricité l'enveloppaient. Cette orgie funk durerait au moins quelques années, une bonne partie de la décennie suivante. Et ces temps sauvages, James Brown en était l'incarnation satanique et empourprée.

James Brown l'Africain

Travaille, travaille

Le Mouvement des droits civiques avait conduit à la redéfinition du terme nègre, et James Brown à la transformation de la musique. Les progressistes torturaient les vieilles lunes, et le chanteur désossait les anciennes sonorités du Sud jazzy pour sculpter une formidable machine à rythmes et à pulsion, bien loin du blues pleurnichard. Les temps changeaient. Le grand créateur de folk blanc, Bob Dylan, l'avait chanté dans son album *The Times They Are A-Changed* (1964). L'expression prenait tout son sens auprès des âmes opprimées proches de la délivrance. « *Black is beautiful* », entendait-on ici ou là. Le slogan faisait florès à travers le pays. Et Brown entendait bien incarner le nouveau héros. Ce qui était étrange, c'était la cohabitation du Noir flamboyant et de l'expression funk dont l'utilisation commençait à courir sur toutes les lèvres. Maceo Parker se rappellerait comment les parents noirs avaient l'habitude de crier « *funk* » à l'adresse de leurs enfants, comme une insulte, et que ces mêmes gosses, une fois dans leurs écoles, rassemblaient leurs guitares, et s'amusaient à jouer de manière « *funky* », selon leur propre terme, c'est-à-dire fortement dynamique. Le saxophoniste alto y verrait un fossé entre les générations et, plus tard, beaucoup d'ironie quand James Brown élèverait le funk à l'universel et couvrirait d'or les anciens parias. Maceo et les autres prendraient une éclatante revanche.

Quand ils écoutaient James, les adolescents noirs éprouvaient toutes les peines du monde à contenir leur émotion. Dès la première flambée de cuivres, ils dansaient, escaladaient la scène, accomplissaient des mouvements suggestifs. Un concert, à l'auditorium municipal, à Kansas City, dégénéra en émeute car la police appréhenda une vingtaine de spectateurs qui s'étaient comportés de façon obscène. Le *New York Times* rapporta l'incident. Des bandes lancèrent des projectiles sur les forces de l'ordre. James Brown fut accusé d'avoir exalté la foule par ses mimiques obscènes, surtout les filles, au premier rang, lancées dans des tournoiements, auxquels de jeunes hommes s'étaient mêlés, et la ronde avait dégénéré. Arrestations, polémiques, émeutes...

Les tumultes n'atteignaient pas Brown dont l'orchestre ressemblait à une armée compacte, bouillante, hostile au puritanisme, plus forte que la société. La Revue secoua l'Angleterre, grande terre du rock. Les reporters de l'*Observer*, du *New Musical Express*, du *Daily Mirror* suivaient le danseur à la trace. À la fois fascinés, choqués et admiratifs, ils ne cessaient de revenir sur les origines pauvres de James, son exceptionnel parcours, et d'égrener ses biens matériels, étalés au grand jour avec une certaine indécence.

Les observateurs pouvaient croire les musiciens en parfaite communion. Pourtant, la fortune et la gloire gâchaient leur bonheur. Elles éloignaient James. Son équipage — valet, tailleur, chauffeur, coiffeur, gardes du corps —, qui fascinait tant les Anglais habitués à leur voyoucratie rock, le séparait du monde. Recevoir les chanteurs soul comme Brown ou Solomon Burke, et leur garde-robe colorée, équivalait à dérouler le tapis rouge sous les pas des princes.

Et tout prince qui se respecte méprise ses sujets. Bobby Byrd avait cru pouvoir étouffer ses rancœurs mises en sommeil depuis dix ans. Il jouait, composait, aimait Vicki, mais ne reconnaissait plus son ancien ami de Toccoa et s'en irritait. Il recherchait cette complicité qu'une longue histoire commune avait créée pour toujours et déchantait. James souffrait d'amnésie, se révélait un esprit fermé, oublieux du passé, tourné vers le présent, le moment, obsédé par sa propre personne. Bobby essayait en vain de ranimer les souvenirs ou une vague reconnaissance chez le Maître. Ne l'avait-il pas délivré de la prison, accueilli au sein de sa famille ? Depuis le début, il participait à l'aventure, sacrifiait sa propre carrière au profit du *hardest working man*. Et, au lieu de le remercier, James traitait Byrd comme un vulgaire larbin ou, pire, manifestait à son endroit une certaine indifférence, lui infligeait des amendes injustes pour le moindre manquement aux règles fixées.

Les autres musiciens ne partageaient pas le même vécu, mais peinaient eux aussi à suivre le mouvement, à comprendre le dictateur. Maceo s'était mis au service du royaume et tentait de satisfaire le chanteur qui n'indiquait jamais ses souhaits, exprimait son courroux si tel solo ne convenait pas, et se gardait bien d'adresser compliments et fleurs. Aucun des vingt pions ne se rebellait. Le grand ensemble les fondait en une coulée de bronze fusionnelle, magnifique, comme aucun grand orchestre noir n'y était jamais parvenu. *Black is beautiful* ou *Black Power*. Car, plus que la frustration, primait la fierté d'appartenir à la plus fantastique machine à sons du XXe siècle, et qui portait la couleur noire.

Devant, flamboyait le magnifique Pee Wee Ellis, devenu le phare de la Revue. Cet émule de Miles Davis et de *So What* dirigeait les musiciens avec brio, réduisant l'influence de Nat Jones. James avait confiance en ce brillant artiste. Un soir, au moment de monter dans le bus, le chef aborda Pee Wee et lui exposa une idée. Il mima quelques rythmes à l'aide des mains et de la bouche. « C'est une ébauche, dit-il, vois ce que tu peux faire avec ça ! » Le véhicule partit, et Pee Wee travailla pendant la durée du voyage, entre New York et Cincinnati, ce qui deviendrait « Cold Sweat ». Il n'ignorait rien du privilège que lui avait accordé Brown. Sa première contribution directe au répertoire. Il rejoignit le bouillonnement humain des transhumances, là où une partie de la musique brownienne était forgée.

Personne ne dormait jamais sur la route. Le sommeil demeurait une belle chose inutile. Chaque musicien, dans le secret de sa nuit ou en groupe, réfléchissait à de nouveaux rythmes. La plupart savaient que le patron acceptait volontiers les idées et espérait en tirer bénéfice. L'émulation abolissait la fatigue et plaçait l'orchestre à un niveau supérieur. Les membres connaissaient leur travail, glissaient dans cet étroit espace de liberté que leur ménageait James Brown. Nul ne savait quelle surprise le jeu sonore, les fantaisies leur réserveraient. Pee Wee s'attendait à ce que le résultat final fût différent de sa première ébauche, et il l'acceptait, soumis à la douce tyrannie de l'improvisation et du collectif vers lesquels tendait complètement la Revue. Un compositeur devait d'abord mettre en avant la basse, comme phare éblouissant du morceau, puis loger autour une vague structure assez souple pour être démolie, pulvérisée au gré des circonstances. Le guitariste Jimmy Nolen et ses collègues répétaient alors un motif des plus rudes, sans dévier de cet état lancinant et hypnotique. Le résultat allait souvent au-delà de leurs espérances. James y voyait un signe divin. La musique ruait, se cabrait comme un cheval sauvage qu'il essayait de contrôler avec ses rênes, et le public plongeait dans des transes incroyables. Celui qu'on appelait désormais le *soul brother number one* célébrait une messe noire.

James se montrait particulièrement dur envers les batteurs, pourtant excellents : Clyde Stubblefield et John Starks formaient un duo de rêve, condamnés à la perfection, et même mieux que cela, ils subissaient une tension extrême. Car s'ils manifestaient la moindre faiblesse, tout l'édifice, fondé sur le rythme, s'écroulait. James s'efforçait de les maintenir en état de sentinelles comme un gardien de prison qui réveillerait un détenu à chaque heure de la nuit. Parfois, il remplaçait Clyde ou John sans raison apparente, engageait un batteur extérieur pour une session de studio, espérant introduire un nouveau souffle, un autre son. Ces changements permettaient de secouer les salariés titulaires, afin qu'ils ne se sentent pas propriétaires de leur place. La pression savamment distillée forçait les artistes concernés à requérir une attention de tous les instants. James ne cherchait pas, trouvait une idée, l'exposait à ses musiciens, et le groupe l'expérimentait. Il dirigeait ses hommes avec autorité, modelait les âmes comme il l'entendait, selon ses propres souhaits. Lorsqu'ils suivaient les directives, même les accompagnateurs néophytes se mettaient à étinceler.

La méthode se révélait efficace et les récompenses affluaient. « Cold Sweat », enregistré pendant l'année 1967, marqua une étape supplémentaire, sorte d'épopée funky, infinie comme un océan (1er au classement rhythm and blues, 7e en pop). La lenteur, la répétition, la voix de James provoquaient l'exaltation. Jerry Wexler, producteur d'Aretha Franklin, rapportera combien cette musique affectait les musiciens et les mettait dans une sorte d'état second, partagés qu'ils étaient entre l'admiration et le scepticisme[1].

James se moquait de ses concurrents. Il avançait, épuisant les hommes qui œuvraient dans son ombre. Nat Jones, exténué, démoralisé, quitta l'orchestre. Un pion valsait, un autre se tenait prêt. Le patron ne chercha pas longtemps son nouveau directeur musical et désigna Pee Wee Ellis dont il appréciait la sérénité, l'autorité. Ce choix manqua de susciter quelques remous au sein de l'orchestre. Des musiciens, plus anciens, auraient pu s'estimer mieux placés que Pee Wee, arrivé seulement durant l'hiver 1966. Mais personne ne protesta car nul ne se serait avisé de contester les décisions du patron. Quant à Ellis, le saxophoniste, il bénéficiait d'une splendide aura. Ses collègues l'aimaient et le respectaient.

Nat avait allumé ses derniers feux au Latin Casino à Cherry Hill (New Jersey). Pee Wee se mit au travail, confronté à l'œuvre monumentale de Brown qui sortit en mai l'album *Live at the Garden*, des titres, « Let Yourself Go » et « Bring It Up », deux succès supplémentaires à ajouter à une longue liste. Ces ouvrages parurent chez King, malgré les menaces répétées de Brown contre un label qu'il ne cessait de vouloir quitter sans y parvenir, en raison de sa liberté nouvelle. Syd Nathan, malade, se retirait peu à peu du mouvement. Brown, en pleine vitalité, vibrait et vivait sa splendide jeunesse.

Presque en haut de la montagne

C'était le temps des jeunes gens en bonne santé, le temps des figures africaines, noires et magnifiques. James Brown avait vu dans le boxeur Mohammed Ali, poids lourd magique, double champion du monde contre Sonny Liston (25 février 1964), imprécateur poétique, un miroir de sa propre utopie. Les deux hommes avaient assisté côte à côte à l'enterrement de Sam Cooke et s'estimaient. Les diatribes d'Ali brassaient fierté noire, volonté, mise à mort, corrida, toute la flamboyance du nouveau héros africain que James espérait devenir. Le *hardest working man* conservait une fascination pour le combat des corps et regrettait de ne pouvoir participer aux joutes. Mohammed était aussi un danseur, un esquiveur, un homme en colère, l'homme dionysiaque et nietzschéen dans sa splendeur ultime. Il avait vu en Mohammed un allié qui l'aiderait à mener sa campagne en faveur de l'école. La communauté idolâtrait le gladiateur comme autrefois elle avait chéri le grand Joe Louis ou Beau Jack. James ne lâchait rien. Sa chanson « Don't Be a Drop-Out » avait été distribuée à la jeunesse, et Hubert Humphrey continuait de dénoncer les « élèves en rupture ».

James Brown et le champion apparurent lors des rassemblements de l'organisation Youth Opportunity Programme, aux côtés du vice-président. Ils signèrent un joli contrat afin de mêler leur sang artistique, associer la musique de l'un et la force de l'autre. Mais le scandale mit fin à l'union sacrée quand Ali essuya les conséquences de son engagement radical. Il avait refusé de combattre au Vietnam, devenu un objecteur de conscience. Il n'avait rien « contre les Viets », affirmait-il. Aucun d'eux ne l'avait jamais « traité de nègre ». Cette dernière affirmation choqua le pays et valut à son auteur une condamnation à cinq ans de prison. Mohammed perdit son titre de champion du monde. Sa carrière paraissait finie. La guerre, à l'autre bout du monde, faisait chavirer le pays. Des incendies éclatèrent dans les villes. À Chicago, les quartiers noirs vomirent à nouveau leur haine, à Detroit, quarante manifestants périrent, les maisons brûlaient tandis que les troupes fédérales patrouillaient le long des rues. Newark sombra aussi : trente-six décès. Des visions d'émeutes hantaient depuis plusieurs années la conscience américaine. Martin Luther King ne parlait plus au président Lyndon Johnson. Le Révérend avait rejoint les rangs des pacifistes. Ses partisans lui reprochèrent de sacrifier les droits civiques au profit d'un combat moins primordial contre la guerre du Vietnam. « Les promesses de la Grande Société sont tombées sur le champ de bataille du Vietnam... », déclarait-il, persuadé — et comment lui donner tort — que les dépenses engagées en Extrême-Orient manqueraient aux pauvres. La presse attaqua le leader noir. Lyndon Johnson, isolé au sein de son parti, pensait que le pasteur l'avait trahi. Il avait soutenu le mouvement noir pendant plusieurs années et, aujourd'hui, face au danger, King l'abandonnait.

James Brown se retrouva ballotté par ces courants contraires. Il affirma toujours s'opposer à la violence. Dans ses Mémoires, il rapporte une discussion sévère avec un leader fanatique, presque homonymique, Rap Brown, qui appelait les Noirs à prendre les armes et encourageait les heurts : « Tu ne comprends pas, affirme-t-il. Tu ne fais que voyager de ville en ville sans rester assez longtemps au même endroit pour comprendre ce qui se passe. Moi, je vais dans les quartiers, je travaille avec les gens. Toute ta connaissance vient de ce que tu peux voir depuis la scène[1]. »

James répondit qu'il avait une assez bonne vue de la position où il se trouvait. Il avait d'ailleurs probablement souffert une jeunesse plus pauvre que celle de Rap. Le chanteur précise qu'après cette conversation rude il regagna sa loge, et Rap redescendit dans la rue.

Sollicités, les musiciens eux-mêmes se livraient à des discussions passionnées. James Brown reçut un appel d'Otis Redding qui lui proposa de fonder une association réservée aux artistes et managers noirs. Une telle union leur permettrait d'échapper à la mainmise des Blancs sur le spectacle, et de lutter contre les escrocs et les exploiteurs. James refusa, craignant de glisser vers une autre ségrégation.

Le pays n'avait pas besoin d'un nouveau système séparé alors qu'il se débattait dans les luttes raciales, et que le spectre de la ségrégation commençait à s'éloigner. Otis comprit et changea de sujet.

Les deux artistes s'approchaient du sommet, conscients de leurs responsabilités, prêts à ravir le commandement noir. Partout où James Brown se produisait, la jeunesse vibrait. Sa tournée européenne, à l'automne 1967, fut un triomphe : Allemagne, Danemark, France, à l'Olympia du 27 septembre au 1er octobre.

Grâce au Maître, une génération noire semblait s'éveiller à la vie, au voyage, à l'aventure. Elle suivait James, elle suivait Otis. Le créateur de « These Arms of Mine » grandissait lui aussi. Sa notoriété avait grandi. Il pouvait conduire la révolte, incarner un autre symbole. En juin 1967, le beau chanteur de « Try a Little Tenderness » et « I've Been Loving You Too Long » participa au grand festival de Monterey, parmi la population hippie. Dans son pull noir, il séduisit toute la jeunesse blanche pacifiste. Il n'avait jamais été un grand danseur, mais sa carrure, son élégance impressionnaient le public. Il vibrait, riait, fourmillait de projets et entraînait son entourage. Ses musiciens l'aimaient et le considéraient comme une figure tutélaire, chaleureuse. Le jeune orchestre adolescent Bar-Keys l'accompagnait avec une joie non dissimulée.

L'euphorie, pourtant, ne durerait pas, dans cette époque incroyablement folle, où les odyssées n'en finissaient pas et pouvaient parfois s'achever tragiquement. Le 10 décembre, l'avion privé, où Otis et ses accompagnateurs avaient pris place, perdu au milieu du froid et de la glace à la recherche d'une piste d'atterrissage, s'abîma dans les eaux léthéennes et noires du lac Monoma, près de Madison. Les passagers disparurent au fond des abysses, dans un grand silence, noyés. Otis aimait s'asseoir devant, juste derrière son pilote, à la pointe du ciel, afin de surveiller l'horizon. Quatre membres des Bar-Keys trouvèrent la mort. Seul le trompettiste Ben Cauley survécut miraculeusement. Le drame affecta tout le monde de la soul, trois ans après le meurtre de Sam Cooke, et la déchéance de Little Willie John qui purgeait ses vingt ans de réclusion au pénitencier de Walla Walla (Washington). James Brown perdait un grand ami. Il se rappela leur dernière conversation, Otis lui avait appris qu'il envisageait d'apprendre à piloter son avion, un Beech 18. James essaya de l'en dissuader, voulant le convaincre de laisser ce privilège aux pilotes. Il savait que son appareil transportait beaucoup de musiciens et une lourde charge de matériel, trop certainement pour un vieil aéroplane qui commençait à accuser le poids des ans. Le chanteur et compositeur de la maison Stax Eddie Floyd évoqua le même souvenir : « La dernière fois que j'ai parlé à Otis, je plaisantais avec lui à propos de la formation qu'il voulait suivre pour obtenir son brevet de pilote. Je n'oublierai jamais ce jour-là : il n'était pas aux commandes, et pourtant, il est mort dans son propre avion. Je peux dire que j'ai perdu mon frère. Nous étions tous deux noirs, et nous ne faisions qu'un[2]. »

Otis laissa un enregistrement posthume, « Dock of the Bay ». Il avait séduit la communauté comme aucun autre chanteur soul auparavant. James Brown mesurait la popularité de son ami et rival. Le 19 décembre, il se rendit à son enterrement, à Macon, et fut assailli par des admirateurs qui allèrent jusqu'à déchirer ses vêtements. Il ne put même pas accéder à la cérémonie privée, car un garde l'en empêcha :

« Mais je suis James Brown !

— Qui est James Brown ? »

Qui est James Brown ? Il fallait donc continuer à bâtir sa statue et à déjouer les pièges de la fatalité — Sam Cooke, Otis... Pourtant, dans ce qu'on a appelé les odyssées infinies, il fallait poursuivre, éviter les pièges, la mort tapie au coin du chemin. James comptait sur sa garde de fer. Le doué Pee Wee Ellis, au saxophone ou au clavier, dirigeait l'orchestre, en bonne communion avec lui. Maceo Parker fermait la marche après quelques mois d'absence afin d'accomplir son service militaire. Affecté, ironiquement, à la caserne d'Augusta, la ville natale de James, il fut, sous les drapeaux, une vraie étoile, précédé il faut le dire par sa notoriété. Il passa deux années dans la soie et, quand il revint, trouva un orchestre au sommet de son art, auréolé de gloire. Le pays vibrait au rythme de « Cold Sweat » (numéro un du classement rhythm and blues) et de « Papa's Got a Brand New Bag », la valeur sûre (peut-être aussi grâce à l'infortuné Otis). Maceo n'ignorait rien des besoins de la nation, empêtrée dans des problèmes intérieurs et internationaux. L'appel à la danse dionysiaque emportait la population, les spectateurs et l'argent affluaient. L'entreprise prospérait.

James avait installé ses bureaux à New York, au 850 de la 7e Avenue. Il savait comment utiliser sa fortune, développer ses succès, heureux de montrer qu'un Noir des quartiers pauvres pouvait éviter le poignard d'une taulière ou un avion trop lourd et devenir un brillant homme d'affaires.

Il acheta à Knoxville (Tennessee) sa première station de radio (75 000 dollars), qu'il relança sous le nom WJBE. Il ne cessait de vanter son acquis, plein de fierté, souhaitait créer une radio destinée aux Noirs. Les Italiens, les Allemands possédaient leurs propres stations ou journaux, mais les « Africains-Américains », comme on disait, étaient privés de cet honneur. La situation allait changer. Les nouvelles ondes porteraient au cœur de la jeunesse colorée les professions révolutionnaires, une irrésistible volonté de vivre. Combien de fois les auditeurs n'entendirent-ils pas les appels à l'indispensable scolarisation des enfants de couleur ! Des débats eurent lieu, orientés vers les questions sociales, appelant au vote, agrémentés de musiques soul, jazz et gospel. La station de James, animée par des Noirs, représentait un sanctuaire idéal. Encouragé, il acheta deux autres radios, WEBB, à Baltimore, et WRDW, à Augusta, et y créa bien des forums politiques, ce qui commençait à en irriter certains. Mais, reconnaîtrait plus tard James, la guerre du Vietnam et les affrontements raciaux ne pouvaient être ignorés ou minorés. Les émissions visaient aussi les nombreux soldats de couleur envoyés au front.

L'empire Brown s'étendait. Premier professionnel noir à posséder une station de radio, James observait avec joie son porte-voix, à quelques kilomètres de l'ancien bordel de sa tante et des trottoirs où enfant il avait traîné, dansé, ciré les chaussures. Les affaires l'excitaient. Il avait appris à bien gérer son argent, sans renoncer à sa morale, veillant à ce que l'équilibre interracial fût toujours respecté. Il ne voulait pas commettre la même erreur qu'Otis : défendre ses frères et rejeter les Blancs.

Malgré sa réussite, il éprouvait une angoisse lancinante. La Faucheuse ne cessait de rôder. Quelques mois après la disparition d'Otis, James apprit, le 5 mars 1968, la mort brutale de Syd Nathan, et cette nouvelle l'affligea au plus haut point. Depuis quelques mois, le patron de King, souffrant de paralysie, ne quittait plus son lit, et une crise cardiaque l'avait emporté. Les deux hommes s'étaient bien souvent querellés, mais l'interprète de « Please Please Please » avait conservé beaucoup d'estime pour l'entrepreneur dont la disparition mettait comme un terme à sa jeunesse. Il assista à l'enterrement de Syd et souhaita poursuivre son œuvre. Aussi proposa-t-il à la famille Nathan de racheter King, marquant surtout un attachement nostalgique à la compagnie de ses débuts. Les héritiers préférèrent confier l'affaire à un certain Johnnie Miller.

Quelques jours plus tard, un autre décès terrassa James : Little Willie John avait péri dans son pénitencier de Walla Walla. Personne ne connaissait les circonstances exactes du drame, savamment étouffées. Quelques voix prétendirent que des détenus avaient tabassé l'auteur de « Fever » et qu'il serait mort des suites de ses blessures. James menait alors une campagne pour libérer le musicien. Il avait même réussi à le sortir de prison, mais, en venant à Los Angeles, Little avait violé son interdiction de séjour et les autorités l'avaient de nouveau enfermé. James avait rencontré un homme désespéré, à bout de souffle, prédisant sa fin prochaine. C'est lors d'une belle nuit à l'Apollo que des amis lui annoncèrent son trépas. James décida sur-le-champ d'enregistrer un album-hommage à celui qu'il considérait comme son frère, *Thinking About Little Willie John and a Few Nice Things*.

Les disparitions de Syd, son « père », et de Little, un « frère », assombrirent davantage encore une période décidément sombre, tandis que les banlieues brûlaient toujours. Ces deuils rendirent James Brown encore plus combatif en hommage aux vaillants martyrs de la soul, Sam, Otis, Little... Les génies mouraient, et le pouvoir se montrait toujours aussi inflexible. Le chanteur d'Augusta, plus politisé que ses trois amis sacrifiés, accrut son engagement. Il tentait de concilier sa non-violence et son dégoût de la brutalité prônée par le gouvernement.

Bien qu'il ne soit pas d'accord sur beaucoup de points avec Rap Brown, il partageait avec lui et les Noirs les plus radicaux une belle utopie : le retour vers l'Afrique tant désirée, le sanctuaire de la force noire indestructible. Un bref voyage en Côte d'Ivoire effaça légèrement les peines de James. L'ancien délinquant juvénile découvrit un fabuleux continent, un beau pays, et une population « pleine de fierté et de dignité[3] », qui appréciait sa musique. Il avait toujours rêvé ce retour vers la terre originelle et l'accomplissait enfin. Il n'y séjournerait pas longtemps, mais se promit d'y retourner souvent, effrayé à l'idée de regagner son pays en guerre.

5 AVRIL 1968

ASSASSINAT DE MARTIN LUTHER KING À MEMPHIS.

Quelques années après Malcolm X, le Mouvement des droits civiques est de nouveau frappé durement : le révérend Martin Luther King, apôtre de la non-violence, a été abattu à Memphis hier, le 4 avril, sur le balcon du Lorraine Motel où il se trouvait en compagnie de Jesse Jackson. On s'attend à une vive réaction de la communauté noire.

Le drame atteignit l'idole presque sur scène. James pensa annuler le concert qu'il devait donner le lendemain, à Boston, ville conservatrice, européenne et blanche. Mais le maire supplia Mr Dynamite de revenir sur sa décision, proposant même de diffuser la soirée à la télévision afin d'apaiser la colère qui avait embrasé les ghettos. Le Godfather accepta. Toute sa vie, il avait cédé aux édiles pour mieux manifester son pouvoir, comme un jeu enivrant. Un témoin, présent ce soir-là, l'écrivain Peter Guralnick, a rapporté cette agitation dans son livre *Sweet Soul Music*. La télévision éducative WGBH avait décidé de retransmettre en direct le spectacle, ignorant tout du musicien, mais effrayée par les rumeurs de guerre civile. Les radios appelaient les habitants à rester chez eux où les attendait « le formidable concert de James Brown ». Arrivé à 20 heures au Boston Garden, Guralnick aperçut le maire Kevin White, écouta sa « présentation guindée » entouré de « nombreux dignitaires locaux visiblement mal à l'aise ». Il remarqua la salle vide. James prit la parole, évoqua sa jeunesse, son parcours depuis le temps où il cirait les chaussures, sur les marches mêmes d'un bâtiment que plus tard il achèterait. Aujourd'hui, il possédait une station de radio et y diffusait du rhythm and blues. L'écrivain rapporta ce témoignage : « "C'est cela le *Black Power*". L'artiste dansa, chanta, mais apaisa les flambées du jeune public. "Calmez-vous ! Quand je vous vois, j'ai honte de ma couleur. J'ai honte d'être noir. Si personne ne respecte les gens de ma couleur, je ne sais pas où nous allons."… Dans les rues de Boston, et dans les rues de Washington, où il se produisit le lendemain soir à l'invitation du vice-président, tout était calme, et sur le moment, James Brown était vraiment le roi [4]. »

Guralnick affirme que le concert de Boston fut la fin de son implication directe dans la soul music : « Bien sûr, j'allais de temps en temps au concert, je passais à la boutique de disques de Skippy White et j'achetais bien évidemment toujours des disques — mais l'atmosphère avait changé, une certaine hostilité flottait dans l'air qui, même si j'avais toujours été très attentif à ce qui se passait, n'avait jamais eu autant de résonance qu'auparavant [5]. »

Enfin, Guralnick confie aussi dans ces lignes son propre chagrin après la mort cruelle d'un homme bon, une promesse tuée « tant pour nous autres Blancs que pour n'importe quel Noir ».

À quoi servait donc la non-violence ? James Brown regretta de ne plus être en Afrique. Mais il se sentait plus utile chez lui et aimait toujours les États-Unis, même si des criminels y tuaient sans raison les leaders justes. Le « meilleur ami de l'Amérique », disait-il, venait de disparaître, et le chanteur voyait bien que personne ne s'en rendait compte. De nouvelles flambées menaçaient les ghettos, et la haine risquait de dégénérer en guerre civile. James possédait la stature morale et les moyens pour empêcher des drames. Il mobilisa ses stations de radio, à Knoxville, et y exhorta les Noirs à garder leur calme. Le gouvernement l'encouragea à répéter ses conseils et l'invita à Washington DC. Devant les caméras, James ne cessa de lancer des appels au calme, devenant une sorte de figure morale, d'apôtre de la paix. Jamais il n'aurait autant l'impression d'influer sur le destin national que lors de ces journées cruciales. Des journaux comme le *Washington Post* relayèrent son discours et en firent l'éloge. Dès cet instant, James franchit les portes longtemps fermées et fut l'objet des honneurs les plus inattendus : le maire de Washington lui offrit les clefs de la ville et il fut invité à dîner à la Maison-Blanche avec le président Johnson et Hubert Humphrey. C'était comme un rêve, l'un de ces songes fabuleux auxquels James enfant n'aurait jamais osé croire : il devenait le sauveur du pays. Pendant ces journées, il vécut ce que ni Sam Cooke, ni Otis, ni le pauvre Little Willie à la réputation flétrie n'avaient eu la chance de connaître. Le pays se rassemblait autour de lui par un étrange phénomène surnaturel. Livré au délire national, le musicien, au milieu du vertige, avait endossé la cape de Superman, celle du patriote ultime. Il se consacra à sa mission, sincèrement, entama la période la plus contestable de son existence, celle qui mènerait, bien des années plus tard, au ridicule *Living in America*. On rapporte qu'il envisagea même de guerroyer en Orient afin de secourir la nation. En étudiant son parcours, une dualité aussi étrange entre la lutte intérieure antiraciste et sa surprise, presque enivrante, de devenir le garde-fou noir, le Messie contre la chienlit, n'étonnait pas ses proches. Né pauvre, méprisé, il n'en revenait pas de parler au pays. Le pouvoir exercerait toujours sur lui une trouble fascination, provoquerait une dérive droitière, et le condamnerait à slalomer entre ses propres contradictions, sans craindre la palinodie, loin de tout romantisme.

Cette ferveur l'emmena même jusqu'au Vietnam. James décida d'y chanter, se moquant bien des prises de position de la gauche et du camp démocrate. Les soldats, épuisés, déploraient la défection de l'acteur et humoriste Bob Hope *. Le commandement envisageait d'envoyer à sa place l'éternel baladin country ou le musicien « oreo-cookies », surnommé ainsi par allusion à ces biscuits noirs au-dessus et blancs à l'intérieur. Les militaires « africains-américains » craignaient de devoir applaudir un Oncle Tom prostitué. Les flambées de

* Acteur et producteur (1903-2003), son nom reste associé à l'*entertainment* américain.

Martin Luther King flottaient dans les campements noirs. Quand l'état-major prononça le nom de James Brown, les soldats se réjouirent. L'insoumis chanteur funk incarnait leur fierté, transportait puissance et gloire. La plupart des grands musiciens de rock de l'époque rechignaient à jouer là-bas, mais le Godfather n'hésita pas une seconde.

Au mois de juin, il arriva en petit équipage car l'armée l'avait prié de ne pas emmener tout son monde par souci de sécurité. Seuls effectuèrent le voyage Jimmy Nolen, Clyde, Waymond, Maceo, et le Blanc Tim Drummond, à la basse, qui contracta une hépatite. James avait invité une chanteuse de Kansas City, Marva Whitney, en remplacement de Vicki Anderson. La belle recrue au puissant tempérament l'avait séduit jusqu'à devenir sa nouvelle fiancée. Aussi lui avait-il proposé de l'emmener. Marva, de son côté, clamera plus tard : « J'étais libre, célibataire, désengagée ! »

Et elle faisait confiance au Godfather nommé provisoirement lieutenant-colonel. Ni elle ni lui n'oublieraient les visions de la guerre, les immeubles détruits, les cratères le long des routes. Saigon tremblait sous les bombes. Le chanteur et l'orchestre descendirent au Continental Hotel, à quelques mètres du palace présidentiel, un immeuble noir criblé de balles comme un moribond glorieux. Les musiciens évitèrent d'ouvrir fenêtres et volets, d'allumer les lumières, craignant les snipers disséminés dans la ville. Des partisans trahissaient les alliés américains, et la cité s'étendait devant eux, menaçante, ténébreuse, vidée, la nuit, par le couvre-feu.

Au milieu de ces déflagrations, la musique paraissait déjà vaincue. James avait prévu de jouer trois fois par jour, en fin de matinée, pendant l'après-midi et le soir assez tôt. Il voulait parcourir les campements militaires, mais voyagea à bord d'un vieil avion bringuebalant qui laissait derrière lui une traînée de fumée blanche.

L'équipée lui inspirait bien des débats intérieurs. James ignorait si Martin Luther King et les militants des droits civiques auraient apprécié son engagement auprès des troupes. Il entendait les récriminations, mais répondrait que de nombreux soldats étaient leurs frères et qu'ils méritaient, peut-être avant de mourir, d'écouter sa musique, de le voir, d'entendre ses encouragements. Un sentiment patriotique surprenant portait le Godfather et se propageait aux autres membres du groupe. Maceo vibrait lui aussi alors qu'il songeait à quitter l'orchestre, fatigué et désireux, secrètement, de fonder son propre ensemble. Il se rappellerait avec bonheur leurs concerts sur les bases militaires et l'émotion qu'ils en retirèrent, malgré une organisation sauvage, des débordements incontrôlables et des autorités parfois hostiles. Il faisait une chaleur étouffante. James plaçait des serviettes dans des réfrigérateurs, permettait à ses musiciens de se vêtir légèrement. Marva se plaignait de son maquillage qui dégoulinait et qu'il fallait refaire sans cesse. Elle coiffait le Maître et le veillait comme une mère, puis se soumettait aux dangereux aléas de la route.

Le groupe voyageait dans un bus fermé, avec des fenêtres grillagées pour stopper les grenades que des résistants lançaient depuis la route. Ils essayaient de trouver le sommeil la nuit tandis que les bombes au loin secouaient la terre.

Puis, le convoi s'arrêtait, et l'orchestre montait sur une estrade, devant les milliers de soldats américains, à Saigon, sur la Tan Nhut Air Base. Malgré la touffeur tropicale, James sautait, dansait, sous l'œil vigilant de son médecin prêt à intervenir en cas de malaise. Pendant ces soirées guerrières, l'orchestre étincelait comme jamais dans l'air poisseux et tendu, jouant « I Got the Feeling », « Papa's Got a Brand New Bag », « Cold Sweat »... Marva, en sueur, dandinait son postérieur, opulente, débordante d'énergie, exaltait la foule en plein soleil. Chacun de ses mouvements ou déhanchements soulevait une clameur formidable. James prétendra même — toujours enclin à enjoliver sa légende — que les ennemis au loin, fascinés, l'écoutaient jusqu'à oublier de tirer. Les soldats noirs applaudissaient, hurlaient, entre drogues et alcools, réservaient même un bel accueil au seul Blanc de l'orchestre, Tim Drummond, dont la présence plaida davantage en faveur de la mixité que tous les grands discours.

Puis, la Revue repartait en hélicoptère. Les musiciens se hâtaient. Un jour, des balles touchèrent l'appareil. Dès que la machine se posait, Waymond, Maceo, Tim, Marva, James couraient à toutes jambes sur le tarmac afin de se mettre à l'abri. Ils jouèrent dans plusieurs bases, Phan Rang Air Base, Bear Cat... Des milliers de soldats vinrent les applaudir, formant des cibles de choix. Parfois, au cœur d'un solo, une explosion transperçait et secouait la musique, une fumée s'élevait dans le ciel. Le funk triomphait, mais la défaite approchait. « Ce soir, clama James, sera ma dernière nuit. » La tournée s'achevait. James et les autres se sentirent soulagés même si le magazine *Ebony*, en août 1968, écrivit : « Brown veut retourner là-bas et presse les autres artistes soul de se rendre au Vietnam. »

Les contempteurs du chanteur reconnaîtront toujours au despote arrogant un certain courage et un esprit combatif jamais pris en défaut. Le Vietnam ajouterait à la légende de James Brown, celle « des artistes de guerre ». Il avait pris part à la Grande Histoire et ne souhaitait pas arrêter son effort.

De retour au pays, il décida de prolonger son engagement physique, esthétique et moral en soutenant la campagne de son ami Hubert Humphrey, surnommé le « guerrier heureux », qui briguait l'investiture démocrate. Il avait confiance en ce « grand homme », malgré son appui à cette horrible guerre, et comptait bien l'aider à gagner des élections difficiles. Les républicains avaient une bonne chance de l'emporter, emmenés par leur champion, Richard Nixon, qui ne semblait pas se soucier du problème noir.

James suivit Hubert Humphrey dans les quartiers torrides de Watts. Il grimpa sur la scène, devant les habitants, et parla sans se tourner une seule fois vers le politicien blanc :

« Nous aimerions savoir ce que l'on va faire pour les Noirs. Je ferai des propositions à l'homme qui se tient à ma droite, et je verrai sa réponse. Le Noir peut être propriétaire dans plusieurs domaines. Il faut donner une priorité absolue à la construction de logements pour les Noirs pauvres afin qu'ils n'habitent plus les taudis de ma jeunesse... »

Même le cœur le plus endurci n'aurait pu rester insensible à l'expression « taudis de ma jeunesse ». James n'avait cessé d'y songer et il avait rédigé ce discours, la tête pleine de son enfance misérable. Il poursuivit :

« Deux, nous voulons des hôpitaux où on ne laissera pas les Noirs saigner jusqu'à la mort avant d'être admis aux urgences comme cela se passe aujourd'hui, et je n'exagère pas. Trois, nous voulons nos banques à l'intérieur des communautés noires. Nous ne voulons plus aller *downtown* pour chercher de l'argent dans les banques blanches. »

Il savait que le ghetto noir d'Augusta, avant le crash, avait abrité une ville idéale, avec des bars, restaurants et banques. Mais cet âge glorieux avait disparu :

« Quatre, nous avons besoin d'hôtels dans les zones noires. Nous voulons les construire pour que nos amis noirs puissent nous rendre visite. Personnellement, je mets ma confiance dans le candidat qui nous aidera à accomplir ces objectifs. Je ne donne pas mon appui au parti, je le donne à un homme[6]. »

Comme Martin Luther King autrefois, James Brown commençait à voir le sommet de la montagne.

Un patriote fier d'être noir

À la fin de ses spectacles, il chantait « Please Please Please » et sacrifiait, depuis des années, à la même mise en scène. Il la jugeait trop systématique, mais se sentait bien incapable d'y renoncer. Il s'agenouillait, ses aides le recouvraient d'une cape de boxeur, et la foule applaudissait. James Brown demeurait le meilleur. Dans son autobiographie[1], le grand guitariste de blues BB King écrit : « Certains ont dit que j'avais travaillé ma présence scénique. J'ai pris cela comme un compliment, même si je n'étais pas sûr de comprendre ce que cela signifiait… Mais je ne pourrai jamais bouger comme Rufus Thomas ou James Brown. »

Le public touchait à l'extase. Le service d'ordre tentait de contenir les débordements. Un jeune homme, né à Minneapolis le 7 juin 1958, partageait le bonheur général. Il se nommait Prince Rogers Nelson, bientôt célèbre auteur funky du fameux « Purple Rain » (1984). Il a raconté à la journaliste de *L'Express* Paola Genone sa rencontre : « Mon père m'a fait découvrir James

Brown, l'homme qui a forgé mon identité musicale. J'avais dix ans lorsqu'il m'a emmené à l'un de ses concerts. J'étais si exalté que je suis monté sur scène et me suis mis à danser, à côté de James Brown. Ses gardes du corps m'ont expulsé, mais finalement mon idole m'a accueilli dans sa loge et m'a présenté ses choristes, dont je suis tombé amoureux[2]. »

Comme le jeune Nelson, le monde se trémoussait en rythme. À chaque sortie, le *soul brother number one* créait les danses modernes, *the boogaloo*, *the funckey chicken*, *the old James Brown*, *the mashed potatoes*, *the camel walk*, *the soul train*... L'athlète ne perdait jamais l'assiette. Seuls les pieds bougaient. Il aimait bien aussi *the robot* : les chaussures collées au sol, le danseur avançait en imitant l'automate, avec des gestes saccadés. Cette habileté réclamait un travail intense, exigeait la concentration de l'orchestre qui accompagnait ses mouvements et appliquait une rigoureuse discipline. À mi-chemin du sport et de l'harmonie, James imposait des règles drastiques, interdisait le whisky et la drogue dans les loges. Le contrevenant s'exposait à de lourdes sanctions, voire au licenciement. Bien sûr, le chef aimait vanter sa conduite irréprochable, une manière d'afficher le sérieux de son entreprise et d'inspirer confiance au pouvoir et aux Blancs.

Presque inconsciemment, à la tête de sa petite armée, il avait commencé à faire pencher sa musique du côté du consensus. Sa nouvelle chanson « America Is My Home », sortie en 1968, où il égrenait les avantages et offrandes dont le pays l'avait gratifié, visait à réduire la fracture entre les publics, les races, les édiles. Elle voulait rendre familier son chant noir tournoyant, mais surprit ses amis, et la généreuse profession de foi ne trouva pas facilement son public (13e place au classement rhythm and blues, et 52e au classement pop). Le désir de reconnaissance universelle avait étourdi l'auteur de « Please Please Please », plus crédible dans la peau du méchant ou du boxeur plutôt que ceint glorieusement du drapeau étoilé, comme un homme politique en période électorale désireux de cumuler le plus grand nombre de voix. Comment ne pas l'imaginer furieux, après ce qui vient d'être énoncé, quand il découvrit en titre la question du magazine *Look* : « Est-il le Noir américain le plus important du pays ? » Le journaliste, blanc, refusait au chanteur son ambition multicolore. Et pourtant, il était l'un des êtres humains, toutes races confondues, les plus cruciaux d'Amérique, une figure — sacrée ironie — vilipendée du côté noir.

Les mouvements noirs radicaux l'accusèrent de trahison, ses fans craignirent à raison que le nationalisme bon teint affaiblît sa musique. James répondit aux premiers en refusant de prononcer l'expression *Black Power*. Pourquoi se justifierait-il après tant d'années à plaider en faveur de la dignité noire ? Le « nègre » aspirait à obtenir une identité, une place, et James touchait au but, prêt à se poser en modèle. Sa réussite devait inciter les autres Noirs à l'imiter. Le danseur dionysiaque ne piétinait pas sa couleur, l'affichait dignement, l'élevait même en acceptant une invitation à dîner à la Maison-Blanche. Combien de Noirs avaient-ils eu l'honneur de pénétrer le sanctuaire du pouvoir ?... James avait l'occasion d'exprimer ses idées partout et ne s'en privait pas. Les grands journaux — *New York Times*, *Down Beat* — l'accueillaient, les plateaux de télévision l'invitaient. Johnny Carson aimait bâtir son émission populaire autour de lui. Et James pouvait leur dire : regardez mon armada ! Nous ne sommes pas une bande de nègres débraillés ! Nous avons tout calculé au millimètre, scientifiquement ! Et celui qui ne remplit pas sa tâche s'expose à des sanctions !

Les gosses des quartiers de Harlem l'écoutaient et ne lui tenaient pas rigueur de le voir parader aux côtés des hommes politiques. James entendait aussi les voix discordantes, conscient de l'émotion suscitée un peu partout. Aussi accorda-t-il à ses détracteurs ce qu'ils demandaient. La période symbolise l'indécision d'un chanteur parvenu mais, en période de troubles révolutionnaires et de débats, toujours attaché à ses racines populaires. Il tentait de concilier sa réussite, les agapes présidentielles et les liens forts qu'il avait gardés avec les Black Panthers, à tel point que la légende prête à certains dirigeants radicaux une main sur la chanson « Say It Loud — I'm Black and Proud », « Dites-le fort — je suis noir et fier ». Fier de son pays, James Brown ne pouvait oublier sa couleur ni se séparer de son vrai public. Une chanson patriotique correcte sacrifie à un léger sentimentalisme comme cette propension à placer le message en avant, à élever le texte aux dépens du rythme réduit au second rôle, tandis que la colère, le mauvais esprit demeurent le plus souvent les meilleurs alliés artistiques. « Say It Loud — I'm Black and Proud », enregistrée le 7 août 1968, percute davantage les consciences, soumise à la cadence, aux inventions musicales comme les coryphées funky. Plus porteur que l'ordinaire « America Is My Home », ce morceau se classa dans la catégorie rhythm and blues, et obtint la dixième place dans le palmarès pop. Pendant les deux premières semaines, *Billboard* en louait le rythme solide, « Say It Loud ! » séduisit sept cent cinquante mille acheteurs. « Say It Loud ! » Le cri de fierté jailli sur scène, provoquant extase et liesse parmi les frères noirs, appuierait les campagnes politiques du musicien en faveur de l'éducation et du vote, comme un soutien à sa volonté.

Après « Dites-le fort... », chaque fois qu'il pénétrerait dans un studio, James porterait désormais avec lui bien plus qu'un simple album. Il invoquerait la confiance, l'espoir, susciterait le débat, la polémique (n'est-ce pas le but qu'un artiste recherche ?). Les autorités craignaient des troubles publics. Les Noirs ne céderaient-ils pas à de nouvelles émeutes en entendant le slogan que certains interprétèrent comme un mot d'ordre violent ? Brown s'en défendit. Jamais il n'appellerait ses frères à la révolte et pouvait s'abriter derrière cette belle coïncidence ironique : les deux créatures — « America Is My Home » et « I'm Black and Proud » — étaient diffusées en alternance sur les ondes, incarnant le double visage d'une figure déchirée.

James Brown avait prévu son spectaculaire

redressement. Le bonheur l'avait rattrapé. « C'est la même chose avec mes chansons, si elles doivent avoir du succès, je le sens immédiatement », dirait-il, fier de « posséder » un groupe soudé qui connaissait peu de changements. Seul le bassiste Tim Drummond, malade, avait dû laisser sa place à Charles Sherell. Et qui remplacerait Ben Bart ? Car le manager était mort, le 12 août, sur un terrain de golf, terrassé par une crise cardiaque. Cette nouvelle affecta tant James qu'il en demeura longtemps prostré. Il venait de perdre l'homme qu'il considérait comme un père, un élément essentiel de sa réussite, un compagnon chaleureux et compréhensif. Il devrait surmonter ce nouveau deuil, peut-être grâce à la musique, à la machine bien lancée. Autour de lui, la vie revenait, débordante. Des inconnus toujours plus nombreux frappaient à la porte de la Revue, hommes brillants, satinés, riches de fantasmes et de désirs. Le dernier en date s'appelait Fred Wesley, étincelant tromboniste et continuel voyageur.

Monsieur Fred

On l'appellerait bien Monsieur Fred. Cet homme joliment né, en 1943, à Mobile (Alabama), était un modèle d'élégance et de modestie. Il avait grandi auprès de ses deux parents, un père qui dirigeait un orchestre à la Mobile County School, et une mère professeur de piano. La jeune maman ne se souciait pas des nouvelles expressions, jazz ou blues. Elle exécutait à la demande, œuvrait dans les chœurs d'église ou pendant les mariages. Lorsque son fils vit le jour, elle l'initia très vite au piano. L'enfant grandit parmi les musiciens qui rendaient de fréquentes visites à sa famille. Les cuivres majestueux se penchèrent sur son berceau, apprirent au petit à tenir trompette, trombone et à jouer de la batterie. L'un des accompagnateurs de son père, Harry Freeman, suivait avec attention les progrès du garçon par ailleurs assez sportif. Son père tenta bien de l'inscrire à l'Université de Floride après avoir vérifié la présence d'orchestres réputés, évalué l'excellence du département musique, mais Fred hésitait. Il jouait sous l'œil inquiet de sa mère dévote, initiatrice du mouvement, mais peu désireuse de voir son fils choisir une carrière harmonique loin de l'Église et s'adonner à la débauche. Pendant ses années de formation, il découvrit les grands orchestres et le plaisir d'écouter ces ensembles lyriques, guidés par des chefs tels Duke Ellington ou Horace Silver qui le fascinaient. Fred en oubliait presque d'étudier, si bien que son père lui proposa de l'envoyer à l'armée afin d'y parfaire ses talents. Un peu de discipline aiderait certainement le garçon. Fred déclina l'offre et préféra s'inscrire au Mobile Branch of Alabama State College où il mènerait la belle vie. Le jour, il étudiait, répétait et, la nuit, sortait, rôdait autour des clubs de Mobile et de la région, rencontra même les mythiques « 5 » Royales, joua pour eux de la batterie. Il quitta le Mobile Branch après avoir obtenu le *Junior College Degree*, puis s'inscrivit à l'Alabama State College, désireux encore une fois d'intégrer l'orchestre de l'école. Il jouait, manifestait un brillant sens de l'ordre musical, mais se gardait bien de renoncer à approfondir ses connaissances historiques et scientifiques, même s'il éprouvait des difficultés à mener sa double vie, à associer les soirées tardives et le silence nécessaire au travail et à la concentration. La musique hantait l'éternel étudiant passionné, et, pourtant, les engagements devenaient rares. Fred s'accrochait. Il réussit à obtenir un cachet au Club Harlem. Le propriétaire, un certain Tom Koch, avait entendu parler du solide Wesley et lui proposa un petit tour de manège avec le duo noir Ike et Tina Turner. Le couple voulait un saxophoniste, mais Tom les convainquit d'engager un trombone et leur assura qu'il connaissait un musicien formidable. Dans ses Mémoires modestement intitulés *Recollections of a Sideman* (« Souvenir d'un accompagnateur »), Fred se souvient de sa réaction mitigée à l'idée de rejoindre Ike, moins important en 1961 que Jackie Wilson, Ray Charles ou Sam Cooke ; assurant qu'il aurait préféré jouer avec Horace Silver ou Art Blakey, mais qu'il avait autant besoin d'argent que de se frotter à la réalité de l'orchestre.

Il obtint une entrevue avec Ike au Grand Motel (New York) et fut embauché sans même montrer l'étendue de son talent. Il ignorait quelle musique il jouerait et la manière dont il s'habillerait, lui, le roi des élégances auxquelles les orchestres universitaires l'avaient habitué. Il s'immergea dans la forêt anonyme des cuivres et des choristes, fut contraint de respecter la stricte obéissance à un maître intransigeant, Ike Turner.

Au début Tina ne l'impressionna guère. Elle lui parut même bien ordinaire, au contraire de sa sœur. Mais la gloire ne sert pas toujours les plus méritants. Alean, aux yeux éclatants, avait beau éclipser les autres femmes de la tournée, elle servait de domestique aux deux futures étoiles et n'atteindrait sans doute jamais le Capitole.

Pendant l'année 1962, âgé de dix-sept ans, Fred prit donc la route, mêlé à l'un des plus étincelants orchestres de rhythm and blues de l'époque. Il dormait où il pouvait. Chassés des motels où les Noirs étaient interdits, les musiciens louaient, au petit bonheur la chance, des chambres à des particuliers ou des locaux perdus en pleine campagne.

Par souci d'économie, ils partageaient le même toit. Fred connut Memphis, allant jusqu'à pénétrer à l'intérieur des studios Sun qui avaient révélé Elvis Presley et pouvaient témoigner des exploits passés d'Ike Turner. Nuit et jour, le groupe jouait, voyageait, répétait, déployait une incroyable force de travail. Fred se serait bien diverti à souffler dans son trombone si la personnalité d'Ike ne l'avait assez vite tourmenté. Le Chef se montrait autoritaire, capricieux, lunatique, rappelait sans cesse à ses employés qu'ils étaient des privilégiés et que leur présence dans le groupe (un instrumentiste pouvait jouer comme un dieu, cela ne changeait rien) tenait à son bon vouloir. Il commandait et ne tolérait pas la moindre insolence, appliquait lui aussi sa politique d'amende au premier manquement (ou ce qu'il estimait être une faute), réprimait des musiciens, déjà chichement payés et obligés de régler leurs nuits d'hôtel. Les querelles dégénéraient vite. Ike n'hésitait pas à brandir un revolver et à le braquer sur ses collaborateurs, affichait morgue et mépris, surtout à l'endroit des femmes qu'il traitait de « pute », de « salope ». Ses choristes, les Ikettes, subissaient des traitements dégradants. Et personne n'osait répondre ou se rebeller.

Évidemment, une telle ambiance minait les membres du groupe qui évoquaient fréquemment leur désir de démissionner, mais n'en avaient jamais le courage. Fred affirmera toujours avoir bien profité de cette période pour devenir un homme et se débarrasser des derniers oripeaux naïfs de la petite cité de Mobile. Quand l'heure fut venue, il décida de rompre. Ike ne tenait pas à le laisser partir et promit de le nommer directeur musical. Fred, résolu à varier les plaisirs, ne céda pas et rejoignit l'étoile du jeune rhythm and blues noir, Hank Ballard. À peine arrivé chez cet autre pionnier du rock and roll, il s'aperçut vite que son travail, là-bas, ne lui assurerait pas une grande sécurité. Les Midnighters l'utilisaient de manière intermittente. Le tromboniste avait sacrifié un emploi sûr pour des aventures aléatoires. L'instabilité l'angoissait. Finalement, l'armée constituerait, comme le lui avait conseillé son père, une bonne solution, et il n'eut pas à s'en plaindre, du moins pas tout de suite. La « Grande Muette » lui apporterait tout ce que l'on pouvait attendre de la vie. Le jeune musicien fut chargé de jouer les marches militaires. Il travailla sa technique, progressa, sans se soucier du salaire, voyagea. Si sa carrière musicale échouait, il se ménagerait malgré tout un avenir. Il en profita même pour épouser le 28 juin 1965 sa fiancée de longue date, Gertie Lee Young, et s'aménagea un nid douillet dans un local prêté par l'armée. Le couple eut une fille. Fred accomplissait enfin l'existence sereine qu'il avait toujours voulu mener, loin des tracas et du hasard. Pourtant, la guerre du Vietnam le convainquit de quitter la troupe à temps, en 1967. Enrichi par ses années militaires, il se sentait plus sûr de lui, et prêt à affronter d'autres défis.

Quand il rendit l'uniforme, Fred découvrit une autre société. Le monde changeait, la musique envahissait les campus et le pays tout entier. Il se demandait simplement si un amateur de jazz pourrait survivre parmi les nombreux groupes de rock.

Il déchanta assez vite. Les harmonies ne suffisaient pas à combler les besoins de sa petite famille. Fred trouva un emploi modeste de laitier, le « seul laitier noir de Mobile », dirait-il. Mais à peine avait-il commencé à distribuer ses bouteilles qu'un ami, Waymond Reed, le rabatteur de la Revue funk, l'appela. « James Brown cherche un tromboniste. Il te suffit d'appeler Pee Wee Ellis, et le travail est à toi ! » Fred hésita, sans doute par peur ou respect de la parole donnée. Qu'en penserait sa femme ? Son salaire de laitier n'avait rien d'extraordinaire, mais leur assurait à tous les trois une vie décente. Le musicien ne pouvait cependant ignorer l'offre, d'autant que sa nature profonde lui imposait d'accepter. Comme l'avait prédit Waymond, Fred parla à Pee Wee, et obtint la place tant convoitée.

Il prit l'avion et se rendit à Tampa, en Floride, où le groupe jouait. Il arriva juste à temps, écrit-il, pour monter dans le bus de tournée, sans que personne ne cherchât à connaître l'identité de cet homme discret. Aucun de ses futurs collègues ne fit attention à lui. Comment pénétrerait-il cet orchestre hermétique ? L'alto Maceo Parker ne se soucia pas non plus du nouvel arrivant. Il affichait une certaine froideur qui s'adaptait parfaitement au soin dont il entourait son saxophone.

Fred naviguait donc ici ou là, ignorant le rôle et la position qu'il occuperait au sein de l'orchestre.

Finalement, un violoniste accepta, à contrecœur et en râlant, de partager sa place avec Fred qui faillit tout plaquer pour retourner à Mobile. Nous pouvons jauger son malaise, au moment de pénétrer dans un monde clos, englué dans des rituels immuables et un professionnalisme froid. James avait réussi à créer une machine de guerre efficace, chaude sur scène, mais plutôt gelée une fois l'équipage débarqué. Pendant le voyage, Fred eut le temps d'observer les soldats disciplinés autour de lui, et sut qu'il n'avait pas intérêt à violer les lois de James Brown. Mme Sanders se ferait un plaisir de le dénoncer.

Une fois arrivés à destination, les membres de l'orchestre furent rejoints par les deux stars du groupe, Maceo Parker et Pee Wee Ellis, confortablement installés à bord d'une magnifique Ford 68 bleue. Fred essaya d'adopter une contenance, évitant d'afficher une assurance exagérée, mais suffisante pour inspirer la confiance à ses pairs. Pee Wee semblait l'impressionner car l'homme était précédé d'une renommée flatteuse. On parlait de lui comme d'un génie. Et Maceo souriait, affable.

Le Maître tardait à se montrer, mais sa présence remplissait l'air. Quelques heures avant le spectacle, il apparut, entouré de lieutenants à ses ordres. De leur limousine, jaillit la chanteuse Marva Whitney qui se dirigea vers la loge de Brown. Une liaison orageuse secouait les deux amants, dont les éclairs se perdaient dans les courses du grand équipage. Fred découvrit Henry Stallings, le coiffeur de James depuis de longues années, s'étonnant de ses manières brutales. Stallings, à l'allure de gangster, incarnait la survivance des années difficiles. Les gardes et valets qui entouraient le chanteur ressemblaient à des brutes épaisses.

Ils regardaient de haut les novices et les poussaient sur le côté. La lente initiation commencerait, plus ardue que chez Ike Turner ou Hank Ballard. Prise de vertige, la nouvelle recrue ne monta pas sur scène tout de suite. Elle dut répéter, essayer l'uniforme, observer les spectacles, se familiariser avec un orchestre parfaitement aligné, les cuivres à gauche, la batterie, un peu surelevée et, derrière elle, le guitariste Jimmy Nolen, tandis qu'une plate-forme soutenait l'armada de violons. Le premier concert auquel Fred assista comme spectateur eut lieu en Floride dans un endroit qui servait habituellement de salle de rodéo : The Orlando Sports Arena. Le tromboniste de Mobile, impressionné, aurait bien voulu intégrer tout de suite cette formidable section de cuivres où étincelaient les génies de Pee Wee et de Maceo. L'entrée de James Brown le marquerait toute sa vie. Le chanteur jaillit, assis sur un superbe fauteuil en chêne, avec un dossier en cuir, vêtu d'un complet beige et d'un long pardessus caressant des bottes bordeaux en alligator « comme il n'en avait jamais vu ». Il oublia les tracasseries du bus, la discipline, glissa dans des chansons puissantes dont les arrangements le saisirent, surtout lorsque la formation attaqua une sensuelle version swing de « That's Life » de Sinatra. Même « The Voice », songea Fred, n'aurait pu mieux rendre son œuvre portée par des fastes aussi impeccables. Le jeune tromboniste venait d'un autre monde, le jazz, mais jugeait que l'orchestre de Brown pouvait servir la grande musique avec brio. D'infinies possibilités s'offraient à lui.

Les morceaux se succédèrent tandis que l'ensemble répondait au quart de tour, les cuivres dorés lâchaient riffs sur riffs, les basses bourdonnantes secouaient les pieds, enivrantes, comme un monstre excité et vivant. La foule hurlait... Wesley, le musicien de jazz, vibra sur « It's a Man's Man's Man's World » qu'il connaissait pour l'avoir déjà entendu. Il jugeait les paroles stupides mais, prononcées de cette façon-là, elles le faisaient frémir.

Pendant tout le concert, la valse des costumes — smokings noirs, complets émeraude aux revers de satin blanc et bottes en cuir — rendit même l'orchestre magique. L'épisode « Please Please Please » eut lieu, le chanteur groggy, presque à genoux, que ses aides recouvrent d'une cape, excita la foule.

Fred Wesley regagna les coulisses, étourdi, et fut surpris d'entendre James Brown s'enquérir de sa prestation. Le public avait-il apprécié, dansé ? Le spectacle était-il de qualité ? Le Godfather doutait de sa réussite, cherchait les compliments. Son attitude contrastait avec les « Jaaaaames Brooooown » lancés à toute volée, les costumes étincelants de l'orchestre, l'ordre presque militaire que traversaient pourtant une intense sauvagerie, les mugissements de fauve. Et, une fois cette étrange forêt évanouie, le dompteur, dans son costume scintillant, tentait de rappeler à lui les émotions, de questionner les êtres vivants, comme un enfant inquiet redevenu mortel. Puis, il reprenait son discours offensif, dressait un autel à sa gloire, répétait qu'il était le meilleur et vendait le plus grand nombre d'albums. Ses collaborateurs se seraient bien gardés d'ajouter leurs commentaires. Waymond présenta Fred Wesley, le « nouveau tromboniste », à James Brown qui, les yeux rivés au miroir, ne le regarda pas, puis, après un long silence, daigna enfin jeter un œil vers le nouvel invité à travers la glace. « Savez-vous danser ? » demanda-t-il. Fred répondit : « Ouais », s'apercevant que son corps légèrement empâté ne trompait personne. Il avait lâché un *yeah* insolent là où les autres disaient : « *Yes, sir.* » Fred plaida sa cause, défendit cet emploi qu'il désirait, et James consentit à le mettre à l'épreuve.

Ils voulaient échanger leur vie

Fred Wesley vécut une période d'intense labeur et de fatigue, mais gagna bientôt assez d'argent pour subvenir aux besoins de sa famille. Il garderait une vision juste et sévère du Godfather : « Mr Brown gouvernait son empire avec une main de fer, tirant de ses collaborateurs tous les bénéfices qui pouvaient lui servir, et donnant le minimum en retour… Il savait qui humilier, insulter et comment le faire afin de montrer son pouvoir et de garder chacun sous sa coupe. Il réprimandait et conseillait ses employés devant certains disc-jockeys, journalistes et politiciens locaux, pour se donner une allure d'homme bienveillant et miséricordieux, ainsi les gens auraient de lui une image de chef et de père. C'était un maître de la manipulation [1]. »

Fred voyait en lui un extraordinaire *performer*, sans doute le meilleur qu'il rencontrerait, entouré de fidèles constamment humiliés mais dévoués à sa personne. Le jeune tromboniste, entre admiration et crainte, se méfiait de Brown dont l'absolu pouvoir semblait peser sur les vies présentes et futures des musiciens.

Brown ne parlait jamais clairement : il grognait, haussait le ton, procédait par onomatopées, mais révélait parfois des passions secrètes. Quand Fred se lia à James, il partagea avec lui son goût pour le sport en général et pour le base-ball en particulier. Depuis l'enfance, il avait parcouru des kilomètres à bicyclette, un entraînement qui le préservait des fatigues de la route et le rapprochait de Brown. Wesley parvenait à toucher le Maître (ce que ne réussissait plus le compagnon des premiers jours, Bobby Byrd, en retrait de l'orchestre, heureux mari de la princesse Vicki Anderson). Il commença même à écrire pour la Revue, dans l'ombre de Pee Wee, déployant des dons certains. Ses idées irriguaient de plus en plus la caravane. James réclamait sa collaboration, et Fred s'exécutait, travaillant à l'écart des conflits. L'harmonie apparente se craquelait parfois. Pee Wee préférait souvent rejoindre les lieux de concert par ses propres moyens. Il fuyait la compagnie du patron, abhorrait les *jams*, les exercices obligés. James le forçait à empoigner l'orgue et se ruait sur la batterie. « Je n'ai jamais vu quelqu'un jouer aussi mal avec tant de confiance et de détermination », écrirait fielleusement Fred qui se retenait pour ne pas rire en observant le visage du chanteur.

Fatigué de cette ambiance, Pee Wee s'absentait de plus en plus souvent. James le cherchait. Il ne comprenait pas pourquoi le brillant saxophoniste lui résistait, et s'emportait contre sa stupide ingratitude. Un jour où le rebelle demeurait introuvable, il pria Fred de le remplacer. Quand Pee Wee réapparut sans prévenir, il découvrit que le Maître avait mis quelqu'un d'autre à sa place. James l'avait prévenu :

« Pourquoi ne prends-tu pas le bus avec les autres ?

— Quand je ne me sens pas d'humeur à prendre le bus, je préfère prendre l'avion à mes propres frais.

— Eh bien, à partir de maintenant, tu vas prendre le bus avec les autres, et si tu prends à nouveau l'avion, tu es viré[2] ! »

Il ne céda pas et partit. Fred Wesley fut promu nouveau directeur musical, et sut très vite combien son prédécesseur aurait mérité une médaille. James critiqua, dès le début, son travail sur un arrangement que Pee Wee avait abandonné. C'était une chanson de Sly Stone, « Sing a Simple Song ». Fred répétait, peaufinait les cuivres parce que cette partie l'intéressait, mais James débarqua en plein travail, l'arrêta d'un geste autoritaire, et lui ordonna de modeler plutôt la rythmique. Il s'en plaignit et fut aussitôt viré. James chercha un remplaçant, mais personne ne voulait assumer un poste épuisant et trop exposé. Maceo prit la parole et réclama son retour comme directeur musical car, estimait-il, Wesley possédait une grande capacité à accomplir cette tâche. C'était la première fois qu'un membre de l'« organisation » plaidait en faveur de quelqu'un d'autre. Il avait souvent regretté l'individualisme, la lâcheté des musiciens que Brown avait transformés en séides à sa dévotion. Très personnel lui aussi, Maceo n'avait jamais beaucoup témoigné d'amitié envers le bon Wesley, mais avait décidé cette fois de le défendre, conscient surtout d'aider la Revue. Le saxophoniste encourait une disgrâce définitive. Mais James l'écouta, rappela Fred et en profita pour réduire son salaire.

Les employés du Godfather devaient se taire et travailler. Le solide orchestre ne résisterait pas aux bourrasques s'il abandonnait toute discipline. Les hommes avançaient en rangs serrés, derrière un chef autoritaire, une diva, un homme d'affaires habile et cynique. Aucun obstacle ne le retenait, pas même la défaite aux primaires démocrates de son favori, Hubert Humphrey. James Brown ne songeait plus à son fameux discours et à l'homme en qui il avait placé ses espoirs. Il décida de soutenir les forts, se rangea du côté des vainqueurs. La défaite démocrate aux élections de novembre 1968 et le triomphe républicain ne lui posèrent aucun problème. Noir, il avait commencé son existence avec de mauvaises cartes, mais sa malchance avait vécu. Aussi accepta-t-il les invitations du nouveau président, Richard Nixon. En janvier suivant, il fut convié à jouer au gala qui inaugurait la mandature républicaine. Comment pouvait-il refuser ? Il faut voir dans cette décision, très controversée, la marque d'un besoin de revanche, un ricanement ultime face à l'adversité et au malheur. L'ancien gamin des rues d'Augusta se sentait flatté que le premier homme du monde le courtisât. Plusieurs seigneurs participaient à la soirée, des jazzmen qu'il admirait secrètement depuis longtemps, Duke

Ellington, Lionel Hampton… Les ors de la Maison-Blanche l'enveloppaient. Mais James Brown — et c'est le crédit qu'on peut lui accorder — gardait son idée en tête. Il demanda au Président de créer une journée Martin Luther King. Nixon promit de réfléchir à sa requête. Le chanteur essayait d'infléchir le pouvoir, rejetait les critiques des organisations noires mécontentes de ses liaisons coupables. Bobby Byrd avait averti son ami des dangers de son engagement.

« Je n'ai pas changé », répondait James. La gloire ne l'avait pas étourdi. D'ailleurs, à l'automne, il se résolut à quitter New York pour rejoindre Augusta, sa cité natale. Les métropoles l'épuisaient. Son divorce avec Velma le tourmentait. Il avait besoin de récupérer, chez lui. Les Nordistes s'étaient montrés affables à son endroit, tolérants, mais James, le Sudiste mal embouché, le campagnard roué et brutal, avait échoué à intégrer les cercles précieux. Il ne savait jamais ce que les New-Yorkais pensaient, confierait-il à la revue *R'n'b World*. Si les Sudistes ne lui avaient pas toujours témoigné dans le passé beaucoup de tendresse, James savait comment gérer leur rudesse. Ce chanteur aspirait maintenant à retrouver une ambiance bucolique et ses anciens protecteurs. Sa tante Honey résidait toujours à Augusta, et James lui rendrait visite.

Il embarqua son amie Deirdre et comptait bien agrandir sa famille, s'installa à Walton Way, un quartier huppé blanc, mais les habitants l'acceptèrent. Deux belles petites filles viendraient que James ne verrait pas souvent. Le chanteur paraderait, couronné de récompenses, à l'endroit même où jadis il avait été arrêté pour avoir pillé une voiture. Il fêtait ses trente-cinq ans et, pendant la saison 1969, vivrait beaucoup de jours heureux. La sérénité de James colore sa production saisonnière. Il prit au vol la danse *pop corn*, très populaire parmi la communauté, cette manière de bouger le torse d'avant en arrière. Chaque danseur pratiquait son art seul, le samedi soir, jusqu'à la transe, comme un appel à l'individualité. Il grava « Mother Pop Corn », et une série de titres légers voués au corps, au mouvement pur, « Lowdown Pop Corn », « Pop Corn Road », « Let the Man Come In And Do the Pop Corn (Part One) », l'instrumental « Pop Corn With the Feeling ». Ces pièces constitueraient les danses de l'été et s'écouleraient en grand nombre. L'exploitation de la mode lui demanda quelques mois et ajouta à sa popularité. James réussit un joli coup mercantile, tandis qu'il posait ses valises au bord de la rivière Savannah, le paradis des pêcheurs, espérant recevoir les louanges du monde.

« Il est quasiment impossible de surestimer l'importance du personnage James Brown », écrit le critique Nik Cohn dans son ouvrage de sentimental amoureux *Awopbopaloobop Alopbamboom* (1969). « Cela fait dix ans maintenant qu'il sillonne sans répit l'Amérique de long en large dans des tournées de quatre-vingt-dix jours chacune, et il a mis ce temps à profit pour devenir beaucoup plus qu'un simple chanteur. Il représente vraiment le symbole ultime de l'émancipation des Noirs, de l'argent qu'ils peuvent gagner, du style qu'ils peuvent avoir, et de toute l'arrogance qu'ils peuvent se permettre. Davantage même que Mohammed Ali, James Brown est le hors-la-loi, le Stagger Lee de son temps [3]. »

Combien d'admirations et de récriminations le « hors-la-loi » traînait-il derrière lui ? Ceux qui l'avaient un jour côtoyé s'en plaindraient longtemps. Un soir, en France, Mr Dynamite s'enferma dans sa chambre d'hôtel et refusa d'en sortir. Les organisateurs du concert durent joindre aux États-Unis le manager qui rappela Brown et le convainquit de leur ouvrir la porte. James, raconte Nick Cohn, avait aussi l'habitude de dépêcher des décorateurs pour arranger à son goût les chambres d'hôtel où le Maître séjournerait. « En ce sens, c'est un sultan, un intouchable, et les Blancs sont tout simplement hors jeu. »

Il avait donc regagné Augusta comme un roi. Nommé « businessman de l'année », il possédait plusieurs radios et avait commencé à ouvrir des restaurants. Quelle était la place des musiciens dans cet enrichissement ? Ils devaient remplir leur tâche parfaitement ou bien s'exposer au courroux du patron, saisir leur chance quand l'occasion se présentait, tout en évitant de contester ses ordres.

Quelle mission James Brown pouvait-il encore accomplir après sa parenthèse *pop corn* ? Garder le sceptre ? Durer ? S'orienter vers d'autres horizons ? Il avait besoin de respirer, de digérer les heurts et tragédies dont il avait été le témoin, lui, l'artiste de Géorgie, condamné à porter les couleurs de son regretté frère, Otis Redding. Peut-être songea-t-il un instant à se retirer ? Le funk le fatiguait. Pourquoi n'essaierait-il pas le jazz ?

À peine installé chez lui, il repartit dans la chaleur de juillet afin de participer au « Newport Jazz Festival ». L'appellation le séduisait. James éprouvait beaucoup de joie à l'idée de rencontrer les grands noms, Led Zeppelin, Ten Years After, satisfait de monter sur les grandes scènes blanches, rêvant à la consécration suprême. Le créateur du funk fréquentait Nixon, mais il vivait de nouveau à Augusta, continuait de défendre la cause noire et frappait à la porte de l'aristocratie. Les hauts cénacles du jazz le reconnaîtraient enfin comme ils avaient acclamé Ray Charles.

James décida d'enregistrer un disque de pur jazz. Le projet sonnait comme une note décalée dans le parcours du chanteur. « Au fond, j'ai toujours été un jazzman », répétait-il souvent. « Quand je ne travaille pas, je n'écoute jamais de rock », confiera-t-il au critique Leonard Feather dans le *Los Angeles Times*. « Comment peux-tu avancer si tu n'entends jamais que trois accords ? » Le chanteur nourrissait un certain complexe à l'égard du jazz. Il n'ignorait pas que les nobles musiciens, fiers de leur supériorité technique, s'irritaient de sa popularité, refusant d'admettre son talent. Mais d'autres ne ressentaient aucune jalousie. Le splendide Count Basie l'avait encouragé. « Je connais votre musique, lui avait dit le chef d'orchestre, vous pourriez faire un très bon musicien de jazz. » Il avait gardé la phrase en mémoire.

Le Godfather s'amusait des hommages implicites et conscients. Il braconnerait avec délices sur le territoire jazz. Les Seigneurs entendraient son génie, comme le saxophoniste Archie Shepp, réticent au Godfather, même s'il avait publié en 1966 un album, *Mama Too Tight*, très imprégné de funk à la Brown.

Le projet réclamait des changements. Aucun membre de l'ochestre ne fut retenu. Fred Wesley, Jimmy Nolen, Clyde ne participeraient pas au disque. Seul Maceo Parker aurait le privilège de suivre James qui souhaitait rassembler un groupe différent sous l'égide du batteur Louis Bellson (un ancien élève de Duke Ellington). Ce musicien désigna d'autres bons joueurs, le saxophoniste Oliver Nelson, un artiste égaré à la télévision mais auteur à succès quelques années plus tôt, avec « Blues and the Abstract Truth ». Oliver embarqua le magnifique contrebassiste Ray Brown, ancien mari d'Ella Fitzgerald (qu'il avait épousée en 1948). Homme de facture classique, le noble joueur porterait l'œuvre au pinacle, et lui apporterait une signature. La patine du grand orchestre, l'harmonie complexe et les arrangements d'Oliver ne conviendraient pas aux feulements instinctifs de James. Une grande œuvre bancale vit le jour. Des classiques aussi différents que « You're Cheating Heart » (Hank Williams) ou « September Song » (Kurt Weill) sortirent du chaudron de manière assez décousue. La magie parvint ici ou là à surnager. James réarrangea « It's a Man's Man's Man's World », dont il accéléra le tempo, y insufflant une bouffée de swing (l'un des meilleurs moments du disque), et « Papa's Got a Brand New Bag ». Il s'estima satisfait, persuadé que les autres chanteurs de soul noirs le copieraient et qu'ils enregistreraient des albums de jazz. L'œuvre, intitulée *Soul on Top*, ne remporta pas cependant un grand succès. James possédait enfin son disque maudit, sans se douter que de grands musiciens, de l'autre côté, tenteraient le chemin inverse, du jazz vers le funk. Miles Davis l'expliquera dans ses Mémoires : « C'est en pensant à Sly Stone et James Brown que je suis entré en studio en juin 1972 pour enregistrer *On the Corner*. C'était l'époque des chaussures à semelles compensées jaunes, jaune électrique, des mouchoirs autour du cou, des bandeaux autour de la tête, des moumoutes, etc. Les Noires portaient des robes très collantes qui faisaient jaillir leurs gros derrières. Tout le monde écoutait Sly et James Brown tout en essayant d'être aussi cool que moi. J'étais mon propre modèle, avec une pincée de Sly, de James Brown et des Last Poets [4]. »

Le grand trompettiste riait de ses comparaisons, mais le plus souvent s'énervait quand les critiques moquaient ses dérives, son jeunisme, et lui reprochaient de vouloir imiter Jimi Hendrix, Sly Stone ou James Brown. Miles s'enfonçait à plaisir dans une musique africaine, fondée sur le rythme, la batterie et la basse, et personne ne comprenait son évolution. L'inventeur du « jazz cool » songea même à se retirer, malade, incapable de trouver un brillant guitariste noir (sans doute du même niveau que celui de James, Jimmy Nolen). L'ironie voulait donc que Brown s'attaquât au jazz tandis que Miles aspirait à jouer du rhythm and blues, espérant secrètement inventer ce qu'on baptiserait bientôt le « jazz funk ». La tentative *On the Corner* ne connut pas davantage de bonheur que l'infortuné *Soul on Top*. L'attaque agressive de l'œuvre, sa rugosité noire déplurent au public comme avaient choqué les arrangements pompeux de James. Trop précoce, Miles conçut même une vive amertume lorsque le pianiste Herbie Hancock publia en 1973 son album *Headhunters* dont il écoula plusieurs milliers d'exemplaires. L'iconoclaste avait écouté Miles, retenu le sens, éliminé les ratés avec habileté, gardé suffisamment d'éléments populaires comme les structures. Il le confesserait au journal *Libération* en 1974 : « Voilà comment j'entends ma musique. Parfois, il n'y a pratiquement aucun rythme, aucune pulsation, et la mélodie se répand agréablement dans l'espace — et puis soudainement, comme une trombe, un rythme africain martèle l'air, et l'on se croirait dans la jungle. C'est une musique très noire, comme celle de Sly ou James Brown. »

Il semble donner ici la définition du morceau « Funky Drummer », pièce monumentale dédiée aux rythmes purs inventée au crépuscule des années 1960 par Mr Dynamite.

Le Godfather aurait pu se lasser d'entendre sans cesse évoquer son nouveau rival Sly Stone. Le jeune artiste, sorte de légende méphistophélique du funk, possédait la même flamboyance que le Maître, avec ce qu'il fallait de fougue, de délire noir, pour impressionner la communauté. Sly et son groupe The Family avaient publié *Stand !* (1969), opus baroque aux rythmes telluriques, aux grognements de fauve. Promenant sa morgue et sa fierté noire, Sly, vêtu en dieu brutal, se pavanait sous une large coiffure afro. Des colifichets multicolores pendaient à son cou, les bagues étincelaient à ses doigts. James voyait en lui un rival, dont la folie dévastait le paysage comme une forte tempête. Sly, déchiré par sa propre violence et la drogue, mêlait funk et musique psychédélique. Ses deux morceaux, « Dance to the Music » et « I Want To Take You Higher », percutaient les consciences et, pendant l'été 1969, la Family secoua la scène du grand festival hippie de Woodstock, comme peu de groupes noirs auraient osé le faire, sacrifiant tout à l'idole de feu, un Sly mystique et sexuel, débordant de cruauté. Herbie Hancock avait dit qu'il avait découvert le rhythm and blues grâce à « Papa's Got a Brand New Bag », et avait adoré, tout de suite après, Sly Stone. Les deux noms du funk noir marchaient de concert. Mais tandis que le plus jeune des deux, le redoutable Texan noir, consumerait sa vie, le Géorgien parviendrait à survivre.

Sex Machine

Le Godfather avait été heureux de retrouver Augusta. Quelques soucis, pourtant, le tourmentaient. Le travailleur forcené Maceo Parker, à l'ambition dévorante, décida de partir. Son intervention en faveur de Fred Wesley avait trahi chez lui un désir d'indépendance. Que James le licenciât pour ce « crime » ne l'aurait guère perturbé, signe probable de sa confiance. Maceo s'était souvent demandé pourquoi il ne dirigeait pas son propre orchestre. Il possédait la plus belle carte de visite qui soit. Peut-être souffrait-il aussi de rester un pion dans l'énorme machine à sons qu'était devenue la James Brown Revue, et nourrissait-il quelques griefs à l'endroit du chanteur. Il avait réclamé en vain une augmentation de prime, voyant bien les profits de l'entreprise. Pourquoi les membres de l'orchestre étaient-ils aussi mal rétribués ? Maceo avait poussé les « pions » à menacer de quitter en masse le navire si James ne s'acquittait pas de sa dette. Le soir même, la Revue devait donner un concert important à Columbus (Géorgie). Les accompagnateurs pensaient que, dos au mur, le Godfather céderait, mais le « boss » les vira tous, et appela le jeune groupe maison de King, les Pacesetters.

Les musiciens, en mal de reconnaissance, réchauffaient un vœu en secret, dans leur intimité : que leur départ déséquilibre l'orchestre, mette le tyran en fureur, provoque un manque immense. De son côté, James regrettait certainement les défections, mais se gardait de trahir le moindre sentiment. Il agissait comme un monarque face à des sujets fidèles et semblait dire : « Vous reviendrez, car sans moi, vous n'êtes rien ! »

Le saxophoniste s'en moquait bien. Il avait lancé un projet, Maceo and the Kings' Men, et n'envisageait pas l'échec. Les partants pensaient devenir un satellite étincelant de la grande épopée funk. Ils avaient appris leur métier chez James Brown, au prix de profondes douleurs et d'humiliations répétées. Quand le Chef s'était fâché avec Pee Wee, le directeur musical s'était enfermé dans sa loge pendant que James réunissait les musiciens et accusait plusieurs petits barons d'ingratitude à son égard. Quelques-uns se croyaient arrivés, affirmait-il, jusqu'à en mépriser leur tutelle. Le patron se plaisait, chaque fois qu'un rouage important quittait le navire, à le remplacer assez vite, une manière de jeter le discrédit sur le rebelle. Les partants soupçonnaient Mr Dynamite de maintenir en réserve des remplaçants prêts à l'usage.

Fred Wesley avait suivi le mouvement lui aussi, mécontent des rétributions, préférant amasser de l'expérience et des dollars à Los Angeles. Ainsi la grande section de cuivres historique avait battu en retraite. Maceo, Pee Wee, Fred s'étaient envolés, presque en même temps, et le grand Jimmy Nolen avait rejoint les Kings' Men. Au carrefour des décennies 1960 et 1970, le grand orchestre légendaire de James Brown n'existait plus.

Dans ce jeu d'amour-dépit, Bobby Byrd était revenu. Comme accroché à la Revue par un fil invisible, il ne parvenait pas à se libérer, conscient que ses projets solo n'intéressaient pas grand monde. L'aventure Brown le passionnait, malgré ses agacements.

James le chargea de chercher un autre groupe, assez bon pour poursuivre l'œuvre de Pee Wee Ellis et de Fred Wesley. Les deux hommes avaient orienté l'orchestre vers un funk pur et dur, et le Godfather souhaitait continuer à explorer cette route.

Il engagerait d'autres bons musiciens, ne se trompait guère sur les talents, hormis un combo, les Dapps, dont il s'avouait mécontent. Pendant son séjour auprès du Maître, Maceo avait remarqué l'attitude étrange de James envers les recrues. Lorsque la sauce ne prenait pas, le Chef s'arrêtait, observait le fautif ou le musicien à la dérive, et lui posait des questions sur sa manière de s'habiller, détaillait sa démarche. Il le gardait ou non, sans que personne ne comprenne sa décision.

Il appela Byrd et l'entretint de ce petit collectif qui travaillait pour King Records, les Pacesetters. Beaucoup de chanteurs et de musiciens — Vicki Anderson, Hank Ballard, Bill Doggett, jusqu'à Bobby Byrd — utilisaient leurs services. James les avait recrutés à Columbus, avec un certain bonheur. Une formation de studio rassurait le chanteur. Ce genre de musicien obéissait sans discuter et comprenait immédiatement ce qu'on lui demandait.

Au sein des Pacesetters, deux frères se distinguaient, le brillant guitariste Phelps « Catfish » Collins et son cadet, William dit « Bootsy », bassiste, âgé de seize ans à peine. Né en 1951 à Cincinnati, le prodige traversait avec fulgurance le groupe maison de King. James se prit d'affection pour le garçon qu'il initia, forma, selon ses dires, et considéra comme son fils (« il me rappelait Terry », écrira-t-il). William partageait ce sentiment filial. Il souffrait de n'avoir pas connu son père qui avait déserté le foyer juste après sa naissance. Nettie Collins, l'épouse et mère, s'était occupée seule de ses enfants, deux garçons et une fille. Une fureur violente dévastait le jeune homme élevé à la dure. William exhalait une impression de pauvreté, promenait sa guitare bon marché, rafistolée de toutes parts, qu'il avait transformée en basse. Malgré l'argent gagné en studio, le petit génie, têtu, refusait de s'acheter une basse neuve. James lui offrit pourtant une Fender, et l'autre le remercia, refusant de laisser paraître la moindre émotion. Le Godfather s'efforçait de le calmer, de le prémunir contre les dangers, la drogue et l'alcool.

Il tenait à le garder en forme car « Bootsie » formerait l'épicentre du nouveau groupe, discipliné et sauvage, qui prenait forme. James avait rebaptisé les Pacesetters J.B.'s, afin d'en faire sa créature, et rassemblé le fleuron de ses forces. Comme il le prévoyait, ses meilleurs musiciens regagnaient le bercail l'un après l'autre, déçus et frustrés. Clyde Stubbefield et Jaco Starks avaient quant à eux récupéré la direction rythmique. Ils s'ajoutaient au batteur des Pacesetters, Frank Waddy, si bien que le poste comptait trois hauts spécialistes, dont James se disait fier. Le Maître avait recruté un couple de trompettistes, Hasaan et Jamison, capables de danser et de faire tournoyer leurs cuivres.

La Revue, dissoute plusieurs mois auparavant, avait repris vie. Le nouvel orchestre ne mit pas longtemps à être jeté en pâture à un public bouillonnant, ni à rattraper le cours musical trépidant. Sur scène, Brown avait pris une allure de Las Vegas. Habillé de ses costumes bleus à paillettes (il ressemblait chaque jour davantage à Elvis), enveloppé de guirlandes du plus mauvais goût, le poitrail dénudé, il exhibait son corps, étalait son érotisme sans vergogne, lançait des « *Get up, get on up* » qui créaient l'extase autour de lui. Le public répondait en chœur. Bobby Byrd improvisait les réponses vocales et fournissait des idées. Les nouveaux venus montrèrent de la vivacité. Sans avoir eu le temps de prendre leur place, ils répétaient l'éclat magnifique de « Sex Machine », cosigné avec Bobby Byrd. James décida d'écrire en une nuit ce que lui et son ami avaient imaginé au gré des concerts. L'armada l'enregistra dans la foulée jusqu'à l'aube, le 25 avril 1970. Les bonnes pensées ne traînaient jamais, comme le sexe ou l'amour. La chanson présentait beaucoup de difficultés à cause des riffs rapides, à la basse. Le musicien devait tenir longtemps à un rythme effréné. Agile, brutal, « Bootsy » Collins maîtrisa vite les paramètres, soutenu par son frère « Phelps » à la guitare, et James Brown au piano qui tenta de suppléer l'absence du saxophoniste Maceo Parker.

« Get up, (get on up)

Get up, (get on up)

Stay on the scene, (get on up), like a sex machine, (get on up)[1]. »

Ces appels parcoururent le monde, immédiatement identifiables comme le style de James Brown. Secoué par ses transes, le vrai funk, sensuel et sexy, naissait. Une belle jouissance parcourait la musique. Les années 1970 célébrèrent la grande machine noire érotique, ludique, magique. Et il en fallait du plaisir pour affronter la voie chaotique, la jungle, les dépressions. Entre grèves des musiciens, colères, menaces, James conduisait son convoi, tel un dieu de l'Amour et de la Danse. Il voulait être heureux, mais échouait à atteindre son idéal lorsqu'un frère tombait non loin de lui et de sa musique. *Reste sur la scène !*

LE 9 MAI

MORT D'UN ADOLESCENT.

Un jeune adolescent de 16 ans, Charles Oatman, noir et sourd, est mort dans une geôle d'Augusta. Il aurait été battu à mort par les policiers. Les autorités craignent des émeutes dans le ghetto noir de Terry.

Deux semaines après la séance « Sex Machine », un quartier noir s'enflammait à nouveau, cette fois, non loin de l'endroit où vivait James Brown. Les policiers tuèrent plusieurs manifestants. Se rappelant l'action de James Brown après l'assassinat de Martin Luther King, le gouverneur de Géorgie, Lester Maddox, appela en catastrophe le « pompier » de service. De manière étrange, les autorités s'accrochaient à lui, dépassées, suppliaient le « meilleur Noir » de calmer ses congénères. James n'oubliait pas que le maudit Lester avait défendu autrefois la ségrégation, que le politicien ouvertement raciste n'avait cessé d'attiser les peurs blanches, hostile au Mouvement des droits civiques. Il avait même appelé à déporter et à emprisonner Martin Luther King. « La fin de la ségrégation, disait-il, c'est le communisme. » Arrivé au pouvoir, il avait dû infléchir son attitude de *red neck* face à une communauté noire plus puissante. James accepta donc d'interrompre une tournée pour s'adresser à la foule du ghetto. Vrai prince de la Géorgie, il commandait, par son charisme et ses danses, une armée invisible que tous les possédants craignaient. Il revint à Augusta, prêcha la paix sur les ondes radio, sévèrement encadré car ses amis redoutaient un attentat contre lui.

Il avait grandi à la tête d'une bande noire aimée des ghettos, voyageant à l'aventure, mais attaché à son pays en pleine évolution.

Pourtant, les vieux réflexes ne demandaient qu'à resurgir. L'évolution tant espérée demeurait illusoire. James se rappellerait son mariage avec Deedee, un 22 octobre, et les propos de l'élu rapportés dans le magazine *Jet* : « Je les ai mariés sur le porche. Celui-ci est très joli. Je marie la plupart de mes couples de couleur dehors. Quand il pleut, je les fais rentrer à l'intérieur. »

Le chanteur ne disait rien. Peut-être souffrait-il d'entendre ce genre de réflexion malgré sa notoriété ? Le racisme ordinaire alimentait sa volonté féroce. Il connaissait son pouvoir.

D'un souffle, il éteignait les incendies, puis repartait, continuait à bercer l'audience rebelle. Son funk antiségrégation brûlait aux quatre coins du pays. « Bootsy » Collins étincelait, tandis que James imaginait ses chansons. Les airs sortaient, naturellement, après les concerts, dans le secret de l'avion. Juste après « Get Up ! I Feel Like Being a Sex Machine », le chanteur écrivit « (Call Me) Super Bad » — autre petite boule de nerfs torréfiée de riffs, de phrases courtes à la guitare —, griffonnant sur un morceau de papier, une valise en travers des genoux.

Les musiciens ne s'arrêtaient jamais, condamnés au voyage permanent. Emmenés vers un rivage primitif, ils sentaient glisser sur eux l'opulence, la terre ocre, le soleil éblouissant, sans savoir qu'ils vivaient les quatre ou cinq plus belles années du funk authentique et qu'un jour la grâce partirait. De manière imperceptible, mais visible, la James Brown Revue avait commencé à se parer de couleurs africaines, très sombres, soumise au rythme pur, aux déguisements baroques et mystiques. L'image a immortalisé Brown au cœur de l'Afrique, dans ses nuits fauves, au Nigeria, en Zambie, en Côte d'Ivoire. James « Sex Machine » y apparaît comme une idole de satin, débordante de jeunesse, animée par un feu ardent, devant des milliers de mains noires prêtes à recevoir le Messie. Le continent s'ouvre à lui, vaste, infini. Il racontera avoir croisé un petit garçon dans les bois portant des disques sous le bras. Mais il ne possédait pas d'électrophone pour les écouter, et cherchait un heureux possesseur d'appareil.

Les élites le conviaient à leur table tout en parsemant sa route de dangers et de manipulations. Comme il le rapporte dans ses Mémoires, James se plut à converser avec le président de la Zambie, Kenneth Kaunda. Le politicien confessa aimer la soul, Aretha Franklin, Otis Redding, mais, depuis qu'il avait accédé aux plus hautes fonctions, se croyait obligé d'écouter cette musique secrètement.

Sans doute James préférait-il rencontrer les consciences musicales. L'histoire colportera moins sa rencontre avec le Nigérian Fela Kuti que ses précieux bavardages dans les boudoirs présidentiels et, pourtant, c'est du choc entre deux musiciens regimbeurs et lunaires que jaillirait la vraie force révolutionnaire, le changement. À Lagos, Fela, leader de l'Africa 70, l'homme aux mille femmes, ennemi de l'État, n'attendait qu'une chose de son auguste invité : pouvoir confronter sa vision du rythme qu'il avait sculpté après avoir beaucoup écouté l'Américain. Nous ignorons ce que les deux hommes ont pu se raconter, mais imaginons sans mal les liens noués : d'un côté, le Nigérian révolutionnaire, souvent emprisonné, lui aussi élevé aux rebelles américains (il adorait l'autobiographie de Malcolm X), de l'autre, le parrain corrosif de la soul. Fela, sur son tapis soyeux, *sex machine* au corps de roi, avait créé l'afro-beat, mélange de jazz, de funk et de musique traditionnelle, et deviendrait, comme Brown, l'un des artistes les plus pillés de l'histoire de la musique. Il avait bien sûr écouté James Brown à travers les versions qu'avait données de son album *There Was A Time*, Géraldo Pino. Né en Sierra Leone, sous le nom de Gérald Pine (il avait choisi un nom à consonance latine à cause de la mode afro-cubaine), cet étrange personnage fascinait Fela parce qu'il roulait en Pontiac décapotable, flambait sa fortune à la manière lyrique de tous les excentriques du spectacle, et utilisait le meilleur matériel. À la tête de son goupe, Heartbeats (battements de cœur), Géraldo avait beaucoup chanté à Monrovia (Liberia), premier pays africain à célébrer, au milieu des années 1960, les grands chanteurs soul, James Brown, Otis Redding, Ray Charles... Fela connaissait James Brown, mais Pino l'incita à écouter « There Was a Time ». « J'ai toujours adoré ces lignes de basse », confia Fela au *New Musical Express* : « Je ne voyais pas James comme un leader mais un beau musicien, et un musicien africain. J'ai dit à l'un de mes collaborateurs : Savez-vous que cette matière est très africaine ? Son rythme me rappelle celui entendu à la maison [2]. »

James était revenu à la maison. Quand il débarqua en Afrique, bien d'autres musiciens avaient contribué à le populariser, à analyser son œuvre, à le considérer comme un enfant du continent. Le roi de la danse malgache traditionnelle (le salegy), Eusèbe Jaojoby, avait occupé sa jeunesse à chanter « Please Please Please » dans les bals, reconnaissant l'influence de son auteur et interprète sur lui et la musique africaine.

On aurait pu appeler ces voyages le « retour du Roi ». La caravane Brown emmenait un équipage nombreux. Ses musiciens souffraient, contraints de dormir dans des hôtels bon marché qui ne possédaient guère plus de trois étoiles. Un van brinquebalant les emmenait sur la route et, lorsqu'ils prenaient l'avion, l'appareil, étroit, manquait de confort. L'équipement branlait, attaché aux sièges par une corde. « Bootsy », les cuivres, le reste de l'orchestre se massaient au fond de l'appareil, les uns sur les autres, pendant que James Brown empruntait les lignes luxueuses d'Air France ou autres. Aucun membre de l'orchestre n'osait se plaindre de la manière dont le chanteur traitait ses collaborateurs car la moindre jérémiade pouvait conduire au licenciement. Pourtant, l'argent affluait, mais la pingrerie du patron survivait comme une pathologie incurable. Ainsi ballottés et méprisés, les accompagnateurs se flattaient d'offrir de bonnes prestations.

Heureusement, la Revue finit par quitter l'Afrique. Elle arriva en France, à Marseille, puis Lyon, et enfin Paris. James avait toujours adoré la Ville lumière. Il y retrouverait un public enthousiaste, révolutionnaire sans cloisons raciales. Les J.B.'s y obtenaient leur récompense après un voyage pénible et des humiliations répetées. Ils s'apercevaient que la musique noire se propageait à travers le monde.

Les fidèles revenaient. À Noël, Fred Wesley réintégra la Revue, plus mûr et confiant. Il avait mis à profit ses collaborations à Los Angeles et s'estimait armé pour affronter le despote. Il reprendrait son rôle de directeur musical après avoir longuement réfléchi. Il avait hésité, tout à son ambition de devenir un jazzman connu, mais comme il peinait à y parvenir, le tromboniste s'était finalement laissé convaincre. James Brown l'avait prévenu au téléphone qu'il lui donnerait un meilleur salaire, apporterait au tromboniste de Mobile crédit et notoriété et l'aiderait peut-être à acquérir enfin son indépendance. Les deux hommes avaient besoin l'un de l'autre. Cette communion les mènerait à de nouveaux exploits, comme lors de cette nouvelle tournée en Europe, de Berlin à Paris, où, le 8 mars 1971, ils enregistrèrent à l'Olympia un album *live* historique, à la tête de la grande formation : Bobby Byrd, les frères Collins, les batteurs Jabo Starks et Don Juan Martin, les trompettistes Hasaan et Clayton Gunnells, le saxophoniste St Clair Pinckney et, bien sûr, Wesley. James y composa un monument aussi célèbre que le disque gravé à l'Apollo jadis. Cris, mugissements, cuivres frénétiques, phrases courtes lâchées dans la furie... Personne n'a oublié les riffs stridulents, exécutés à toute allure, de Phelps Collins sur « Ain't It Funky Now », soutenant le ton sans baisser d'intensité ni de rythme. Son jeune frère « Bootsy » et lui poursuivaient le travail de Jimmy Nolen, avec davantage de force. Le plus jeune brutalisait son instrument comme un dément, impulsait des coups de boutoir au répertoire, florilège constitué de « It's a Man's Man's Man's World », « Please Please Please », une version de « Georgia on My Mind », « Try Me », « Bewildered » et, naturellement, « Sex Machine ». Écouter le *Live at the Olympia 1971* permet aujourd'hui encore de mesurer la supériorité définitive de James Brown sur ses héritiers, le froid et professionnel Maceo Parker, le grand guignol George Clinton.

L'excellence a malheureusement un prix, l'épuisement des cadres, la passion dévoratrice. Les deux frères « Bootsy » Collins et Phelps ne laisseraient ainsi qu'une trace fulgurante dans l'œuvre de Brown. Deux années, à peine. Mais ces deux années marqueraient durablement l'histoire de la musique noire et seraient bien suffisantes pour faire entrer le funk au panthéon.

Indifférent à la réussite de James Brown, « Bootsy » manifestait une indépendance qui dépassait le Maître. Rien ne touchait le garçon, ni la fortune ni la gloire. Lorsque le Godfather lui infligeait une amende, il éclatait de rire avec insolence. « Tu prends mon fric ? Et alors ? », disait-il. D'un côté, le jeune bassiste pouvait admirer Clyde, Fred, Maceo et les autres, et comprendre cependant leur soumission à une règle injuste. Les membres de la Revue, plus âgés, devaient nourrir femmes et enfants. « Bootsy » et son frère Phelps n'avaient aucune famille à charge et se moquaient bien des pressions que Brown imposait à la fratrie. Du haut de leur fringante adolescence, ils jouaient en toute liberté, faisaient souffler sur l'orchestre leur vibrante jeunesse, ne se rendaient pas vraiment compte de ce qu'ils vivaient, de leur participation historique à « Sex Machine ». « Bootsy » écoutait Jimi Hendrix, Black Sabbath et le *Bitches Brew* de Miles Davis. Selon la légende, le Godfather aurait renvoyé le turbulent bassiste après que le génie fut victime de visions hallucinatoires sur scène à cause de la drogue. Le manche de sa guitare se serait transformé en serpent et il aurait pris peur ! Le rebelle prenait des acides au grand déplaisir de James dont la patience semblait cependant, pour une fois, infinie. Brown, selon ses allégations, ne renvoya jamais le jeune homme. Il craignait que « Bootsy » l'abandonnât et refusât de sacrifier son indépendance aux vexations d'un maître. Le jeune artiste ne témoignait aucune dévotion particulière envers l'œuvre du Godfather qui s'acharnait à convoquer les deux frères, la nuit, les forçant à enregistrer des faces, essayant en vain de capturer leur force sauvage.

En vérité, « Bootsy » songeait à conquérir une plus grande gloire ailleurs et, une fois parti, penserait la toucher aux côtés de George Clinton. « James m'a appris la discipline musicale, Clinton à devenir fou », confiera-t-il bien plus tard au mensuel *Mojo*[3].

La défection des frères assombrirait longtemps l'âme de James. Leur départ entraîna une nouvelle érosion de l'orchestre. Mais le patron comptait encore une fois sur ses belles ressources. Le prisme fascinant continuait d'agir, et les guêpes s'y perdaient à plaisir, incapables de s'en éloigner durablement. Fred Wesley faisait partie de cet essaim brillant jamais vraiment dissipé. James le chargea de recruter plusieurs joueurs. Le directeur musical n'ignorait rien de sa mission et chercha de bons professionnels au talent éclatant prêts à sillonner le monde pour un salaire moyen et à jouer le répertoire sans répéter des heures entières. Le candidat devait posséder une longanimité à toute épreuve, en plus des qualités musicales requises. La perspective de jouer avec James Brown séduisait bien des artistes, mais les contraintes — ces voyages au long cours, le labeur permanent — les décourageaient. Beaucoup posaient des questions sur les amendes et la discipline que le roi du funk infligeait, sondaient Fred, vérifiaient les rumeurs et renonçaient, conscients qu'ils ne profiteraient pas de cette expérience et risquaient même d'en souffrir. Le nom de Brown, à cette époque, suscitait des sentiments extrêmes et contrastés, joie, angoisse, rêve, pusillanimité. Le batteur des Rolling Stones, le placide Charlie Watts, confessa un désir secret dans l'émission « Pop 2 », au micro de Giorgio Gomelski (ancien manager du grand groupe anglais) : « Je m'imagine que je suis avec Brown. Je n'ai pas la qualité nécessaire pour jouer avec lui, mais j'ai besoin de m'imaginer, quand je monte sur scène, que je joue avec Brown[4]. »

Chaque artiste connaissait l'exigence du *hardest working man*. Wesley l'avait éprouvée et tentait de chasser les funestes prévisions. Malgré les craintes, il parvint à constituer un orchestre et fut soulagé de voir que les nouveaux arrivants s'accommodaient de la musique de James, hostile à toute sophistication. Seul primait le feeling, avant la qualité sonore. James, l'écouteur sur l'oreille, interrompait l'orchestre, reprenait les phrases jusqu'à obtenir le parfait riff. Sans chercher, il trouvait une idée, l'évoquait devant ses musiciens et l'essayait avec eux : « Je peux prendre un groupe inconnu et leur imposer le rythme de James Brown. Mais sans moi, même si nous avons joué pendant dix ans ensemble, aucun groupe ne saura imiter mon style[5]. »

Pour bien soutenir le Maître, enthousiasme et endurance constituaient les premières pierres. Un accompagnateur devait tenir, pendant plusieurs heures, la note et le rythme. Les recrues se révélèrent excellentes. Si les néophytes satisfaisaient le Maître, ils profiteraient d'un matériel somptueux. James avait signé en 1971 un contrat avantageux avec Polydor pour cinq ans qui enterrait les années King (il ne parvenait pas à s'entendre avec les repreneurs). Cette compagnie, fondée en Allemagne, existait depuis les années 1920 au sein de la Deutsche Grammophon, et commençait à convoiter le marché américain. Elle avait acheté Mercury et possédait les ouvrages de Brown sur Smash, espérant que la populaire étoile noire l'imposerait.

Les arrivants purent se réjouir. Les années 1971 et 1972 furent fertiles en morceaux puissants, « Soul Power » (encore chez King), « Make It Funky », le très nerveux et lancinant « Hot Pants », écrit avec Fred Wesley, « Get on the Good Foot », autant de flambées funk semées juste derrière l'érotique « Sex Machine ». Ces créations annonçaient une période magnifiquement inspirée à laquelle le disque live, *Revolution of the Mind*, enregistré à l'Apollo Theater, dans la touffeur du mois de juillet 1971, offrirait le plus bel éclat. Bobby Byrd tenait les claviers tandis que Fred Wesley dirigeait l'orchestre. Le Godfather célébrait le neuvième anniversaire de son grand disque *Live at the Apollo*, le premier d'un splendide hyménée avec le vieux théâtre de Harlem. Le *speaker* égrenait comme à son habitude les titres que l'orchestre s'apprêtait à jouer. Sans temps mort, Mr Dynamite, *amazing* (stupéfiant, étonnant), commandant une énorme machine aux postes doublés — deux guitaristes, deux batteurs —, chargeait toujours son véhicule, l'efficacité tenait encore aux contrastes entre le velours d'un « Bewildered » et l'explosivité de « Sex Machine », une voix rageuse, un cri primal. Bobby Byrd répondait et formait avec James un duo chargé de lourde histoire, de plaisir et de souffrances. De son clavier électrique, il transperça l'homérique « Make It Funky », sorte de manège funk, proche de la transe, où fusaient les échos, loin des micros. L'artiste gardait la même flamme sexy, enfilant les pièces à toute allure. Chaque album public donnait lieu à un épuisement général, une fête des sens jusqu'à la consommation finale des bougies.

Les musiciens mettaient du temps à retomber après avoir atteint une telle intensité. Ils enduraient une existence tourmentée, mais dépassaient leurs limites. Le peuple les célébrait.

Le « vous reviendrez ! » avait résonné chez les anciens membres de la Revue. Existait-il une vie en dehors de la sphère James Brown ? Peut-être. Mais elle s'annonçait difficile, incertaine.

Visions de l'Enfer à Gorée

« Vous reviendrez ! » Les musiciens partis quelques années plus tôt auraient été surpris des changements. La Revue, jadis démocrate, sonnait la charge républicaine. Les combats menés aux côtés du vice-président Hubert Humphrey appartenaient à l'Histoire. Comment James Brown aurait-il pu continuer à lui adresser des éloges, à parader à ses côtés ? Il convoitait les futurs vainqueurs. À la fin de l'année 1972, Nixon avait balayé le sénateur McGovern, assurant sa triomphale réélection. N'avait-il pas promis, une fois réélu, de décréter un « Martin Luther King Day » ?

Dans ses Mémoires, le chanteur tente de se justifier, sans réellement convaincre, s'abrite derrière Sammy Davis Junior, lui aussi favorable au candidat républicain. Comme le comédien, que son choix politique accabla longtemps, James affronta un sembable vent contraire. De nombreux militants, raconte-t-il, formèrent des piquets à l'entrée de ses concerts afin de décourager le public. Sa musique couvrait les sifflets, les hurlements, les insultes. James, craignant des débordements, prenait soin d'emporter avec lui un revolver. Il ne voulait pas céder aux intimidations.

Ces heurts n'empêchaient pas l'orchestre funk de récupérer ses grognards. Jimmy Nolen réintégra le cyclone. Les Kings' Men avaient publié deux albums, sans le moindre succès. Le grand guitariste avait investi et perdu beaucoup d'argent dans le projet. Certainement moins fringant qu'avant, Maceo réapparut bientôt lui aussi. Fred Wesley observait d'un air fataliste le va-et-vient. Il n'aurait pas aimé que James Brown exprimât un sentiment de revanche ou de triomphe car les grands noms, même ambitieux, méritaient le respect. Les revenants participèrent à la séance de février 1973, à New York, emmenèrent l'odyssée de « Mind Power », à la longueur épique. Le morceau enrichirait un album à venir. Bientôt, un autre homme réapparaîtrait, Charles Sherrell, licencié et pardonné, à la grande satisfaction de Brown qui retrouvait un excellent bassiste et un arrangeur doué, à l'aise aux claviers. Ce talent permettrait à la Revue de suppléer Bobby Byrd dont les noces avec Vicki Anderson irritaient James. Son ami d'enfance lui échappait. Les deux époux, heureux, achetèrent une superbe maison à Houston (Texas) et s'offrirent une limousine luxueuse. Ils vivaient une existence de riches. Leur bonheur rendit jaloux le maître absolu qui souhaitait contrôler ses collaborateurs jusque dans leur intimité (ne conseillait-il pas à Wesley d'acheter une demeure à Augusta, non loin de chez lui ?). Selon le récit de Fred, James licencia Bobby et Vicki sans fournir la moindre explication[1]. Mais le Godfather apportera une tout autre version. Il prétend, dans ses Mémoires, que Bobby était inquiet à cause de sa mère malade et se plaignait du mauvais traitement auquel James le condamnait. Jamais il n'évoque un licenciement, s'avouant même triste et déçu.

Vicki et Bobby furent anéantis. Ils avaient trouvé l'amour, mais perdu leur raison de vivre et le confort. En virant son plus fidèle complice, présent depuis l'origine, le patron montrait à Wesley et aux autres qu'il pouvait renvoyer n'importe qui. Personne ne devait se sentir à l'abri. Une période d'instabilité secoua l'orchestre. Les musiciens avaient perdu confiance. L'éviction de Vicki, prononcée symboliquement à Houston où la chanteuse avait choisi de vivre, tourmenta Fred. Le patron soignait ses vengeances. Il asséna à la jeune femme de nombreux reproches et se tourna vers son directeur musical, Wesley, obligé d'acquiescer malgré son affection pour Vicki. Elle et Bobby assumèrent l'humiliation. Quelle défense pouvaient-ils opposer ? Depuis des années, les collaborateurs de la Revue avaient renoncé à leur vie propre. Fred lui-même, comme il le rapportera honnêtement, essuyait des soumissions répétées, écoutait les discours permanents du Maître et, en bon esclave, les approuvait. « Tu iras loin, disait James, parce que tu écoutes ce que je te dis. » Fred subissait. Il manquait d'éducation et n'avait pas assez travaillé son instrument pour assouvir son ambition suprême, devenir le grand saxophoniste de jazz qu'il avait toujours rêvé d'être. Il devait son salut à la Revue, au roi du funk, et s'interdisait toute rupture, surtout avec une femme et des enfants à charge.

Concéder ou se démettre formaient la pauvre alternative. Chaque rouage, même le plus brillant, assumait son incapacité à arrêter la roue implacable. Vicki fut remplacée par Lynn Collins, une « chanteuse inexpérimentée », selon Wesley. Devant les femmes, James se posait comme un phare éclairant, un homme puissant qui dirigeait le meilleur orchestre du monde. Belle, montée sur de longues jambes, Lynn dut prouver sa valeur et tenta de s'élever à la hauteur des autres choristes. Le chanteur répandait une colère qu'elle ne parvenait pas à saisir, mais ce tourbillon l'emporta à son tour, et elle partagea bientôt la vie de James (toujours marié à Deedee), prisonnière du tyran, le cœur serré de peur. Brown l'appelait sans cesse, vérifiait à toute heure le moindre de ses mouvements, la forçait à indiquer où elle se trouvait.

Puis, elle rejoignait la Revue, prête à libérer sa meilleure énergie. Tout artiste inconnu se laissait absorber par la machine Brown qui sema un nouveau chef-d'œuvre, le compact et fiévreux « Honky Tonk ». Lynn éprouva des difficultés à s'imposer. Son duo avec le Parrain, « What My Baby Needs Now », se vendit moins que les autres chansons. La jeune femme vécut mal ce déclin car James ne s'autorisait aucun échec et maintenait la pression afin de vaincre les nouvelles générations de chanteurs noirs — Michael Jackson, ce gosse qu'il avait autrefois vu danser, Roberta Flack, la future interprète de « Kill Me Softly », ou les Temptations, dont la chanson « Papa Was a Rolling Stone » soufflait sa belle et moite rondeur sonore, presque éthérée. Dans *Psychedelic Shack* (1970), ce dernier groupe jouait un manifeste, « Message From a Black Man », qui citait le « Say It Loud — I Am Black and Proud » de James Brown. Les Temptations et Sly Stone, inventeurs de la soul psychédélique, agressaient et célébraient à la fois leur influent père. Désireux de rester une valeur inaccessible, le danseur du *mashed potatoes* craignait ses meilleurs ennemis tout en les respectant.

Pour semer ses rivaux, le Godfather souhaitait rassembler davantage, essayait de convaincre Polydor et les distributeurs qu'il était en contact avec Nixon et s'adressait à un public multicolore. Depuis la mort de Syd Nathan, malgré leurs conflits, il avait perdu le sentiment, l'ouverture, la compréhension. « Ces gens de Polydor, pensait-il, me voient comme un nègre, un bon *boy.* » Et du côté des « nègres », Brown perdait du terrain sur ce dément tranchant comme une lame de couteau, Sly Stone. L'auteur de « Please Please Please » dérivait entre les deux couleurs, n'appartenant pas à l'une et contesté dans l'autre. Même la politique, en laquelle l'ancien gosse des rues croyait pour rameuter la communauté autour de lui et se ménager un rôle historique, prenait une teinte bien pâle.

Le deuxième mandat de Nixon le décevait car le Président ne semblait pas vouloir tenir ses promesses. L'horizon avait revêtu une teinte sombre. James pensa s'éloigner de la politique et retourner à son œuvre, angoissé par l'avenir. Il appréhendait le déclin, cherchait des voies d'issue, des chemins à explorer. Il se sentait las, épuisé, célébrait son quarantième anniversaire sans plaisir. Le succès d'Isaac Hayes et de son classique *Shaft,* qui ornait la série télévisée, le rendait morose. Ses nouveaux rivaux utilisaient le cinéma. Curtis Mayfield avait publié son fameux *Superfly,* une autre belle participation au septième art. La guerre du Godfather contre les chanteurs doués l'obligeait à accepter certaines offres, comme sa participation au film *Black Caesar*, une œuvre de gangsters classique. James ne pouvait refuser un tel projet, mais il n'y accorda aucun intérêt et laissa Fred Wesley s'atteler à la tâche sans motivation excessive. Le réalisateur, Larry Cohen, le pria de ramasser les vieilles chansons des années 1930 qu'il trouvait et de choisir les meilleures pour illustrer les images. Fred refusa, commença à composer, mais ne garda pas un bon souvenir de cette expérience. L'année suivante, il participa à un autre film, pour lequel il écrivit une chanson, « Revenge », qui, une fois encore, fut sabotée.

De toute façon, James ne s'intéressait pas à la *Blackexploitation* au cinéma. Il espérait que l'œuvre toucherait d'autres publics. Larry Cohen s'apprêtait à tourner un nouveau film, *Hell Up in Harlem*, et lui avait demandé de composer une nouvelle chanson. James enregistra « The Payback », une pièce répétitive, angoissée, striée de guitares électriques hypnotiques, mais le réalisateur ne la jugea pas assez funky. Mr Dynamite ne comprenait pas. Il n'avait pas souvent essuyé de refus et, irrité, repartit avec l'idée de concevoir un nouveau disque. Une joie étrange le stimulait. Pendant les mois de soleil, il réunirait son équipe de rêve, Fred Wesley, Maceo Parker, Jimmy Nolen, Jabo Starks, Pinckney St Clair… Il se flattait de cette richesse, s'apprêtait à accomplir de grands desseins, lorsqu'il apprit, au mois de juin, le décès de son fils Teddy, âgé de dix-neuf ans, dans un accident de voiture. La nouvelle l'accabla. Ses querelles avec l'adolescent, qu'il ne voyait pas souvent et qu'il décrivait comme une âme sauvage, le hantaient. Le jeune garçon avait entrepris de devenir musicien et redoutait apparemment les réactions de son père. Il profitait toujours de l'absence de James pour investir son bureau et répéter en compagnie de deux amis. Le joyeux trio avait monté une petite formation, Teddy Brown and the Fabulous Flickers. Le Godfather l'acceptait ou affectait de ne rien voir, mais de sombres pensées l'agitaient secrètement. Teddy refusait l'école, et cette attitude décevait l'ancien créateur militant de « Don't Be a Drop Out » qui n'avait cessé de plaider en faveur de l'éducation.

Teddy avait décidé de rendre visite à des amis au Canada. Il s'était probablement endormi au volant, et la voiture avait heurté la pile d'un pont, à Elizabeth Town (État de New York) à l'aube de ce bel été 1973. L'accident de Teddy condamna James au « Forever Suffering » (souffrant pour toujours), cette magnifique chanson, lente et habitée par une vive douleur, qu'il grava presque en même temps. Des sirènes féminines ensemençaient une musique hypnotique, lancinante brûlure où le chanteur noyait ses angoisses, comme il les aurait perdues dans l'alcool et la nuit. Le chef-d'œuvre prenait forme au milieu du deuil.

Velma, ex-femme du Godfather et mère du jeune garçon, demeurerait inconsolable. Malgré sa souffrance, James honora plusieurs dates. Il sentit que les spectateurs le « regardaient avec pitié », et un homme aussi orgueilleux que lui ne pouvait souffrir la compassion. Seul, encore une fois, le travail repêcherait son âme en perdition. L'enterrement de Teddy, à Toccoa, brisa le musicien. Le père meurtri ne souhaita pas voir le corps de son fils, et se tint éloigné du cortège, loin derrière ses anciennes compagnes, effondrées, tandis que The Famous Flames jouèrent à l'office. Un hôtel leur avait été réservé.

Mr Dynamite pensa à ses trois filles, ses deux jeunes princesses nées de ses noces avec Deedee, sa seconde épouse ; à cette autre qu'il avait eue de la grande Yvonne Fair (mais il ne l'avait pas reconnue), et aux trois fils que Velma lui avait donnés. Son œuvre l'avait éloigné de « ses » familles, et la mort de Teddy ravivait ses regrets.

Espérant effacer la tragédie, il reprit son travail. Son esprit vagabondait entre joie, colère et tristesse. Les parutions de « Forever Suffering », « Shoot You're Shoot » et « Mind Power » le calmèrent, puis le chagrin l'attaqua à nouveau. Les déchirements qui jalonnaient son existence ne semblaient guère vouloir s'arrêter. Il apprit la mort de sa tante Honey pendant l'année 1974. Une partie de son enfance lui échappait à jamais. Peu avant son décès, il avait voulu lui offrir une belle maison, mais elle avait refusé, préférant rester dans la demeure où elle vivait ses ultimes moments.

Le souvenir de son ancienne protectrice avait motivé son retour à Augusta, et maintenant sa disparition attisait sa nostalgie mais aussi, paradoxalement, le plaisir que le chanteur éprouvait à sillonner les rues de la ville. James ne pouvait contenir sa fierté. Il incarnait une réussite improbable, s'en félicitait avec autant de démonstration qu'il avait laissé éclater sa brûlante colère jadis devant les humiliations subies. Les camarades d'enfance l'accueillaient avec bonheur, même s'ils ne comprenaient pas toujours l'attitude de l'ancien mauvais garçon, cette pose arrogante mêlée d'étrange familiarité. James se promenait seul, faisait ses courses, se rendait lui-même à la station-service, jurant de graver son nom au fronton du monde.

Il rêvait de conquérir la terre originelle où, comme Hannibal, il dresserait le socle de sa sculpture ultime, en Afrique. Les années suivantes, il traversa le continent, amoureux de pays qui l'apaisaient. Le chanteur trouvait là-bas une légitimité, une base politique dont la force mystique le sortait du divertissement auquel le funk semblait le condamner. Brown souffrait de son image. La période des années 1960, de Jimi Hendrix l'avait secoué. James s'était engagé en faveur de Humphrey et de l'éducation. Mais avait-il bien porté ses messages dans une musique dévolue à la danse, aux rythmes ? Il craignait toujours de ne jamais être pris au sérieux et avait commencé à enregistrer des albums-concepts. *Revolution In Mind* ou *The Payback* s'efforçaient d'aligner des pièces cohérentes disposées selon une logique narrative et esthétique.

Il espérait que, sur les rivages primitifs et ensoleillés de ses voyages, les publics reconnaîtraient son ambition. La population colorée du Sénégal reçut bien le danseur mais aussi le messager. James n'oublierait jamais le stade Demba Diop, à Dakar, au Sénégal, bruissant de respiration, de souffle chaud, de joie. Les projecteurs brûlaient la nuit tropicale, où glissaient les corps musclés et les femmes en boubous rouges, exaltées, même si, en bas, massés le long des rues jusqu'à la mer, enfants, hommes et adolescents se bousculaient aux portes du théâtre repoussés loin des lumières. Pour son deuxième spectacle, le messager ouvrit les portes gratuitement aux malchanceux qui n'avaient pu y assister la veille.

Le vent le brûlait. La houle berçait l'équipage noir-américain. Il s'embarqua pour l'île de Gorée, au large, où les esclaves autrefois étaient enfermés avant d'être acheminés jusqu'au Nouveau Monde. Il avait l'impression de rentrer chez lui, revoyait avec plaisir les barques de pêcheurs sur le sable, le soleil, les maisons aux toits vermeils. Des images ont gravé son arrivée comparable à celle d'un roi, le béret vissé sur la tête, tout en noir, brillant de colliers. Une médaille jaune pendait à son cou. James Brown plastronnait au milieu de sa troupe tout à son service. Une femme en boubou vert lui racontait l'histoire de Gorée, découverte par les Portugais en 1444. Les Hollandais s'en emparèrent, puis Anglais et Français se disputèrent le rocher qui revint à la France après la paix d'Amiens en 1802 et fut alors transformé en plate-forme esclavagiste. Les commerçants traversaient en bateau les quelques miles pour y acheter leurs bêtes humaines que les geôliers enfermaient dans la maison aux esclaves. Le conservateur Joseph N'Diaye[2] l'accueillit chaleureusement. Un escalier étroit en pierre tournait autour de l'entrée sombre. James Brown se baissa pour y entrer. C'était un petit réduit, dont les murs chatoyaient sous les rayons intermittents du soleil au loin. Il faisait doux, tout autour des flamboiements de bougainvillées éblouissaient le regard et, pourtant, les visiteurs foulaient ce qui restait de l'ancien Enfer.

James semblait ne pas voir la femme à côté de lui, parée d'une scintillante tunique d'or. Trente ans après, cet équipage a gardé quelque chose de beau et d'héroïque. Les esclaves revenaient sous la forme d'idole et de maître. On présenta au chanteur du Nouveau Monde deux habitants afin qu'il les bénît tandis que l'après-midi s'écoulait parmi les cris d'enfants. Des minots africains couraient partout, l'applaudissaient. Le jour s'échappait. Il était temps de partir. James Brown s'y résolut, triste, la mine défaite. Fred Wesley, présent, le vit sangloter. Ces traces du malheur humain, les larmes inscrites dans la pierre l'avaient bouleversé. Le chanteur n'avait pu entendre jusqu'au bout les histoires des malades jetés à la mer dans la gueule des requins. Jamais les musiciens n'auraient cru le Maître capable d'exprimer autant d'émotion et s'en émurent profondément. Selon Wesley, James cessa de gémir quand un hôte sénégalais lui apprit que les Africains considéraient les pleurs comme un signe de faiblesse.

La troupe américaine monta sur l'embarcation et s'éloigna. Les gosses plongèrent à la suite, nagèrent dans le sillage du bateau. Les plus rapides l'escaladèrent, tout sourires, avant de replonger et de laisser filer leurs rêves. Ils étaient heureux. C'est la dernière image que James garda du Sénégal cette année-là, quelques nageurs frétillants, exaltés... et libres...

La mer était belle et chaude, les foules remuantes, pressées autour du grand chanteur. Désormais, le Godfather avait un pied accroché au sable torride. Sa statue grandissait.

Il prendrait soin d'emporter un passeport tiers-mondiste, adapté à sa nouvelle identité africaine, celle que le grand Fela Kuti lui décernait. Son nouveau projet, *Hell*, trahit bien son état d'esprit — rage, deuils, colère — dans les années 1970. Il annonçait un récit structuré. James n'avait donc pas choisi le titre par hasard — « L'Enfer » — ni cette pochette bien chargée, saturée de couleurs et d'images. Il y avait inscrit pêle-mêle les scandales et turbulences des États-Unis, du Watergate, dans lequel Nixon venait de s'engluer, au génocide indien. L'année précédente, John Trudell et quelques centaines de Sioux avaient occupé l'île d'Alcatraz pour dénoncer leur misère avant d'en être chassés violemment par l'armée. Le drame avait provoqué une vive émotion chez les humanistes. James grava une carte, extrêmement sombre, de l'actualité américaine, dénonçant le choc pétrolier, les émeutes dans les prisons, le terrorisme (après l'enlèvement de Patty Hearst), la drogue... La cruelle et pamphlétaire imagerie de *Hell* représentait la dot que James Brown accordait à l'Afrique, riche de ses chansons en désordre, méli-mélo de territoire connu (« Please Please Please »), de standards rebattus (« When the Saints Go Marching In », « Stormy Monday »...), de titres-panaches comme « My Thang » et « Papa Don't Take No Mess ». Plusieurs pièces crachaient leurs symboles : « I Can't Stand It » (« Je ne peux supporter ça »), « Cold Blooded », « A Man Has to Come Back to the Crossroad Before He Finds himself » (« un homme doit retourner au carrefour avant de se trouver lui-même »)... Chaque ligne portait un message, au bord de la révolte incendiaire, dont James Brown incarnait la prophétie. Loin des États-Unis, le chanteur déversait sa pugnacité.

Il se sentait bien là-bas, chez les ancêtres, comme d'autres grandes figures noires, comme son ami Mohammed Ali. Du cœur de la terre, les deux hommes dressaient leurs poings. Après les esclaves, James Brown célébra les gladiateurs. Il se plut à emmener la caravane au Zaïre, en 1974, où il devait retrouver son vieil ami boxeur qui affrontait George Foreman. Le grand esprit frappeur tentait de reprendre le cours de sa vie combattante (et l'Afrique n'est-elle pas le meilleur endroit pour repartir ?). Il avait purgé sa suspension de trois ans et son refus de guerroyer au Vietnam s'effaçait des mémoires. Il aspirait à de nouvelles conquêtes, à récupérer son titre mondial des lourds que l'immense héros orgueilleux estimait être sa propriété. Il défiait le tenant George Foreman au centre du monde noir, des danses, des tribus, de l'origine. L'initiateur de ces journées appelées *Rumble in the Jungle*, un certain Don King, avait imaginé la rencontre quelques années après sa sortie de prison et plusieurs dérives. Il songeait à mettre en scène le plus beau combat que l'univers eût jamais vécu, en pleines ténèbres tropicales, entre le sombre démolisseur (qui avait écrasé Joe Frazier un an plus tôt) et le poète lyrique, l'imprécateur Ali. Il eut l'idée d'organiser un concert afin de célébrer l'événement. Les invités se nommeraient Stevie Wonder, B.B. King, The Pointers Sisters, James Brown et d'autres…

La première soirée fut un échec tant le prix des places, élevé, échappait aux moyens des Zaïrois. Mais la deuxième nuit se montra plus généreuse. L'histoire a immortalisé un James Brown brûlant, avec sa haute coupe afro, ses bottes rouges, sa tonicité élastique. L'auteur de « Please Please Please » croisa les musiciens africains. Les fous de rumba, habillés de jacquettes, ceints de chaînettes et bijoux, dansaient comme des déments, des fils de Dieu, amoureux de James Brown et du funk américain. Ils avaient mis à la retraite les vieilleries folkloriques et secouaient la tradition.

Le 30 octobre 1974, à trois heures du matin, dans le stade de Kinshasa, Ali et Foreman virevoltèrent devant un public en extase, ballets dont le film de Léon Gast *When We Were King* ferait la narration enchantée. Ali l'emporta.

Nous étions des rois et les monarques s'intéressaient aux gladiateurs et aux danseurs du peuple. Revenu des nuits sauvages, James accepta l'invitation du président congolais, Omar Bongo, pour enjoliver son anniversaire. Fuyant l'Enfer, ne courtisait-il pas sans le savoir le Diable ? Il naviguait entre les Enfers et le Ciel, les joyeux nageurs de la mer chaude et le despote ubuesque.

Tout plutôt que l'oubli

L'Afrique et son éternité le couvraient d'or. James chanta pour l'investiture d'Omar Bongo, au Gabon, et toucha un cachet de 160 000 dollars. L'Afrique et son éternité l'avaient cependant un temps détourné des mouvements de la vie et de leur incessante légèreté. Pendant ses années tourmentées, James s'était montré vigilant, attentif à l'égard des nouvelles formes d'expression, même s'il avait tendance, comme un ogre, un oiseau de proie, à vouloir dévorer le paysage entier.

Devenu James l'Africain, et se croyant protégé des dieux, vers 1975, il vit arriver un nouveau danger, un art voué aux pistes de danse, et commença à tourner autour. « La disco était une simplification de ce que je faisais [1] », écrira-t-il modestement dans ses Mémoires. Il reprochait à la nouvelle forme sa facilité, tournait en ridicule les « musiciens » qui laissaient l'électronique agir à leur place et sommeillaient en s'abritant derrière les machines. James créait un beau hard-funk, soignait ses disques avec les meilleures finesse et humanité possibles, mais le public préférait acheter des albums disco sans substance.

À son retour d'Afrique, un sentiment de lassitude reprit James qui préféra se retirer pendant plusieurs mois. Ses tristesses — la mort de Teddy, le Watergate, la disco, ses querelles incessantes avec Polydor, ses affaires en déclin (l'une de ses stations de radio fut saisie, et les créanciers le poursuivirent pour impayés) — l'avaient épuisé. L'époque abhorrait les princes comme lui. James et ses musiciens avaient perdu tout désir de jouer ensemble. Maceo Parker le quitta, et Fred Wesley démissionna lui aussi en juillet, après le concert au Madison Square Garden. La Grande Revue funk et le meilleur de James Brown n'existaient plus.

James ne les retint pas, tout à ses angoisses. Il appréhendait le vieillissement, la déchéance, soignait sa crinière pompadourienne qui avait fini par ressembler à celle de Little Richard autrefois, employait son temps à se teindre les cheveux, à couper ses mèches et à exiger toujours de ses musiciens l'élégance formelle, cravate, complet… Fred Wesley avait rejeté une discipline à l'usage dépassé. Il avait espéré que la déprime de James assouplirait la règle, mais le Maître gardait la même ligne, poursuivant ses efforts harassants que la presse ne cessait de louer. « Brown », écrivit en janvier 1977 le *New Musical Express*[2], « a creusé une niche plus profonde dans l'histoire de la musique noire que la plupart de ses contemporains ou successeurs (et j'inclus consciemment Ray Charles, Aretha Franklin, Sly Stone et Stevie Wonder). En fait, je dirais que les seuls musiciens noirs qui l'auront égalé en importance furent les jazzmen Charlie Parker, John Coltrane et Miles Davis, et peut-être, dans une autre sphère, Jimi Hendrix. »

Pendant un mois d'hiver, lors de son quatrième voyage en Grande-Bretagne, il fut acccueilli comme un roi. Les journalistes avaient l'impression de rencontrer un homme en feu agité par une dynamo. « Dites que je suis de retour ! Dites-le ! » clamait-il. L'annonce de ses retours prenait la forme de slogans, mais exprimait également ses craintes. Brown redoutait l'oubli. Quand White, pour le *New Musical Express*, lui demande ce qu'il pense de sa relative discrétion sur les chaînes de radio pop au contraire des autres musiciens noirs bien plus présents, il répond : « L'institution est contre moi parce qu'elle ne peut me manœuvrer. Je suis un homme libre. Je pense librement et je vis librement. De toute façon, ces morceaux sont appelés musique noire, mais en sont bien loin. » Le pouvoir se méfiait de sa violence. Les producteurs avaient même renoncé à prendre son album *Payback* pour illustrer la bande sonore d'un film parce qu'ils le jugeaient trop « black ». « J'étais trop dynamique pour eux. »

Face aux résistances, James profitait de sa gloire et tentait de survivre, de durer plus longtemps que les artistes de sa génération. Depuis, la littérature a largement nourri sa romance. Dans son grand roman sur la drogue et l'Amérique trouble, *Crack*, Ray Schell écrit : « L'assistance était des plus composites. Hippies multicolores, divas-babas fringuées à la Angela Davis, clones de

Jimi Hendrix, gays, hétéros, bi-tout ce qu'on voudra... Mon pouls s'est accéléré quand j'ai pénétré dans ce Hadès de néons. Janis Joplin gueulait dans un mélange de Crosby, Stills, Nash & Young et de soul pour rafraîchir un peu tout ça, et quand la température est suffisamment tombée ils ont mis James Brown à fond pour réchauffer la piste de danse. Le volcan était en fusion. [...] Des taxis jaunes passaient en lévitation, chantant "Purple Haze", crachant du feu à travers leurs dents cramées[3]. »

Le romancier noir Harry Crews citera lui aussi le Godfather dans *La Foire aux serpents* : « Susan Gender transpirait à travers son chemisier, et les yeux en tête de clou du fermier ne quittaient pas les tétons durs qui se dressaient sous le tissu, tandis qu'elle se déhanchait au rythme de James Brown qui hurlait : *"I don't know karate but I know karazor*[4]*"*. »

Chaque fois, les auteurs évoquaient la sensualité, la moiteur de sa musique, comme une légende bien définie. Dès qu'un romancier voulait dépeindre une scène de danse, avec une forte dimension érotique, il citait désormais le nom de James Brown, aussi flamboyant que ceux de John Lennon ou d'Elvis Presley dont le décès brutal, le 16 août 1977, l'éprouva durement. Tous deux garçons pauvres de la campagne, ils étaient nourris au gospel et au rhythm and blues, et leurs deux grands succès, « Hound Dog » et « Please », étaient sortis la même année[5]. Les deux hommes se ressemblaient, jusqu'à devenir presque des caricatures d'eux-mêmes, l'incarnation blanche et noire du parvenu américain aux paillettes phosphorescentes et à la coiffure gonflante. À la différence d'Elvis, cryogéné depuis longtemps dans son épais costume de glace, James laissait encore bouillonner de la chaleur en lui, même s'il abordait la période grasse où les grands artistes, étouffés par leur opulence, se figeaient sous des masques.

James se rendit à Graceland (Memphis) comme il s'était rendu jadis aux funérailles de Sam Cooke et d'Otis Redding, il conversa avec la veuve, Priscilla, puis repartit. Il n'avait pas souvent rencontré Elvis. Les deux chanteurs n'avaient noué aucune relation amicale, mais ils s'estimaient.

Les héritiers d'Elvis transformeraient la demeure de Graceland en sanctuaire. Pourquoi le grand James Brown ne s'inspirerait-il pas de cette merveilleuse idée ? Le musée à sa gloire poursuivrait une autre utilité : servir d'exemple à la jeunesse noire longtemps après sa disparition. Ce genre de monument *post mortem* l'effrayait un peu. Le chanteur n'avait jamais songé au panthéon. Depuis ses débuts, il regardait devant lui, menait sa route, vivait en scène, repoussait l'idée de retraite. L'inspiration se raréfiait, et pourtant, il avait encore sorti un beau « tube », « Get Offa That Thing », sa dernière production célèbre. James changeait, de couleurs fauves, chaudes, il virait à une vision céleste, clinquante, paillettée, de Janus moustachu comme sur la pochette de *Body Heat*. Il évoquait sa perpétuelle renaissance.

Même « son » cher Apollo ne paraissait pas vouloir tirer sa révérence. Sa réouverture, après trois années de travaux, sonnait comme un appel à continuer, à persévérer. « Tant que l'Apollo vivra, je vivrai ! », semblait dire James. Et, le 12 juillet 1978, il s'y précipita (c'était bien naturel), afin d'honorer les nouveaux propriétaires.

La célèbre salle de Harlem, comme une sorcière hypnotisante, lui redonnait toujours vie au moment où ses forces vitales faiblissaient. Elle le relançait vers l'horizon. L'inventeur du funk songeait à retourner en Afrique, ou sur un autre continent extrême, espérant quérir le sens et grandir. Ses voyages l'aidaient à fuir une vie privée chaotique. James ne s'entendait plus avec Deedee. Son second mariage courait à la catastrophe. Il prétendra qu'elle ne souhaitait plus partager la vie d'un chanteur trop souvent absent. Il affirme ce qu'il veut, mais reconnaissait un nouvel échec. Deedee emmena leurs filles dont il ne s'était pas beaucoup occupé. La séparation fut douloureuse.

Le vertige du vide

James avait jusqu'à présent mené une vie de ruptures. Sans père ni mère pour l'aider, il avait toujours pensé que la seule façon d'obtenir quelque chose était de se battre. Fred Wesley pensait, lui, au contraire qu'une attitude généreuse envers autrui pouvait être bénéfique à l'être humain.

Il avait laissé loin derrière une partie de sa vie tandis que James avait pris la route de l'Orient d'où il rapporterait un album miraculeux enregistré à Tokyo, *Hot on the One* (1979). Deedee, absente, l'accompagna dans ses pensées. James chanta plusieurs titres qu'il avait composés avec elle, « Body Heat » et le « Long Jam », d'une durée de sept minutes. La pochette rouge sang abreuve ce nouveau brasier *live*. Heureux de son éclat sur scène, l'homme du funk voyageait et jouait. L'amour du public lui faisait oublier sa solitude. Les musiciens partaient, mais comme le dirait Maceo Parker, le Godfather ne leur en tenait pas rigueur et se disait prêt à les reprendre si leur expérience solitaire échouait. Et les nouveaux éléments, bien formés, pénétraient avec naturel dans le chaudron.

Combien de collaborateurs démissionnaires erraient, depuis, complètement perdus ? « J'ai donné tout mon savoir à des gars comme “Bootsy”, et ils n'ont rien fait », confierait-il dans une interview donnée en 1982 au *New Musical Express*. James racontait que « Bootsy » avait frappé à sa porte et lui avait fait écouter ses enregistrements : « Quel est le mieux ? » Le patron en riait encore : « S'il savait où il allait, il ne serait pas venu me voir... Mais il ne sait pas où aller. Je l'aime à mort, comme mon fils... » James aimait rappeler ses connaissances musicales, Schubert, Tchaïkovski, Strauss, ses notions mélodiques dont était dépourvu « Bootsy ». Lorsque le jeune homme virtuose revint jouer avec lui, en remplacement du bassiste David Weston, James fut surpris de constater qu'il n'arrivait pas à suivre le mouvement sur « Soul Power ». La Revue avait progressé, l'orchestre consumait ses bougies à toute allure, et jouait trop vite pour Bootsy.

Le patron pensait que ses musiciens, inspirés par son esprit combatif, ne pouvaient quitter sa sphère sans perdre beaucoup. Leur allégeance le ravissait et l'aidait à affronter la critique et les tribunaux. James poursuivait en justice sa maison de disques Polydor afin de récupérer ses royalties. Aurait-elle osé le voler s'il avait été blanc ? D'un côté, il réclamait des milliers de dollars, de l'autre, il se battait contre les impôts, les taxes qu'il n'avait guère payés. L'État agrippait son magot d'une main cupide. Le système abhorrait sa réussite et tentait de lui reprendre sa fortune, se vengeait de sa fierté noire, de ses engagements. James connaissait bien le président Jimmy Carter élu en 1977 et lui adressa une lettre : « Monsieur le Président, vous avez vu mon travail et vous savez ce que je fais. Vous ne pouvez accuser un homme d'évasion fiscale quand il n'y a pas d'intention. Et je n'ai pas été assez loin dans mes études pour savoir comment sortir de l'argent [1]. »

D'autres troubles agitaient la Revue et perturbaient le seigneur lui-même : la drogue avait commencé à hanter l'orchestre, sorte d'ombre noire dont le fantasme, le plaisir circulaient entre la tête et les jambes, de haut en bas, jusqu'au Maître suprême, fatigué, qui était certainement au courant (et consommait probablement l'interdit). Mais nul ne se serait avisé d'évoquer le Mal. Le Godfather s'efforçait de préserver la discipline, l'apparence, de rester en accord avec ce qu'il avait souvent déclaré bien des années auparavant, mais le contrôle lui échappait. Il se sentait atteint, impuissant à recouvrer son sens des décisions, manifestait son pouvoir de manière étrange, capable de virer un tromboniste le matin, puis de le réengager le soir. Ses ordres flottaient. L'impavide champion dérivait. Un matin, son retard dans le bus suscita l'émoi parmi les membres de la Revue. On le disait malade. Aucun musicien n'osa proférer une remarque. Le bloc se lézardait. James demeura dans sa chambre. Jamais, en trente ans, le Godfather n'avait manqué un rendez-vous ni enduré la moindre maladie, et maintenant, il jaillissait, promenant un regard sombre, les yeux noirs, enfoncés, au bord de la rupture. Il s'efforçait de dissimuler ses démons. La drogue l'aiderait à vaincre les escrocs, à passer à la postérité, à en faire cet intouchable, ce sultan que les journalistes voyaient en lui.

Les rêveurs imaginaient ses trésors : le monarque avait gardé ses costumes, pièces de collection, disques, jusqu'aux discours. Il évoquait à longueur de temps son musée James Brown, vagabondait dans le doux prestige, à la tête de ses trente-huit voitures. Son empire l'impressionnait : stations de radio, bureaux à Augusta, dans la ville voisine d'Aiken, de l'argent en flux continu... Mais il se battait pour le garder. Les musées et le cinéma le courtisaient, les musiciens l'admiraient.

« Je dis toujours aux artistes, raconte le producteur-arrangeur Brian Eno qui collabora avec David Bowie et les Talking Heads, de ne pas avoir honte de leurs propres idées. La plupart des musiciens qui entrent en studio sont félicités quand ils sonnent comme un autre musicien ou proposent une variation légère d'un autre artiste. Si l'un d'eux essaie quelque chose de neuf, les responsables présents dans la cabine ne se sentent pas tranquilles et se demandent : "Qu'est-ce que c'est que ce truc ?" Puis, ils reviennent et jouent un vieux riff de James Brown et tout le monde s'extasie. "Ouaah ! C'est ce que nous voulons." Vous vous rendez compte que la plupart du temps les musiciens sont encouragés à produire un son reconnaissable[2]. »

Comment le demi-orphelin avait-il atteint cet objectif depuis la cabane sans eau ni électricité où il avait vu le jour ?... Fier, il montra sa réussite à son vieux père et à sa mère, parvint à les réunir pour la première fois depuis qu'il était enfant devant l'objectif[3]. Après une vie d'errance, le vieux Joe, enfoncé dans un confortable canapé, s'installait à Augusta près de son glorieux fils.

James essayait de rassembler les éclats épars de sa vie. Bien sûr, il se querellait avec ses anciennes femmes, réclamait ses filles, rêvait de repartir, de travailler encore et toujours. La solitude lui pesait atrocement. Il avait l'impression que le monde l'avait enterré, que la jeunesse acclamait Michael Jackson, Lionel Richie, Earth Wind & Fire, indifférente aux grands pionniers. Sly Stone avait depuis longtemps sombré dans la folie et les figures historiques de la soul dormaient toutes dans leurs mausolées.

Pourtant, la vie à nouveau animerait son sang. Il n'aurait jamais pu croire qu'un cinéaste blanc inconnu lui offrirait un monument autrement plus vivant. L'homme, John Landis, préparait un film, *Blues Brothers*, en compagnie d'autres grands noms : Aretha Franklin jouait une taulière de restaurant, Ray Charles, un vendeur désastreux d'instruments, et le bluesman John Lee Hooker reprenait ses habits de jeunesse, ceux d'un musicien de rue. L'inventeur du funk accepta de simuler Cleophus James, un révérend flamboyant en costume rouge qui incendiait son église comme jadis le fameux Daddy Grace.

Landis le pria de jeter sa cape, mais le Godfather refusa, désireux de créer un personnage. Il ne tenait pas à apparaître en James Brown, à détruire sa création. Le cinéaste le poussa ensuite à accomplir des acrobaties. Le chanteur rechigna par crainte de se blesser.

Il garda un beau souvenir de cette expérience. *Blues Brothers* et la dérive de ces deux hors-la-loi musicaux et clownesques (John Belushi et Dan Ackroyd) ranimèrent l'intérêt du public à son égard, lui permirent de toucher les plus jeunes, et de se faire connaître des pays lointains.

Il avait réussi à rouvrir les bonnes portes, les chemins sacrés qui menaient à la télévision, à la Maison-Blanche, au pouvoir. Mais quelques sérieuses blessures saignaient sur son corps. James n'avait pas traversé les derniers mois indemne et, lorsqu'un édile l'invita à rejoindre une commission anti-drogue, il accepta, sans rien révéler de son terrible secret. Il continuait à fumer de la marijuana afin d'évacuer la tension, la pression, les angoisses, cette sensation d'oubli dans laquelle l'idole avait l'impression de s'enliser. Il éprouvait quelque difficulté à assumer ses contradictions, le rôle parfait qu'il entendait incarner pour la nation, et ses troubles, son épuisement moral. Ses amis et musiciens s'attristaient de le voir pourfendre la drogue devant la Maison-Blanche et, le soir venu, s'étourdir dans les nuages. La confusion embrumait son âme apeurée, même en présence de Ronald Reagan, élu en 1981, un républicain assez sévère peu enclin à satisfaire cette vieille obsession de James : la création d'une journée nationale en hommage à Martin Luther

King. Le chanteur refusait d'admettre son impuissance, attaché à ses fantômes, l'éducation, la lutte contre la drogue. Il voulait encore servir de guide, mais craignait de perdre sa gloire, se battait contre la drogue et goûtait aux paradis artificiels, déplorait les prisons, mais restait un prisonnier dans le cœur et l'âme. Il visita San Quentin, près de San Francisco, et fit part aux jeunes détenus de sa propre expérience. Il demeurait le jeune sauvage qui avait passé son adolescence derrière les barreaux.

Quand il pénétra dans l'enceinte, un frisson le parcourut. Échaudé par sa propre vision de l'oubli et de la mort, il disait toujours aux jeunes gars perdus : « Tout le monde ne peut pas être James Brown, mais tout le monde peut travailler. J'ai moi-même travaillé. Je faisais le gardien avant de connaître le succès. En Amérique, qui veut peut. »

Il frissonnait sur cette ligne floue, à mi-chemin du vide et du pouvoir. Grâce aux *Blues Brothers*, il pouvait à nouveau commander, chanter, voyager, militer. Les caméras le caressaient, comme autrefois, les femmes le célébraient. Il n'oublierait pas l'émission « Solid Gold », en février 1982, où il rencontra la belle et puissante Adrienne Modell Rodriguez, la styliste capillaire aux cheveux soyeux. Une aura enveloppait la créature, joliment vêtue. Elle avait bien connu Elvis Presley, ce qui ajoutait à sa fascination. « Une femme merveilleuse », écrira le chanteur dans ses Mémoires. « Quand nous nous sommes regardés, nos yeux se sont soudés, nos âmes se sont touchées... J'ai toujours pensé que le cœur était guidé par la lumière de Dieu. Parfois, un éclair suffit pour vous embraser, mais la force des sentiments qui s'installent ensuite peut durer toute une vie[4]. »

Il aimerait follement cette femme aux « racines multiples, africaines, italiennes, juives, hispaniques », selon ses propos. Revendiquant des ancêtres indiens, il formait avec elle un « véritable arc-en-ciel », mais dut l'arracher sur le plateau à la surveillance de son petit ami jaloux.

James obtenait heureusement toujours ce qu'il voulait. Il épousa Adrienne en 1984 et lui acheta une maison en Caroline du Sud, à Beech Island. Une haute et spacieuse grille en fer forgé le séparait du monde. Une rangée de sapins et de chênes ombrageait la route, se ployait sous le vent. Le chanteur s'était aménagé une cour, avec du marbre, une fontaine près de laquelle il aimait se rafraîchir ou méditer. Un jardin luxuriant accueillait ses promenades. L'intérieur, éclairé par des chandeliers, était décoré comme un petit palais. Ce paradis favoriserait sa création.

Et la création, chez lui, ne cessait de le submerger à gros bouillons. Enfin débarrassé de son contrat chez Polydor, il signa chez Island. Si le meilleur de sa carrière artistique naviguait derrière lui, le plus fort restait à venir, comme une source miraculeuse que le Très-Haut ne cessait d'irriguer au premier signe de tarissement. La lumière enveloppa le producteur du film *Rocky IV* qui l'appela. James y placerait sa chanson au funk pauvre, le métallique et glacé « Living in America », bien éloigné du niveau d'antan. Peu importait : le succès revenait, même si le niveau, l'énergie, la grâce paraissaient fuir son corps. Les belles années lui tournaient le dos, irrémédiablement, mais il avait vaincu la force d'inertie et remerciait Dieu, l'Amérique, tout le monde et n'importe qui.

Le héros de *Rocky* faisait écho à sa propre existence, à ses combats. « Stallone voulait James Brown, confia-t-il au *San Francisco Chronicle*. On cita deux autres noms... Lionel Richie... Ray Charles... Mais Sylvester répondit : Non ! Cela ne peut être que James Brown. Vous devez admettre cette vérité... Dieu a toujours été très généreux, il a toujours travaillé pour moi parce que "Living In America" est ma plus grosse vente depuis quatre ou cinq ans[5]. »

Il s'amusait de participer à un film sur la boxe, toujours entre l'esquive, les coups et la lutte. Pourtant, ce sport demeurait l'illustration douloureuse de son existence, et plus encore à l'orée des années 1980 où le paradis se refusait à lui. Une certaine malédiction le poursuivait. La drogue avait pris dans sa vie une place aussi énorme qu'étouffante. Sa tendre Adrienne fumait beaucoup de joints et le contaminait. Plusieurs témoins, comme la chanteuse Vicki Anderson, exonérèrent cependant l'épouse de toute responsabilité, rappelant que James grillait des cigarettes avant son mariage. Mais la jeune femme aux bouffants cheveux noirs, à la peau claire était devenue l'ange sombre, la maudite. Elle ne supportait pas la vie dans le Sud, l'exposition au racisme, au point même de nier sa couleur noire, et se révoltait. James ne réussirait jamais à l'assujettir comme il avait soumis ses autres compagnes. Adrienne Rodriguez résistait à son empire, parvenait même à le dominer. Elle possédait quelque chose de mystérieux, une force indomptable que seule la drogue maîtrisait.

Une nouvelle crise conjugale le menaçait. La drogue qu'il ingurgitait le rendait nerveux et violent. L'épouse en supportait les conséquences. Les cigarettes contenaient du PCP, « poussière d'ange », un tranquillisant animal dont les effets donnaient une vision déformée de la réalité. « [Le] PCP était une drogue étrange pour toute personne de cet âge qui commence à en prendre », déclarerait l'écrivain Amy Linden qui rencontra plusieurs fois James Brown. « C'est comme vous inoculer une dépression nerveuse. Personne n'en sort sain d'esprit... C'est une drogue latino ou blanche venue de la rue[6]. »

James, rongé par la paranoïa, frappa Adrienne qui s'en plaignit à des amis. Résolue à divorcer, la malheureuse tenta de quitter la propriété de Beech Island, et prétendit qu'il essaya de la tuer en tirant sur sa voiture.

Comme toujours, la presse s'empara de l'affaire, publia des articles sulfureux, accusant Brown d'être un pauvre malade. Sa vie amoureuse, rappelait-on, traversait depuis toujours flammes, larmes et hurlements. Les journalistes s'amusaient à établir l'infini martyrologe féminin, de Deedee à l'étoile Tammi Terrell, saintes offertes au sacrifice, immolées sur l'autel du brutal danseur. Pourtant,

Adrienne, comme on l'a dit, refusait l'expiation, révoltée permanente mais finalement conciliante. Des photographies de l'épouse tuméfiée furent publiées, elle préféra nier la réalité du cliché. D'un geste, elle aurait pu se libérer de James, mais n'y tenait pas vraiment.

Désireux de fuir cette délétère ambiance conjugale, le musicien se réfugia alors dans son local d'Augusta aux murs étroits sur lesquels brillaient les galettes d'or, son butin glané après tant de campagnes énergiques. Il se fâchait quand ses contempteurs évoquaient sa retraite. « Me retirer de quoi ? s'étonna-t-il. Quand je vois le président des États-Unis, l'acteur George Burns * ou Bette Davis... Alors que je viens d'avoir le plus grand succès de ma carrière [7]. »

Il se prévalait du succès de « Living in America », mais s'offusquait des critiques méchantes. « Celui qui a déjà vu le spectacle de James Brown dans un bon soir sait que J.B. est le cœur cuit à la Cocotte-minute du funk, mais ce qu'il fait ne s'est jamais éloigné des paramètres relativement étroits de son unique plan musical », écrirait en mai 1988 le magazine *I-D*. Le journal opposait le vieillissant Brown au nouveau George Clinton qui avait détruit les stéréotypes, porté le funk à une autre place improbable, comme si, dans le domaine culinaire, un chef avait inventé un jour des glaces frites. « James était le roi arrogant, et George en était le bouffon humanitaire, irrévérent, avec plus de

* Acteur américain connu pour sa longévité. Mort centenaire en 1996, il adorait l'alcool et les cigares.

fantaisie dans son petit doigt que la plupart de ses contemporains. »

James n'ignorait rien des critiques ni de l'extrême mobilité et de la flamboyance de son grand rival.

Clinton respectait peut-être les règles ou assumait mieux l'anarchie. Aucune Adrienne ne le meurtrissait. Toute cette pression écrasait le Godfather qui cherchait la délivrance, fumait de la drogue nuit et jour, se promenait en dérivant, la main sur son revolver. Les policiers l'arrêtèrent plusieurs fois pour port d'arme illégal et possession de substances. Mais aucune leçon, aucune nuit en cellule ne le sauvait du déclin et de son foyer. Le couple se querellait, déposait une traînée de soufre sur son passage. Adrienne se débattait contre un fléau que plusieurs séjours en prison n'avaient pas réussi à chasser. Elle poussait des cris, délirait. Une dispute dans une chambre d'hôtel à Bedford (New Hampshire) provoqua un incendie rapidement maîtrisé. Des traces de PCP furent trouvées sur eux. Adrienne accusa James de l'avoir piégée, il la frappa. Combien de fois elle ou lui séjournèrent dans l'ombre froide de la cellule ? James espérait que ses hautes relations, à la Maison-Blanche, le protégeraient de la justice, mais il ne fut jamais soutenu. Ses amis semblaient l'avoir abandonné. Le chanteur retrouvait son immense solitude, une envie de tout casser autour de lui, et se consacrerait bientôt à son œuvre de destruction. Les ennemis l'assaillaient, le guettaient. La drogue montait en ébullition jusqu'à son cerveau. Et le transperçait d'intenses douleurs !

Retour à la case prison

Il avait raté ses derniers albums, *Gravity* et *I Am Real*. Les deux œuvres peinaient à ressusciter la tonicité noire qui avait rendu Mr Dynamite célèbre. Même le retour de Maceo Parker n'avait pas réussi à muscler des chansons pauvres, mécaniques. James naviguait sur le vide, le néant, épuisé. Il se retranchait du monde, voyant toute intrusion extérieure comme une agression insupportable.

Le fléau avait tellement déformé sa vision du monde qu'il s'attaqua à la société, un 24 septembre 1988. James se demandait pourquoi ces inconnus bruyants — un cabinet d'assurances — avaient envahi l'immeuble où se trouvaient ses bureaux. Il aimait bien venir y travailler, goûter là-bas une certaine sérénité. Le bâtiment rayonnait dans la belle lumière d'Aiken, la ville voisine d'Augusta. Les visiteurs, ignorant l'identité du propriétaire, tenaient leur séminaire, profanaient un territoire sacré. James s'aperçut que ses toilettes privées avaient été utilisées. L'auteur funk appela une femme de ménage et l'obligea à fermer le local à clef. Puis, étourdi, la tête à l'envers, il prit un fusil et déboula en plein milieu de la réunion, hurlant : « Qui a sali mes toilettes ? » Les cadres furent surpris, choqués devant cette apparition noire, échevelée, aux yeux de fou. Un employé prévint la police qui ne mit pas longtemps à se manifester.

En entendant la sirène, James sortit de la salle à toute allure, descendit l'escalier et s'engouffra dans sa camionnette rouge. La fureur l'emportait. Il ne saurait jamais combien de temps il roula. Deux gardiens de l'ordre le prirent en chasse sur Martin Road. James accéléra, atteignant la vitesse de cent soixante kilomètres/heure. Personne ne l'arrêterait : nul n'avait jamais réussi à ralentir son existence. Il franchit la frontière, investit la Caroline du Sud. Des coups de feu éclatèrent. Les imbéciles essayaient de tuer le Noir glorieux, d'éliminer un symbole gênant, trop heureux de saisir l'occasion. En vérité, ils visaient les pneus. James se garda bien d'utiliser sa propre arme (d'ailleurs, le pouvait-il, affolé, paniqué ?), fit demi-tour, fonça sur les policiers qui évitèrent de justesse son véhicule, dérapa et renversa la camionnette dans un fossé. Vingt-trois impacts de balles avaient perforé la carrosserie. James sortit, sonné, chanta « Georgia » et dansa. Son étrange comportement n'empêcha pas les policiers de l'arrêter et de l'emmener au commissariat. Le pouvoir géorgien châtierait sa mauvaise étoile tandis que la Caroline du Sud abandonnerait les poursuites.

Onze charges furent retenues contre lui, des plus menues aux plus graves. La justice lui reprocha d'abord ses plaques minéralogiques périmées avant de déceler dans son sang des traces de PCP, sans parler de sa tentative de meurtre contre les représentants de l'ordre ! Une longue peine de prison menaçait le Godfather. La presse découvrit le terrible secret du Maître. James Brown prenait donc des drogues malgré sa lutte incessante contre le démon et ses réquisitoires moraux. Il avait chuté lourdement, décevant ceux qui avaient vibré en écoutant « I'm Black and I'am Proud », et se rappelaient ses discours : jamais de drogue ni d'alcool dans les loges ! Les clairons habituels commentèrent l'événement. James avait battu sa femme Adrienne, hospitalisée en urgence. La malheureuse n'aurait pas supporté les coups au point d'en mourir. Les rumeurs couraient. Non seulement Adrienne réapparut, mais elle ne déposa aucune plainte, se plaçant même à la tête du mouvement « Free James Brown », soutenue par des personnalités comme Little Richard ou le révérend Jesse Jackson... Adrienne l'aimait et était incapable de le quitter.

James plaida coupable sur les conseils de son avocat. « Cela ramènera la peine à six ans ! » Les policiers le connaissaient bien. Le chanteur niait les substances, mais les analyses et les arrestations précédentes le trahissaient.

Il fut condamné à six années de prison et remonta le cours de sa vie, se rappelant l'adolescent maudit qu'il avait été autrefois, à Toccoa. C'était comme naître et mourir, venir du néant et repartir vers lui. Cette fois, cependant, il revenait à l'ombre en prince. Les observateurs n'ignoraient rien du traitement royal qui lui serait réservé, même si James estimait injustes ses privations. Le mauvais sort l'avait encore arraché à Augusta, à sa famille. Le grand chanteur se félicitait juste d'être en vie. Ces policiers l'auraient bien assassiné, envoyé au ciel aux côtés des Martin Luther King ou Malcolm X. « J'ai failli mourir, avait-il dit au juge. Les policiers m'ont plus effrayé que les Viets quand j'étais au Vietnam. »

Peut-être son séjour en prison le sauverait-il de ses ennemis ?

Il s'efforça de garder le moral, joua de la musique, fit de la gymnastique. Les murs ne devaient pas atrophier son corps ni attaquer sa force. Toute sa vie, il s'était battu et poursuivait le combat au crépuscule de son existence. La population d'Augusta viendrait manifester sous les fenêtres de la prison, réclamer sa libération immédiate. L'État bouillonnerait, il en était persuadé, sans se douter que, dans sa ville natale, la vie suivait son cours, que ses compatriotes avaient assisté à sa chute entre indifférence et vague sourire. Beaucoup s'étaient lassés de ses frasques, raillaient le prince déchu, le capricieux puni, la star pailletée et ubuesque connue surtout de la jeunesse pour ses bruyantes descentes, avec un fort équipage, dans les restaurants de la ville. Certains jugeaient sa punition méritée. Le « voyou parvenu » devait heurter le mur un jour ou l'autre et en ressortirait l'esprit calmé, rafraîchi.

Le révérend Jesse Jackson lui rendit visite et le défendit. Il comprenait la fuite de James sous le feu des policiers bien décidés à l'assassiner. N'importe quel citoyen aurait agi de la même manière. Le pasteur appela le gouverneur afin qu'il allège la condamnation, mais les autorités refusèrent de l'écouter. Plusieurs partisans de James reprochèrent à la justice son racisme.

James assumait sa pénitence. Il reçut en 1990 une équipe de la télévision française, prétexta une rage de dents et se rendit chez un ami médecin où l'attendait le journaliste Philippe Manœuvre et l'équipe de Canal Plus. Il évoqua « un mauvais rêve ». Il ajouta : « Je ne peux pas expliquer. Un cauchemar. Et je ne pouvais rien faire. Que peut un homme contre ce genre de choses ? Et cela remonte à des années en arrière. » Il dénonça la malédiction qui pesait sur tout homme noir. « Je n'ai pas eu droit à la justice, mon père non plus, ni mon grand-père... Je ne m'excuserai jamais d'être un être humain. Je ne céderai pas. Si je suis un clodo, laissez-moi être un clodo. C'est mon choix. Et ne vous avisez pas de me traiter de clodo noir. » Il n'avait rien perdu de son immense orgueil. « En Amérique, on considère qu'Irvin Berlin est un grand compositeur, *Night and Day*, et tout ça. Mais j'ai eu la chance d'écrire quatre fois plus que lui. Il a écrit mille chansons et moi, quatre mille cinq cents. Et j'ai quatre cents disques d'or. Alors, à l'échelle de l'Amérique, je sais que je suis le premier. Je suis dans la même catégorie que Bach, Mozart, Beethoven... » Tout à son péché d'orgueil, il se trompe en prêtant *Night and Day* à Irving Berlin car l'auteur est un autre géant du répertoire, Cole Porter. Qu'importe : du haut de sa montagne superbe, James peut mélanger ces créateurs magnifiques puisqu'il les juge bien inférieurs à lui.

Il survivait ainsi grâce à sa belle outrecuidance, cuisinait pour les autres détenus, rejoignit un chœur gospel, joua pour les fêtes de Noël devant un public surprenant : détenus et soldats cantonnés dans les environs, sur le point de partir pour la première guerre du Golfe. James retournait à l'enfance bénie.

La prison alimentait son inspiration depuis toujours, comme une seconde peau, le mythe et le symbole de l'esclave. La chanson « Prisoner of Love », les barreaux dorés qui striaient la pochette de *Revolution in Mind* l'accompagnaient jusqu'au fond du puits, au long de son calvaire sacrificatoire.

Il espérait ne pas accomplir la peine entière et eut raison de patienter. Le 27 février 1991, il fut libéré sur parole. La geôle ne l'avait pas tué, et il revint de l'Enfer, plus fiévreux que jamais. Insubmersible.

La maladie

Avait-il changé ? Pendant ses années de prison, James Brown ne voulut jamais reconnaître sa prise de drogue. Il prétendait avoir avalé des médicaments parce qu'il était fatigué. Peut-être craignait-il de reprendre la vie commune avec la volcanique Adrienne ? Aussi décida-t-il de repartir en campagne. Seuls les tournées, les voyages, le mouvement le préservaient du diable, de la mort, le maintenaient en vie. Il réserverait à l'Europe, loin de la Caroline, sa première sortie. Ses agents l'annoncèrent à Paris pour une conférence de presse qui fut annulée. Les autorités américaines ne permirent pas à leur célèbre détenu en liberté conditionnelle de s'y rendre. L'annonce soudaine des concerts surprit les journalistes. Personne ne comprit comment James avait obtenu le droit de jouer à Wembley.

Il arriva, triomphant, assez mince (après ses deux années de prison). Il semblait s'être débarrassé de la drogue, et le regard délavé, dont les photographes s'étaient repus, avait recouvré son feu. Des bottes de cow-boy, une cape marron, sa coiffure répandaient un halo métallique, lustré, brillant. Fier, royal, assoiffé de respect, de reconnaissance, il sourit quand les journalistes l'appelèrent : « Monsieur Brown. » Dès que la conversation s'engagea cependant, il arbora un air sombre, regimbant contre son pays, le système qui emprisonnait 90 % des Noirs souvent inéduqués, pauvres. Il rappela qu'il avait quitté l'école à quatorze ans. « La soul, c'est le destin qui a frappé à ma porte, disait-il. C'était et c'est toujours la seule chance de m'en sortir. La soul, c'est la vérité. C'est la réalité, c'est la survie. »

James n'avait rien perdu de sa discipline légendaire ni de son orgueil immense qui l'avaient sauvé Il ne desserra pas son étreinte, bien au contraire, appliquant à nouveau sa stricte politique d'amendes. Brown avait repris son commandement de fer et les habitudes douteuses.

Les choristes femmes s'amusaient de voir qu'elles étaient toutes inscrites sur leur loge comme « Mr Brown's », ses propriétés. Quand le Maître regagnait ses quartiers, ceux qui désiraient lui parler devaient s'annoncer, frapper et lui montrer le plus grand respect. Même Adrienne qu'il emmenait, dont la beauté sombre impressionnait, s'embarrassait de mille précautions.

James Brown paraissait guéri. La prison l'avait dissuadé de replonger. Il réussit son retour, entouré d'un nouvel orchestre — le batteur Tony Cook, le saxophoniste St Clair Pinckney, les Sugar Bees (Martha, Cynthia et Lisa). Fêté, célébré, comme avant, il repartit vers l'aventure, le sommet.

Sa romance redevint ce qu'elle avait toujours été

depuis le début, une suite de moments luxueux, de folies et d'état de grâce. Pour son anniversaire, il invita à Augusta l'actrice Sharon Stone, l'héroïne érotique de *Basic Instinct* qui chanta « Happy Birthday ». Sa chapelle semblait à nouveau remplie. Le paysage avait cependant bien changé. Le rap, la breakdance dominaient le pays et, au lieu de l'oublier, les nouveaux maîtres de cérémonie noirs du Bronx avaient mis James Brown au centre de leur œuvre. Mr Dynamite était devenu le fantôme majestueux hantant de ses voiles blancs chaque création hip-hop. « Ce n'est ni la capoeira ni le kung-fu qui sont à l'origine du breakdance, mais James Brown. C'est lui, le seul responsable[1] », dit Crazy Legs, fondateur en 1977 du groupe de danse hip-hop Rock Steady Crew. James ne s'en était pas rendu compte. Les hommages le flattaient et l'irritaient. Le Maître trouvait dans beaucoup de morceaux ses plans de batterie, son phrasé unique et ne touchait aucune gratification, si ce n'est le plaisir moral d'avoir présidé à la naissance d'une expression révolutionnaire. Mais pouvait-il s'en contenter ? Il voyait le rap comme une vision bâtarde de sa musique, un éclatement, une faïence pulvérisée dont les bouts flottaient dans les musiques des autres, un trésor volé. Les rappeurs samplaient sans scrupule les artistes. Brown repéra des morceaux en écoutant « Fuck Tha the Police » de NWA ou « Don't Believe the Hype » du groupe de rap radical Public Enemy. Quelques parties de guitares de « The Payback » ensemenceraient même un morceau du collectif de Bristol Massive Attack, *Protection*.

Accéder à la dimension légendaire comporte des inconvénients. En 1991, une radio annonça par erreur la mort de James ! Un groupe de techno dance hollandais, L.A. Style, avait imaginé ce titre fiévreux, « James Brown Is Dead » après avoir samplé la voix du speaker et obtint un beau succès. Peu importe que cette étoile, éteinte à peine quatre années plus tard, fût éphémère, elle avait marqué sur les ondes, le temps d'un été, le mythe. Cependant, un débat surréaliste s'engagea contre le funeste augure. Un autre groupe de house néerlandais, Holy Noise, troussa à vive allure une réponse : « James Brown Is Still Alive » et clama : « *Stop the non sens / Stop telling lies* (« Cessons les non-sens / Cessons de dire des mensonges[2]). »

Un troisième larron, Traumatic Stress, ajouta : « *Who the fuck is James Brown ?* » Il s'amusait à parodier James Bond, la série de Ian Fleming : « *Brown, my name is Brown.* » Beaucoup de groupes intégraient la rythmique de « Funky Drummer », le titre le plus samplé de l'histoire. Et les sarabandes tournoyaient à l'antenne ou sur les *dancefloors*, loin de l'idole.

C'était étrange. James avait l'impression de ne plus s'appartenir. Son œuvre vivait sans lui. Peut-être cette exploitation l'aidait-elle ? Car l'efflorescence du prisonnier de l'amour finirait par se faner bien plus vite que les années. Malgré ses soins, il ne parvenait guère à se libérer du mal. Adrienne et lui reprirent leurs bagarres. James, accusé de violences domestiques, fut arrêté plusieurs fois, mais les juges abandonnèrent les charges. Adrienne refusait toujours de porter plainte et s'obstinait à nier leurs querelles. Elle l'aimait et ne pouvait se détacher de lui, consciente que leurs relations la détruisaient. Elle fumait, avalait somnifères et analgésiques, symptômes des anxiétés dévastatrices de la belle pour être la plus éclatante.

Ce mélange ne produisit rien de bon lorsqu'elle entra à l'hôpital en 1996 pour une opération de chirurgie. L'anesthésie et la chimie qu'elle avait inhalée la projetèrent dans un sommeil dont elle ne se réveillerait jamais. Elle avait quarante-cinq ans.

James s'était profondément épris de cette femme, mais leur amour les avait anéantis tous les deux, et maintenant, Adrienne, qui occupait son esprit jour et nuit, l'avait brutalement quitté. Le créateur de « Sex Machine » demeura plusieurs jours, inerte, dans sa maison. Les rues lui semblaient vides, le ciel gris. Personne ne l'appela.

Il avait commandé ses hommes avec une telle rigueur qu'il ne se trouva aucun musicien pour combler le vide de son existence. James n'avait jamais réussi à témoigner de l'amour à ses proches, amis ou collaborateurs — à quiconque... Fier de sa rigueur et de ses performances, il n'avait cessé de jouer les patrons, les dictateurs, et en subissait, au moment le plus tempétueux de sa vie, le châtiment. Son ancienne chanteuse Vicki Anderson rappellera souvent que l'amitié de jeunesse entre Bobby Byrd et James Brown, une amitié sans enjeu, entre une famille notable et un garçon voyou alors en prison, avait constitué la plus généreuse des entrées pour le futur chanteur et qu'il aurait dû s'en souvenir, retrouver la simplicité des relations humaines au lieu de s'emmurer dans un orgueil destructeur. « Il devait certainement éprouver des sentiments ou craquer, mais je ne l'ai jamais vu le faire[3] », dira son coiffeur Henry Stallings.

Quelques mois après la mort d'Adrienne, il craqua pourtant. Des voisins s'émurent d'entendre des coups de feu. James, complètement hagard, tirait en l'air, un fusil dans une main, un pistolet dans l'autre. Prévenues, sa fille Deanna et la fidèle Vicki Anderson tentèrent de le résonner. La diva des années 1960 l'appela au téléphone et parvint à le calmer. Elle l'entendit pleurer et gémir : « Je suis si fatigué... » Deanna savait que son père courait un grave danger, essuyait une terrible dépression. Elle appela la police et, en accord avec Vicki, prit la décision de l'emmener à l'hôpital. James fut encore une fois poursuivi pour utilisation illégale d'armes à feu sous drogue. Il aurait ingurgité des analgésiques. Il reprocha à sa fille d'avoir appelé la police alors que leur affaire aurait pu s'arranger sans y mêler l'uniforme. Il ne lui parla plus pendant plusieurs mois. Vicki s'efforça de les reconcilier, mais échoua. Cette brouille la rendait triste car elle connaissait la souffrance de Deanna qui avait cru bien agir et avait sauvé l'existence de son père. James fut condamné à passer quatre-vingt-dix jours dans un centre de désintoxication. Ce « séjour » lui apporta la tranquillité physique, éloigna sa dépendance, mais n'apaisa pas son esprit en feu.

Il avait le sentiment que les parasites voulaient profiter de lui. Une certaine Mary Simons l'accusait de l'avoir agressée. Il devait se défendre contre sa propre famille et des inconnus. La presse observait sa chute avec un mélange de fascination et de tristesse. « Il n'y a rien de plus effrayant que de voir une personne atteindre la cinquantaine pour commencer à expérimenter les drogues », dira Alan Freed, le manager de James au début des années 1970. Le chanteur se battait depuis une vingtaine d'années contre l'érosion de ses ventes, Polydor, les impôts, la souffrance, l'image de son fils Teddy ; quant au PCP, il avait cru voir en lui un artifice idéal pour étouffer ses angoisses.

James repartit à nouveau après avoir laissé Adrienne entre les mains du Seigneur. Il chercha d'autres femmes, des consolations, repéra une grande jeune fille blanche, une chanteuse à l'œuvre dans un studio. Pourquoi elle ? Sans doute l'ignorait-il lui-même. La solitude expliquait peut-être ce choix. « Nous formons sans doute un couple atypique, mais elle est là. Point final[4] », se justifierait-il. Tomi Rae Hynie lui rappelait Janis Joplin. James retrouvait le plaisir du métier, déterrer les perles enfouies et les porter à la connaissance du monde. « C'est l'une des plus dynamiques jeunes chanteuses sur scène que j'ai vues de ma vie. Sa voix me rappelle celle de Mahalia Jackson », confia-t-il au magazine *Mojo*[5]. Il aimait sa gentillesse. La jeune femme l'aidait à supporter le deuil d'Adrienne, s'occupait de son corps, le coiffait, lui massait les jambes afin d'atténuer les douleurs du diabète qui l'enfonçait dans la terre, l'asphyxiait.

Il transformerait Tomi en une étoile ou mourrait. Ainsi était James Brown, un homme angoissé en perpétuel mouvement. Il continuait de se féliciter de son œuvre, au moment où paraissait la compilation *Funky Divas*. Ses chanteuses glorieuses — Vicki, Marva Whitney, Lynn Collins — gravaient enfin leur nom sur le marbre grâce à lui. « Ma musique, répétait-il, a frappé des générations entières, et j'en suis fier. » Les rappeurs Run DMc et Public Enemy s'inspiraient de lui. Il se raccrochait à ces réalités, affirmait pouvoir encore danser, danser, sans doute avec plus d'aisance que les jeunes. Son disque *I Am Back*, sorti en novembre 1998, s'efforça de ranimer une jeunesse perdue. Vingt ans après sa parution, l'album propose une facture correcte, mêlant le hip-hop (« Funk on Ah Roll ») au rhythm and blues patiné, avec chœurs et cuivres flambants (« Kare »). L'œuvre contenait un texte de l'énigmatique Judge Al Bradley :

« Un homme qui est né mort.

Un homme qui est né dans la pauvreté, socialement et culturellement mort.

[...]

Un homme qui a créé l'histoire là où il n'y en avait pas.

Un homme qui a inventé une nouvelle catégorie dans l'industrie musicale.

[...]

Un homme qui était et reste encore prêt à aller en prison car il croit à des causes justes.

Cet homme est James Brown[6]. »

Le disque ne remporta pas un énorme succès, mais il permit à James de se sentir vivant et d'effacer ses terreurs dues à une santé chancelante, à ce maudit diabète et à des affaires de plus en plus menacées.

Une fumée noire couvrit le ciel d'Atlanta. Ses bureaux d'Atlanta ! Cassettes et archives furent endommagées. Le 20 mai 2000, une main criminelle avait mis le feu. Un mois après, la police arrêta le coupable, Richard Glenn, l'un de ses valets, qui avait dérobé à Brown quelques milliers de dollars. Les collaborateurs avaient remarqué le vol et s'apprêtait à démasquer le responsable, et Glenn, pour dissimuler son forfait, avait incendié le bâtiment. James laissa éclater sa colère. Ses proches le trahissaient, profitant de ses absences pour le dépouiller.

La jolie Tomi Rae, née en 1969, l'année où tonnait son « Black and Proud », le protégeait du haut de ses vingt-neuf ans. James l'épousa en 2001 et reçut d'elle, à soixante-sept ans, un garçon, la même année, son septième enfant, James Brown II. Le chanteur ne comptait plus ses descendants, enfants et petits-enfants. Que lui restait-il ? Ses engagements en faveur des pauvres. Chaque Noël, à Augusta, il offrait des cadeaux aux gosses déshérités de la ville, aspirait à une glorieuse et paisible fin de vie. Mais ses adversaires continuaient de le harceler. Pourquoi les partis politiques noirs lui reprochaient-ils maintenant son concert à Cincinnati ? Ses leaders avaient appelé au boycott de la ville après le meurtre d'un frère désarmé par des policiers blancs, et l'emblématique Brown ne l'avait pas respecté, préférant à toute morale la promesse du cachet. Il ne parvenait plus à respirer, à vivre. Les polémiques perpétuelles le fatiguaient, si bien qu'il envisagea de prendre sa retraite. D'ailleurs, avait-il les moyens physiques d'aller plus loin ? Sa jambe le faisait atrocement souffrir. Un mal le rongeait depuis longtemps, mais, persuadé de son invulnérabilté, il n'avait jamais passé aucun examen ni pris soin de sa santé. Il excécrait les médecins. Pourtant, la peur l'incitait à la prudence. Il avait cessé de boire du café, surveillait sa nourriture, bannissait la graisse des aliments, buvait des litres d'eau. Chaque fois qu'il montait sur scène, il donnait tout, comme à son habitude, finissait le concert en lambeaux, perclus de douleurs. Souvent, deux valets le prenaient par le bras, l'aidaient, loin du public, apportaient parfois même une chaise roulante, acheminant le chanteur discrètement jusqu'à son hôtel où il avalait des pilules. La mise en scène d'autrefois devenait réalité.

Les journées suivantes, il ne pouvait plus bouger. Dieu le soutenait. À quoi bon continuer ? Il avait parcouru la planète, créé une œuvre considérable, et sculpté sa légende. Son nouvel album *The New Steps* où il évoquait la violence de la jeunesse, « Killing Is Out, School Is In », vivrait une existence plutôt discrète. Pouvait-il accepter un relatif anonymat après ce qu'il avait connu ? Sa nouvelle œuvre s'était écoulée à moins de dix mille exemplaires. L'échec le déprimait. Le chanteur exagérait sa chute, prétendait qu'il rencontrait un vaste public à l'extérieur du pays, et que ses compatriotes l'oubliaient. Même sa famille le reniait. Ou plutôt, il la rejetait, déclarant que ses filles ne toucheraient aucun centime après sa mort. James reprochait toujours à Deanna de l'avoir « vendu » aux policiers. Du coup, Deanna, devenue disc-jockey, et Yamma Brown Lamar (physicienne) décidèrent de le poursuivre au tribunal. Elles réclamèrent un pourcentage sur les royalties, assurèrent avoir participé à l'écriture de certaines chansons dont « Get Up Offa That Thing ». James s'étonna de cette revendication car ses filles avaient alors trois et six ans en 1976, quand les chansons furent créées. Mais il avait déposé les œuvres en leurs noms afin d'assurer l'avenir de ses héritières.

Un autre coup le transperça. Bobby Byrd se mit en tête de piller le butin de James et engagea des poursuites contre le chanteur, espérant récupérer les royalties de « Please Please Please », « Sex Machine » et autres classiques. Le traître croyait le détruire. Bobby se défendrait toujours de haïr James. Il aimait à rappeler leur belle enfance aventureuse, les superbes Flames. Comment oublierait-il un lien aussi étroit ? Mme Byrd avait adopté le mauvais garçon de Toccoa et œuvré à son élargissement. Considérant James comme son frère, Bobby ne pouvait haïr son compagnon des bons et mauvais jours. Il désirait simplement mettre fin à une injustice et évitait d'ailleurs de prononcer le mot « vol ». Il espérait qu'un jour James reconnaîtrait son rôle dans sa carrière. Le chanteur assura qu'il lui avait envoyé de l'argent. Mais Bobby attendait toujours le pli.

James résistait et maudissait la terre entière. Sa frustration éclata une nouvelle fois, un soir de janvier 2004. Tomi, en larmes, criait au secours, dans la propriété de Beech Island. Le Godfather avait jeté sa femme sur le sol et brandi une chaise au-dessus d'elle. Les forces de l'ordre trouvèrent Tomi tuméfiée, le bras droit couvert de bleus. Ses lèvres portaient des traces de coups. Les policiers l'emmenèrent à l'hôpital, et James fut arrêté. Le cirque recommença. La presse publia les photos du chanteur, en robe de chambre, hirsute, l'air hagard. Il sortit de prison quelques jours après. « Je n'ai jamais voulu frapper ma femme, je l'aime trop », se défendit-il. Mais son casier plaidait contre lui. James, cependant, contre-attaqua. Son avocat, Jim Huff, accusa Tomi Rae de bigamie. La jeune femme n'avait pas divorcé de son mari précédent, Javed Ahmed, qu'elle avait épousé à Houston en février 1997. James connaissait l'anomalie depuis un an, mais n'avait pas réagi. Affolée, Tomi lui proposa une séparation à l'amiable que les journaux s'empressèrent de commenter.

Les portes de la prison se refermèrent à nouveau sur lui. James dut payer 5 000 dollars de dommages et intérêts et s'apprêtait à subir trente jours de détention, avec, à la sortie, l'interdiction d'approcher Tomi. Les deux condamnations souillèrent ses vieilles années. James, aspirant à la respectabilité, avait souvent demandé le pardon gouvernemental pour ses problèmes de drogue et ses utilisations d'armes à feu entre 1988 et 1998. Il ne voyait pas le côté dérisoire de sa requête au moment où son empire se lézardait, cherchait au crépuscule de sa vie la sainteté qui se refusait à lui. Il obtint de la Caroline une grâce inespérée, mais officiels et magistrats protestèrent contre une décision qu'ils jugeaient inique.

Malgré les critiques, il s'accrochait à une reconnaissance inespérée et à la défense acharnée de son autel glorieux. Ses valets le protégeaient, lui répétaient combien James Brown avait changé le monde. Le voir revenait à se prosterner devant un sultan mollement alangui sur un sofa, encadré par des soldats : « Pourquoi ai-je l'impression de solliciter une audience auprès de Saddam Hussein ? », écrivit le critique Barney Hoskyns dans le mensuel *Uncut*. Le journaliste raffiné s'étonna d'entendre un dialecte rural, si difficile à déchiffrer, dépourvu de sens. Ainsi revoyait-il « le surhomme nietzschéen bâti comme un pit-bull, avec ce cri de prêcheur qui marquait au fer rouge les tympans, le generalissimo de la soul, manœuvrant ses Famous Flames comme les paramilitaires. Il n'était pas sexy, mais demeurait un étonnant homme de spectacle[7]... ».

Mais ses soutiens continuaient de le défendre. Plusieurs célébrations réchauffèrent sa solitude alors qu'il fêtait ses soixante-dix ans. Une soirée de juin, le 24, resterait gravée en lui jusqu'à sa mort. Devant les caméras, il reçut des lauriers qui récompensaient le meilleur « showman noir ». Il s'avança au milieu du public et serra la main de Michael Jackson, ému. « Personne ne m'a plus influencé que l'homme, là, devant moi », déclara l'auteur du populaire *Thriller*.

Tomi Rae l'avait rejoint. Elle devait chanter, mais au dernier moment, James la vira. Certains prétendirent que le créateur orgueilleux de la *Black Pride* (fierté noire) n'avait pas voulu se produire avec une Blanche, fût-elle son épouse, et se sentait menacé.

Heureusement, le pouvoir se rappelait son existence. Il fut flatté de recevoir quelques mois plus tard, le 10 décembre, le plus prestigieux des honneurs, la médaille Kennedy pour les Arts. Une belle réception eut lieu à la Maison-Blanche. George Bush et sa femme, Laura, accueillirent James, Colin Powell lui fit une chaleureuse accolade, le « nomma secrétaire de la soul » et « ministre des Affaires étrangères du funk ». Depuis Nixon, les différents gouvernements l'avaient célébré. James n'entendit pas les clameurs des associations féminines qui le jugeaient indigne de recevoir une distinction aussi prestigieuse. Les combattantes valeureuses ne lui pardonneraient jamais ses violences acharnées sur Adrienne et tant d'autres femmes martyres. En récompensant le chanteur, les édiles honoraient en même temps le machisme et la brutalité mâle. L'auteur de « Sex Machine » préféra ignorer leur colère et se consola en lisant la justification du prix donné à ceux qui contribuaient « à la vie culturelle de notre nation ».

Il devait prendre ce que la vie lui offrait car la mort approchait. Rien ni personne ne parviendrait à le détruire. Les médecins diagnostiquèrent un cancer de la prostate. James se résolut à terrasser le chancre. Il enlèverait la tumeur et repartirait. Le 15 décembre 2004, il arrêta sa limousine devant le grand centre chirurgical d'Atlanta et, le visage caché par des lunettes noires, sous un large chapeau, pénétra à l'intérieur. Il fut opéré avec succès, puis, guéri, reprit son rôle de showman dynamique et indestrutible dans lequel la société l'avait enfermé. *« I feel good »*, annonça-il comme s'il était prêt à chanter.

Ses difficultés ne l'empêchèrent pas de remonter sur scène, de voyager, en Océanie ou en Asie, dans le nord de l'Europe, de combattre les rumeurs, les mauvaises ondes, la boîte de magie noire grande ouverte.

Rien ni personne ne parviendrait à le détruire. Une femme qu'il avait employée autrefois l'accusa d'agression, d'enlèvement. Mais elle fut déboutée.

Rien ni personne ne parviendrait à le détruire. Le monstre vivant qui avait grondé sous ses pieds au sommet de sa jeunesse s'était évanoui depuis longtemps. Il le cherchait, en vain, conscient qu'il finirait par rattraper le génie, dans la mort, comme il retrouverait Sam Cooke, Little Willie John, Otis, la jeune Tammi Terrell. Mais mourrait-il ? Il vivait à travers l'admiration de ses collègues. La grande chanteuse de soul Candi Staton, après des mariages ratés, des rossées, des occasions perdues, revenue à plus de soixante ans, à la faveur du merveilleux disque *His Hands*, le disait : « Il a eu un bon management qui est la clef du succès. La différence, c'est que moi je disais trop souvent "oui", je vivais avec des choses qui n'allaient pas. James Brown disait non, il refusait[8]. »

Le souvenir de la petite cabane sans eau avait disparu derrière la magistrale statue de bronze dressée en plein cœur d'Augusta. James Brown, l'enfant du siècle, avait accédé à l'Éternité de pierre. Une histoire américaine.

[illegible] dans [illegible] l'avait [illegible] comme [illegible] part la chance.

Ses difficultés ne l'empêchaient pas de remonter sur scène, de voyager en Océanie ou en Asie, dans le nord de l'Europe, de connaître les cultures les [illegible] la [illegible] de [illegible] grande [illegible].

Rien ni personne ne parvenait à le [illegible] qu'il avait [illegible] d'agression [illegible]. Mais elle fut [illegible].

Rien ni personne ne parviendra à le détruire. [illegible] au sommet de sa [illegible] depuis longtemps. [illegible] il [illegible] dans la mort, comme [illegible] Saint [illegible] comme [illegible] le [illegible] il [illegible] la [illegible]. La [illegible] lors des occasions [illegible] plus de [illegible] du [illegible] de [illegible] la [illegible] de [illegible] qui [illegible] avec des choses qu'on [illegible] pas James [illegible] droit [illegible].

Le [illegible] de [illegible] avait [illegible] statue de bronze [illegible] la [illegible] de [illegible] de pierre [illegible].

Épilogue : Je m'en vais

Le 23 décembre 2006, James prit rendez-vous avec son dentiste qui lui trouva une mine cendreuse et l'encouragea à consulter des médecins. James se rendit donc à l'Emory Crawford Long Hospital d'Atlanta. Il ne se sentait pas bien, toussait depuis son voyage en Europe, mais avait préféré nier le problème. Son trouble l'avait cependant contraint à annuler plusieurs spectacles dans le Connecticut et le New Jersey. James ne s'alarmait pas, se réjouissait même d'honorer la soirée du réveillon, dans le club de B.B. King à New York. Il ne doutait pas de sa guérison. Il avait vaincu le racisme, la violence, la prison, le cancer, et triompherait de cette nouvelle épreuve. Son ami Charles Bobbit se tenait près de lui.

La nuit du 24, pourtant, passa sur lui comme un souffle méphitique. La pneumonie l'enserrait comme dans un étau. À une heure quarante-cinq, James fut agité de soubresauts, il se rendit compte du passage puisqu'il chuchota : « Je m'en vais. » Puis, il ne bougea plus, après un ultime soupir. Son cœur avait fini par céder.

Nous ne sommes pas très sûrs de sa date de naissance, mais celle de son décès, le jour de Noël, ajoute au mythe, comme une nouvelle surprenante tant le grand travailleur du chant, le danseur infatigable, le « Joe Henry » du funk paraissait presque éternel.

James avait, par surprise, rendu le dernier souffle, et le pays entier ressentit une vive émotion. Le président George W. Bush, empêtré dans sa guerre irakienne, adressa très vite un message : « Laura et moi sommes attristés par la mort de James Brown. Durant un demi-siècle, le talent novateur du “parrain de la soul music” a enrichi notre culture et influencé des générations de musiciens. La famille de James Brown et ses amis sont au cœur de nos pensées et de nos prières ce jour de Noël. »

Dans les années 1930, les bluesmen mouraient comme des chiens. Plusieurs décennies après, les chanteurs soul aux vies tout aussi âpres bénéficièrent cependant de sépultures monarchiques. Sam Cooke, Otis Redding... James aurait droit à des funérailles plus splendides encore. Son corps serait exposé à l'Apollo. Jamais aucun artiste, parmi les plus illustres programmés entre ces murs — Billie Holiday, Ray Charles, Louis Armstrong... —, n'avait eu droit à pareil honneur. Mais l'échange entre James et la fameuse salle avait été d'une telle intelligence qu'une cérémonie particulière s'imposait, en souvenir du *live* de 1962 et de mille soirées torrides où le magnifique danseur avait consommé sa fantastique énergie.

Le reste fut comme un conte de fées ou un roman

de Chester Himes. À New York, un carrosse blanc, tiré par deux chevaux de lys, accueillit le cercueil strié d'or. À l'intérieur, vêtu d'un costume bleu scintillant, les mains recouvertes de gants virginaux, James Brown dormait, le visage serein. Pendant un demi-siècle, il avait soigné son image de vivant, et, depuis l'au-delà, semblait surveiller, avec son habituel perfectionnisme, sa dernière parade tandis qu'il fendait la foule et sentait peut-être, sous lui, le Harlem bouillonnant, ensorcelé, dont la ferveur faisait frémir les rues jusqu'au ciel, visages illuminés, femmes, enfants, jeunes gens, tous venus applaudir le Godfather, dans une eulogie festive. L'attelage flottait, suspendu, comme porté par les mains frénétiques de la population. Ballottées dans le vent humain, agitées, frémissantes, les pancartes « I Am Black and Proud » fleurissaient tout autour. « Le Roi est vivant ! » Le peuple noir communiait, se retrouvait. Les promeneurs évoquaient leurs souvenirs, chantaient, dansaient, se pressaient aux portes de l'Apollo, hypnotisé par les deux lignes :

THE GODFATHER OF SOUL 1933-2006
REST IN PEACE
(REPOSE EN PAIX)

Le convoi pénétra dans le sanctuaire. Dehors, les vagues exaltées vinrent se briser contre les murs défraîchis du vieux théâtre. Beaucoup voulurent le toucher, l'embrasser, mais le bel endroit ne pouvait recevoir toutes les passions. Quelques privilégiés traversèrent le mur humain et rejoignirent, intimidés, le noble défilé autour de l'autel mortuaire. À la droite, le révérend Al Sharpton, qui jadis avait rédigé la préface de ses Mémoires, veillait au repos de son ami éternel.

Le Mort glorieux demeura une nuit à l'Apollo, au milieu du satin et des prières. Mais il devait repartir comme à son habitude. Sa bonne ville de Géorgie l'attendait, et James ne pouvait la décevoir. Les autorités avaient ouvert le stade qui portait son nom, le James Brown Arena, à Augusta, et, le 30 décembre 2006, l'idole, la face tournée vers le grand ciel du Sud, regarda une dernière fois son pays et ses compatriotes. Comme le dirait le comédien Dick Gregory : « Nous sommes ici dans cette belle Arena. Mais sachez qu'en 1933, année de la naissance de James Brown, les Noirs évitaient de se promener autour du stade, où une arrestation pouvait mal se terminer. » Au temps de la ségrégation, seuls les Blancs avaient le droit de s'y rendre. Et, en cette fin d'année, le peuple célébrait le Roi du spectacle noir, le combattant des injustices. Ce fut une belle journée, désordonnée et luxueuse. Les musiciens du Godfather jouèrent « Sex Machine », et la célèbre cape rouge de James, dont ses aides l'avaient si souvent recouvert aux ultimes notes de « Please Please Please », fut étendue tout autour du cercueil, comme un suaire. Et le défilé reprit.

Sur la tribune, s'avança le fantomatique Michael Jackson, spectre vespéral tout en noir, le visage aussi blanc que le Pierrot du conte. Il apparaissait en public pour la première fois depuis juin 2005 et son acquittement. Il s'approcha du cercueil, donna à James, sur son front, le baiser de la mort, puis, la voix tremblante, reprenant vie et émotion, il s'adressa à la foule : « James Brown a été ma plus grande source d'inspiration. Même petit, tout juste âgé de six ans, ma mère me réveillait à n'importe quelle heure, même quand je dormais vraiment, pour regarder le Maître à l'œuvre à la télévision. Je le voyais bouger, littéralement hypnotisé. Je n'ai jamais vu un homme sur scène comme James Brown, et c'est grâce à lui que j'ai su ce que je voulais faire pour le reste de ma vie. Tu me manqueras. Merci pour tout. »

Non loin, le révérend Jesse Jackson, qui avait si souvent pris part aux combats de Brown, Al Sharpton, et le trublion « Bootsy » Collins l'applaudirent, puis, recueillis, prièrent, avec Michael. « Ceci est la fin d'un long voyage, déclara le révérend Sharpton, mais le commencement d'un nouveau. Nous sommes venus remercier Dieu de nous avoir donné James Brown. Seul le Seigneur a pu rendre possible son existence. »

Les Flames brillaient elles aussi, comme au temps glorieux. Bobby Byrd joua, accompagné du groupe de Brown Soul Generals où figurait un fils de James, Daryl. Sa veuve, Tomi Rae Hynie, et « Bootsy » se joignirent à la troupe. La musique circulait partout. Le doux Alie Ollie Woodson, qui avait chanté au sein des Temptations pendant les années 1980, interpréta « Walk Around Heaven » dans un style soul onctueux. Une clameur emplit l'espace, enveloppa le cercueil, objet des enthousiasmes populaires. Des centaines d'amoureux — familles au grand complet, guerriers du funk dont certains rappelaient en bombant le torse leur présence à l'Apollo en 1962 — attendaient depuis l'aube, aux portes de l'Arena. Le peuple se bousculait pour apercevoir les étoiles. Il vit Tomi Rae jeter une rose. Elle chanta le classique de Sam and Dave, « Hold On I'm Coming », ne laissa rien paraître de ses angoisses ni de sa douleur. La famille l'avait tenue à l'écart des funérailles, se gardant bien de l'appeler. La maison de Beech Island lui avait même été interdite. À peine le maître était-il décédé que les hautes grilles s'étaient refermées devant elle. La maison si confortable, où le chanteur et sa dernière épouse avaient passé de belles années, s'était transformée en forteresse imprenable. La sécurité, nerveuse, chassait les intrus sans ménagement, craignant les pilleurs, les fans qui convoitaient les vêtements ou les bijoux du Maître, et rôdaient tout autour. Tomi s'en plaignit amèrement. « Je n'ai pas d'argent, et je ne sais pas où aller. » L'avocat de James avait repris la vieille accusation de son mariage précédent non annulé qui invalidait les noces avec James. Et le chanteur n'avait rien prévu à son sujet sur le testament. La bataille s'annonçait rude. Les premiers jours de janvier, Tomi plaida sa cause devant les caméras de Larry King, offensant la famille. Elle s'était promis d'obtenir justice. Pourtant, ce 30 décembre, la jeune veuve donnait libre cours à son émotion certainement sincère tandis que, dans l'antichambre, le Satan juridique ouvrait son puits sans fond.

Et les discours se poursuivaient, la musique, diffuse, ondoyait toujours, parmi les hommages. Le soleil avait décliné.

Le corps abandonna l'Arena pour être mis en terre, en Géorgie. Mais la nombreuse descendance du Roi — tant d'enfants que les comptables avaient du mal à rassembler, quatre garçons, Terry, Larry, Daryl, James Joseph Brown II, sans compter Teddy, mort dans un accident de voiture, trois filles, Yamma Lunar, Deanna, Venisha — se querellait sur l'endroit où enterrer James. En attendant de trouver un accord, la famille déposa le corps à Beech Island. Le chanteur fut ainsi porté dans sa chambre, maintenue à température fraîche et surveillée par des gardes, avant de rejoindre, plusieurs semaines après, un lieu secret.

Jamais le Godfather n'avait si peu bougé. Il attendait sa dernière destination. Ses enfants désiraient qu'il repose dans sa propriété, non loin de la rivière Savannah, à l'ombre des arbres. Ils espéraient créer un mausolée, une terre de pèlerinage comme l'était le fascinant Graceland d'Elvis Presley, à Memphis. Mais ils se heurtèrent à une fiducie, terme juridique anglo-saxon léguant à plusieurs administrateurs le droit sur une propriété (et désignés par Brown lui-même). Ces associés — Buddy Dallas, avocat de Brown depuis plus de vingt ans, David Cannon et Alfred Bradley — refusèrent le projet des enfants, préférant inhumer le chanteur dans un endroit plus tranquille. La veuve Tomi et la descendance, furieuses, réclamèrent leur destitution. Les biens matériels — bijoux, vêtements, bateaux, automobiles — revenaient aux héritiers, à l'exception des droits musicaux et de la propriété Beech Island, confiés à la fiducie. Tomi et les enfants accusèrent les administrateurs de mal gérer la fondation, de piller les biens paternels et tentèrent de leur interdire en vain l'accès à la propriété. « J'ai été l'ami et l'avocat de Brown pendant vingt-quatre ans, répondit Buddy Dallas, une relation totalement construite sur la confidentialité. Ce sont les mêmes enfants qui ont déjà traîné leur père en justice de son vivant. » Il rappelait à ceux qui l'accusaient le procès de Deanna et Yamma à propos des droits du tube « Get Offa That Thing ».

Tomi, de son côté, voulait revenir au plus vite à Beech Island pour y habiter, comme sa situation de veuve l'y autorisait, ou au moins récupérer ses affaires. Elle ne figurait pas sur le testament, et la partie adverse contestait son mariage.

Pendant ce temps, James Brown attendait que ses descendants finissent de se disputer son héritage glorieux. « Il était à la fois un pécheur et un saint », écrivit le *New Musical Express*[1]. C'est pourquoi Dieu ne savait pas trop s'il devait affecter le chanteur au Paradis ou à l'Enfer. Il l'installa plusieurs jours au purgatoire, lieu de toutes les passions contradictoires. Brûlant, agité, Brown l'avait été dans la vie. Il le resterait dans la mort.

ANNEXES

REPÈRES CHRONOLOGIQUES

1933. *5 mai* : naissance de James Brown à Barnwell (Caroline).

1937. Sa mère abandonne le foyer. James est confié à sa tante.

1938. À cinq ans, il est envoyé dans la ville d'Augusta aux bons soins de sa tante Handsome Washington, qui tient un bordel.

1940-1945. James danse dans les rues d'Augusta pour les soldats stationnés à Camp Ground, cueille du coton, cire les chaussures, rapporte du charbon de bois pour le bordel de sa tante, boxe, joue au base-ball. Participe aux processions mystiques du prédicateur Daddy Grace et découvre, au Lenox Theater, les films de Louis Jordan. Dans ce même théâtre, il remporte son premier concours de chant amateur.

1946. Crée son premier groupe, le Cremonia Trio.

1949. James Brown est envoyé en prison après avoir volé une batterie de voiture. Condamné à six ans de prison, à la maison de correction de Toccoa. Chante dans les chœurs. Les autres détenus le surnomment « boîte à musique ».

1951. Rencontre Bobby Byrd au cours d'une partie de base-ball. Les deux garçons se lient d'amitié.

1952. *14 juin* : grâce à l'intervention de la famille Byrd, connue à Toccoa, James Brown est remis en liberté conditionnelle. S'installe à Toccoa chez les Byrd. Les deux jeunes amis commencent à jouer de la musique ensemble et fondent les Famous Flames.

1953. *19 juin* : épouse sa première femme, Velma Warren, qu'il a rencontrée par le biais de l'association Mount Zion Baptist Church.

1954. Les Famous Flames commencent à se faire connaître dans la région. Naissance de Teddy Brown, son premier garçon.

1955. James Brown et Bobby Byrd profitent d'un concert de Little Richard à Toccoa pour monter sur la scène pendant l'entracte. Impressionné, Little les met en contact avec son manager Clint Brantley. Les Famous Flames enregistrent leur première maquette.

1956. Répérés par la maison de disques King Records, James Brown et les Famous Flames entrent en studio le 4 février pour graver « Please Please Please ». La chanson connaît un succès immédiat.

1957. Lorsque Little Richard se retire du circuit en octobre, James Brown est pressenti pour le remplacer sur sa tournée. Le chanteur ne rate pas l'occasion de se faire connaître.

1958. Deuxième succès avec la ballade soul « Try Me » qui en octobre atteint la première place du classement rhythm and blues et sauve la carrière de James Brown.

1959. *24 avril* : premier concert dans le lieu qui deviendra emblématique de sa carrière, l'Apollo de Harlem. Passe en première partie de Little Willie John.

1960. James Brown sort son premier vrai album, *Think*. Le titre, une reprise du grand groupe vocal noir « 5 » Royales, se classe 7ᵉ du classement rhythm and blues.

1962. *19 au 25 octobre* : en pleine crise politique cubaine, il enregistre pendant la semaine à l'Apollo sa fameuse série de concerts. A loué la salle à ses propres frais.

1963. Au printemps, sortie de *Live at the Apollo*, enregistré à la fin de l'année précédente. Le disque deviendra mythique, l'un « des plus grands albums *live* de tous les temps ». La même année, James Brown publie la ballade « Prisoner of Love ». Nouveau succès.

1964. James Brown, croyant en avoir fini avec King, fonde son propre label, Fair Deal, et signe un contrat avec Smash, une filiale de Mercury. Syd Nathan, le patron de King, entame une action judiciaire contre le chanteur.

1964. La sortie de « Out of Sight », chez Smash, marque un tournant radical. Désormais, l'artiste met en avant l'élément rythmique, se rapprochant des musiques africaine et cubaine.

1965. Le morceau « Papa's Got a Brand New Bag », publié par King (après sa réconciliation avec Nathan), creuse davantage encore le sillon de ce qui deviendra le funk. La popularité de James Brown atteint des sommets au sein de la communauté noire. Le Rolling Stone Mick Jagger voit en lui « le meilleur chanteur et homme de spectacle vivant ». Sortie de « I Got You (I Feel Good) » (1er /r&b-3e/pop).

1966. Sortie de la célèbre ballade orchestrée « It's a Man's Man's Man's World » (1er/r&b-8e/pop), de « Lost Someone » (94/pop). Avec la chanson « Don't Be a Drop Out », James tente de convaincre les Noirs défavorisés de ne pas abandonner les études. Soutient la campagne du vice-président Hubert Humphrey à l'investiture démocrate.

1967. Sortie de « Cold Sweet, part I » (1er/r&b-7e/pop).

1968. L'assassinat de Martin Luther King, le 4 avril, provoque un véritable cataclysme à travers tout le pays. Pour prévenir les émeutes et empêcher le soulèvement des ghettos, les autorités demandent à James Brown de lancer un appel au calme sur les ondes. Publication de la chanson « America Is My Home », ce qui lui est vivement reproché. Retrouve le soutien populaire lorsqu'il publie le futur légendaire « Say it Loud, I Am Black and Proud ». Cette dernière pièce deviendra l'hymne des Black Panthers. En juin, James Brown et une partie de son orchestre font une tournée éprouvante au Vietnam. Nixon est élu, consacrant la défaite des démocrates. Pragmatique, James se rapproche des républicains.

1969. Divorce avec Velma Warren. Automne : quitte New York pour revenir s'installer à Augusta. Publication du disque jazz *Soul on Top*.

1970. *9 mars* : première rupture avec Maceo Parker. Le groupe explose ; en cause : l'insuffisance des salaires. Fred Wesley part à son tour. 25 avril : James Brown enregistre son morceau le plus célèbre, « Get Up, Feeling Like a Sex Machine ». *22 octobre* : épouse sa seconde femme, Deirdre (Deedee) Jenkins qu'il a rencontrée quatre ans plus tôt lors d'une tournée dans le Maryland. Sortie de « Funky Drummer » qui sera le morceau le plus « samplé » de l'histoire de la musique. Décembre : retour de Fred Wesley.

1971. Sortie du double album *live Sex Machine*. Réunis, le tromboniste Fred Wesley, le saxophoniste Maceo Parker et le bassiste « Bootsy » Collins forment alors ce qui sera le meilleur orchestre de James Brown. En juillet, signe avec Polydor. À la fin de l'année, « Bootsy » rejoint Clinton.

1973. *14 juin* : mort de son fils Teddy dans un accident de voiture, près d'Elizabethtown. Il est enterré à Toccoa. James Brown ne s'en remettra jamais. Grand voyage en Afrique avec escale dans l'île des esclaves, à Gorée au Sénégal.

1974. *Fin octobre* : en marge du combat des rois entre Mohammed Ali et Foreman, à Kinshasa (Zaïre), James Brown donne un concert remarqué et historique.

1979. Sortie du *live* à Tokyo, *Hot on the One*.

1981. *10 janvier* : divorce d'avec Deirdre.

1982. Au cours d'une émission de télévision, « Solid Gold », rencontre la coiffeuse et maquilleuse Adrienne Rodriguez.

1986. Accueilli dans le saint des saints : le *Rock and Roll Hall of Fame*.

1988. *24 septembre* : coup de colère de Brown dans la ville d'Aiken. Il accuse les participants à un séminaire sur l'assurance d'avoir sali ses toilettes, et les menace avec une carabine. Course-poursuite et arrestation. Le 15 décembre, il est condamné à six ans de prison pour délit de fuite, tentative de meurtre et possession de drogue.

1991. *27 février* : libération sur parole.

1994. *Avril* : James et Adrienne se séparent.

2001. *11 juin* : naissance de James Joseph Brown II, son dernier enfant.

2003. *7 décembre* : fait « chevalier des Arts et des Lettres » lors d'une cérémonie ayant lieu dans le prestigieux Kennedy Center. Retour à l'Apollo.

2004. *24 janvier* : appel de Tomi Rae qui se plaint des violences de son mari, James Brown.
10 décembre : reçoit la « Médaille Kennedy pour les Arts » des mains de George Bush. Le lendemain, est opéré avec succès d'un cancer de la prostate.

2006. *25 décembre* : mort de James Brown à l'Emory Crawford Long Hospital d'Atlanta. Une querelle d'héritage empêche l'enterrement de se dérouler normalement.

RÉFÉRENCES BIBLIOGRAPHIQUES

Nicole Bacharan, *Histoire des Noirs américains au xxe siècle*, Complexe, 1994.

Jean-Michel Boris, Jean-François Brieu, Éric Didid, *Olympia, 50 ans de music-hall*, Hors Collection, 2003.

Geoff Brown, *Otis Redding*, 10/18, 2001.

James Brown, Bruce Tucker, *The Godfather of Soul, an Autobiography*, Thunder's Mouth Press, New York, 1986, 1997.

— *I Feel Good, Mémoires d'une vie*, City Editions, 2005.

Geoff Brown, *James Brown, A Biography, Doin' It to the Death*, Omnibus, 1996.

Eric Burdon, *Don't Let Me Be Misunderstood*, Thunders'mouth Press, New York, 2001.

Jeff Chang, *Can't Stop, Won't Stop*, Allia, 2006.

Ray Charles, *Le Blues dans la peau*, Belfond, 2005.

Nik Cohn, *Awopbopaloobop Alopbamboom*, Allia, 1999.

Harry Crews, *La Foire aux serpents*, Gallimard, 1998.

Mark Cunningham, *Good Vibrations — A History of Record Production*, MPG Books, 1996.

Sébastian Danchin, *Encyclopédie du rhythm and blues et de la soul*, Fayard, 2002.

Miles Davis, *Autobiographie*, Presses de la Renaissance, 1989.

Jacques Demêtre et Marcel Chauvard, *Voyage au pays du blues*, Clarb/Soul Bag, 1994.

Willie Dixon, *The Willie Dixon Story, I Am the Blues*, Da Capo, 1989.

Donald L. Grant, *The Way It Was in the South, The Black Experience in Georgia*, The University of Georgia Press, 1993.

Peter Guralnick, *Dream Boogie — The Triumph of Sam Cooke*, Little Brown and Company, 2005.

Peter Guralnick, *Sweet Soul Music*, Allia, 2005.

Gérard Herzhaft et Jacques Brémond, *Guide de la country music et du folk*, Fayard, 1999.

Gerri Hirshey, *Nowhere to Run, the Story of Soul Music*, Southbank Pub, 2006.

Billie Holiday, *Lady Sings the Blues*, Plon, 1960.

BB King, *Blues All Around Me*, Avon Books Inc., 1999.

Philippe Koechlin, *Mémoires de rock et de folk*, Mentha, 1992 (1re édition), Castor Astral, 2007.

Jean-Marie Leduc, *Le Dico des musiques*, Seuil, 1996.

Jones LeRoi, *Le Peuple du blues*, Gallimard, 1968.

Jean-Paul Levet, *Talkin' That Talk, le langage du blues et du jazz*, Éditions Kargo, 2003.

Florent Mazzoleni, *James Brown, l'Amérique noire, la soul et le funk*, Hors Collection, 2006.

James Miller, *Flowers in the Dustbin, The Rise of Rock and Roll*, Simon & Shuster, 1999.

Ludie Montgomery et Vickie Wright, *My Sister Tommie — The Real Tammi Terrell*, Bank House Books, 2005.

Anne Moody, *Coming of Age in Mississippi*, Doubleday, New York, 1976

Joseph N'Diaye, — *Il fut un jour à Gorée — L'esclavage raconté à nos enfants*, Michel Lafon, 2006.

Friedrich Nietzsche, *Naissance de la tragédie* (1872), Gallimard, 1977.

Philip Norman, *The Stones*, Penguin, 1984.

Arnold Shaw, *Honkers and Shouters, The Golden Years of Rhythm and Blues*, Collier Books Editions, 1978.

Ray Schell, *Crack*, Albin Michel, 1995.

Dave Thompson, *Funk*, Backbeat Books, 1999.

Rickey Vincent, *Funk, the Music, the People, and the Rhythm of the One*, St Martin Griffin, 1996.

Fred Wesley, *Hit Me, Fred, Recollections of a Sideman*, Duke University Press, 2002.

Charles White, *The Life and Times of Little Richard*, Omnibus Press, 1984.

Douglas Wolk, *Live at the Apollo*, Continuum, 2004.

DISCOGRAPHIE SÉLECTIVE

SINGLES

« Please Please Please » / « Why Do You Do Me ? », Federal, 1956.
« No No No » / « Hold My Baby's Hand », Federal, 1956.
« That Doot It » / « Baby Cries Over The Ocean », Federal, 1957.
« Try Me » / « Tell Me What I Did Wrong », Federal, 1958.
« Think » / « You've Got the Power », Federal, 1960.
« Bewildered » / « If You Want Me », King, 1961.
« Lost Someone » / « Cross Firing », King, 1961.
« Night Train » / « Why Does Everything Happen to Me », King, 1962.
« Mashed Potatoes USA » / « You Don't Have to Go », King, 1962.
« Prisoner of Love » / « Choo Choo Locomotion », King, 1963.
« Out of Sight » / « May Be the Last Time », Smash, 1964.
« Papa's Got a Brand New Bag — Part One / Part Two », King, 1965.
« I Got You (Feel Good) » / « I Can't Help It », King, 1965.
« New Breed — Part One / Part Two », King, 1966.
« It's a Man's Man's Man's World » / « Is It Yes or Is It No ? », King, 1966.
« Just Won't Do Right » / « I've Got Money », King, 1966.
« Money Won't Change You » (Part One) / Part Two, King, 1966.
« Don't Be a Drop Out » / « Tell Me That You Love Me », King, 1966.
« Cold Sweat » — Part One / Part Two, King, 1967.

« Funky Soul » / « The Soul of JB », King, 1967.
« America Is My Home » — Part One / Part Two, King, 1968.
« Say It Loud, I'm Black and I'm Proud » — Part One / Part Two, King, 1968.
« The Popcorn » / « The Chicken », King, 1969.
« Mother Popcorn » — Part One / Part Two, King, 1969.
« Lowdown Popcorn » / « Top of the Stack », King, 1969.
« Let a Man Come in and Do the Popcorn » — Part One / « Something », King, 1969.
« Funky Drummer » — Part One / Part Two, 1970, King.
« Get Up, I Feel Like a Sex Machine » — Part One / Part Two, King, 1970.
« Super Bad » — Part One, Part Two / Part Three, King, 1970.
« Soul Power » — Part One / Part Two, King, 1971.
« Hot Pants » — Part One / Part Two, People, 1971.
« Honky Tonk » — Part One / Part Two, Polydor, 1972.
« Get on the Good Foot » — Part One / Part Two, Polydor, 1972.
« The Payback » — Part One / Part Two, Polydor, 1973.
« Papa Don't Take No Mess » — Part One / Part Two, Polydor, 1974.
« Get Up Offa That Thing » / « Release The Pressure », Polydor, 1976.

ALBUMS

Think, King, 1960.
Live at the Apollo, King, 1963.
Prisoner of Love, King, 1963.
Pure Dynamite — Live at the Royal, King, 1964.
Live at the Garden, King, 1967.
Live at the Apollo — volume II, King, 1968.
Thinking About Little Willie John and a Few Nice Things, King, 1968.
Say It Live and Loud — Live in Dallas, Polydor, 1969.
Soul on Top, King, 1970.
Gettin' Down to It, Verve, 1970.
Sex Machine, live et studio, King, 1970.
Hot Pants, Polydor, 1971.

Revolution of the Mind — Live at the Apollo — volume III, Polydor, 1971.
Love, Power, Peace — Live at the Olympia, Polygram, 1971.
There It Is, Polydor, 1972.
Get on the Good Foot, Polydor, 1972.
Black Caesar (Original soundtrack), Polydor, 1973.
The Payback, Polydor, 1974.
Hell, Polydor, 1974.
Hot, Polydor, 1976.
Hot on the One (live), Polydor, 1980.
I Am Real, Scotti Bros, 1988.
I'm Back, Polygram, 1998.

Artistes de James Brown

James Brown's Original Funky Divas, Polydor, 1998. Avec Lyn Collins, Vicki Anderson, Marva Whitney, Ana King, Tammy Terrell...

NOTES

LE PETIT DANSEUR D'AUGUSTA

ET LE CRI SENSUEL RÉVEILLA UN AMOUREUX DU JAZZ FATIGUÉ DE SON ÉPOQUE

1. Philippe Koechlin, *Mémoires de rock et de folk*, Mentha, Paris, 1992 (1re édition), Castor Astral, Paris, 2007.
2. *Id.*
3. Philippe Koechlin, *Jazz Hot*, avril 1967.
4. *Id.*
5. Jean-Michel Boris, Jean-François Brieu, Éric Didid, *Olympia, 50 ans de music-hall*, Hors Collection, Paris, 2003.
6. Cité par Philippe Koechlin, *op. cit.*

JE NE PEUX PAS TRAVAILLER POUR LUI

1. James Brown, Bruce Tucker, *The Godfather of Soul, an Autobiography*, New York, Thunder's Mouth Press, 1997.

DANS LE MONDE INTERDIT

1. Erskine Caldwell, *La Route au tabac*, 1932, traduction par Maurice-Edgar Coindreau, Gallimard, 1937, coll. « Folio », 1973.
2. James Brown, Bruce Tucker, *The Godfather of Soul*..., New York Thunder's Mouth Press, 1997.

MONSIEUR TAMPA

1. James Brown, Bruce Tucker, *The Godfather of Soul…, op. cit.*
2. Willie Dixon, *The Willie Dixon Story, I Am The Blues*, Da Capo, 1989.

RÉVÉLATION DU SPECTACLE

1. James Brown, Bruce Tucker, *The Godfather of Soul*, New York, Thunder's Mouth Press, 1997.
2. Jacques Demêtre et Marcel Chauvard. *Voyage au pays du blues*, Clarb/Soul Bag, 1994.

DANS LE MONDE HÉROÏQUE

1. James Brown, *I Feel Good, Mémoires d'une vie*, City Editions, 2005.

LE PLUS BEAU DES GROUPES FANTÔMES

1. James Brown, Bruce Tucker, *The Godfather of Soul…*, New York, Thunder's Mouth Press, 1997.

LE GRAND BYRD

1. James Brown, Bruce Tucker, *The Godfather of Soul…*, New York, Thunder's Mouth Press, 1997.

THE FAMOUS FLAMES

1. James Brown, Bruce Tucker, *The Godfather of Soul…*, New York, Thunder's Mouth Press, 1996.
2. Charles White, *Little Richard, The Autorized Biography*, Omnibus Press, 1984.

DE L'ENFER AU PLAISIR

1. James Brown, Bruce Tucker, *The Godfather of Soul...*, New York, Thunder's Mouth Press, 1997.

2. Peter Guralnick, *Dream Boogie — The Triumph of Sam Cooke*, Litte Brown and Company, 2005.

L'ESSAI DE LA DERNIÈRE CHANCE

1. James Brown, Bruce Tucker, *The Godfather of Soul...*, New York, Thunder's Mouth Press, 1997.

LE MUSICIEN DIONYSIAQUE

UNE VIE À L'APOLLO

1. Friedrich Nietzsche, *La Naissance de la tragédie*, Gallimard, 1977.

2. *Id.*

3. Billie Holiday, *Lady Sings the Blues*, Plon, 1960.

4. *Id.*

5. Miles Davis, *Miles : Autobiographie*, Presses de la Renaissance, 1989.

6. James Brown, Bruce Tucker, *The Godfather of Soul...*, New York, Thunder's Mouth Press, 1997.

7. Cité dans Arnold Shaw, *Honkers and Shouters, The Golden Years of Rhythm and Blues*, Collier Books Editions, 1978.

8. *Id.*

ATTENDRIR LES ÉTOILES OU FAIRE DANSER LES OURS

1. Peter Guralnick, *Sweet Soul Music*, Allia, 2005.

2. Ludie Montgomery et Vickie Wright, *My Sister Tommie — The Real Tammi Terrell*, Bank House Books, 2005.

3. Anne Moody, *Coming of Age in Mississippi*, New York Dial Press, New York, 1968, Delta Trade Paperbacks, New York, 2004.

CHUTE ET MORT

1. Philip Norman, *The Stones*, Penguin, 1984.

ARRIVÉE DES HOMMES DE FER

1. LeRoi Jones, *Le Peuple du blues*, Gallimard, 1968.
2. « Papa's Got a Brand New Bag » (James Brown), King, 1965. Universal, 2006.

LE MONDE DU MÂLE

1. James Brown, Bruce Tucker, *The Godfather of Soul...*, New York, Thunder's Mouth Press, 1997.
2. *Rock & Folk*, 12 novembre 1967.
3. « It's a Man's Man's Man's World », King Records, 1963. Universal, 2007.
4. « Don't Be a Drop-Out », King Records, 1966. Polydor, 2004.
5. Ray Charles, *Le Blues dans la peau*, Belfond, 2005.

JAMES BROWN L'AFRICAIN

TRAVAILLE, TRAVAILLE

1. *In* Rickey Vincent, *Funk, the Music, the People, and the Rhythm of the One*, St Martin Griffin, 1996.

PRESQUE EN HAUT DE LA MONTAGNE

1. James Brown, Bruce Tucker, *Godfather of Soul...*, New York, Thunder's Mouth Press, 1997.
2. *Rock & Folk*, novembre 1967.
3. James Brown, Bruce Tucker, *Godfather of Soul...*, *op. cit.*
4. Peter Guralnick, *Sweet Soul Music*, Allia, 2005.
5. *Id.*
6. Discours de Watts, le 29 juillet 1968.

UN PATRIOTE FIER D'ÊTRE NOIR

1. B.B. King, *Blues all Around Me*, Avon Books Inc., 1999.
2. *L'Express*, 9 octobre 2006.

ILS VOULAIENT ÉCHANGER LEUR VIE

1. Fred Wesley, *Hit Me, Fred, Recollections of a Sideman*, Duke University Press, 2002.
2. *Id.*
3. Nik Cohn, *Awopbopaloobop Alopbamboom*, Allia, 1999.
4. Miles Davis, l'*Autobiographie*, Presses de la Renaissance, 1989.

SEX MACHINE

1. « Get up, I Feel Like a Sex Machine », King, 1970. Universal International, 2006.
2. Barney Hoskyns, *New Musical Express*, 26 novembre 1983.
3. *Mojo*, avril 1988.
4. Émission de télévision *Pop2*, le 15 mars 1971.
5. James Brown, Bruce Tucker, *Godfather of Soul*, New York, Thunder's Mouth Press, 1997.

VISIONS DE L'ENFER À GORÉE

1. Fred Wesley, *Hit Me, Fred, Recollections of a Sideman*, Duke University Press, 2002.
2. Joseph N'Diaye, *Il fut un jour à Gorée — L'esclavage raconté à nos enfants*, Michel Lafon, 2006.

TOUT PLUTÔT QUE L'OUBLI

1. James Brown, Bruce Tucker, *Godfather of Soul...*, New York, Thunder's Mouth Press, 1997.

2. Cliff White, *New Musical Express*, 8 janvier 1977.
3. Ray Schell, *Crack, journal d'un accro*, Albin Michel, 1995.
4. Harry Crews, *La Foire aux serpents*, Gallimard, 1994.
5. James Brown, Bruce Tucker, *Godfather of Soul..., op. cit.*

LE VERTIGE DU VIDE

1. James Brown, Bruce Tucker, *Godfather of Soul...*, New York, Thunder's Mouth Press, 1997.
2. Mark Cunningham, *Good Vibrations — A History of Record Production*, MPG Books, 1996.
3. James Brown, Bruce Tucker, *Godfather of Soul..., op. cit.*
4. James Brown, *I Feel Good, Mémoires d'une vie*, City Editions, 2005.
5. *San Francisco Chronicle*, 16 février 1986.
6. *Mojo*, août 1998.
7. James Brown, Bruce Tucker, *Godfather of Soul..., op. cit.*

LA MALADIE

1. Cité dans Jeff Chang, *Can't Stop, Won't Stop. Une histoire générale du hip-hop*, Allia, 2006.
2. « James Brown is still alive », composition, production et écriture : *Holy Noise*, ARS Productions, 1991.
3. Gerri Hirshey, *Nowhere to Run, The Story of Soul Music*, Southbank Pub, 2006.
4. *France-Soir*, 26 décembre 2006.
5. *Mojo*, août 1988.
6. Note de pochette du disque *I'm Back* (Polygram).
7. Barney Hoskyns, *Uncut*, février 2004.
8. Interview de l'auteur.

ÉPILOGUE : JE M'EN VAIS

1. *New Musical Express*, 20 janvier 2007.

LE PETIT DANSEUR D'AUGUSTA

LE MUSICIEN DIONYSIAQUE

JAMES BROWN L'AFRICAIN

ANNEXES

FOLIO BIOGRAPHIES

Attila, par ÉRIC DESCHODT

Joséphine Baker, par JACQUES PESSIS

Balzac, par FRANÇOIS TAILLANDIER

Baudelaire, par JEAN-BAPTISTE BARONIAN

James Brown, par STÉPHANE KOECHLIN

Jules César, par JOËL SCHMIDT

Cézanne, par BERNARD FAUCONNIER

Albert Cohen, par FRANCK MÉDIONI

James Dean, par JEAN-PHILIPPE GUERAND

Diderot, par RAYMOND TROUSSON

Marlene Dietrich, par JEAN PAVANS

Fellini, par BENITO MERLINO

Freud, par RENÉ MAJOR et CHANTAL TALAGRAND

Gandhi, par CHRISTINE JORDIS

Geronimo, par OLIVIER DELAVAULT

Billie Holiday, par SYLVIA FOL

Ibsen, par JACQUES DE DECKER

Janis Joplin, par JEAN-YVES REUZEAU

Kafka, par GÉRARD-GEORGES LEMAIRE

Kerouac, par YVES BUIN

Louis XVI, par BERNARD VINCENT

Michel-Ange, par NADINE SAUTEL

Modigliani, par CHRISTIAN PARISOT

Molière, par CHRISTOPHE MORY

Marilyn Monroe, par ANNE PLANTAGENET

Pasolini, par RENÉ DE CECCATTY

Picasso, par GILLES PLAZY

Shakespeare, par CLAUDE MOURTHÉ

Jacques Tati, par JEAN-PHILIPPE GUERAND

Toussaint Louverture, par ALAIN FOIX

Van Gogh, par DAVID HAZIOT

Boris Vian, par CLAIRE JULLIARD

Virginia Woolf, par ALEXANDRA LEMASSON

Stefan Zweig, par CATHERINE SAUVAT

COLLECTION FOLIO

Dernières parutions

4427. Isabelle Jarry	*J'ai nom sans bruit.*
4428. Guillaume Apollinaire	*Lettres à Madeleine.*
4429. Frédéric Beigbeder	*L'Égoïste romantique.*
4430. Patrick Chamoiseau	*À bout d'enfance.*
4431. Colette Fellous	*Aujourd'hui.*
4432. Jens Christian Grøndhal	*Virginia.*
4433. Angela Huth	*De toutes les couleurs.*
4434. Cees Nooteboom	*Philippe et les autres.*
4435. Cees Nooteboom	*Rituels.*
4436. Zoé Valdés	*Louves de mer.*
4437. Stephen Vizinczey	*Vérités et mensonges en littérature.*
4438. Martin Winckler	*Les Trois Médecins.*
4439. Françoise Chandernagor	*L'allée du Roi.*
4440. Karen Blixen	*La ferme africaine.*
4441. Honoré de Balzac	*Les dangers de l'inconduite.*
4442. Collectif	*1,2,3... bonheur!*
4443. James Crumley	*Tout le monde peut écrire une chanson triste* et autres nouvelles.
4444. Niwa Fumio	*L'âge des méchancetés.*
4445. William Golding	*L'envoyé extraordinaire.*
4446. Pierre Loti	*Les trois dames de la Kasbah* suivi de *Suleïma.*
4447. Marc Aurèle	*Pensées (Livres I-VI).*
4448. Jean Rhys	*À septembre, Petronella* suivi de *Qu'ils appellent ça du jazz.*
4449. Gertrude Stein	*La brave Anna.*
4450. Voltaire	*Le monde comme il va* et autres contes.
4451. La Rochefoucauld	*Mémoires.*
4452. Chico Buarque	*Budapest.*
4453. Pietro Citati	*La pensée chatoyante.*
4454. Philippe Delerm	*Enregistrements pirates.*

4455. Philippe Fusaro — *Le colosse d'argile.*
4456. Roger Grenier — *Andrélie.*
4457. James Joyce — *Ulysse.*
4458. Milan Kundera — *Le rideau.*
4459. Henry Miller — *L'œil qui voyage.*
4460. Kate Moses — *Froidure.*
4461. Philip Roth — *Parlons travail.*
4462. Philippe Sollers — *Carnet de nuit.*
4463. Julie Wolkenstein — *L'heure anglaise.*
4464. Diderot — *Le Neveu de Rameau.*
4465. Roberto Calasso — *Ka.*
4466. Santiago H. Amigorena — *Le premier amour.*
4467. Catherine Henri — *De Marivaux et du Loft.*
4468. Christine Montalbetti — *L'origine de l'homme.*
4469. Christian Bobin — *Prisonnier au berceau.*
4470. Nina Bouraoui — *Mes mauvaises pensées.*
4471. Françoise Chandernagor — *L'enfant des Lumières.*
4472. Jonathan Coe — *La Femme de hasard.*
4473. Philippe Delerm — *Le bonheur.*
4474. Pierre Magnan — *Ma Provence d'heureuse rencontre.*
4475. Richard Millet — *Le goût des femmes laides.*
4476. Pierre Moinot — *Coup d'État.*
4477. Irène Némirovsky — *Le maître des âmes.*
4478. Pierre Péju — *Le rire de l'ogre.*
4479. Antonio Tabucchi — *Rêves de rêves.*
4480. Antonio Tabucchi — *L'ange noir.* (à paraître)
4481. Ivan Gontcharov — *Oblomov.*
4482. Régine Detambel — *Petit éloge de la peau.*
4483. Caryl Férey — *Petit éloge de l'excès.*
4484. Jean-Marie Laclavetine — *Petit éloge du temps présent.*
4485. Richard Millet — *Petit éloge d'un solitaire.*
4486. Boualem Sansal — *Petit éloge de la mémoire.*
4487. Alexandre Dumas — *Les Frères corses.* (à paraître)
4488. Vassilis Alexakis — *Je t'oublierai tous les jours.*
4489. René Belletto — *L'enfer.*
4490. Clémence Boulouque — *Chasse à courre.*
4491. Giosuè Calaciura — *Passes noires.*
4492. Raphaël Confiant — *Adèle et la pacotilleuse.*
4493. Michel Déon — *Cavalier, passe ton chemin !*
4494. Christian Garcin — *Vidas* suivi de *Vies volées.*

4495. Jens Christian Grøndahl	*Sous un autre jour.*
4496. Régis Jauffret	*Asiles de fous.*
4497. Arto Paasilinna	*Un homme heureux.*
4498. Boualem Sansal	*Harraga.*
4499. Quinte-Curce	*Histoire d'Alexandre.*
4500. Jérôme Garcin	*Cavalier seul.*
4501. Olivier Barrot	*Décalage horaire.*
4502. André Bercoff	*Retour au pays natal.*
4503. Arnaud/Barillé/ Cortanze/Maximin	*Paris Portraits.*
4504. Alain Gerber	*Balades en jazz.*
4505. David Abiker	*Le musée de l'homme.*
4506. Bernard du Boucheron	*Coup-de-Fouet.*
4507. Françoise Chandernagor	*L'allée du Roi.*
4508. René Char	*Poèmes en archipel.*
4509. Sophie Chauveau	*Le rêve Botticelli.*
4510. Benoît Duteurtre	*La petite fille et la cigarette.*
4511. Hédi Kaddour	*Waltenberg.*
4512. Philippe Le Guillou	*Le déjeuner des bords de Loire.*
4513. Michèle Lesbre	*La Petite Trotteuse.*
4514. Edwy Plenel	*Procès.*
4515. Pascal Quignard	*Sordidissimes. Dernier Royaume, V.*
4516. Pascal Quignard	*Les Paradisiaques. Dernier Royaume, IV.*
4517. Danièle Sallenave	*La Fraga.*
4518. Renée Vivien	*La Dame à la louve.*
4519. Madame Campan	*Mémoires sur la vie privée de Marie-Antoinette.*
4520. Madame de Genlis	*La Femme auteur.*
4521. Elsa Triolet	*Les Amants d'Avignon.*
4522. George Sand	*Pauline.*
4523. François Bégaudeau	*Entre les murs.*
4524. Olivier Barrot	*Mon Angleterre. Précis d'Anglopathie.*
4525. Tahar Ben Jelloun	*Partir.*
4526. Olivier Frébourg	*Un homme à la mer.*
4527. Franz-Olivier Giesbert	*Le sieur Dieu.*
4528. Shirley Hazzard	*Le Grand Incendie.*
4529. Nathalie Kuperman	*J'ai renvoyé Marta.*
4530. François Nourissier	*La maison Mélancolie.*

4531. Orhan Pamuk	*Neige.*
4532. Michael Pye	*L'antiquaire de Zurich.*
4533. Philippe Sollers	*Une vie divine.*
4534. Bruno Tessarech	*Villa blanche.*
4535. François Rabelais	*Gargantua.*
4536. Collectif	*Anthologie des humanistes européens de la renaissance.*
4537. Stéphane Audeguy	*La théorie des nuages.*
4538. J. G. Ballard	*Crash !*
4539. Julian Barnes	*La table citron.*
4540. Arnaud Cathrine	*Sweet home.*
4541. Jonathan Coe	*Le cercle fermé.*
4542. Frank Conroy	*Un cri dans le désert.*
4543. Karen Joy Fowler	*Le club Jane Austen.*
4544. Sylvie Germain	*Magnus.*
4545. Jean-Noël Pancrazi	*Les dollars des sables.*
4546. Jean Rolin	*Terminal Frigo.*
4547. Lydie Salvayre	*La vie commune.*
4548. Hans-Ulrich Treichel	*Le disparu.*
4549. Amaru	*La Centurie. Poèmes amoureux de l'Inde ancienne.*
4550. Collectif	*«Mon cher papa...» Des écrivains et leur père.*
4551. Joris-Karl Huysmans	*Sac au dos* suivi de *À vau l'eau.*
4552. Marc-Aurèle	*Pensées (Livres VII-XII).*
4553. Valery Larbaud	*Mon plus secret conseil...*
4554. Henry Miller	*Lire aux cabinets.*
4555. Alfred de Musset	*Emmeline.*
4556. Irène Némirovsky	*Ida* suivi de *La comédie bourgeoise.*
4557. Rainer Maria Rilke	*Au fil de la vie.*
4558. Edgar Allan Poe	*Petite discussion avec une momie et autres histoires extraordinaires.*
4559. Madame de Duras	*Ourika. Édouard. Olivier ou le Secret.*
4560. François Weyergans	*Trois jours chez ma mère.*
4561. Robert Bober	*Laissées-pour-compte.*
4562. Philippe Delerm	*La bulle de Tiepolo.*
4563. Marie Didier	*Dans la nuit de Bicêtre.*

4564. Guy Goffette — *Une enfance lingère.*
4565. Alona Kimhi — *Lily la tigresse.*
4566. Dany Laferrière — *Le goût des jeunes filles.*
4567. J.M.G. Le Clézio — *Ourania.*
4568. Marie Nimier — *Vous dansez ?*
4569. Gisèle Pineau — *Fleur de Barbarie.*
4570. Nathalie Rheims — *Le Rêve de Balthus.*
4571. Joy Sorman — *Boys, boys, boys.*
4572. Philippe Videlier — *Nuit turque.*
4573. Jane Austen — *Orgueil et préjugés.*
4574. René Belletto — *Le Revenant.*
4575. Mehdi Charef — *À bras-le-cœur.*
4576. Gérard de Cortanze — *Philippe Sollers. Vérités et légendes*
4577. Leslie Kaplan — *Fever.*
4578. Tomás Eloy Martínez — *Le chanteur de tango.*
4579. Harry Mathews — *Ma vie dans la CIA.*
4580. Vassilis Alexakis — *La langue maternelle.*
4581. Vassilis Alexakis — *Paris-Athènes.*
4582. Marie Darrieussecq — *Le Pays.*
4583. Nicolas Fargues — *J'étais derrière toi.*
4584. Nick Flynn — *Encore une nuit de merde dans cette ville pourrie.*
4585. Valentine Goby — *L'antilope blanche.*
4586. Paula Jacques — *Rachel-Rose et l'officier arabe.*
4587. Pierre Magnan — *Laure du bout du monde.*
4588. Pascal Quignard — *Villa Amalia.*
4589. Jean-Marie Rouart — *Le Scandale.*
4590. Jean Rouaud — *L'imitation du bonheur.*
4591. Pascale Roze — *L'eau rouge.*
4592. François Taillandier — *Option Paradis. La grande intrigue, I.*
4593. François Taillandier — *Telling. La grande intrigue, II.*
4594. Paula Fox — *La légende d'une servante.*
4595. Alessandro Baricco — *Homère, Iliade.*
4596. Michel Embareck — *Le temps des citrons.*
4597. David Shahar — *La moustache du pape* et autres nouvelles.
4598. Mark Twain — *Un majestueux fossile littéraire* et autres nouvelles.

Composition Nord Compo
Impression Maury
45330 Malesherbes
le 28 septembre 2007.
Dépôt légal : septembre 2007.
Numéro d'imprimeur : 131897.
ISBN 978-2-07-033824-5. / Imprimé en France.

142724